KB141923

조선연애실록 1

로즈빈 장편소설

조선연애실록

팩토리나인

【목차】

1화

세자, 출궁出宮하다

【해종실록 11권. 해종(偕宗) 17년 3월 15일】

세자가 문안을 여쭈러 오자 상이 이르기를.

"지금 든건대 도성의 무뢰배가 흑단(黑團)을 만들어 흉악한 짓을 하는 것이 그지없다 하니, 이 근심을 어찌하랴?"

이에 세자가 아뢰기를.

"이미 관군 가운데 죽은 자만 수십이요, 근심은 적군의 침략보다 심할 줄 아뢰옵니다."

하니 상이 이르기를.

"영의정의 가문이 화재에 멸하였으니 정국이 난잡하기 이를 데 가 없다. 시국에 힘을 더하여 생사를 같이할 그런 사람이 예상에 있는가?"

세자가 장고 끝에 아뢰기를.

"소자의 출궁을 윤허하여 주시옵소서."

그러자 상이 크게 놀라 이르기를.

"정녕 세자가 굽어살펴 돌아보는 것이 합당하겠는가?"

세자가 뜻을 굽히지 않으며 거듭 청하자 상이 긍정하며 이르기를.

"세자가 장성하여 배필을 간택(揀擇)해야 함이 시급하나, 백성의 치안을 바로 세우는 것보다 시급한 것은 없다. 세자는 은밀히 뜻이 맞는 자와 함께 그 우두머리를 잡아 오라. 간택은 그 후에 이르도록 하겠다."

하였다.

"이 꼴이 대체 무어란 말인가."

용희는 정신없이 앞을 가르며 걸음을 옮겼다. 벌써 며칠을 걷고 있는 것인지 기억도 나지 않았다. 수면 부족으로 얼굴은 초췌했고, 허기와 갈증이 지독한 탓에 입술은 거칠게 부르텄다. 눈물이 말라 붙어 고왔던 두 볼도 입술만큼이나 거칠어져 있었다. 입춘(立春) 은 진즉 지났지만 해조차 잘 들지 않는 산속은 여전히 냉했고, 시렸다.

"무더기무더기, 참으로 잘도 자랐네."

끝도 없이 늘어선 군사들처럼 시선을 어디로 돌려보아도 수풀 천지였다. 용희는 양손으로 수풀을 헤치며 적진을 가르듯 앞으로 나아갔다. 여러 열매 나무도 곧잘 보였으나, 입맛만 다실 뿐 바삐 움직이는 발걸음은 멈출 수가 없었다. 무엇보다도 태진사(太進寺)에 도착하는 일이 급선무였다.

그녀의 어머니가 만사에 시름을 느낄 때면 딸아이의 손을 붙잡고 도성 밖 태진사를 찾곤 했다. 가마에 들어앉아 오갈 때는 이다지도 멀다는 것을 느끼지 못했는데, 막상 혼자 찾아가려니 여정이 만만치가 않다. 게다 남의 눈에 띄지 않으려 부러 산속으로 길을 잡으니 옳게 가고 있는지도 판단이 서질 않았다.

"평소대로 갈걸 그랬나. 너무 험한데……."

하지만 어떻게든 가야만 한다. 지금 의지할 곳이라곤 그곳뿐이니까. 태진사의 주지승인 경원 스님을 찾아야 했다. 집은 한순간에 잿더미가 되어 버렸고, 가까스로 살아남았으나 가족을 모두 잃었다. 눈을 감았다 뜨면 꿈일 것 같았지만 변하지 않을 것이 두려워 쉬이 눈을 감았다가 뜨기도 힘이 들었다.

일인지하만인지상(一人之下萬人之上).

아비는 조선시대 최고의 중앙 관직 – 영의정 김판두였고, 그 아비의 품에서 태어난 용희는 단 한 번도 고개를 수그려 본 적 없이 귀하게 자라 왔다. 아비규환이 된 집 안에서 홀로 탈출했으나 살아 있음은 이토록 잔인하기만 하다.

"반드시, 내 반드시 세상에 알릴 것이다."

하나 억울한 사연을 풀기 전엔 비루하게 남은 목숨 끊지도 못할 것이니, 용희는 잡상인의 복장으로 탈바꿈한 채 태진사로 향했다.

　여인의 복장으로는 홀로 다니기가 험난하였고, 아비의 목숨을 위협하던 자들이 어느새 자신을 쫓고 있을지도 몰랐다. 집 안을 휩쓸고 간 불길은 어쩔 수 없이 벌어진 사고가 아닌, 분명 누군가로 인한 인재(人災)였음을.

　"물, 물이다."

　그때 마침 어디선가 물소리가 들려왔다. 가뭄에 땅 갈라지듯 갈라진 입술을 사리물고, 용희는 정신을 잃은 사람처럼 수풀을 헤치며 방향을 틀었다. 허기짐은 참아도 갈증은 어찌할 방도가 없었다.

　"물!"

　바위 사이로 흐르는 물줄기를 발견한 용희는 허겁지겁 두 손 가득 물을 받았다. 마치 얼굴 전체에 뿌리듯 급히 물을 삼키며 정신없이 마시고 또 마셨다.

　"하아……. 이제 좀 살 것 같다."

　어느 정도 물을 삼키니 그제야 아득했던 정신이 조금은 돌아오는 것 같았다. 동시에 처참했던 지난밤의 일이 선명해지기 시작했다. 용희는 애써 모른 척 참아 봤지만 밀려드는 감정을 외면하기란 쉽지 않았다.

"아버…… 지……."

본디 성정이 침착하고 날카로운 사세 판단을 갖춘 여인이었으나, 가족을 잃은 슬픔을 견딜 자는 많지 않을 것이다.

"어머니……. 오라버니……."

정녕 마신 물은 그대로 흘러나올 참인가. 이리 흘러나올 줄 알았다면 마시지 말 것을. 용희는 한참을 서서 눈물을 떨구었다. 창창히 우거진 수풀은 정성껏 제 몸을 흔들며 그녀의 울음소리를 쓸어 갔다.

"아…… 아버지……."

그러나 바람의 어루만짐도 위로가 되어 줄 순 없었다. 수풀을 헤치다 만신창이가 된 두 손은 물기에 더욱 쓰라리기만 했다.

해야 할 일들은 많았으나 무엇부터 해야 하는지 알 수 없는, 그런 시간만이 그녀를 기다리고 있었다.

◎

"저하, 아뢰옵기 황공하오나 이쪽으로 가는 것이 옳은 길은 아닌 줄로 아뢰옵니다."

"말본새."

"아, 소, 송구합니다."

완의 짤막한 일침에 지담은 헛기침을 내뱉으며 다시 입술을 열었다.

"대, 대장, 이쪽으로 가면 길이…… 길이 안 나올 텐데…… 말입니다?"

지담의 허술한 말투에 뒤따르던 월호가 도리질을 쳤다. 참으로 어리석은 녀석이지 않는가. 저하께 말을 붙이기가 어렵다면 말없이 가면 그만일 것을, 저토록 끊임없이 말을 붙이며 실수를 연발하고 있으니 말이다.

"대장, 소신이 보기엔 말입니다. 이쪽은……."

"지금 이곳 어디에 군신이 있단 말인가? 정녕 네가 나를 죽일 참이로구나."

"흐어……. 저도 미치겠습니다."

이를 대체 어쩐단 말인가. 평생을 '저하'라 부르며 살아왔건만 어찌 이런 것들이 당장 하루아침에 고쳐지겠는가 말이다.

'저하를…… 저하라 부르지도 못하고……. 이곳은 어디이며…… 나는 누구이고…….'

지담은 잘 고쳐지지 않는 말투에 제 입을 톡톡 때렸다. 그 모습을 바라보던 월호는 결국 참지 못한 웃음을 터트렸고, 으뜸으로 나아가고 있던 완 또한 피식 헛웃음을 흘렸다.

"고쳐라. 네가 알고, 듣고, 보고 자란 국본은 이곳에 없으니."

"예, 대장."

완은 되었다는 듯 지담에게 잠시 시선을 주었다. 지담은 이리저리 주변을 살피며 입술을 열었다.

"대장, 이 길로 가면 정녕 태진사가 나온다는 말입니까?"

"그렇대도."

무성하게 우거진 수풀 때문에 빠르게 전진할 수 없어, 세 사람은 말을 타고 천천히 이동해야 했다.

"이 길이 지름길이다. 내가 직접 이 길로 절을 다녀온 적이 있다."

아하. 완의 대구에 지담은 무릎을 탁 쳤다. 비록 해는 금방 떨어질 것 같고 몸은 저돌적인 바람 앞에 얼어붙을 것 같았으나, 저하께서 그렇다면 그런 것이니까. 뭐, 여기서 얼어 죽기 전엔 데려다주시겠지!

"대장, 물소리가 아니 들리십니까?"

그렇게 얼마를 걸었을까. 완은 지담의 음성에 잠시 말을 멈춰 세우며 귀를 기울였다. 격한 바람에 각기 다른 노래를 부르는 수풀 사이로, 졸졸 흐르는 물소리가 연하게 들려왔다.

"잠시 목을 축이소서. 갈 길이 험난합니다."

뒤따르던 월호가 청하자, 완은 고개를 가벼이 끄덕이며 말 머리 방향을 돌렸다. 산세에 흐르는 물을 받아 마시는 일. 왕세자의 신분으로 가당치도 않은 일이었으나 지금은 그런 것들을 따질 때가 아니었다. 신분을 숨긴 채 해야 할 일들을 명받았으니, 앞으론 궁 안에서 누리던 모든 특권을 내려놓은 채 움직여 볼 생각이다.

"여어, 제법 괜찮은데요?"

바위 사이로 졸졸 흐르는 물줄기를 확인한 지담은, 말에서 황급 히 내려 빈 수통을 들고 앞으로 다가갔다. 그러고는 손에 물을 받 아 한 입 삼켜 보고는 수 분을 기다렸다.

"무엇하느냐?"

"잠시 기다려 보십시오. 대장께 바쳐도 되올지 확인하는 중입 니다."

녀석의 지독한 보호 아래 완은 웃음을 터트렸다.

말에서 내려 지담 곁으로 다가간 완은 손을 뻗어 물을 담았다. 그 리고 지담이 그러하였듯 가벼이 입술을 가져다 대며 물을 삼켰다.

"잠시! 잠시만 더!"

"되었다. 예서 죽을 운명이면 하늘의 뜻인 게지."

'물론 저하는 하늘의 뜻이겠지만…… 우리는 주상 전하의 뜻대 로 죽을 거잖아요…….'

지담의 속도 모르고 완은 그 후로도 수차례 물을 마셨다. 기어 이 만족할 만큼 마셨는지 소매 끝으로 털털하게 입술을 닦은 완은 잠시 하늘을 올려보았다. 내일 아침 동이 트기 전까지 태진사에 방문해야 한다. 그곳엔 은밀히 명해 놓은 것들이 있었으니까. 예상대로라면 흑단에 대한 정보를 조금이나마 받을 수 있을 것이다.

"지체할 시간이 없으니 다시 출발하겠다."

"예, 대장."

조금의 게으름 없이 세 사람은 다시 수풀을 헤쳤다. 둥근 달은 대단히 선명했고, 어둠 속에 비친 그의 모습은 유려했다.

"이런!"

좁은 보폭으로 걸음을 옮기던 용희는 인기척에 두 눈을 크게 치떴다. 그 소리에 귀를 기울여 보니, 두간두간 끊어지는 사내들의 음성이 점차 분명해졌다.

'잡히면 모든 게 끝일지도 몰라. 피해야 한다! 빨리!'

하지만 간격은 거침없이 가까워졌다. 삽시간에 두려움이 밀려왔고, 용희는 허겁지겁 주변을 살폈다.

"웃차."

유별났던 어린 시절부터 즐겨 나무를 올랐던 그녀였기에 나무에 오르는 일은 만만했다. 몇 번이나 다리가 미끄러졌지만 젖 먹던 힘까지 쏟아 나무를 올랐다. 가장 가까운 가지를 붙잡고 몸을 숨겼으나 부실한 가지 탓에 모양새가 영 불안했다.

"버텨 줘. 부탁해."

부모를 잃은 마당에 혼자 살아 무엇 하느냐마는, 지금은 해야만 하는 일들이 있었다.

'제발…… 버텨 다오…….'

다른 곳으로 옮겨 갈 시간도 없었다. 지척까지 가까워진 사람들의 음성이 들려오자, 그녀는 두 눈을 꼭 감은 채 엉성한 가지를 붙잡았다.

"아, 맞다."

지담은 무엇이 떠올랐는지 적막을 가르며 입술을 열었다.

"그러고 보니 전일 꿈에 대장이 나왔지 뭡니까?"

"내가 말이더냐?"

"예. 제 꿈에 나오셨습니다."

완은 피식 헛웃음을 터트렸고, 지담은 손짓을 더해 가며 말을 이었다.

"궁궐 담 주변으로 커다란 나무가 자랐는데 말입니다. 장정 몇이 달려들어도 둘레를 재기가 어려워 보였습니다."

아름드리나무였다. 마치 여기 서 있는 나무들처럼 말이다.

"시작은 좋았구나."

"대장께서 그곳에 당도하시어 천천히 걸음을 옮기시는데 말입니다. 제가 불러도 기척이 없으시고."

이미 어둠이 내린 고요한 산속. 지담의 목소리는 공명이 깃든 까닭에 사방으로 울려 퍼졌다.

"난데없이 나무에서 홍시가 우수수 떨어지지 뭡니까?"

"홍시렸다?"

뒤에 서 있던 월호는 지담의 이야기에 주야장천 추임새를 넣는 완의 정성에 혀를 내둘렀다. 저 말 많은 녀석의 이야기를 단 한 번도 자름 없이 곧이곧대로 들어 주시는 세자 저하가 아니시던가.

"사람 머리통만 한 홍시들이 우수수 떨어지는데, 대장께선 요리조리 피하며 그 홍시들을 바닥에 다 떨구셨습니다. 얼마나 날쌔게 피하시던지요."

지담은 마치 아이들을 모아 놓고 이야기꽃을 피우는 소리꾼처럼 잠시 뜸을 들였다.

"그러다가 갑자기 이런 나무쯤 되는 제일 커다란 나무에서!"

지담은 손끝으로 한 나무를 가리켰다. 이미 푸른 잎사귀가 소복하게 올라 있는 나무였다.

"세상 본 적 없는 큰 홍시 하나가 쿵, 떨어지는 게 아닙니까?"

바람이 거세게 불자 지담의 말끝에 나뭇가지가 흔들렸다. 우직,

가지에서 불편한 소리가 들리자 지담은 귀를 쫑긋 세웠다. 완은 천천히 고개를 들며 나무를 바라보았다.

"한데 떨어지는 홍시를 이번엔 대장께서……."

우직, 우직. 나뭇가지가 무거운 소리를 내며 부러지기 시작했고, 월호는 잽싸게 칼자루에 손을 가져갔다.

"직접…… 받으…… 셨는데요……."

지담도 심상찮은 분위기를 느꼈는지 천천히 말을 뱉으며 나무를 올려보았다. 우직, 우직. 나뭇가지는 조금씩 더 기울었다. 모두는 나뭇가지를 눈여겨보았다.

"저, 저기! 사람! 사람입니다! 대장! 나무에 사람이 매달려 있습니다!"

월호와 지담은 단숨에 칼을 빼 들었다. 부러져 가는 나뭇가지를 간신히 붙잡고 사람이 매달려 있는 것이 보였다.

"뒤로 물러나소서. 위험합니다."

보이는 것은 형체뿐 얼굴은 잘 보이지 않았다. 월호의 청에도 완은 움직이지 않고 나뭇가지를 주시했다. 우직, 우지직. 가지는 계속해서 부러졌다.

"거기, 잘 들어라."

완은 각이 많이 기울어 버린 가지를 보며, 매달린 녀석을 향해 입술을 열었다.

"가지는 곧 완전히 부러질 것이다."

모두는 움직임 없이 상황을 주시했다. 월호와 지담의 칼날은 매섭게 가지를 향했다.

"그만 나뭇가지를 놓고 아래로 뛰어내려라."

"대장, 어찌 이러십니까. 위험하니 어서 뒤로 물……."

우직. 그 순간 가지가 조금 더 기울었고, 지담은 말꼬리를 흐렸다. 높이가 상당했는지라 저대로 준비 없이 떨어졌다간 목숨이 위태로울지도 몰랐다.

허나 가지를 붙잡은 녀석은 아무런 처신을 하지 않았다. 두려움에 신음을 흘리지도, 살려 달라 악다구니를 쓰지도 않았다. 본디가 담이 좋은 것인가, 아니면 두려워 넋을 놓은 것인가. 아무런 반응이 없자 완은 또다시 회유했다.

"죽고 싶은 일이 아니라면 뛰어야 살 것이다. 받아 들 것이니, 뛰어라."

가지는 녀석의 무게를 감당하지 못하고 좌우로 흔들렸다. 완은 조금 더 가지 아래로 다가섰고, 월호와 지담은 경계를 늦추지 않으며 세자를 따라 걸음을 옮겼다. 세자의 좌우를 막아선 두 사람은 마른침을 삼키며 칼자루를 힘껏 그러쥐었다.

"괜찮으니 뛰어내리래도. 내가 여기 있을 것이다. 얘도 있고, 쟤도 있다."

완은 지담과 월호를 가리키며 가지 위의 녀석을 어르고 달랬다. 가지는 이제 더 이상 한시도 버텨 내지 못할 것 같았다.

"셋을 셀 것이다. 셋에 그 가지를 놓아라. 하나."

완이 앞으로 팔을 뻗었다.

"이, 이쪽으로 떨어져라! 내 쪽으로! 내 쪽으로!"

행여나 귀한 분의 몸으로 낙하할까, 지담은 목소리를 높이며 허둥지둥 팔을 쭉 내밀었다.

"둘, 셋."

우지지직. 가지는 기어이 나무로부터 제 몸을 분리했고, 완은 그 모습을 지켜보다 성급히 셋을 불렀다. 가지보다 먼저 떨어지는 녀석을 보며, 지담은 받아 들 요량으로 날렵하게 움직였다.

"대자아아앙!"

하지만 마치 아래에서 완이 잡아당긴 것처럼, 녀석은 완의 품으로 수직 낙하했다.

쿵!

충격에 두어 바퀴를 굴렀을까. 완은 떨어져 내린 녀석을 품에 꼭 쥐고는 그대로 나무 기둥에 등을 박았다. 지담과 월호 두 사람이 허겁지겁 곁으로 달려왔다. 완은 극심한 통증에 미간을 깊게 눌렀다.

"대자아아아앙!"

완은 천천히 눈을 뜨며 품 안의 것을 살폈다. 벗겨진 작은 패랭이 사이로 엉망이 된 머리, 그 밑으로 시선을 내려다보니 혼절한 것처럼 보이는 인간의 형체가 시선을 장악했다.

월호는 곧장 다가와 패랭이 놈의 목덜미에 칼을 겨누었다.

"괜찮다."

"비켜 주소서. 위험합니다."

완은 월호의 칼등을 천천히 밀었고, 월호는 그제야 황급히 칼을 치웠다.

"괘, 괜찮으십니까? 죽여 주시옵소서어!"

세상사 이런 불충이 어디에 있으랴! 국본에게 이런 해를 입히고도 살아남기를 바랄 수 있겠는가!

지담은 크게 외치며 넙죽 엎드렸다. 완은 비명 한번 없이 떨어져 내린 사내의 코끝에 손가락을 가져다 대었다. 숨은 불어 내쉬니 죽은 것은 아니렷다.

그때였다.

"허어?"

품 안의 녀석이 난데없이 번쩍 눈을 뜨더니 튕겨 일어서는 것이 아닌가. 얼떨결에 팔을 벌린 완은 나무 기둥에 기댄 채 녀석을 따라 고개를 들었다.

모두 놀라 패랭이 녀석을 주시했다. 고개만 간신히 내려 인사를 마친 패랭이 녀석은 비틀비틀 허우적거리며 한 걸음씩 달아나기 시작했다. 그 모습이 어찌나 위태로웠는지, 세 남자는 패랭이 녀석이 걸음을 옮길 때마다 움찔움찔했다.

"그리 황급하게 움직이지 마라. 어디 한 곳 부러졌어도 부러졌을 일 아니겠는가?"

완의 음성에도 패랭이 녀석은 도망가기 급급했다. 월호와 지담은 서로 얼굴을 멀뚱히 바라보았고, 완은 천천히 자리에서 일어섰다.

그렇게 얼마나 걸음을 옮겼을까. 난데없이 우뚝 멈춰 선 패랭이 녀석은 돌아보지 않은 채로 입술을 열었다.

"저기."

모두는 숨을 죽이며 다음 말을 기다렸다. 완은 침착히 숨을 불어 내쉬었다. 그 목소리가 어찌나 작고 심약했는지, 집중하지 않으면 부는 바람에 목소리가 지워질 것만 같았다.

"고……."

완은 감았던 눈을 천천히 떴다.

자, 더 뱉어 보아라. 그 다음 말이 무엇이냐?

"맙……."

그래, 옳거니. 더 뱉어 보아라. 아직 남지 않았느냐?

하지만 다음 말은 쉽게 이어지지 않았다. 아무리 완이 온몸으로 충격을 흡수했다 해도, 녀석에게 전달된 충격 또한 상당했을 것이다.

입을 떼기도 힘든지 그 뒤로는 조용했다. 얼굴을 볼 수 없으니 어떤 표정인지도 알기 어려웠다.

"허어……."

이내 완은 탄식을 내지르며 두 눈을 크게 치떴다.

풀썩. 다음 말을 모두 뱉어내지 못한 채 패랭이 녀석이 그대로 쓰러지고 만 것이다.

완벽하게 혼절한 모양이다. 찬기 가득한 땅에 누웠지만 꿈쩍도 하질 않는다. 지담은 그 모습을 바라보다 완에게 다가와 속삭였다.

"두고 가시죠, 대장. 호랑이가 식량을 획득했습니다."

숨을 내쉬는 정황으로 패랭이 녀석의 어깨가 조금씩 들썩였다. 완은 천천히 걸음을 옮겨 다가갔고, 지담의 만류에도 아랑곳 않은 채 가벼이 들어 안았다.

"설마 그 녀석을 데리고 갈 생각이십니까?"

"놔두고 갈 수는 없지 않은가?"

월호와 지담은 입술을 꾹 깨물었다. 잊고 있었던 것이다. 이분이 뉘신지. 이분이 어떠한 분인지.

그랬다. 이 나라의 동궁. 조선의 세자께서는 절대로 백성을 뒤로하고 걷지 않는다는 것을.

"가자. 이대로 두고 가면 비명횡사할 목숨이 아니겠더냐. 내게 떨어진 홍시니, 내가 거두겠다."

저하께서는 해종의 맏아들. 성은 이(李), 이름은 완(妧)이며, 훗날의 시호는 춘성(春星)이었다.

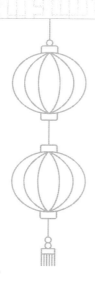

2화

패랭이를 쓴 홍시

【해종실록 9권. 해종(偕宗) 15년 9월 17일】

도성 안팎에서 무뢰배들이 성행하기를, 산간의 굴속에 숨어 있으면서 낮에 자고 밤에 돌아다니며 교만·방자하고 악한 짓을 함께하여 서로 도와 꺼리는 바가 없다.

어두운 밤을 틈타서 거리와 마을을 휩쓸고 다니다가 양반 살해, 재물 탈취, 부녀자 겁탈을 자행하고 있으니, 이들을 흑단(黑團)이라 칭하였다.

‘용희야! 어서 일어나거라! 어서!’

비운이 감돌았던 늦은 밤. 아비는 제일 먼저 딸아이의 처소를 찾았다.

‘아버지, 이 시각에 무슨 일이십니까?’

‘흑단이 난입했다. 어서 일어나란 말이다! 어서 일어나!’

불조차 밝히지 못한 별당 안으로 아비의 애타는 목소리가 쩌렁 쩌렁 울려 퍼졌다. 흑단이 무언지 알 리 없던 용희는 어리둥절한 표정으로 아비의 손을 붙잡고 일어섰다. 아비는 딸아이 침구 끝에 놓여 있는 머리병풍을 밀며 벽을 발로 쿵 찼다. 몇 차례 사나운 발길질이 이어지자, 부러 허약하게 지어 놓았는지 벽은 손쉽게 허물어졌다.

이내 밖으로 통하는 길이 훤히 만들어졌고, 용희는 당혹스러움을 감추지 못한 채 아비를 바라보았다. 무엇을 묻기도 전에 아비는 단호히 말했다.

'밖으로 향하는 통로이니라. 반드시 살아남아 이것을 주상 전하께 전해 드려야 할 것이다. 어서!'

'오, 옷이라도……'

'시간이 없다! 반드시 살아남아 가문을 지켜야 한다!'

소복만을 차려입고 일어선 용희는 주저주저했다. 대체 이 밤에 왜 나가라는지 알 수는 없으나 이런 차림으로 밖을 나설 수는 없었다. 하오나 아비는 강경했다.

'나가란 말이다! 어서!'

딸아이 손에 작은 보따리 하나를 안겨 준 아비는 주저 없이 등을 떠밀었다. 버선도 신지 못한 맨발로 흙을 밟으니, 그제야 먼발치로부터 칼과 칼이 부딪치는 소리가 들려왔다.

'아, 아버지! 대체 이게 무슨……. 어머니는요! 오, 오라버니는!'

'네 어미와 오라비 걱정은 내게 맡기고 달려라. 어서!'

'아버지!'

'어서!'

용희의 아비 김판두는 치워 두었던 머리병풍을 다시 세우며 통로를 감췄다.

펼쳐지는 병풍 뒤로 아비의 모습이 서서히 사라지는가 싶더니 기어이 완전히 가려졌다. 용희는 도저히 발길이 떨어지지 않아 다시 별당 안으로 들어가고자 했다.

그때였다.

'여기 계셨소, 대감.'

'네 이놈들! 여기가 어디라고 함부로 드나드는 것이냐!'

세상을 호령함에 한 점 흔들림 없는 아비의 음성. 그 진노한 음성이 별당을 가득 채우자 용희는 우뚝 멈춰 섰다.

'대감, 너무 원망은 마시오. 우리야 대감께 무슨 한이 있겠습니까?'

'이런 쳐 죽일 놈들을 보았나!'

용희는 작은 보따리를 힘주어 잡았다. 불길은 치솟아 올라 시커먼 연기를 내뿜었고, 용희는 안채로부터 시작된 듯한 불길을 멍하니 올려보았다.

'누가 보낸 놈들이냐. 바른대로 고하렷다!'

'쉬이 고할 수 있겠소? 비록 우리가 개만도 못한 인생들이나 주인은 섬길 줄 아는 놈들이외다, 대감.'

'아버지! 네 이놈들!'

몇을 쓰러트리고 도착하였을까. 다급히 별당으로 달려온 오라비의 음성이 들려왔다.

쨍강, 칼이 부딪힌다. 용희는 그 날카로운 마찰음에 뒷걸음을 쳤다. 오라버니가 와 주었으니 아버지는 조금 무사하실 수 있는 건가. 그렇다면 어머니는?

'주상 전하께 알려야 한다! 반드시! 반드시!'

절규와 칼부림 속에서 자신을 향한 아비의 음성이 들려왔다. 뉘를 향한 말인지 알 수밖에 없었기에, 뒷걸음치던 용희는 이내 뒤를 돌아 내달리기 시작했다. 불길은 점점 거세어졌고, 아랫것들은 때아닌 봉변에 처참히 쓰러져 갔다.

'살아라! 반드시!'

용희는 이를 악문 채 정신없이 내달렸다. 보드라운 발바닥에 온갖 것들이 달라붙었으나 멈출 수 없었다. 숨이 끊어질 듯하여 잠시 멈춰 서 뒤를 돌아보니, 화염에 형체조차 찾아볼 수 없는 집이 시선에 담겼다.

'아버, 아버지……'

용희는 움찔거렸다.

'아버지……. 어머니…….'

불길은 하늘 높은 줄 모르고 치솟아 올랐다. 검은 연기는 괴인 어둠을 뚫고 더욱 어둡게 펼쳐져 갔다.

'오라버니……'

누가, 대체 왜, 무엇을 위해…….

"아, 아버지!"

꿈에서 현실로 돌아온 용희는 번쩍 눈을 떴다. 밀려 있던 숨이 한꺼번에 쏟아지며 굵은 기침이 터졌다. 가슴을 쿵쿵 때리며 기력을 다할 만큼 기침을 뱉고 나니, 의식을 잃었을 때와는 다른 공간에 있다는 사실이 그제야 느껴졌다.

마른기침에 목이 상한 용희는 미간을 좁히며 급히 사방을 살펴보았다. 공간은 단정했고, 분명한 건 의식을 잃었던 산속은 아니라는 사실.

"내 보따리. 내, 내 보따리……."

옷차림이 그대로라는 것을 확인한 용희는 등허리에 메고 달렸던 작은 보따리를 찾았다. 잃어버렸나 싶어 가슴이 덜컥 내려앉자, 더운 기운이 와락 밀려왔다.

"아……."

다행이지. 고개를 왼편으로 끝까지 돌리자 주인을 기다리는 보따리가 눈에 들어왔다.

용희는 허겁지겁 일어나 보따리를 끌러 보았다. 물건이 고스란히 들어 있는 것을 확인하고 나서야 긴장이 풀린 듯 털썩 주저앉았다. 그리고 떨리는 손끝으로 단단히 보따리를 묶었다. 마치 살아 숨 쉬는 물건처럼 품으로 귀히 끌어안으며, 용희는 또다시 미간을 눌렀다. 가족의 생사를 알 길이 없어 가슴은 쉴 새 없이 두방망이

질 쳤다. 아니, 알 것 같았으나 모르고자 갖은 애를 다 쓰며 생각을 멀리했다.

"이만 안으로 드시겠습니까."

"그러지."

그때, 밖에서 사내들의 음성이 들렸다. 용희는 급히 보따리를 허리춤에 묶으며 문 쪽으로 귀를 기울였다.

잠시 후, 몇 마디 주고받던 대화를 끝으로 발걸음을 옮기는 소리가 들려왔다. 눈을 감고 소리에 집중하자, 목탁을 두드리는 은은한 소리에 맞물린 염불 외는 소리도 함께 들리기 시작했다.

"대체 이곳은 어디란 말이지?"

조금 더 용기 내어 문고리를 잡고 밀었다. 손 틈만큼 벌어진 공간 밖으로 약간은 익숙한 풍경이 펼쳐졌다. 아주 어릴 적부터 그녀가 즐겨 올라타던 노송은, 이젠 안심하라는 듯 가지를 부드럽게 늘어트린 채 바람에 몸을 내맡겼다.

"여, 여기는······."

몸을 옆으로 끌어 앉으며 시선을 조금 더 옮겨 보니, 익숙해 마지않는 자그마한 돌탑이 시야에 들어왔다.

"아······."

'그랬습니다. 저곳에 돌 하나를 올리며 빌었지요. 다른 것은 필요 없으니 숨 쉬는 모든 나날 가문이 안전하기를, 평안하기를. 일

가식솔 또한 건강하기를, 행복하기를.'

"태진사다……."

'정성이 부족하였던 것입니까. 갖은 힘을 다해 빌었는데. 조금
더 간절해야 했답니까. 조금 더 간절하지 못해…… 이리 되었답
니까…….'

"왔다……."

쏟아지는 지난 기억에 눈 주변으로 통증이 느껴졌다. 용희는 주
먹을 꽉 쥐며 울음을 삼켰다. 하지만 제아무리 울지 않으려 애써
봐도 눈꺼풀 안은 도리 없이 뜨거워져 왔다. 끓어오른 눈물은 곧
넘쳐흐를 것만 같았다.

"안 돼. 정신 차려, 김용희."

세차게 도리질을 하며 기억을 지워 보고자 깊게 숨을 내리쉬었
다. 그러곤 어제의 일을 천천히 떠올렸다.

어젯밤, 매달려 있던 가지가 조금씩 부러졌을 땐, 아닌 척했으
나 얼마나 두렵고 무서웠는지 주변의 소리조차 들리지 않았다. 하
지만 이곳까지 무사히 당도할 수 있었던 건 나무에서 떨어진 자신
을 누군가가 받아 구해 주었기 때문이다.

"뉜지, 고맙다고 인사는 제대로 했나 모르겠네."

용희는 중얼거리며 입술을 꾹 깨물었다. 기억을 더듬어 보아도
제대로 떠오르는 것은 아무것도 없었다. 지금 떠올리는 것들 역시

상상으로 만들어 낸 허구인지 실제의 일인지 감이 멀었다. 용희는 가슴을 쓸어내리며 짧은 숨을 불어 내쉬었다.

"정신 똑바로 차리자."

어찌 되었든 목적지에 도달하였으니 한시바삐 주지스님을 찾아 만나야 했다. 널브러진 패랭이를 주섬주섬 쓰고, 헝클어진 옷매무새를 다듬은 용희는 고개를 들었다. 이내 자신에게 속삭이듯 중얼거리며 몇 번이고 다짐했다.

"지금부터는 그 누구도 믿지 마라, 용희야."

금상(今上)께 도달하기 전까지 그 누구도 믿어서는 안 될 것이다.

"다른 어떤 이에게 의지도 하지 말고."

그러기 위하여 지금껏 살아온 삶은 잠시 내려 두기로 한다. 고왔던 치마, 단아했던 저고리, 곱게 땋은 머리와 수(繡)를 놓으며 시를 읊조리던 시간은 잠시 잊기로 한다.

용희는 고개를 들었다. 앞뒤 정황을 낱낱이 파헤칠 때까지 무슨 일이 있어도 살아 버틸 것이다. 그리고 그런 마음으로 스스로 되뇌었다.

'용희야, 기억하렴.'

"아버지, 두고 보십시오. 소녀가 아버지의 뜻을 받들 것입니다."

이곳에 여인은, 없다.

"누추하나마 이곳에서 오늘 하루는 만사를 내려놓으십시오. 소승께 하문하신 일들은 이튿날이나 되어야 당도할 것으로 보입니다."

주지승은 용희의 처소와는 조금 동떨어진 곳으로 완을 안내했다. 가히 산세에 둘러싸인 이곳의 절경은 둘러보는 것만으로도 심신을 평안하게 했다.

"방 안에 틀어박혀 음유나 하고자 찾아왔음은 아니네."

"하나 일에도 순서가 있는 법이지요. 쉬지 아니하고 갈 수 있는 것은 비단 세월뿐입니다."

끙. 완은 노련한 주지승의 대꾸에 입술을 꾹 닫았다. 부랴부랴 달려왔으나 주지승은 쉬어 가야 한다며 완강하게 고집했다. 아직은 아는 바가 없고 내일 해가 밝아야 알 수 있다 시치미를 뚝 떼니, 완은 짧은 탄식 속에 아쉬움을 뒤로하며 걸음을 옮겼다.

"분명 흑단의 뒤를 봐주는 세가 있을 것이고, 거미줄처럼 얽힌 세를 따라 올라가다 보면 우리가 필시 알아내야만 하는 인물이 기다리고 있을 것이다."

"그럴 수도 있겠지요."

허어. 완은 느릿느릿 걸음을 옮기는 주지승을 따라 걸으며 답답한 심경을 토로했다. 급할 것 하나 없어 보이는 주지승은 완이 여독을 풀기 전엔 무엇도 풀어놓지 않을 심산으로 보였다. 세자를 따라 당도한 동궁관 익위사들도 쉬어 가야 했다.

"영상의 사가에 불이 났다."

"……그렇습니까."

길을 따라 걷던 완은 고단한 음성으로 입술을 열었고, 주지승은 대꾸하며 천천히 걸음을 멈추었다. 완은 하늘을 올려보았다.

"추측에 단순한 사고는 아닐 것이니, 사건의 시작은 그곳으로 두겠다."

숟가락 하나 건져 낼 수 없을 정도로 모든 것이 소멸했다. 누구의 잔해인지 모를 수십 구의 뼛조각만 나뒹굴었다.

"일가족은 어찌 되었습니까."

"구하지 못하였다."

그 말에 주지승은 천천히 고개를 끄덕이며 두 손을 모아 어딘가로 합장했다. 완은 착잡한 심경을 담은 눈빛을 공허하게 감았다가 떴다.

영의정 김판두는 술수를 부릴 줄 모르는 강건한 성품의 소유자였다. 나라는 큰 인재를 잃었고, 완은 정신적 스승을 잃었다. 주지승은 완의 황망한 표정을 바라보다 하늘 위로 시선을 옮겼다.

"재앙도 홍복도 오며 가며 뒤섞이는 것이지요. 하늘에 큰 뜻이 있을 것이니 상념은 그만 접으소서."

결국, 이제 그만 쉬라는 말이다.

"함께 온 자들도 고단할 것이니 처소를 마련해 주게."

"예. 분부 받자옵니다."

주지승은 완을 처소로 안내했다. 순하고 고즈넉한 산세가 아늑하게 반겨 주는 작은 처소였다. 완은 그 마루에 걸터앉으며 무엇이 떠올랐는지 입술을 열었다.

"아, 혼절한 그 사내 말이다. 괜찮은 것인가? 움직일 수 있겠는가?"

"그 사내 말씀이시옵니까."

완은 고개를 끄덕였다. 짐짝처럼 말에 싣고 온 패랭이 놈이 떠오른 모양이다.

주지승은 입가에 둥근 미소를 그리며 완에게 합장했다. 이윽고 발길을 돌리며 알 수 없는 말만 늘어놓았다.

"편히 쉬소서. 답은 이미 그 물음 속에 있습니다."

◎

"사람이 수십 되어도 이리 적막하니, 절간이 따로 없구먼."

지담의 생뚱맞은 소리가 월호의 입가에 피식 웃음을 자아냈다.

"절간이 따로 없는 게 아니라 이곳은 절일세."

"허어, 속뜻을 헤아리지 못하고 들리는 대로 풀이하니 어찌 사대부의 재주라 하겠나?"

언제나처럼 지담은 이해 불가한 논리를 펼쳤다. 월호는 입가에 헛웃음을 매달고는 칼날을 조심스럽게 닦았다.

완과 주지승이 잠시 사라진 공간은 무척이나 고요했다. 일정한 간격으로 들려오던 목탁 소리도 사라지고, 추녀 끝에 매달린 풍경만 차르랑거리며 존재를 알려 왔다.

"얼마나 걸리려나. 하루 이틀로는 턱도 없겠지."

"무엇이 말이냐?"

"흑단의 우두머리를 붙잡는 일 말이야. 은거지를 알고 있어야 냄새라도 맡을 것인데."

지담의 말끝에 월호는 다시금 칼날 위로 시선을 주었다. 서슬 퍼렇게 날이 선 월호의 검은 금방이라도 적장의 목을 베어 올 것만 같았다. 지루함은 쉴 새 없이 이어졌고, 지담은 기지개를 쭉 켜며 하품을 했다.

"여어, 홍시."

목을 가벼이 돌리며 고단을 풀던 지담은 문을 나서는 패랭이 놈과 시선을 마주쳤다. 주춤주춤하며 밖으로 나온 패랭이 놈은 생각보다 몸집이 작았다.

"일어났느냐? 몸은 좀 괜찮고?"

살갑게 말을 붙여 보아도 대구가 없다. 자꾸만 고개를 주억거리며 한 걸음 한 걸음 앞으로 걸어 나오던 패랭이 놈은 앉아 있는 두 사람을 그냥 지나칠 것처럼 걸음을 옮겼다.

"야, 거기 홍시."

지담은 툭툭 바지를 털며 자리에서 일어섰다. 패랭이 놈도 따라 우뚝 멈춰 섰다.

"나무에서 떨어져 목이 부러질 뻔한 걸 겨우 살려 주었더니 인사도 없이 그냥 가느냐? 너 때문에 우리가 어제 어떤 일을 겪었는지도 모르고 말이야. 내 목이 달아날 뻔했단 말이다."

"지담."

월호의 낮은 부름에 지담은 손을 들어 보였다. 말투가 공격적이지는 않으나 지담은 특유의 건들거림으로 패랭이 놈과 간격을 좁혔다. 어쭈, 다가가니 패랭이 놈이 슬슬 게걸음을 걷는다.

"벙어리냐? 아니면 말을 못 해? 감사하다는 말을 모르느냐?"

벙어리는 아닐 테고. 지담은 패랭이 놈의 얼굴을 보고자 이리저리 고개를 돌렸다. 패랭이 놈은 재주껏 얼굴을 숨기며 그제야 말을 토했다.

"고, 고맙소."

"옳지. 당연히 고마워야지. 당연히 고맙다고 말……."

지담은 말꼬리를 흐리며 월호를 바라보았다. 부지런히 칼을 손보던 월호도 잠시 고개를 들었다. 녀석의 말이, 짧다.

"무어라? 고맙소?"

"고맙소. 내, 내 이녁으로 인해 큰 덕을 보았소."

이녁이라니. 듣는 이가 자신보다 낮은 위치에 있을 때 사용하는 호칭이 아니던가. 고작해야 간신히 패랭이나 뒤집어쓰고 짚신이나 꿰찬 요 작은 놈이 주제도 모르고 아무 말이나 지껄이고 있다. 지담은 귀를 후벼 파다 패랭이 놈의 어깨를 붙잡았다.

"홍시, 너 말이 좀 짧다?"

아무리 관직 의관을 탈피했다 하여도 패랭이 놈에게 이런 말을 들을 만한 복식은 아니었다. 지담은 눈썹을 꿈틀거렸다.

"눈이 없느냐? 어디서 말허리를 댕강 잘라먹느냐는 말이다."

"무, 무슨 소리를 하는 건지……."

용희는 당황함에 웅얼거렸다. 목소리를 낮게 만드는 일만도 버거워 죽겠는데, 별것도 아닌 놈이 조잘거리며 앞길을 막아선다. 평생 남에게 말을 높여 본 적 없는 그녀가 누굴 존대함이 쉬울 리 없었다.

"허어, 이 맹랑한 녀석 좀 보소."

지담은 이리저리 목을 돌리며 탄식했다. 고작해야 주먹만 한 행자 꾸러미 하나 등허리에 멘 채 잔뜩 움츠려 있는 녀석의 말투가 상당히 거슬렸다.

"너 지금 내가 누군 줄 알고."

"이보게, 지담."

월호가 낮게 불러 보지만 소용이 없었다.

지담의 인상이 조금 더 험악해졌다. 대를 거쳐 육조판서를 배출해 낸 사대부 가문의 장자가 아니던가. 게다 지금은 동궁을 가까이서 뫼시는 중한 임무를 지닌 익위사(翊衛司)의 신분이다. 이런 무례함은 일찍이 당해 본 적이 없으니, 패랭이 놈의 어깨를 붙잡은 손끝에 조금 더 힘이 실렸다.

"이거 놓으시오."

용희는 팔을 뿌리치고 어깨를 툭툭 털었다. 여전히 시선을 다른 곳으로 주며 작은 입술을 놀렸다.

"이녁이 누군지 내 알고자 함은 아니나, 말해 준다면 기억해 두었다가 후에 합당한 사례를 하리다."

"무, 무어라? 후에 사례? 사례라 하였느냐, 지금?"

"그것이 아니라면 은혜를 받아 응당 인사를 치렀으니 기쁘게 받아 주면 참으로 고맙겠소."

"허어! 이런 터트려 한입에 먹어 버릴 홍시 놈을 보았나!"

대체 홍시가 무어람. 용희는 서둘러 발길을 옮겼다.

"야! 너 거기 안 서! 야, 홍시! 홍시!"

저 패랭이 놈이 얼굴도 보지 않고 끝까지 반존대를 한다. 비틀비틀 게걸음을 걸으며 행자 꾸러미를 꾹 쥐고 가는 뒷모습에 황당함은 이루 말할 수가 없었다.

"분명 나무에서 떨어지며 머리를 크게 다쳤다, 저 홍시 놈."

그게 아니라면 말이 안 되는 상황이다.

"조금 있다 보면 나는 누구요? 내 가족은 누구요? 기억이 나질 않소! 이러는 거 아냐?"

"그만해라. 목소리 높이지 말고."

"이거 선비 체면이 말이 아니구먼. 나라가 말세다, 말세."

월호는 지담의 당혹스러움이 볼만한지 피식 헛웃음을 흘렸다.

패랭이 놈은 여전히 비틀비틀 걸음을 옮기고 있었고, 얼마 후 지담의 두 눈이 커졌다.

"야, 야! 홍시! 안 돼! 아이고!"

다른 곳을 보며 걷던 패랭이 놈은 우뚝 서서 자신을 바라보고 있던 완의 가슴팍에 부딪혀 엉덩방아를 찧었다.

"허, 허!"

놀란 지담은 뛰었다. 저 홍시 놈이 하루가 멀다고 누울 자리를 알아서 찾고 있다.

"이게 어느 안전이라고 불경한 몸뚱이를 부딪치고……."

달려온 지담이 우악스러운 소리를 내뱉자 완은 손을 들었다. 용희는 오만상을 찌푸린 채 엉덩이를 비볐다. 이 와중에도 고개를 부자연스럽게 돌리며 자신의 얼굴을 감추었다. 완은 표정 없이 패랭이 놈을 내려다보았다.

"대, 대장! 송구합니다! 당장 이 홍시 놈을 치우겠습니다!"

지담은 패랭이 놈의 목덜미를 쓱 끌어 올렸다. 너무도 가볍게 몸이 들린 패랭이 놈은 팔을 허우적대며 켁켁거렸다.

"이리 와! 내 아주 혼쭐을 내 줄 것이니!"

"되었다."

또다시 완은 지담을 만류했고, 이 상황을 용납할 수 없는 지담은 신경질적으로 패랭이 놈의 목덜미를 놓았다. 덕분에 버둥거리던 용희는 또다시 앞으로 넘어졌다. 맨바닥에 쓸려 까진 손바닥을 부여잡으며 용희는 눈을 질끈 감았다. 완은 끝끝내 시선을 바로보지 않는 패랭이 놈을 가만히 바라보다 천천히 무릎을 굽혔다.

"대, 대장······."

지담과 월호는 그 놀라운 광경에 입술을 서서히 벌렸고, 용희는 고개를 떨군 채 입술을 깨물었다.

완은 손을 내밀었다. 무엇을 망설이겠는가. 넘어진 자가 있다면 바로 일으켜 세워야만 했다. 단 한 명도 귀히 여기지 않을 수 없는 조선의 백성인 것을.

"너······. 잡아라."

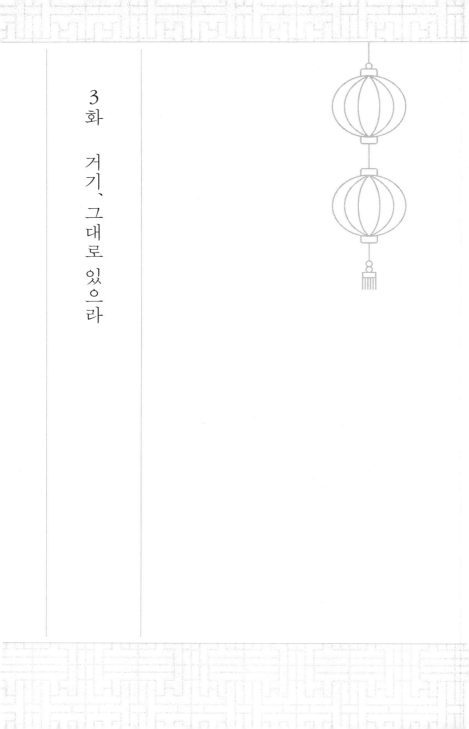

3화

거기, 그대로 있으라

상이 여러 신하들에게 이르기를.

"선왕(先王)의 때 호랑이가 궐(闕)에까지 들어와 환란이 그치지 않았다. 지금에 이르기까지 호랑이가 도성 안팎으로 종횡하며 사람을 잡아먹거나 가옥을 무너뜨리는 등 닥치는 대로 탐식하니 통제하게 하라."

승지 윤계열은 말하기를.

"지난 가을로부터 겨울에 이르기까지 죽은 자의 도합이 익백육십 인입니다. 엎드려 바라옵건대 포수를 차출하여 잡도록 하소서."

하니, '아뢴 대로 하라.' 전교하였다.

"어찌 그냥 나오느냐? 대장께서 물리라 하시더냐?"

지담은 어미를 확인한 강아지처럼 월호에게 졸졸 따라붙으며 두 눈을 크게 치켜뜬 채 물었다. 월호가 저하께서 잡수실 만한 것들을 챙겨 수라를 올렸으나 도로 들고나왔던 것이다.

"어떠냐? 대장께서 아직도 심기가 언짢아 보이시더냐?"

"정 궁금하면 네가 들어가 보거라."

월호의 짧은 대꾸를 들으며 지담은 입술을 비죽거렸다. 분명 우리 저하께서 깊은 상처를 받으신 게 분명하다.

"이게 다 그 홍시 놈 때문이다."

투덜거리던 지담이 잠시 멈춰 서자 월호도 따라 멈춰 섰다. 에효.

두 사람은 모두 완이 손도 대지 않은 사찰 음식을 내려다보았다.

"내 이 홍시 놈을 만나기만 해 봐라. 이걸 꽉, 비틀어서 터트려 버릴 테니까."

지담은 조금 전 상황을 되돌려 생각하며 낮게 탄식했다. 어찌 이런 일이 있을 수 있을까?

그때 그 공터에서, 저하께서는 천천히 무릎을 굽혀 앉으시며 홍시 놈에게 손을 내밀었다. 전무후무할 일이었고 감히 있어서도 안 되는 일이었으나, 사달은 그 이후에 벌어졌다.

'너.'

백성을 어질게 돌보며 작은 것 하나도 모른 체하지 않으시는 그 성품.

'잡아라.'

그것들이 집약된 절정의 순간이었음은 두 번 말해 입 아플 광경이었다. 한데 이 홍시 놈이…….

'됐소.'

'……'

됐소. 됐소라고 했다! 이 터트려 버릴 홍시 놈이! 기가 차고 입에 거품이 물린 건 그다음 일이었다.

'치우시오.'

되었다 못해 치우란다! 이 거지발싸개 같은 홍시 놈이!

"아까 그 홍시 놈이 대장 손 밀치는 거 월호 너도 봤지."

"그래, 보았지."

패랭이 놈은 완이 내민 손을 벌레 치우듯 옆으로 거칠게 밀어내며 일어섰다. 그 광경에 으뜸으로 지담이 놀라고, 둘째로 월호가 멈췄으며, 셋째로 완이 굳었다.

너무 놀라 모두가 기함하고 있던 그때, 패랭이 놈이 옷을 툭툭 털더니 터진 주둥이를 또다시 불경하게 놀리는 것이 아닌가?

'나는 갈 길을 갔을 뿐이고 길을 막고 멈춰 서 있던 것은 그 댁인데, 어찌 내게 허물이 있는 것처럼 대하는 것이오?'

'이 홍시, 죽여 버릴 테다.'

잔뜩 열이 오른 지담이 패랭이 놈에게 달려들자 월호가 붙잡았다.

'사람이 길에서 만나면 먼저 인식한 자가 비켜 주는 것이 응당 도리이거늘, 부러 넘어트리고 손을 내미는 경우는 또 무슨 경우란 말이오?'

'너, 너 딱 서라. 거기 서라. 터트려 버릴 테니까!'

옷을 다 털었는지 패랭이 놈은 여전히 고개를 주억거리며 불경한 태도를 보였다. 그 모습에 흥분한 지담은 목청을 높이며 삿대질을 시작했다.

'가만 둘 것 같으냐? 내가 너를 안 터트리고 그냥 둘 것 같……'

'물론 절경에 취해 앞을 살피지 못한 내게도 과실은 있다 하겠소.'

지담은 말을 뚝 멈췄다. 오호라, 패랭이 놈. 결국엔 잘못을 인정하는 듯싶었다. 하지만 엄지로 검지 한 마디쯤을 나눠 보이더니 천하에 다시없을 망발을 내뱉는 것이 아닌가!

'그 양으로 따지자면 요만큼. 요만…… 큼 정도?'

지랄도 이만하면 풍년이라. 큰 충격에 지담은 자신의 목덜미를 붙잡았고, 월호는 실성한 사람처럼 입술을 멍하니 벌렸다. 때마침 다가온 동자승이 망할 홍시 놈의 손을 붙잡고 줄행랑치는 바람에 사건은 일단락되었다.

"감히 우리 대장의 옥수…… 아니, 손을 내치다니."

지단은 푸우, 한숨을 내뱉었다. 그런 광경을 목격하고도 아무것 하지 못한 자신이 한심스러운 것이다. 당장에 목을 베어 저잣거리에 대롱대롱 달아 놓았어야 했을 일을.

"이 홍시 놈……. 감히, 감히……."

"그만하게. 그자가 무얼 알아 그리하였겠는가."

월호는 태연한 음성으로 다시 걸음을 옮기기 시작했다.

"허! 너는 분하지도 않다는 것이냐?"

지담은 혼자만 하해와 같은 은혜로 군자 행실을 하는 월호가 더 마음에 들지 않았다.

"오호라! 그러고 보니 네놈만 그 홍시 놈에게 당하지 않았지?

그렇지?"

"잔말 말고 따라와. 오기나 하게."

"네놈도 그 홍시 놈에게 그런 하대를 받아 봐야지! 암! 그래야 나와 우리 대장의 속을 이해하지!"

완의 처소로부터 멀어지며 두 사람은 시간 가는 줄 모르고 투닥 거렸다. 어느덧 어둠이 두둑하게 내린 뒤였다.

◎

"다행히 큰 무리는 없습니다. 긁힌 상처는 약재를 올려 두면 수 일 내 차도를 볼 것이니 알려 드린 대로 행하소서."

"알겠네."

용희는 고개를 끄덕였다.

웬 사내놈과 부딪혀 곤경에 처했던 조금 전, 듣도 보도 못한 파 락호 같은 놈들에게 잘못 걸려 여차하면 멱살이라도 잡힐 뻔했다. 참으로 말세가 아닌가. 가고자 하는 발길을 부러 막고 넘어트리는 자가 있다니. 듣기에 설마설마했지, 그런 파락호 놈들이 실제로 있을 줄은 몰랐다. 때맞춰 등장한 동자승이 아니었다면 아마도 곤 경에 처했을 것이 자명하다.

"약을 바르겠습니다. 제법 따끔할 것입니다."

"······ 괜찮네."

처소에서 용희를 기다린 비구니는 그녀의 몸 구석구석 상처를 살피며 약을 바르기 시작했다. 여기에 있는 모두는 용희가 혼절한 채 이곳으로 실려 왔을 때부터 그녀라는 사실을 알 수밖에 없었다.

"이제 다 되었습니다."

"다 되었는가? 고맙네."

때때마다 이곳에 들러 치성을 드리던 그녀를 어찌 잊을 수 있겠는가. 마지막으로 용희를 보았던 몇 달 전, 부처님께 귀한 꽃을 공양하였던 그녀였다.

"이만하기를 참으로 다행입니다. 나무에서 떨어질 때 대처를 잘하신 모양입니다."

용희는 자신을 감싸 안고 뒹굴던 사내를 떠올렸다. 얼굴을 보지 못해 기억에 담긴 것이라곤 손길과 품 안의 감촉뿐이다.

"아, 뭐······ 운이 좋았네."

차마 사내 위로 떨어져 내렸다는 말은 흉측해 입에 담기 어려웠다. 용희는 말을 얼버무리며 시선을 내리깔았다. 약통 정리를 마친 비구니는 두 손을 모아 합장했다.

"피부가 약해 곪을까 염려되오니, 취침 전에 다시 한번 봐 드리겠습니다."

옷을 내리며 비구니를 향해 돌아앉은 용희는 따라 두 손을 모아 합장했다. 약을 바른 상처가 뜨겁게 쓰렸으나 참을 만했다.

"주지 스님은 아니 계신가?"

"오늘은 찾아뵙기 어려우실 것 같습니다."

"······그러한가."

용희는 조용히 고개를 끄덕였다. 한시바삐 주지승을 만나 도움과 자문을 청해 볼 생각이었으나 오늘은 어렵겠다니. 하는 수 없이 인내심을 다하여 기다려 볼 생각이다.

그녀는 차분히 때를 기다려야 하는 반가의 법도를 몸소 익혀 왔고, 함부로 언행을 하지 않는 것에 길들여진 명문가의 규수였다.

"내일 동이 트는 대로 주지스님께 이 사람이 뵙기를 청한다 전해 주시게."

"예. 그리하겠습니다."

잠시 벗어 두었던 패랭이 갓을 다시 머리 위에 올린 용희는 자신의 행색을 내려다보았다. 온갖 오물이 덕지덕지 붙어 형편없어진 행색. 용희는 자신의 모습에 맥없이 웃음을 터트렸다.

"어찌하여 아무것도 묻지 않는 것인가? 내 행색이 궁금할 법도 한데."

용희는 눈썹을 슬쩍 올렸다 내리며 볼썽사나운 옷을 툭툭 털었다. 비구니는 시선을 부드럽게 내리깐 채 조용히 입술을 열었다.

"속세와 절연한 몸입니다. 뜻이 있으시겠지요."

괜한 것을 물었구나. 용희는 설핏 흐린 미소를 그리며 고개를 끄덕였다.

어디서부터 어디까지 말해야 하는가, 내심 갑갑했다. 누구로부터 누구에게까지 밝혀야 하는가, 또한 내심 막막했다. 아니, 어쩌면 제 입 밖으로 꺼내 말로 내뱉는 순간 허물어질 마음이 두려웠는지도 모르겠다.

"나를 알아봐 주어서 고맙네."

"더운물을 받아 놓겠습니다. 약제를 풀어놓을 것이니 때가 되면 나와 온욕하소서."

비구니는 또다시 편안한 시선으로 합장하며 일어섰다. 용희는 행자 꾸러미를 끌어 품에 안으며 간신히 한마디를 덧붙였다.

"이곳에 얼마나 머물다 떠날지는 모를 일이나, 내가 여인이라는 것은 아무도 몰랐으면 하네."

모든 것은 하늘의 뜻이라는 듯, 염불을 외는 소리가 바람에 실려 왔다.

"나는 이제 여인이 아닌 게 되었네. 아시겠는가?"

"스스로의 심신을 굽어 살피소서."

비구니는 온 마음을 다해 그녀의 앞길을 위로했다.

"마음은 뜻의 모든 것이니, 우리는 생각하는 대로 그런 사람이 되는 것입니다."

완은 고요한 눈매로 서책을 한 장 한 장 넘겼다. 동이 트기만을 기다리는 것은 누구와 다를 바가 없었고, 시간을 때우기엔 서책을 탐하는 것만큼 호사로운 일이 없었다.

'됐소.'

서책을 넘기던 손길을 잠시 멈췄다. 완의 미간이 작게 꿈틀거렸다. 자신이 내민 손을 완강하게 뿌리치며 패랭이 놈은 단단히 말하였다.

'치우시오.'

허어. 완은 저도 모르게 탄식을 뱉으며 시선을 들었다. 태어나 지금에 이르기까지 이러한 수치는 겪어 본 적 없어 당혹스럽기도 했다. 하나 무엇을 탓할 수 있겠는가. 그 패랭이 놈이 하는 말은 족족 옳은 말이라 한마디도 되물을 수 없는 지경이었으니.

'저 홍시 놈이 나무에서 떨어지며 머리를 크게 다친 것이 분명합니다, 대장.'

불행하게도 지담의 말은 위로가 되지 않았다. 패랭이 놈이 자신과 부딪힐 거라는 것을 알고도 멈춰 있었던 것은 사실이요, 넘어지고 나서야 손을 내민 일 또한 군자의 덕행은 아닌 것이라.

하지만 하늘 아래 동궁의 몸으로 태어나 길을 먼저 피해 본 일이 있었겠는가. 의식에 없었을 뿐이다.

'잡아라.'

손을 내밀었다. 조선에서 태어난 그 누가 자신이 내민 손을 뿌리칠 수 있을까. 그것을 처음 겪은 완은 괜찮다고 말하였지만 사실 괜찮지 않았다.

"그것 참 별일이로다."

완은 아무리 생각해 보아도 허무맹랑한지 헛웃음을 토했다. 고개를 절레절레 저으며 다시금 서책으로 시선을 옮겼다. 다른 건 다 그렇다 쳐도 눈조차 마주치지 않던 패랭이 놈의 치기는 가히 일품이었으니.

"나 참, 이거 원."

부러 헛기침을 크게 내뱉으며 서책에 집중해 보려 하지만 쉽지가 않다. 완은 마음을 다스리기 위해 중얼중얼 글을 따라 읽었으나 이내 다시 멈추고 말았다. 하필 외풍이 심한 탓에 바람 따라 촛불도 까물거려, 완은 촛대에 시선을 주었다.

"서책도 읽지 말란 뜻인가."

위태롭게 끄먹끄먹대던 촛불은 결국 꺼지고 말았다. 금세 한 치 앞도 구분할 수 없는 어둠이 내려앉았고, 완은 짧게 숨을 불어 내쉬며 서책을 닫았다. 궐에 거처를 두었음에 이런 일들은 상상도 해 본 적이 없었다. 벌어지는 모든 일이 생경한 까닭에 이유 없는 헛웃음만 흘러나왔다.

그나저나 어둠이 깃든 방 안에서 홀로 무얼 해야 하나. 눈 감아 봐야 잠이 올 리 없다. 완은 허름한 문을 열고 밖을 나섰다.

"날이 참 좋구나."

하늘을 올려보던 완은 촘촘히 자리한 채 빛을 발하는 별을 바라보다 중얼거렸다. 팔을 위로 뻗어 툭, 하늘을 꼬집으면 품으로 와락 쏟아질 것 같기도 했다.

녀석들은 무얼 하고 있나. 완은 잠시 걸어 볼 요량으로 발걸음을 옮기기 시작했다. 한 무리의 별들만이 가시는 동궁의 뒤를 느런히 따랐다.

◎

"바람이 제법 시원하구나."

완은 손바닥을 펼치며 불어오는 바람을 맞았다. 손가락 사이로 곧장 빠져나가는 바람은 궐의 삼엄한 바람결과는 사뭇 다른 기운이 담겨 있었다.

한 나라의 임금이 처리하는 일들은 그 수를 능히 거론할 수 없을 만큼 다양하다 하여 만기(萬機)라 칭하기도 했다. 장차 왕위를 계승받아 종묘사직을 보위해야 하는 완의 책임감은 그 깊이를 헤아릴 수 없었다.

"가히 이곳의 절경은 빈말이 아니로고."

사(私)적인 생활을 영위하는 것은 꿈에도 있을 수 없는 일이다. 수백의 시선이 그 뒤를 따랐고, 일거수일투족은 세세히 기록되어 후사로 전해졌으니까. 눈을 뜨는 순간부터 다시 눈을 감는 순간까지 모든 생활은 공(公)적인 영역이 될 수밖에 없었던 것이다.

완은 모처럼 편안하게 숨을 내쉬며 홀로 걷고 있는 지금을 만끽했다. 어디로 가야 하는지 몰라도 괜찮았다. 뜻이 담긴 발길이 아니어도 괜찮았다. 지극히 중한 신분에 몰라도 되었던 이런 자유의 행보는, 한정된 순간이기에 더욱 귀하기만 했다.

등허리에 활을 메고 검 한 자루를 허리에 차고 걷는 이 길 끝에, 완은 비로소 시간이 선사하는 여유를 느끼게 되었다.

"……저것이 무엇이더냐."

그렇게 끌리듯 발걸음을 옮기던 완은 자리에 우뚝 멈춰 섰다. 어둠 속 도깨비불처럼 흔들리는 맹렬한 빛을 발견한 완은 천천히 어깨에 메고 있던 활을 끌어 내렸다.

'범이다.'

스무 걸음쯤을 사이에 두고, 날카로운 이빨을 드러낸 채 발톱을 세운 호랑이 한 마리가 완을 향하고 있었다. 검은 가로줄 사이로 영맹한 기운이 흘러내린다. 눈빛은 또 어찌나 형형한지 어둠을 환히 밝히며 완을 위협했다. 겨우내 굶은 허기를 달래고자 사찰까지 내려온 모양이었다.

"그르르릉……."

주변에 어둠살이 낄수록 범의 눈빛이 날카롭게 빛났다. 완은 작은 움직임으로 화살을 줄에 메웠다. 그런 완의 움직임을 놓침 없이 바라보던 범은 등을 한껏 오그린 채 꼬리를 뻣뻣하게 치켜세웠다.

"그르릉…… 그르릉……."

포효하는 일 없이 낮게 그르렁거리던 호랑이는 등을 더욱 구부려 세운 채 금방이라도 달려들 것처럼 앞발을 뻗었다. 완은 한시도 범에게서 시선을 떼지 않으며 호흡을 고르게 내뱉었다.

근자에 들어 호랑이가 자주 출몰하는 탓에 사건 사고가 많았다. 궁궐 담장 밖 병졸을 물어 가는 일이 있었는가 하면, 여염집 아이를 물고 가 부모의 마음을 갈기갈기 찢어 놓은 사건도 비일비재했다.

"가거라. 헤치지는 않을 것이니."

과거에 호랑이를 영물로 받들어 모신 까닭에 그 수가 감당할 수 없을 만큼 늘어난 것이다. 조선의 백성은 '반년 동안 호랑이를 잡고 반년 동안 호랑이에게 잡혀간다'는 말이 있을 만큼 피해가 막중했다.

"그르렁……."

완은 더욱 시위를 당겼다. 족히 장정 서넛을 합쳐 놓은 것 같은 크기의 범을 향해 살의 방향을 고정했다. 한데 어인 일인지 등을 잔뜩 구부린 채 상황만 주시할 뿐, 범은 완에게 달려들지 않았다.

한 치의 물러섬도 없는 기(氣)가 공간을 장악했다. 완은 팽팽하게 당긴 시위처럼 날 선 눈빛으로 범을 주시했다. 달이 잠시 구름 뒤로 몸체를 숨기자 팔방으로 더욱 진한 어둠이 깔려 왔다.

일촉즉발의 긴장감이 계속되던 그때였다.

"휴, 시원하다."

덜컥. 문이 열리며 더운 수증기가 쏟아져 나왔다. 범과 완의 중간에 위치한 작은 공간이었고, 추측하기를 목욕을 하는 곳인 듯했다. 완은 다급히 입술을 열었다.

"멈춰!"

굳이 완의 음성이 아니었대도, 문을 연 순간 용희는 우뚝 멈춰 섰다. 제 왼편으로는 시위를 당기고 있는 사내가, 제 오른편으로는 등을 구부린 채 꼬리를 치켜든 호랑이가 대치하고 있었다.

"으아……."

"다물라. 위험하니."

용희는 저도 모르게 뒷걸음을 쳤다. 범의 시선이 그녀에게로 돌아가고, 완은 한 걸음 더 앞으로 걸어 나갔다.

"크르릉……."

그제야 다시금 완에게 시선을 돌린 범은 앞발로 땅을 긁었다.

목욕을 마치고 밖을 나선 용희는 이 엄청난 상황 앞에 말을 잃었다. 완의 침착한 음성이 땅거미처럼 낮게 퍼졌다.

"거기 그대로 있으라."

팽팽하게 당긴 시위는 금방이라도 튕길 듯했다. 용희는 무엇에 눌린 듯 꼼짝도 할 수 없어 간신히 문고리를 잡았다. 범은 고개를 흔들며 또다시 낮게 그르렁거렸다.

"움직이면 아니 될 것이다."

비구니가 준비해 준 흑복으로 갈아입은 용희는 간신히 완의 요구에 따라 다리를 고정했다. 저리도 집채만 한 호랑이는 살며 본 적이 없었으니, 마주하는 것만으로도 오금이 저렸다.

완은 한 발 더 앞으로 나아갔다. 용희는 덜덜 떨리는 팔을 어찌하지 못해 주먹을 쥐었다.

"두려움은 등을 보이는 것과 같다. 침착하면 살 것이다."

하지만 말처럼 쉽겠는가. 용희는 덜덜 떨며 문고리를 잡은 채 간신히 서 있었다. 잠시 구름 뒤로 숨었던 달이 모습을 드러내며 범의 형체는 더욱 신랄하게 펼쳐졌다.

안채에 걸린 그림으로만 보았을 뿐, 이렇듯 살아 숨 쉬는 범을 접하고 나니 극강의 두려움이 그녀에게로 휘몰아쳤다. 범은 심기가 불편한지 고개를 아래위로 돌리며 땅을 긁었다. 이내 천지를 삼킬 것 같은 포효를 하며 앞발을 힘껏 들었다.

"크르르르릉!"

울음소리는 천지를 깨울 것만 같았다. 소리와 기운에 놀란 용희는 기어이 털썩 주저앉았고, 때마침 완의 손끝에서 살이 날아갔다.

"크르르릉!"

범의 앞발 한 치 앞에 정확히 떨어진 살은 그대로 땅에 박혔다. 단단한 땅을 뚫고 박힌 살은 위태롭게 제 몸 끝을 떨었다.

이번엔 더욱 빠른 손길로 화살을 줄에 메웠다. 순서가 어찌나 빠른지 눈으로 모두 담기도 어려웠다. 완의 도발에 더욱 격분한 범은 쿵쿵 바닥을 찧으며 포효했다. 용희는 귀를 막은 채 풀린 두 눈으로 범을 주시했고, 완은 멈춘 그림처럼 범을 향해 시위를 고정했다.

"그르르릉……."

한결 낮아진 포효를 하던 범은 천천히 용희가 있는 곳으로 머리를 돌렸다. 영특히 판단하여 완을 포기한 것이다.

용희는 형형한 눈빛을 마주하자 온몸이 얼어붙는 듯한 오한을 느꼈다. 숨을 쉬는 일조차 잊어버려 맥박은 더욱 빠르게 뛰어올랐다.

"크르릉!"

얼마나 두려운지 목소리도 나오지 않았다. 용희는 두 눈을 치켜뜬 채 범을 바라만 보았다. 그러자 완의 미간이 깊게 일그러졌다.

"그릉…… 크르릉……."

간격은 조금씩 가까워지고, 용희는 까무러칠 것 같은 긴장감에 더욱 몸을 떨었다.

주저 없이 완의 손끝에서 살이 날아갔다. 이번에도 범의 앞발, 바로 한 치 앞에 정확하게 꽂혔다. 다음 화살은 바로 옆, 다음 화살은 그 바로 옆에 꽂히며 범의 앞을 가로막았다.

"다음엔 네 눈이, 다음엔 네 목이 달아날 것이다."

또 하나의 살을 메웠다. 완이 시위를 장전하자 범은 자신의 발 앞에 꽂힌 화살을 바라보며 또다시 포효했다. 하늘을 집어삼킬 듯한 소리였다.

"대장! 대장!"

그때 멀리서부터 인척이 들리자, 범은 더 이상의 진격을 포기한 채 훌쩍 뛰어 골짜기 속으로 사라졌다. 완은 시위를 급히 풀지 않고 범이 떠난 자리를 경계했다. 산세 깊은 곳에서 범의 포효가 메아리처럼 들려오고, 그제야 완은 팔을 내리며 숨을 깊게 내쉬었다. 이내 욕탕 쪽으로 시선을 돌린 완은 넋이 나간 홍시 녀석을 살폈다.

"괜찮으냐?"

들리지 않는지 녀석은 말이 없었다. 완은 천천히 욕탕 쪽으로 걸음을 옮기며 용희를 바라보았다. 말끔히 씻어 달빛처럼 뽀얀 피부 아래로 붉은 입술이 당혹스러웠다. 사방이 어두우니 상대적으로 녀석의 피부는 더욱 희게 느껴졌다.

"괜찮으냐 물었다."

이렇듯 떨고 있으니 괜찮냐는 질문은 하여 무엇 할까. 하지만 달리 물어볼 말이 없었기에 완은 혼이 쏙 빠진 용희에게 재차 되물었다.

"……괜찮소."

역시나 하찮은 대꾸가 돌아온다. 완은 피식 헛웃음을 흘리며 주저앉은 녀석에게 손을 내밀었다.

"잡아라."

용희는 완의 손끝을 바라보다 천천히 고개를 들었고, 완은 흔연한 미소를 지으며 손끝을 까딱 움직였다.

이로써 두 번째.

"이래도 아니 잡을 것이냐."

조선의 백성을 구하게 되었다.

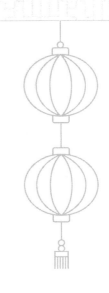

4화

지금부터 거래를 시작하지

중궁(中宮)은 영의정의 사가에 불이 일어났다는 말을 듣고 나아가 상을 위로하기를.

"화재가 일어났다 하니 그 상심이 어찌 애달프지 않습니까. 영의정의 기백이란 말할 것도 없음이요, 그 아래로 식솔을 단정히 꾸리기를, 장자는 문무에 밝아 솔선을 보였고 여식은 듣기로도 어질고 현명하여 내명부의 기대를 모았나이다."

하자 상이 말하기를.

"장사를 채 지내기 전에 명국의 사신이 나라에 와, 응대가 불편하니 그 또한 근심이라. 무릇 특명을 받은 사신을 대함에 영의정을 따를 자 없으니, 또한 나라의 슬픔이 아니고 무엇이겠더냐."

하며 탄식하자, 중궁이 전하기를.

"감히 고하건대 애간장이 녹을 듯 척추 뼈가 물러날 듯 슬퍼 아뢸 것이 더 없습니다."

하였다.

"이곳 등 뒤로 범굴이 있습니다. 해마다 범이 새끼를 쳐서 떠나는 일 없이 머물고 있지요."

다음 날 동이 트자 주지승이 용희를 찾아왔다.

간밤 어찌나 놀랐는지, 해가 뜨도록 잠이 오질 않아 용희는 가슴을 쓸어내려야 했다. 어둠을 밝히던 범의 눈빛은 기묘한 형상을 띠고 있어, 단지 살아 있는 짐승을 마주했다는 표현으로는 감당하기 어려웠다. 그것뿐만이 아니었다. 사내의 눈빛 또한 범과 크게 다르지 않았다.

"새끼를 책임져야 하니 먹을 것을 구해 가는 것은 당연한 도리가 아니겠습니까."

모든 것을 삼킬 듯한 어둠을 뚫고 사내의 눈빛은 사물을 집중하게 했다. 이를테면 범쯤이야 우습게 호령하는 한 마리의 용(龍)을 떠올리게 하니, 그것은 마치…….

"아마도 기(氣)에 눌려 달아난 것 같습니다. 본디가 영특한 짐승이니 다시 이곳으로 내려오는 일은 없을 것입니다."

용호상박(龍虎相搏). 다시 떠올려 생각해 봐도 어지간한 배포로는 따라 할 수도 없을, 가히 송찬할 만한 담력이었다.

"사가의 이야기는 설핏 들었습니다."

용희는 마른 시선을 들었다. 혼이 쏙 빠진 터라 경황이 없어 자꾸만 넋을 놓게 되었다. 이러면 안 된다는 생각이 비로소 찾아들고, 용희는 천천히 고개를 끄덕이며 주지승을 응시했다. 세상과 동떨어진 이곳에 누가 찾아와 소식을 전하였는지는 알 길 없었으나, 주지승이 알고 있음이 되레 다행으로 여겨졌다.

"……그리되었소."

여기까지 퍼질 정도면 삼척동자도 다 알고 있는 사실 아니겠는가. 용희는 아마 지금쯤이면 한양은 난리가 났겠구나 싶어 헛웃음이 터졌다. 어쩌면 자신도 죽은 자의 이름에 올라 상을 치르고 있을지 몰랐다.

용희는 곁에 둔 행자 꾸러미로 시선을 옮겼다.

"주상 전하를 알현해야 할 텐데 도저히 방법을 모르겠소. 도움을 청할 만한 사람도 쉬이 떠오르지 않고."

중얼거리며 용희는 아이를 쓰다듬듯 다정하게 보따리를 쓸어내렸다. 주지승은 말없이 그녀의 손끝을 응시했다.

"가깝지 아니하면 일을 도모하기 어려웠을 것이니, 내 아버지를 믿고 따르던 자들은 더욱 신뢰할 수 없는 상황이오."

평소 아버지와 친분이 두터운 사람들을 잠시 떠올려 보았으나 이내 생각을 접었다. 등 뒤에 칼을 숨긴 자, 아버지의 권세를 시기 질투했을 사람들. 찾아가 도움을 호소하기엔 누구도 믿을 수가 없었다. 아직 살아 있는 자신을 노리고 있을지도 몰랐으니까.

"지금 내게는 신분을 증명해 줄 무엇도 없으니, 이런 상황에서 어찌 입궐해야 하는지……."

"한 나라의 임금을 찾아가기란 쉬운 일은 아니지요. 넘고 거쳐야 할 것들이 많습니다."

그 말에 용희는 고개를 끄덕였다. 예상보다 시일이 걸릴 수도 있겠고, 어쩌면 이대로 영영 상감을 뵙지 못할 수도 있겠다.

"그날 밤 아버지께서 내게 이르기를, 흑단의 소행이라 하셨소."

"흑단 말씀이십니까."

이미 완에게 정황을 전해 들은 주지승은 크게 놀라는 일 없이 용희의 얼굴을 살폈다. 바람도 고와 피해 갔을 것만 같은 그녀의 얼굴은 덤덤했다.

"본디 몸을 쓰는 자들 위엔 머리를 쓰는 자가 있을 것이니, 난 그자들을 반드시 찾아야겠소."

갈 길이 막막했으나 두려움은 아니었고, 혼자가 되었으나 더 이상 슬픔은 묻어나지 않았다. 중궁전 아래 조선 최고의 여인, 그러한 여인의 기개란 보통의 것은 아니었던 것이다.

"소승이 도울 만한 일이 있다면 성심껏 도울 것입니다. 누구에게도 정체를 드러내지 않는 일은 쉽지 않을 것이니, 항시 경계를 늦추지 마십시오."

"고맙소. 새겨들으리다."

"그럼 소승은 그만 일어나겠습니다."

짧은 말로 용희에게 당부를 건넨 주지승은 일어섰다. 따라 일어선 용희는 합장했고, 주지승은 천천히 걸음을 옮기며 완의 처소로 이동했다. 완의 처소 앞엔 못 보던 신이 놓여 있었다.

"이미 당도했구나."

주지승은 빙그레 미소 지으며 하늘을 올려보았다. 대체 이 기막힌 사연을 어찌하면 좋을까. 이곳 처소에서는 나라의 동궁께서 흑단을 찾고 계시고, 반대 처소에서는 집을 잃은 조선 최고의 여인이 흑단을 찾고 있다.

"저하, 소승, 잠시 들어가도 되겠습니까."

부처님께 귀의한 지 어느덧 수십 년. 감히 예측해 보건대 두 사람, 가히 서로를 피해 갈 운명 같지는 않았다.

"들어오라."

◎

용희는 보따리 안에 넣어 두었던 단도를 품에 안고 처소 밖을 나섰다. 어제만 해도 별생각 없이 돌아다녔는데, 호랑이를 마주치고 나서부터는 제 몸 하나 건사하기 위한 노력이 필요하다는 것을 깨닫게 된 것이다.

"호랑이가 아니라 귀신이 나타나도 어제처럼 놀라 주저앉지 말아야지."

오라비만큼은 아니라도 곧잘 활과 검을 쓸 줄 알던 그녀였다. 여인도 자신의 몸을 지킬 줄 알아야 한다고, 오라비는 늘 여동생의 손을 붙잡고 나와 활시위를 당기게 했다.

또다시 간절해지는 가족 생각에 용희는 입술을 잘근 깨물며 뜨거움을 삼켰다.

그때였다.

"여어, 홍시! 간밤엔 잘 잤느냐?"

이제는 놀랍지도 않은 저 목소리, 저 호칭. 용희는 잠시 걸음을 멈추었다.

"하기야, 잠이나 제대로 잤겠느냐? 이불에 실례를 하지는 않았고?"

"쓰, 쓸데없는 소리 좀 하지 마시오!"

격한 반응의 대꾸가 돌아오자 피식 웃음을 터트린 지담은 돌담 옆에 앉아 턱을 괸 채 홍시 놈을 바라보았다. 대체 저 입에서 무슨 말이 튀어나올지 이제는 은근한 기대가 되기도 했다.

"목소리가 제법 낭랑한 걸 보니 살아난 모양이로구나. 새하얗게 질려 벌벌 떨던 놈이."

"……."

"그건 그렇고, 홍시 네놈은 인지상정을 뭘로 보고 두 번씩이나 사람 손을 내친단 말이냐?"

어제도 홍시 놈은 저하의 손을 붙잡지 않았다.

"대체 그런 오만방자함은 어디서 나오는 것이냐? 정녕 머리를 다친 것이냐?"

범의 포효에 놀란 지담과 월호가 당도하였을 땐 이미 범이 사라진 뒤였다. 그곳엔 한층 더 작아진 홍시 놈과 녀석에게 손을 내민 동궁만이 자리하고 있었다.

"뭐, 좋다. 이젠 그다지 놀랍지도 않으……."

"별 뜻은 없었소."

허어. 별 뜻은 없었단다. 지담은 머리를 절레절레 흔들었고, 용희는 마른 주먹을 쥐었다. 태어나 다른 사내의 손을 붙잡아 본 적 없는 그녀가 선뜻 손을 붙잡기란 흔히 생각하는 것처럼 쉬운 일이 아니었다.

"스스로 일어날 수 있기에 그러한 것뿐이오. 다른 뜻은 없소."

"어리석긴. 우리 대장께서 내미신 손끝엔 호의 아닌 다른 뜻이 있었더냐?"

마음은 있었으나 몸이 따라 주질 않았다. 하여 사내가 내민 손을 천천히 거두며 무릎을 세워 일어섰다.

"안 그래도 찾아가 제대로 인사를 건넬 참이었소. 그자의 처소가 어디오?"

"네놈이 만나고 싶다고 감히 뵐 수 있는 분이 아닌데."

용희는 실소했다. 저도 모르게 헛웃음이 터졌고, 그 모습에 지담은 자리를 훌훌 털며 일어섰다. 어제와는 달리 지담의 표정은 제법 삼엄했다.

"내 말 허투루 듣지 말라. 그분을 쉽게 보다간 분명 큰코다친다."

"새겨듣겠소. 어려운 일은 아닌 것 같으니."

"그리고 사람이 말할 땐 눈을 바라보는 것이다. 정녕 그 정도의 예의도 없는 것이냐?"

여인임이 들통 날까, 용희는 저도 모르게 자꾸만 얼굴을 숨기게 되었다. 사람 속도 모르고, 지담은 눈앞의 홍시가 자꾸만 불량한 태도로 말을 이어 가는 것이 못내 비위 상했다.

"너, 지금부터 내가 하는 말 잘 들어라."

지담의 냉한 음성에 용희는 입술을 꾹 깨물었다. 굳이 사내와 시선을 마주하지 않아도, 온몸으로 뿜어져 나오는 살기를 모를 수는 없었다.

"지금까지의 방자함은 웃으며 넘겨주겠다. 생각 같아선 당장 네놈을 패대기치고 싶지만, 그분의 뜻이 그러하니 백 번도 참고 넘어가 주지."

한주먹 거리도 안 될 것 같은 홍시의 어깨를 붙잡으며 지담은 목소리를 낮추었다. 그 음성이 어찌나 살벌한지 용희는 말을 잃었다.

"하지만 내게 금상의 어명이 내려온들 두 번은 참기 힘들 것이다. 하니 다시 마주치는 일은 없길 바란다."

당연한 결과였다. 뼈와 살이 모두 그분의 것인 지담에겐, 당장 목을 베어도 아깝지 않은 홍시 녀석이었으니까.

"다시 만나 그분의 심기를 어지럽히거든, 내 칼이 네놈을 가만두지 않을 테다."

대를 거쳐 섬겨야 할 국본을 곁에서 뫼시는 일. 어지간한 충성으로는 할 수 없는 일이었다.

"그럼 나도 한마디만 하겠소."

"무엇을 말이냐?"

하나 어디 만만한 상대였겠는가.

"한 번만 더 내 어깨에 손을 올렸다간 그쪽 손목이 남아나질 않을 것이오."

"뭐, 뭐라?"

용희는 굴하는 법 없이 더욱 낭랑한 목소리로 입술을 열었다.

"그대가 섬기는 사람이지 내가 섬기는 사람은 아닌 것을 모르오?"

지담은 입술을 쩍 벌렸다.

"참으로 안타깝소. 군자의 뜻이란 누르는 힘이 아닌 녹이는 마음으로 전달해야 통하는 것인데 말이오."

"저, 저, 저……!"

용희는 걸음을 옮겼고, 지담은 들끓어 오르는 분노에 목덜미를 부여잡았다. 겁박도 비아냥도 통하지 않는, 진정한 절대강자였다.

◎

"길이와 재료를 살펴본바, 이것은 조선의 것이 아니다."

"예, 저하. 명국의 것입니다. 조선에서는 쓰지 않는 기술이옵니다."

완은 고개를 끄덕이며 사내가 가지고 온 활을 살폈다. 어렵게 흑단이 실제 사용하고 있는 무기를 추슬러 가지고 온 것이다. 주지승은 말없이 두 사람의 대화를 듣고 있었고, 완은 면밀히 살펴본 후에야 고개를 들었다.

"내 일찍이 이러한 것은 본 적이 없으니, 절차를 밟아 조선으로 넘어온 것은 아니렷다."

"그러하옵니다. 군사 물품을 은밀히 빼돌려 조선으로 납품을 하는 자가 있사온데, 아마도 그자가 흑단과 교류를 맺고 있는 것으로 추측되옵니다."

흑단이 사용하고 있는 활과 검은 조선의 것이 아니었다. 조선의 검과 활을 사용하다 보면 만든 자를 색출하게 될 것이고, 언젠가는 꼬리가 밟힐 수도 있다는 생각에 다른 활로를 만든 것이다.

"생각보다 용의주도한 놈들입니다."

"명국까지 손을 뻗어 일을 도모하는 것, 왈패 놈들이 가능한 일 또한 아니다."

괄목할 만한 일이다. 누군가는 명국과 연을 닿게 해 주었을 것이고, 누군가는 뒷돈을 대며 그들을 키우고 있을 것이다.

"한두 사람이 연루된 것 같지는 않다."

"추측이 있으시옵니까."

"……아직은."

완은 다시금 활을 내려다보며 고개를 저었다. 누구도 의심하지 않을 수 없었으나 누구도 쉽게 의심해서는 안 되는 일이었다. 단서를 찾았으니 조금씩 그들에게 가까워져야 하는 일이 급선무였다.

"그자를 데려와라. 명국의 상인 말이다."

"안 그래도 긴밀히 연통을 넣었사옵니다. 재물이 쌓인다면 무엇이든 팔아넘기는 놈이다 보니, 일은 흔쾌히 성사되었사옵니다."

사내는 더욱 목소리를 낮추며 빠른 시일 안에 만남이 성사될 것이라 아뢰었다.

완은 세자의 신분을 숨기고 명국의 상인을 만나 군사 물품에 대해 더 알아볼 예정이었다. 하나 어찌할까. 명국의 말을 할 수 있는 자가 많지 않으니.

아바마마께 청을 넣어 사람을 받아야 하는가 싶어 완은 잠시 망설였다.

"사안이 은밀하여 말이 통하는 자를 구하기도 쉽지 않을 노릇이다. 방법을 강구해 보아야겠다."

"기한이 촉박하니 서두르셔야 할 것이옵니다."

흠. 완은 입술을 굳게 닫은 채 생각에 잠겼다. 궐에 있는 통역을 부르자니 소식에 촉을 세운 대신들의 귀에 들어갈 것만 같고, 민간인을 고용하자니 오고 갈 이야기가 염려되었다.

"괜찮으시다면 소승이 추천해도 되겠습니까."

말을 아끼던 주지승이 입술을 열었다.

"감히 사람을 한 명 진권해 드리고자 하옵니다."

"명국의 말을 할 줄 아는 자를 알고 있단 말인가?"

주지승이 고개를 끄덕이며 그렇다 말하자, 근심이 엮여 있던 완의 얼굴에 안도의 빛이 맴돌았다. 이곳 주지승은 일을 믿고 맡길 수 있을 정도로 완이 신뢰하고 있는 사람 중 하나였다. 하지만 쉽게 응할 수는 없었다.

"겪으며 알기로는 명국의 말을 신통히 하는 자이옵니다. 또한 응변에도 능한 자이니 적임자가 될 것이옵니다."

"그것보다 중한 것은 신뢰할 수 있느냐에 대한 부분이다. 믿고 맡길 수 있겠는가?"

"세간과 연이 없으니 말을 옮길 곳이 있는 것도 아니요, 있다 한들 입이 가벼운 자는 아니옵니다."

완은 확고한 주지승의 말에 잠시 망설였다. 잠시 적막이 흘렀고, 생각을 마친 완은 다시금 입술을 열었다.

"좋다. 내 그자를 만난 뒤 판단할 것이다."

"망극하옵나이다."

"언제쯤 얼굴을 볼 수 있겠는가. 며칠이나 걸릴 것 같은가."

아마도 이 산골짜기까지 당도하려면 수일은 걸릴 것이다.

완은 주지승에게 날짜를 물었고, 주지승은 짤막하게 고개를 저으며 합장을 했다.

"이미 여기 있사옵니다."

"여기?"

그때였다.

"저, 안에 있소?"

완은 문 쪽으로 시선을 돌렸고 주지승은 미소를 그렸다. 문 밖, 용희는 애먼 발끝으로 땅을 툭툭 치며 굳게 닫힌 처소 문을 바라보았다.

"할 말이 있어 찾아왔소. 안에 있소?"

"저런 미친 자를 보았나. 저것이 뉘 안전이라고……."

말투에 분노한 사내는 칼을 들며 일어섰고, 완은 그런 사내를 저지했다. 때마침 주지승의 입에서 나온 말은 참으로 뜻밖이었다.

"아뢰옵기 황공하오나, 바로 저자이옵니다."

"무엇이 말인가?"

완은 입술을 멍하니 벌렸다. 사내 또한 두 눈을 커다랗게 치떴다.

"저자가 바로 명국의 말을 하는 통역이옵니다."

©

하루가 다르게 날은 포근해졌다. 해가 떠 있는 동안은 어미 새의 품처럼 나른하기도 했고, 겁날 것 없이 활짝 핀 꽃잎은 바람에 흩날리기도 했다.

세상은 그러했다. 인력은 무모하니까. 제아무리 노력한들 계절 따라 피고 지는 꽃의 운명처럼, 때로는 아무리 피해 본들 마주할 수밖에 없는 운명 또한 존재했다.

문이 활짝 열리며 완이 모습을 드러내자 공연히 발끝만 내려다 보던 용희는 무심코 고개를 들었다.

"아, 안에 있었소?"

처소엔 주지승도 함께 있었고, 죽일 듯 눈을 부라리는 초면의 사내 또한 함께였다. 때를 잘못 맞춰 왔구나 싶은 마음에 용희는 황급히 고개를 수그리며 입술을 꾹 깨물었다. 완은 무표정한 시선 으로 용희를 바라보다 몸을 일으켰다.

"저, 저……."

저하! 사내는 차마 말을 다 뱉지 못한 채 허둥지둥 따라 일어섰 다. 완은 짧게 손을 들며 그대로 있으라 명했다.

"스님, 저 미친 자는 누구요? 저 미친 자가 통역을 한단 말이오?"

주지승은 말없이 눈꼬리를 휘었고, 사내는 탄식했다. 밖으로 나 선 완은 우물쭈물하는 홍시 녀석을 아래로 내려다보다 둥글게 미 소를 그렸다.

"무엇 때문에 찾아왔는가?"

무심결에 두 손을 꼭 쥐고 아랫입술을 사리문 것을 보아하니,

지난밤 일이 마음에 담겨 있는 듯했다.

"아…… 뭐……."

두 번째 내민 손을 퇴짜 맞았으나 처음처럼 살벌한 기운은 아니었다. 잠시 녀석의 손이 움찔하는 것을 보았고, 망설임 끝에 천천히 자신의 손을 밀어냈기 때문이다. 그것은 거부가 아닌 정중한 거절이었다.

"어, 어제는 경황이 없어 말도 제대로……."

어제, 그 밤. 지담과 월호가 당도하자 용희는 처소로 뛰어갔다. 고맙다는 말도, 덕분에 살았다는 말도 제대로 하지 못했다.

"무, 물론 먼저 호랑이를 마주친 건 그쪽이지만 내 목숨을 살려 주었음은 자명하니……."

완은 고개를 어깨 쪽으로 기울이며 시선을 낮췄다. 용희는 더욱 고개를 수그렸다. 지담처럼 살벌한 기운이 느껴지는 것도 아니건만, 어찌 된 게 이자에게는 더욱 마주하기 힘든 기운이 숨어 있었다.

"인사를 하러 왔으면 제대로 해야 할 것이 아니냐."

"아…… 그게……."

그렇지만 언제까지 고개를 수그린 채 있을 수는 없는 노릇. 이러한 행동이 더욱 수상하게 느껴질지도 모른다.

"더 기다려야 하는가?"

"아······ 그것이······."

겨우 용기를 낸 용희가 천천히 고개를 들자 완의 눈썹이 미세하게 꿈틀거렸다. 심장이 곤두박질치는 기운에 용희는 평소답지 않게 말을 머뭇거렸다. 깨끗한 얼굴과는 조금 어울리지 않는 사내의 준엄한 눈빛이 시선을 강탈했다.

"고맙소."

한참 후, 용희가 기어이 말을 뱉자 완은 또다시 짧게 미소 지었다. 참으로 맹랑하기 짝이 없는 녀석이 아닌가. 하오나 이만한 사과면 받을 만했다.

두 볼이 붉어진 녀석의 얼굴을 처음 제대로 마주한 완은 살펴보듯 녀석의 얼굴을 응시했다.

"그, 그럼 할 일을 마쳤으니 나는 이만 가 보겠소."

용희는 완의 시선을 감당하기 어려워 이내 발길을 돌렸다. 그때, 완의 목소리가 내려앉는 꽃잎을 타고 발길을 막아섰다.

"네가 명국의 말을 할 줄 안다 하였다."

"명국의 말이야 그럭저럭 듣고 말할······."

그걸 어찌 알았지? 용희는 뒤를 돌았고, 완은 재차 물었다.

"할 수 있느냐 네게 물었다."

"내가 할 수 있는 것이 어째서 궁금하오?"

"네게 청이 있으니 묻는 것이다."

흐어어, 세자 저하……

방 안의 사내는 밖에서 보이지 않게 몸을 숨긴 채 두 무릎을 꿇으며 엎드렸다. 청이라니. 저런 미친 자에게 저하께서 청을 하시다니!

"세상 저런 돌아이가 있나. 저렇게까지 돌은 놈은 태어나 처음 본다."

그냥 듣고 있기엔 두 다리가 후들거렸다. 사내와 함께 앉아 완의 처소를 지키던 주지승은 그 모습을 끝으로 밖을 나섰다.

"어찌 답을 못 하는 것이냐?"

"지금 내게 청이라 하였소?"

"그렇다."

용희는 모습을 보인 주지승에게로 시선을 돌렸다. 대체 무슨 영문인지 알 길은 없었으나, 인자한 주지승의 표정을 보고 있자니 거부할 만한 일은 아닌 성싶었다.

바람이 다녀가자 꽃잎은 비처럼 쏟아졌고, 그녀의 작은 발 앞에 수도 없이 쌓여 갔다. 완은 다시 한번 그녀를 향해 되물었다.

"너는 나를 도울 수 있겠는가?"

"미안하지만 나는 지금 누굴 도울 수 있는 상황이 아니……."

"나의 청을 들어주고 나면, 내가 너의 청을 하나 들어줄 것이다."

"청을…… 말이오?"

청을 들어준다는 말에 용희는 마른침을 삼켰다. 생각해 보면 애당초 혼자서 할 수 있는 일은 아무것도 없었다. 그러니 거래라면 해 볼 만하지 않겠는가?

"분명 청을 들어주겠다 했소?"

"무엇이든지."

"하나 그것을 내 어찌 믿어야겠소?"

"믿고 믿지 않고는 네 소관이 아니더냐. 지금 하는 거래는 말로 보여 줄 일이 아니니, 너 또한 나를 판단하여 결단을 내려라."

용희는 또다시 입술을 다그어 물었다. 지담과 월호가 멀찍이 모습을 드러냈고, 주지승은 가만히 두 사람을 바라보다 발길을 돌려 처소를 나섰다.

"다시 한번 묻겠다."

하늘은 또 어찌나 높고 푸르른지, 세상을 뒤집어 두 이의 발아래에 놓아 드리고 싶었다.

"나와 거래를 해 보겠느냐."

5화

홍시의 정체

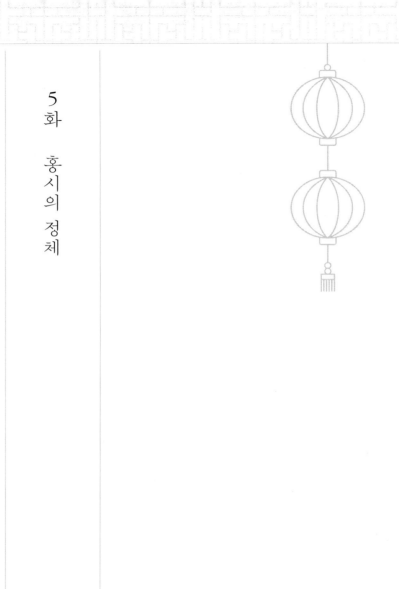

　세자가 출발하여 떠난 뒤, 세자의 후일을 염려한 상이 좌우 대신들에게 이르기를.

　"세자가 밤낮을 모르고 국무에 매진하다 스스로 몸을 돌보지 않아 병을 얻었으니, 병세를 보건대 쉽게 나을 것 같지 않다. 이에 휴가를 얻어 휴양하기를 바라는 바다. 안정을 불러올 수 있도록 서임군(誓林君) 집에 머물게 하라."

　이에 좌의정 신기형이 고하여 아뢰기를.

　"세자의 건강이 이 지경에 이르렀으니 무어라 말해야 할지 모르겠습니다. 청컨대 간택에 임하시는 일이 막중한 때인 줄 아뢰옵니다."

　이에 상이 이르기를.

　"지금은 단지 세자의 안위에 대해서만 논하는 것이 옳다."

　라고 하였다.

"좋소."

생각이 쌓인 눈빛을 정리하며 용희는 고개를 끄덕였다. 내심 긴장하고 있던 완은 그만 웃음을 터트리고 말았다.

명(命)이 아닌 청(請)으로 사람을 부리는 일. 거래라는 명목 아래 이해관계를 나누는 일.

"그 거래, 해 보겠소."

실소가 터져 흐를 만큼 생경한 경험이다.

완은 사뭇 진지한 표정으로 거래를 승낙한 홍시 녀석을 바라보았다. 더는 피하지도, 돌리지도 않는 홍시 놈의 눈빛은 바둑돌을 올려놓은 것처럼 검은빛이 났다. 천천히 얼굴을 응시하던 완의 눈

섭이 작게 꿈틀거렸다.

"다만 명국의 말을 무리 없이 할 수 있어야 한다."

"그 점은 염려 마시오."

용희는 가슴이 저릿해 잠시 말을 멈추었다. 명국의 사신을 맞이하는 것은 아버지의 중한 일이었다. 아버지가 뱉는 말 한마디에 명으로 보내야 할 공납(貢納)의 수가 결정되곤 했으니까.

아버지가 사신을 접견하며 나라의 무역과 관계가 안정되었다. 어지간한 처세술과 언변술로는 감당할 수 없는 일이었다. 그런 아버지의 밑에서 보고, 듣고, 배우며, 자라 왔다.

"그 전에 몇 가지 조건이 있소."

"조건이라?"

"그렇소."

용희는 고개를 끄덕였다.

"비록 구두상으로 오고 간 거래라고는 하나 절차는 필요하오. 격식을 모두 취하자면 한도 끝도 없을 것이나, 간단히 서면으로 작성하고자 하니 협조하시오."

"뭐, 좋을 대로."

완은 자꾸만 헛웃음을 터트렸다. 기껏해야 작은 패랭이 하나 머리에 겨우 얹고 다니는 녀석이 격식을 운운하고 있으니 말이다. 게다가 어깨까지밖에 오지 않는 녀석이 잔뜩 고개를 치켜든 채 종알종알 입술을 놀리고 있으니, 그 모습이 여간 당돌한 것이 아니었다.

완은 좀처럼 홍시의 얼굴에서 시선을 떼지 못했다. 얼굴을 보다 보니 자꾸만 이상한 느낌이 들었던 것이다.

"생각을 정리하면 다시 올 것이니, 그쪽도 내게 요구할 것들을 정리해 주는 것이 좋겠소."

부러 굵게 만들고 있는 것 같은 홍시의 목소리는 듣기에 영 어색했다.

"얼마 걸리지는 않을 것이오. 하나 신중히 판단하여 올 테니 기다리시오."

"그러지."

수염은커녕 솜털도 난 적이 없는 듯 턱과 인중 사이는 매끈했다.

"그럼 이만 가 보겠소."

사내라면 응당 있어야 하는 목젖 또한 찾아보기 힘들었다.

의미심장한 완의 시선에서 멀어진 용희는 뒤로 돌아섰고, 자신의 처소를 향해 걸음을 옮겼다. 지척에서 모습을 바라만 보고 있던 지담과 월호가 완에게 가까이 다가섰다.

"대장, 이게 무슨 말씀이십니까? 저 녀석과 거래를 하시다니요?"

지담의 물음에 대꾸도 하지 않은 채 완은 멀어지는 용희의 뒷모습을 길게 주시했다. 걸음걸이를 눈여겨보자니 좁은 보폭은 여인의 것처럼 가지런히 단정했다.

"저 녀석이 통역을 한다는 말씀이십니까? 아니, 저런 녀석이 명국의 말을 한다는 것을 정녕 믿으십니까?"

둥근 어깨, 잘록한 허리. 멀어지는 홍시의 뒷모습은 완의 시선을 더욱 잡아당겼다. 궁금함이 쉽게 가시지 않던 지담은 곁에서 대꾸 없는 완을 향해 재차 말을 이었다.

"믿을 수 없습니다. 얼마나 중한 일인데 녀석에게 그런 임무를 맡기……."

"설마."

완은 중얼거리며 용희의 뒷모습을 계속해서 바라보았다. 하기야 가만히 생각해 보니 입은 옷가지만 아니라면 녀석이 사내라는 정황은 아무것도 없지 않은가.

지담은 완의 곁에 바투 다가서며 틈새를 놓치지 않고 말을 덧붙였다.

"맞습니다. 맞습니다, 대장. 설마 저런 홍시 놈이 명국의 말을 한다는 것은 아무리 생각해 보아도 어불성……."

"지담아."

지담은 말을 멈추며 완을 바라보았고, 완은 기가 막힌다는 듯 웃음을 터트렸다.

"저자는 여인이 아니더냐."

정말이지 알면 알수록 엄청난 홍시였다.

"계집이라니요? 저 홍시 놈이 계집이라는 말씀이십니까?"

지담은 도저히 믿을 수 없다는 듯 입술을 멍하니 벌렸다. 월호
는 두 눈을 내리깐 채 말을 아꼈고, 처소로 들어선 완은 곧 오겠다
던 홍시를 기다리며 시간을 죽였다.

"저는 믿을 수가 없습니다. 그 정신 나간 자의 소행이 계집의 것
이라니요?"

"아직 확실한 것은 아니다."

완이 말을 자르자 지담은 세상 모든 근심 끌어안은 것처럼 어두
운 낯빛으로 자리를 지켰다. 미친 자라고 해도 용납이 안 될 판에
계집이라니. 그 방자하고도 오만한 언동이! 다름 아닌 계집의 소
행이었다니!

"그런데 계집이 어찌하여 저런 행색으로 그 산속을 헤맸단 말씀
이십니까?"

"난들 이유를 알까."

"오호라, 이제 보아하니 남의 집 종살이를 하다가 도망친 것이
분명합니다. 그렇지 않고서야 저런 꼴로 다닐 이유가 없질 않겠습
니까?"

"그럴지도."

완이 긍정으로 대구하자 지담은 확신에 찬 어투로 고개를 끄덕

였다. 사실 홍시가 여인이라는 정황이 아주 믿기지 않는 것은 아니었다. 어깨를 붙잡았을 때, 부러질 듯 가느다란 감촉이 손바닥으로 고스란히 전해졌으니까.

"이제 어찌실 작정이십니까? 계집을 데리고 다닐 수는 없는 일 아니겠습니까?"

"하나 이를 어찌한다. 당장에 사람을 구할 수 없으니."

"짐이 될 것이 분명합니다. 대장께서 난처해지실 수도 있습니다."

"아직은 심증뿐이니 살펴볼 것이다."

월호는 여전히 말을 아낀 채 묵묵히 자리를 지켰다. 그때였다.

"안에 있소?"

저, 저 불경한 목소리! 지담은 아무리 들어도 용납이 되질 않는지 긴 숨을 내쉬었다. 월호는 문을 열었고, 그곳엔 홍시 녀석이 당당히 서 있었다.

"잠시 들어가겠소."

용희는 월호를 바라보다 처소로 올라섰다. 결이 좋기가 말할 것도 없는 신 세 컬레 옆으로, 볏짚으로 삼아 만든 초리를 벗어 가지런히 모았다. 세 사람은 관찰하듯 홍시 녀석의 행동을 살폈다.

"뭐 하시오?"

용희는 자신에게 쏟아지는 시선을 받으며 안으로 들어섰다. 눈꼬리가 가늘어진 세 남자를 바라보던 용희는 별생각이 들지 않는지 마주 앉았다.

"생각을 정리해 왔소. 준비되었소?"

용희는 완에게 물으며 가지고 온 종이를 내려놓았다. 그 모습을
살피던 지담의 눈썹이 더욱 씰룩거렸다. 시선이 느껴진 용희는 지
담에게 잠시 시선을 주었고, 지담은 잠시 표정을 잃었다.

"뭘 그리 보시오? 거래 처음 하오?"

"시, 시끄럽고 할 말이나 냉큼 하거라!"

그 동그랗고 깨끗한 눈동자가 어찌나 청미한지, 예상과는 전혀
다른 홍시 녀석의 분위기에 그만 압도당하고 만 것이다.

크흠! 흠! 지담은 헛기침을 내뱉었다. 용희는 작은 탁자를 중심
에 두고 조금 더 가까이 다가서 앉았다. 세 남자는 약속이나 한 것
처럼 나란히 앉아 팔짱을 낀 채 홍시에게 시선을 쏟았다.

"읊어 보아라. 조건을 말이다."

잠시 이어진 정적을 깨고 완이 입술을 열었다. 용희는 가지고
온 종이를 탁자 위에 펼쳤다. 굳게 닫혀 있던 완의 입술이 조금 벌
어졌다.

"적어 왔소. 별거 없으나 내게는 중한 것이니, 차분히 들어 주었
으면 좋겠소."

마치 물 흐르듯 수려한 붓글씨. 화려하지 않았으나 점잖은 구석
이 있는 필체. 점 하나 떨어트린 곳 없이 깔끔하게 완성된 종이를

바라보고 있자니 세 남자의 혼란은 배가 되었다. 믿기지 않는다는 듯 완은 용희를 향해 물었다.

"네가 적어 온 것이냐?"

"그렇소. 뭐 문제 있소?"

"······아니다."

완은 계속하라며 작게 손짓했다. 용희는 급히 적어 오느라 평소보다 삐뚤한 글씨가 담긴 종이를 들며 천천히 낭랑한 음색으로 입술을 열었다. 긴장이 풀린 음색이 조금 전보다 높아졌다.

一 첫째, 서로에 대한 질문은 불허한다.

"말 그대로요. 거래를 이어 나가는 동안 개별적인 질문은 금기하오."

"나 또한 바라는 바니 통과한다."

용희는 만족스러워 고개를 끄덕였다. 사실 해당 사항은 완에게도 더없이 필요한 조건이었다.

一 둘째, 동등한 입장을 요구한다.

용희는 지담과 월호를 가리키며 입술을 열었다.

"뭐, 저 두 사람이 그쪽을 따르는 것은 알겠으나 내게는 해당 사항이 없소."

"저런 발칙한······."

빌어먹을, 이젠 '놈'이라고도 못하겠다. 지담은 말꼬리를 흐리며 분노했고, 용희는 냉한 표정으로 지담을 쏘아보다 고개를 홱 돌렸다.

"나는 단지 일을 도모하는 관계일 뿐이니, 내게 주종의 관계를 요구하지 않았으면 좋겠소."

"통과."

완은 시원하게 요구를 들어주었다. 그 모습에 지담은 당황한 듯 외쳤다.

"대, 대장!"

용희는 예상외로 수월한 대화에 안도하며 다시 입을 열었다. 지담의 반응은 무시하기로 한다.

"셋째, 나의 청은 그쪽의 일이 성사된 이후 말하겠소."

"통과."

"만일 나의 청을 듣고 난 뒤 불가하겠다는 말을 하려거든 지금 파기하시오."

"그럴 일은 없다."

완의 덤덤한 대꾸를 들으며 지담은 더욱 눈꼬리를 가늘게 떴다. 분명 저 홍시 녀석은 노비의 신분을 벗어나 자유의 몸을 되찾게 해 달라 말할 것이 자명하다. 그러나 우리 저하께서 못 할 일이 무에 있으시더냐? 뭐든 다 들어주시겠지!

"몹시 어려운 일일 수도 있소. 믿어도 되겠소?"

"믿는 것은 네 소관이라 말하였다. 나는 말을 번복해 본 적 없는 사람이니, 알아서 판단해라."

"좋소. 통과."

용희는 고개를 끄덕였다.

"마지막이오. 사실은 이것이 가장 중요하오."

"무엇이냐?"

"사생활은 존중해 주었으면 좋겠소."

완은 잠시 말을 아꼈다. 용희는 종이 위에 손을 올리며 강경히 말했다. 그녀의 손끝이 어찌나 희고 보드라운지, 세 남자의 시선은 일제히 손등을 향했다.

"일에 지장을 주지는 않을 것이오. 하지만 나의 사생활은 중하니 보호해 주시오."

"불통한다."

에? 용희는 두 눈을 동그랗게 떴다. 완은 고개를 가로저으며 입술을 열었다.

"나와 일을 도모하는 동안 너의 사생활은 인정받을 수 없다."

"하지만……."

"최대한의 배려는 약조한다. 하고자 하는 일의 무게가 막중하니, 일이 끝날 때까지 관리와 감시를 받아야 함은 어쩔 도리가 없다."

"가, 감시라니……."

안 돼! 난 목욕도 혼자 해야 하고 잠도 혼자 자야 한단 말일세!

"문제 있는가?"

"그럼 모든 사생활을 전부 다 같이해야 한다는 말이오?"

"물론."

"자는 일도? 처소도 마련해 주지 않겠다는 말이오?"

"노잣돈이 넉넉하지 않으니 별수 없지."

허! 용희는 탁자 위에 올린 손을 말아 쥐었다. 다시금 세 남자의 시선이 그녀의 손등을 향했다.

말아 쥔 손등에 파란 핏줄이 그대로 올라선다. 살결이 어찌나 투명한지, 마치 그 속을 전부 들여다보고 있는 것만 같았다. 종살이를 했다고 보기에는 터무니없이 깨끗하고 정가한 손이었다.

"어쩌냐. 내 뜻을 따르겠느냐?"

완은 표정을 숨긴 채 물었다. 마주 앉은 녀석의 배포가 어디까지인지 시험해 보아야겠다.

"어렵겠느냐?"

"……."

용희는 말을 아끼며 잠시 침묵했다. 이를 어쩐다. 사내끼리 같은 방을 쓰는 일이야 무에 대수냐마는, 그럴 수가 없는데……. 하오나 별수 있겠는가? 부딪쳐 보는 거지.

"좋소."

세 남자의 눈썹이 꿈틀거렸다. 가히 혀를 내두를 배포에 완은 헛웃음을 토했다.

"그럼 최소한, 아주 최소한의 사생활만 보장해 주시오."

"강구해 보겠다."

협상은 끝났다. 용희는 나란히 앉아 있는 세 남자의 얼굴을 살펴보다 짧은 한숨을 내쉬었다. 그러자 세 남자의 시선이 이번엔 입술로 모여들었다. 앙증맞고 도톰한 입술은 무얼 발라 놓은 것처럼 붉었다. 이 또한 지나치게 탐스러운지라 세 남자의 미간은 쉴 틈 없이 꿈틀댔다. 혼자만 이런 분위기를 느끼지 못하는 용희는 계약을 최종 갈무리했다.

"협상이 완료되었으니 여기, 여기에 도장 찍으시오."

"도장?"

지담은 입에 거품이라도 물 것 같다. 도장이라니. 도장이라니! 지금 이따위 종이 쪼가리에 세자인(世子印)이라도 찍으라는 말인가!

"도장 없소?"

"있다 한들 내 도장은 거래에 효험이 없는지라."

"효험 없는 도장이 어디 있단 말이오?"

"그런 것이 있다. 물려받을 도장이 하나 있긴 한데, 지금은 사용할 수 없다."

오, 옥새! 정말이지 미치고 팔짝 뛸 일이었다. 지담은 정신 나간 사람처럼 피식피식 웃음을 터트리기 시작했고, 용희는 좋다는 표정으로 종이를 들었다.

"내 도장은 여기 있소."

달랑 홍시 그림 하나.

"이것이 무엇이냐?"

"나더러 홍시라 부르지 않았소? 그러니 내 임시 도장이오."

단정히 그린 홍시 그림 옆에 용희의 지장이 찍혔다. 완은 종이를 받아 들었다.

"뭐라도 적으시오. 난 지금처럼 홍시라 불러 주면 될 것 같소."

직인이라. 완은 종이를 내려다보다가 붓을 들었다. 적당히 먹을 찍어 붓을 들어 올리기만 하였을 뿐인데 범상치 않은 용모다. 용희는 신중히 이름을 적어 내려가는 사내를 바라보다 고개를 들었다.

"춘(春)? 선생 이름이오?"

"그렇다."

추, 춘……. 지담은 이제 넋을 놓을 것만 같았다.

예로부터 세자는 봄이라 불렸다. 왕이 될 준비를 하는 자, 결실을 맺기 위한 시간 속에 머무는 자. 그리하여 세자를 '춘궁'이라 칭하기도 한 것이다.

"그럼 때가 되면 일러 주시오. 이만 가 보겠소."

"날이 밝는 대로 떠날 것이다."

"알겠소. 준비하겠소."

서명한 종이를 완과 나누어 가지며 용희는 일어섰다.

"앞으로 잘해 봅시다, 춘 선생."

인사를 건넨 용희가 돌아서려 하자 완은 종이를 들고 있던 손바닥을 폈다. 계약서가 바닥으로 떨어졌고, 네 사람의 시선은 곧장 바닥을 향했다.

"원, 종이 한 장 제대로 간수 못 하시오?"

떨어진 계약서를 바라보던 용희는 허리를 수그리며 손을 뻗었다. 그런데 한 손으로 조신하게 앞섶을 가리고 종이를 집어 올리는 것이 아닌가!

"여기 있소. 잘 간직하시오."

……여인이다.

동태를 살피던 세 남자의 미간이 더욱 꿈틀댔다. 용희는 말을 잃은 세 남자를 두고 밖을 나섰다. 용희가 멀어진 것을 확인한 지담은 두 눈을 가늘게 뜬 채 속삭였다.

"짐작하신 대로 계집이 분명합니다."

그토록 조신하게 앞섶을 가리는 모양새라니. 잠시였으나 마치 저고리 동정 앞으로 손을 올린 규수와도 같은 모습이었다.

"사내라면 저런 행동이 나올 리가 없습니다."

그런 지담의 확신을 들으며 완은 조용히 계약서를 내려다보았다. 침묵을 지키던 월호가 곁으로 다가서며 조용히 아뢰었다.

"근본을 알 수 없는 자입니다. 괜찮으실지 염려되옵니다."

"이것 좀 보아라. 실로 명필이 아니더냐."

계약서를 펼친 완은 그녀의 글 솜씨에 놀라 중얼거렸다. 지담은 글씨를 내려다보다가 입술을 열었다.

"하오나 언동이 고약하기 이를 데가 없는 자입니다. 분명 대장의 성심에 큰 상처를 입을 것이 자명합니다."

"거래를 하는 것일 뿐 다른 것은 없다."

"분명 종살이를 하다가 신분에 반항하는 자일 것입니다. 섬긴 자의 말투니 행동이니 어깨너머 읽힌 대로 하는 것이 분명합니다."

"그럴 수도 있지."

"천민 주제에 말하는 품새 좀 보십시오. 가당키나 한 일입니까?"

그녀가 떠난 자리로 말없이 시선을 옮기며, 완은 들릴 듯 들리지 않을 듯 조용히 중얼거렸다.

"그러나 가당한 일일 수도."

"예?"

그녀의 고왔던 손등은 필시 험한 일을 해 본 적 없어 더욱 빛이 났는지도 모르겠다. 완은 수려한 그녀의 필체를 하염없이 바라보다 종이를 접었다.

"태어나 말을 높여 본 적이 없었을지도 모르지."

하지만 이내 본인이 말하고도 앞뒤가 맞지 않다 느꼈는지 완은 헛웃음을 내뱉었다. 조선 하늘 아래 그럴 수 있는 자 몇이나 될 수 있겠는가. 가능하지 않다.

"대장, 걱정입니다. 여인을 어찌 데리고 다닌단 말입니까?"

"본인이 감추고 있는데, 우리가 모른 척 대하면 그만이 아니겠더냐."

"그, 그것이 어디 쉽겠습니까? 흐어……."

지담의 탄식에 완은 더는 말없이 꽃잎이 흩날리는 앞마당에 시선을 주었다. 저 발칙한 홍시 녀석이 언제까지 이실직고하지 않은 채 정체를 속일 수 있는지 두고 볼 참이다.

천천히 앞마당을 향해 손을 내밀자 연한 꽃잎이 사뿐히 내려앉는다. 완은 오래도록 손바닥을 내려다보았다.

"날이 좋구나."

만물이 그의 앞에서 봄을 노래하기 시작했다. 사뿐히 지르밟고 가시라 발끝에 스스로 수놓였다. 그 이름 만세에 남으리라 속삭이며 재주껏 흐드러졌다.

"……정녕 봄이로다."

오직, 춘궁(春宮)의 계절이다.

이튿날. 날이 밝는 대로 네 사람은 떠날 차비를 끝마쳤다. 처소를 깨끗하게 정리한 용희는 나서기 전 천장을 바라보며 긴 숨을 내뱉었다.

"소승입니다. 잠시 들어가도 되겠습니까."

그녀를 배웅하기 위해 찾아온 주지승과 비구니는 방 안에 들어서며, 그녀에게 필요한 몇 가지를 챙겨 주었다.

"세속적인 물건이 없어 준비한 것은 이것뿐입니다. 필요할 것이니 가져가십시오."

"아……."

용희는 주지승이 내민 얼마간의 노잣돈을 내려다보았다. 긴급히 몸만 빠져나온 터라 준비된 것이 없었던 그녀에게 요긴하지 않을 수 없었다.

"험한 자들은 아니니 걱정은 내려놓으소서."

"알겠소. 진심으로 고맙소."

"뜻한 바를 이루시길 정성껏 바라겠습니다."

"거, 아직 멀었느냐?"

처소 밖에서 지담의 음성이 들리고, 용희는 천천히 무릎을 세우며 일어섰다. 문을 열어 보니 준비를 모두 마친 세 남자가 자신을 바라보고 있었다.

"지금 나가오."

허름한 초리에 발을 꿰며 용희는 행자 꾸러미를 단단히 붙잡았다. 마지막으로 주지승께 합장한 용희는 부드러운 미소를 그렸다.

"그간 고마웠소. 잊지 않겠소."

"살펴 가십시오."

주지승과 비구니는 그녀에게 합장했다. 세 사람은 말없이 그 모습을 바라보았다. 용희는 마지막 인사를 끝으로 발길을 돌렸고, 말 위에서 그녀를 주시하던 완은 입술을 열었다.

"말을 탈 줄 아느냐?"

"잘은……."

완은 훌쩍 뛰어 바닥으로 착지하며 말을 향해 고개를 까딱 흔들었다.

"타거라."

"미안하지만 탈 줄 모르오. 걸어가겠소."

"함께 탈 것이다."

주지승은 빙그레 미소 지었고, 용희는 완에게 시선을 올렸다. 완은 말에 올라타기가 어려워 보여 손을 내밀어 줄까 잠시 고민했지만, 이내 관뒀다.

용희는 말을 올려보다 결연히 고개를 끄덕였다. 사내 흉내를 내려거든 아마도 이런 일부터 스스로 해결해야 할 것이다.

"그럼 실례 좀 하겠소."

용희는 안간힘을 쓰며 한참을 낑낑댔다. 완은 홍시가 말에서 미끄러질 때마다 움찔했지만 그녀가 올라탈 때까지 말없이 기다렸다.

"으아, 탔다."

기어이 스스로 말 위에 올라탄 용희는 뿌듯한지 활짝 웃었다. 그 모습을 끝으로 완은 익숙하게 그녀의 등 뒤로 올라탔다.

"이만 가 보겠다."

"나무아미타불……."

그렇게 네 사람의 동행이 시작되었다.

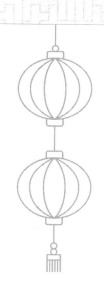

6화

극악무도한 녀석

어둠을 틈타 전서구를 은밀히 보내어 세자가 아뢰기를.

"명국의 상인을 만나 뒤를 밟고자 하오며, 일이 성사되는 대로 다시 아뢰겠나이다. 매일 문안을 드리지 못해 마음이 섭섭하니, 계신 곳 바라보며 머리 조아리옵니다. 바라옵건대 성심을 보전하시옵소서."

하자 상이 이르기를.

"편지 보았다. 일국의 세자의 출궁으로 인하여 하루도 마음 편할 날이 없다. 좌익위 윤지담과 우익위 민월호는 세자를 중히 받들어 성히 돌아오라. 일은 잘 안배하여 처리토록 하라."

하였다.

잠시 쉬어 가는 시간이었다. 완은 기특하게도 자신을 잘 찾아온 새하얀 비둘기 다리에 묶인 쪽지를 끌러 읽었다. 아바마마의 흔적은 보존해야 함이 마땅했으나 사안이 사안인지라 조용히 불에 태우며 고요한 시선을 내렸다.

"어떠하더냐. 궐은 아직도 어수선하더냐?"

구구구 소리를 내는 비둘기를 내려다보며 완이 중얼거렸다. 귀소 본능이 강한 비둘기는 훈련 끝에 통신 수단인 전서구(傳書鳩)로 이용되었다. 평소 잘 길들인 비둘기 한 마리는 제 역할을 톡톡히 해내며 궐과 완의 사이에 긴요한 연락망이 되어 주었다.

"고생했다. 요기나 해라."

완은 잘게 빻은 곡식을 바닥에 조금 뿌렸고, 임무를 마친 비둘기는 정신없이 부리로 곡식을 쪼았다.

지담과 월호는 세자가 머물 수 있는 안전한 곳을 찾아보고자 마을로 내려가, 울창한 산속 한가운데 남은 거라곤 완과 홍시뿐이었다.

"더 주랴? 부족한 것이냐?"

완은 모이를 조금 더 바닥에 뿌렸다. 곡식을 남김없이 다 먹었을 때쯤, 인기척을 느낀 비둘기가 푸드득거리며 하늘 위로 날아올랐다.

"뭐요. 이젠 비둘기하고도 말을 트는 것이오?"

홍시다.

"사람과도 말이 통하지 않는데 짐승이라고 말이 통할까."

"보아하니 전서구 같은데."

장시간 말을 타고 달려 몸이 찌뿌둥한지 홍시 녀석은 이리저리 상체를 돌렸다. 완은 날아오른 비둘기를 향해 올렸던 시선을 내리며 홍시 녀석을 바라보았다.

"전서구를 아느냐?"

"뭐, 안다기보다."

용희는 말을 짤막하게 자르며 완을 바라보았다. 서로는 의미심장한 눈빛을 주고받았다.

"선생이 전서구 주인이오?"

"따르는 것을 그대가 보았으니, 아니라고는 말 못 하겠지."

조선 바닥에 전서구를 이용하는 자가 많지 않음을 알고 있는 용희는 완의 신분이 의심스러웠고, 전서구를 알고 있는 여인이 흔치 않기에 완은 더더욱 용희의 신분이 의심스러웠다. 하는 일 없이 서로가 의심만 키워 가고 있다. 서로는 서로를 생각하기를, 알면 알수록 이상했다.

용희는 완을 따라 앉았다.

"길들이기 쉽지 않았을 것인데 재주도 용하오."

"어려운 일이지. 쉽게 길들일 수 없다."

"맞소?"

용희는 보드라운 손길로 바닥을 쓸며 곡식 부스러기를 모았고, 이내 휘파람을 낮게 불며 고개를 들었다. 완은 고개를 가로저으며 부질없다 말했다.

"이미 주인이 있는 전서구는 그리 부른다고 올 짐승이 아⋯⋯."

"왔니? 마저 먹어라."

완은 입술을 멍하게 벌렸다. 이 줏대 없는 비둘기 녀석이 홍시의 휘파람 소리를 듣고 날아와 손끝에 자리 잡는 것이 아닌가? 정신없이 부리를 쪼는 모습을 보고 있자니 지조 없기로는 당할 재간이 없다. 완은 두 눈을 크게 치떴다.

"오구구, 배가 고팠던 모양이네. 멀리서 날아온 모양이다. 그렇지?"

심지어 홍시가 조심스럽게 깃털을 쓸어도 꼼짝하지 않고 앉아 있다. 생전 자신도 해 보지 못한 일들이 아니던가. 공연한 배신감이 비둘기에게 사무친다.

완은 충성심이라곤 눈곱만큼도 없는 비둘기를 바라보다 혀를 끌끌 찼다.

"이토록 사람을 잘 타는 전서구가 무슨 제 기능을 한다고."

"오해 마시오. 이 녀석은 나와 선생이 마음을 터놓고 있다 여긴 것이니. 이 녀석에겐 지금 우리가 아주 친한 것처럼 보이는 모양이오."

그저 주인이 신뢰하는 자를 따라온 것뿐이라고 그녀는 말했다.

용희는 곡식을 쪼아 먹는 비둘기가 사랑스럽다는 듯 바라보았다. 완은 힐끔 그 모습을 바라보다 입술을 열었다.

"대체 그런 재주는 어디서 배운 것이냐?"

"질문은 금기한다고 했던 것 같은데. 우리 말이오."

손바닥에 올려 둔 곡식 부스러기를 모조리 먹어 치운 비둘기는 다시 하늘로 날아올랐다. 용희는 손바닥을 툭툭 털며 하늘 위로 시선을 올렸다.

"아버지를 따라 전서구를 본 적이 있소."

"전서구를 본 적이 있다?"

어디 들어 보기만 했겠는가. 그녀는 직접 키우기도 했었다. 아버지는 도성 밖에서 사신을 접견할 때면, 상감께 아뢰어야 할 긴급한 문제를 전서구 다리에 묶어 궐로 보내시곤 했다.

"부친께서 무슨 일을 했기에?"

"내 아버지께서는 주로 담보를 두고 거래를 하셨소."

때로는 자신의 목숨을 담보로 내어놓으며 때로는 나라의 미래를 담보로 세우며, 칼날처럼 매서운 약조와 거래 사이를 오가셔야만 했다.

"무역인가?"

"뭐, 그런 셈이오."

"그래서 네가 명국의 말을 할 줄 안다는 것이냐?"

"오며 가며 배웠소. 아버지가 하는 일에 관심이 많기도 했고."

물론 아버지는 호기심이 지나치다며 싫어하셨지만.

아버지는 언제나 자신이 별당 안에서 조신한 삶을 살길 원하셨다. 글로 배우는 세상, 글로 깨우치는 이념이 중하다 여기셨다. 조선 하늘 아래 여인으로 태어나 할 수 있는 일은 많지 않다고 강조하셨다.

'용희야, 네가 어떤 여인인지 살면서 한시도 잊어서는 안 될 것

이다.'

장차 세자비가 될지 모르는 몸이니, 스스로를 귀히 여기라 말씀
하셨다.

"무엇을 팔아 이문을 남겼더냐?"

"생각보다 질문이 많소?"

"무에 중한 것들이라 말을 못 할까."

완의 질문에 용희는 다시금 고개를 내렸다.

"조선의 땅과 바다, 하늘을 거래 물건으로 여기셨소."

가장 둥글게, 그러나 가장 솔직하게.

"그 안에서 받아야 할 것을 늘리고, 보내야 할 것을 줄이는 일을
하셨소."

그녀는 완의 질문에 대답을 마쳤다.

"땅과 하늘을 거래했다."

완은 짧은 웃음을 토했다. 홍시가 대답을 회피하고 있는 것처럼
느꼈기에 별 뜻 없이 답을 넘기며 고개를 끄덕였다.

"이 땅에서 나고 자라는 것들은 전부 상품이 되었다는 말이냐?"

"뭐, 말이 그렇게 되나."

그가 가볍게 넘기니 용희도 끝내 가볍게 넘기며 쓴웃음을 흘
렸다.

"하여간에 대단한 재주로다. 그런 것들을 사고팔다니."

"대단하셨소, 참으로."

아버지께서는 그동안 얼마나 많은 나라의 문제를 처리하셨던가. 혹자는 세간에 다시없을 위인이라 말했다. 위로는 상감과 중궁의 신뢰를, 아래로는 백성들과 팔도 초야에 묻혀 사는 유생들의 존경까지 따랐다. 그 사실을 부정할 자, 감히 없으리라.

"뜬금없지만 말이다. 도성 밖 하늘은 보통 이리 높더냐?"

완은 하늘을 올려보며 중얼거렸다. 구름 한 점 찍히지 않은 하늘은 파란 옷감을 펼쳐 놓은 듯 높고 아득했다. 궐 안에서 바라본 하늘과 같은 것이라 말하기엔 느껴지는 감흥 자체가 달랐다.

"나도 잘 모르겠소."

하지만 그녀라고 알고 있을 리 없다. 별당 안에서 올려보던 하늘이 이렇게 높고 푸르렀던가. 항시 살펴보았으나 일찍이 이런 하늘은 본 적이 없었던 것 같다.

"이렇게 하늘 위로 손을 뻗으면 팔이 잠길 것 같지 않소?"

용희는 하늘 위로 팔을 뻗으며 중얼거렸다. 완은 힐끔 그녀에게 시선을 돌렸다.

"어지간한 비단옷보다 곱소. 휘감으면 얼마나 포근하려나."

팔을 뻗은 채 미소를 띤 홍시의 얼굴은 아무리 보아도 완벽한 여인이었다. 서툰 사내 복식과 부러 낮춘 목소리만으로 사실을 가리기엔 턱없이 부족했던 것이다.

완은 문득 궁금해졌다. 어쩌다 이렇게 혼자가 되었는지, 어쩌다 가족들과 헤어지게 되었는지. 대체 무슨 사연으로 여인임을 잊은 듯 살아가는지.

"하늘 참, 진짜 맑다."

물을 수 없는 질문들이 쌓여 가기 시작한다. 완은 청명한 눈빛으로 하늘 위로 올려보는 홍시를 오래도록 바라보았다.

"지금 뭐 하시오?"

시선이 느껴진 걸까. 방긋 웃는 얼굴로 팔을 흔들던 홍시는 고개를 내리며 완을 바라보았다.

"뭘 그렇게 보시오? 내 얼굴에 뭐라도 묻은 게요?"

"아니, 아무것도."

깊고 푸른 하늘이 그녀의 눈가로 옮겨 온 듯, 총기 어린 눈동자는 다른 무엇을 일절 담지 않은 채 자체만으로 빛을 내고 있었다. 그 두 눈을 무심히 바라보기엔 한없이 깊어 빠져 버릴 것만 같았다.

서로 바라만 보기를, 그러한 시간이 얼마나 흘렀을까.

'큼.'

용희는 헛기침을 내뱉으며 고개를 들어 올렸다. 비둘기는 여전히 하늘 위를 선회하고 있었고, 완은 홍시를 따라 하늘 위로 다시금 시선을 돌렸다.

"저 녀석은 아직 안 가고 저러고 있네."

"볼일이 남은 모양이다."

"볼일? 일이 아직 안 끝……."

"잠시."

그때였다. 완은 황급히 팔을 뻗으며 그녀를 가까이 끌었다. 그의 품으로 끌려간 그녀는 순식간에 어두워진 시야에 놀라 말을 멈췄다. 무슨 일인지 감이 잡히질 않아, 용희는 두 눈을 세차게 깜빡거리며 마른 주먹을 꼭 쥐었다.

완은 품 안으로 끌어 온 그녀의 머리를 팔로 가렸다.

"지, 지금 뭐 하는 거요? 이, 이거 놓으시오. 놓으라는 말 모르오?"

"잠시 기다려 보아라."

용희는 두 눈을 깜빡였다. 맥박이 불규칙하게 빨라진 탓에 음성도 커졌다.

"당장! 당장 이 손 치우지 않으면 거래고 뭐고 없는 줄 아시오! 난 분명히 말했소!"

힘껏 자신의 몸을 움직여 보아도 꿈쩍도 하지 않는다. 용희는 악에 받친 목소리를 드높였다.

"대체 뭐 하는 거요! 이거 놓으란 말이오!"

"성급하기는. 이제 되었다."

완은 천천히 팔을 내리며 오만상을 찌푸렸다. 그녀는 황급히 상체를 세우며 옷매무새를 가다듬었다. 심장은 낯선 사내의 기운에 반항하듯 뛰어올랐다.

"지금 제정신이오? 멀쩡한 사람을 왜 끌어당기고……."

"밥을 많이 주니 내 이럴 줄 알았지."

별일 아닌 것처럼 완은 중얼거렸다. 그의 옷에 선명하게 튀긴 똥 자국. 놀란 가슴 진정시킬 틈도 없이, 용희는 당황함에 말을 더듬었다.

"뭐, 뭐요. 설마, 설마 그거, 새똥이오?"

"내 보기에도 그러한데."

비둘기 녀석은 볼일이 끝났는지 시원하게 사라졌다. 완은 미간을 일그러트린 채 자신의 옷자락을 바라보았다. 감히 동궁의 몸에 똥이나 싸지르는 녀석을 어찌할까? 다음부턴 끼니를 챙겨 주지 말아야 할까? 주인도 못 알아보는 전서구 같으니……. 이젠 하다 하다 똥까지…….

"그러게 새 모이를 그렇게 많이 주면 어쩌자는 것이냐?"

"내가 주었소? 바닥에 남은 것을 쓸어 주었을 뿐인데?"

"날아갔으면 그냥 둘 일이지 네가 다시 불렀지 않느냐?"

"나 때문에 못 먹고 날아간 듯싶어 다시 부른 것 아니오? 그 말은 지금 내 탓이란 말이오?"

용희는 억울함이 그득한 시선으로 입술을 삐죽 내밀었다. 완은 불쾌함이 그득한 시선으로 제 옷가지를 내려다보다 탄식했다.

"그냥 네 녀석 머리 위로 떨어지게 내버려 둘 것을 내가 괜한 참견을 했다. 아니 그러냐?"

"허! 그러게 말이오! 그러게 누가 애당초 그렇게 많이 꺼내 바닥에 뿌리라 했소?"

"뭐, 뭐라?"

서로는 네 탓이다 아니다 하며 옥신각신 입씨름을 했다.

"그깟 오물이야 털면 되는 것 아니오? 원 사내 속이 이렇게 좁아서야!"

"지, 지금 뭐라 하였느냐? 속이 좁다 하였느냐?"

용희는 입술을 꿍얼거리다 토라진 시선을 내렸다. 오물을 닦아 낼 만한 게 주변에 있을 리 없었다. 고민하던 용희는 품 안에서 손수건을 꺼내 들었다. 얼마 전 중궁전에서 직접 수를 놓아 하사하신 중한 것이다. 어머니를 통해 전달받게 된 이 손수건은 물건 그 이상의 가치를 지니고 있었다.

"이 손수건을 이런 곳에 사용하다니, 선생은 영광인 줄 아시오. 이게 어떤 손수건인데."

용희는 완의 옷자락을 쓱 끌어당기며 툭툭 이물질을 닦아 냈다. 완은 그녀의 말이 기도 안 찬다는 표정을 지었다.

"내 이것을 이런 오물이나 닦아 내자고 품고 다닌 줄 아시오?

감사한 줄 아시오."

"그깟 헝겊 나부랭이가 지금 내 옷가지에 비할 바나 된다는 말이더냐?"

"말조심하시오. 그깟 헝겊 나부랭이라니. 선생은 평생 살아도 한 번 만져도 못 볼 귀한 것이란 말이오."

허, 내가 못 만져 볼 물건을 어찌 네가 만지고 있겠느냐?

완은 입술을 꾹 닫았다. 화가 났지만 더는 치졸함에 대꾸를 이어 가기도 어려웠다.

"아, 팔 좀 제대로 뻗으시오. 닦으라는 거요, 말라는 거요?"

"……."

완은 고분고분 팔을 뻗으며 홍시에게 옷자락을 내맡겼다. 세자의 특권을 모두 내려놓겠다 말은 했지만 어디 그런 일들이 쉽겠는가. 자신도 모르는 사이 자연스러운 마음으로 홍시에게 뒤처리를 일임한 것이다.

"다 되었소. 티도 안 나니 모르는 척해 주겠소."

"내가 어쩌다가 이렇게 되었는데 그것을 지금 말이라고 하느냐?"

"분명히 말하지만 난 도와 달라고 한 적 없소."

다 되었는지 용희는 손을 내렸다. 꼼꼼하게 닦아 내었으니 보기에도 멀쩡했다. 시선을 내려 옷자락만 바라보던 완은 대책이 없다는 듯 헛웃음을 지었다.

"손끝이 야무진 것을 보아하니 배를 곯지는 않겠군. 좋은 정보다."

"지금 그 말은 손끝을 야무지게 움직여야만 배를 채울 수 있게 해 주겠다는 것이오?"

용희는 눈을 흘겼고, 완은 옷자락을 툭툭 털며 무심히 말을 이었다.

"자유롭게 상상해라. 나는 그저 따르는 몸종 하나 없이 길을 헤매기가 얼마나 힘든 일인지 새삼 깨달았을 뿐."

모, 몸종이라니? 내가 선생의 몸종이라도 된다는 뜻인가? 용희는 기가 막히고 코가 막히는 선생의 말에 두 눈을 부릅떴다. 이 작자가 지금 거래의 조건을 잊고 아무 말이나 지껄이나 본데!

"결국은 치매가 온 거요? 계약 조건 잊었소? 우리는 동등한 위치라고?"

"동등한 위치면 동등하게 노잣돈을 대어야겠지. 아니 그러냐?"

"그, 그깟 돈 가지고 치사하게 이럴 거요?"

"말은 바로 해야지. 그깟 돈이라니. 온종일 땅을 파 보아라. 한 닢이나 구하겠는가?"

허! 이런 안하무인을 보았는가!

용희의 얼굴이 붉으락푸르락 물들어 간다. 완은 자리에서 일어서며 각오 단단히 하라는 듯 내뱉는 말로 겁을 주었다. 요 콩만 한 홍시 놈을 길들이려면 골치깨나 썩을 것만 같다.

"일하지 않은 자 먹지도 말라는 어느 귀인의 말이 떠오르는구나."

낯선 자와 뜻을 함께하려거든 반드시 행해야 하는 첫 번째 일.

"여봐라, 홍시. 내 짐이 좀 많은데 거들어 볼 것이냐?"

바로 기선 제압이었다.

◎

"이곳이오?"

이슥한 밤. 묵어갈 숙소에 도착한 용희는 공간을 바라보았다. 월호는 앞서 걸음을 옮겼고, 종전에 이야기를 마친 주인장과 대화를 나누었다.

용희는 낑낑대며 완의 곁에 다가섰다. 말 등에 채우지 못한 선생의 짐을 나눠 멘 것이다. 이런 거라도 하지 않으면 저 야비한 성격에 밥이고 나발이고 아무것도 챙겨 주지 않을 것 같았다. 정당한 노동을 하는 것뿐이라고 그녀는 수도 없이 자신을 위로했다.

"이보시오, 선생. 내게 숙소 정도는 따로 줄 수 있는 것 아니오?"

"따로 줄 수도 있겠으나, 따로 주지 않을 수도 있는 것이지."

"나는 여럿이 함께 사용하는 것에 불편함을 느낀단 말이오."

"그 불편함이 내 것은 아니니 나와는 상관없을 수도 있지."

"선생은 아닐지라도 저자들은 나 때문에 되게 불편할 거라니까?"

"주제에 누굴 걱정하느냐? 내가 편하면 저들도 편하다."

"무슨 그런 말이 있소? 저자들의 심기를 선생이 어찌 안단 말이오?"

"그런 운명이다. 신경 쓰지 마라."

용희는 힘껏 완을 노려보았다. 그녀에겐 주지승이 건넨 돈이 수중에 있었지만, 얼마나 긴 여정이 될지 모르는 일인데 함부로 사용할 수 없었다.

때마침 흥정을 마친 월호가 가까이 다가섰고, 지담은 주인장을 따라 마구간으로 말을 끌었다.

"묵을 방은 두 개로 나누었습니다."

"두 개라."

완은 힐끔 홍시를 바라보았다. 두 개를 얻었다는 말을 듣자마자 그녀의 눈빛에 강력한 희망이 서렸다. 하지만 기선 제압이 끝날 때까지는 어림없는 소리다.

"월호, 너는 지담과 함께 들어가 쉬어라."

"그러하시면⋯⋯."

월호의 시선은 자연스럽게 용희에게로 향했다. 용희는 허둥지둥 손사래를 치며 목청을 높였다.

"나, 나도 그럼 이자들과 함께 방을 쓰겠소!"

"아니, 너는 따라와라."

이만 가 보겠다. 완은 월호의 어깨를 툭툭 치며 앞으로 걸음을 옮겼다. 월호는 입술을 멍하니 벌리며 완의 뒷모습을 바라보았다.

"이보시오! 선생! 선생!"

용희의 외침에도 완은 제 갈 길을 갔다. 세상에 이런 변이 있나. 용희는 다시금 월호에게 고개를 돌렸다.

"왜 이러고 있소? 어서 가서 그쪽 대장께 귀하신 몸 혼자 방을 쓰시라 말해야 하는 것 아니오?"

"명 앞에는 번복이 없다."

"뭐, 뭐요?"

용희는 입술을 꾹 깨물었다. 분명 손수건 때문에 괴롭히는 것이 분명했다. 그러지 않고서야 방을 이따위로 나눌 일이 무에 있겠는가?

"뭐 하고 서 있느냐? 어서 따라오질 않고?"

완은 돌아서며 그녀를 바라보았다. 월호는 짧게 고개를 수그리며 완에게 인사를 건넸고, 용희는 각오했다는 듯 고개를 끄덕이며 걸음을 옮겼다.

그래, 좋다! 죽기 아니면 까무러치기니까!

"앞장서시오! 따라갈 테니!"

제 키만 한 짐을 꾸린 그녀는 허우적허우적 걸음을 옮겼다.

완은 느긋한 걸음으로 앞장섰고, 이내 처소 문을 열고 들어섰다. 방 앞에서 멀뚱멀뚱 안을 들여다보던 그녀는 용기 내어 한 발 입성을 시도했다. 벽을 바라보고 서 있던 완은 인기척에 실금 같은 미소를 그렸다.

"들어왔으면 문을 닫아야지."

"아? 아, 알겠소."

끼이이익. 문이 닫히자 완은 머리 위에 쓰고 있던 전립을 벗었다. 용희는 완의 뒷모습만 뚫어지게 바라보고 있었다. 아니, 그런데 겉옷을 끌러 내리더니 방바닥에 떨구는 것이 아닌가? 그녀는 선생의 충격적인 행동에 눈을 의심했다.

"지, 지금 뭐 하오?"

풀썩 떨군 선생의 겉옷을 바라보던 용희는 고개를 들었다. 전립을 쥔 채 손을 내린 완이 돌아서며 그녀를 바라보았다.

"끌러라."

준절함은 음성에 물들어 명(命)으로 뒤바뀌었다. 용희는 놀라 털썩 주저앉았다.

"끄, 끌러? 무, 무엇을 말이오?"

용희는 문 쪽으로 엉덩이를 밀었다.

"나, 나한테 손끝 하나 대지 마시오! 가만두지 않을 테니까!"

그녀는 무의식적으로 앞섶에 손을 올리며 두 눈을 크게 치켜떴다. 머릿속은 온갖 난잡한 상상들로 북적였고, 그것들이 곧 현실이 될 것만 같아 잔뜩 겁이 났다. 거지같은 선생의 음성은 그녀의 복잡한 생각을 더욱 비비며 헝클어트렸다.

"보아라. 이 방은 우리 둘뿐이고, 허락 없이는 이 방에 들어올 자도 없으니 말이다."

완은 겹겹이 겹쳐 입은 저고리를 하나씩 끌르기 시작했다. 그 모습을 바라보자니 더는 생각을 이어 가는 것도 힘이 들었다. 준절한 음성을 닮은 시선이 그녀에게 박힌다. 입가엔 뜻 모를 미소가 슬쩍 지나가기도 했다.

"끌러라, 당장."

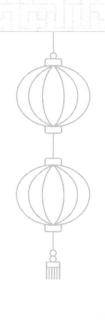

7화

은빛 세상 아래

【해종실록 11권. 해종(偕宗) 17년 4월 2일】

관상감이 아뢰기를.

"어젯밤 하늘 위 태자별 곁에 전례 없는 별 하나가 발견되었으니, 빛깔과 크기가 남다른 까닭에 변이가 비상합니다. 근자 들어 이런 추이가 종종 있사오니 전례에 따라 관원들을 숙직하도록 정하여 살피게 하는 것이 어떻겠습니까?"

하니, 윤허한다고 전교하였다.

"이보게, 월호. 막걸리 냄새가 참으로 달달하지 않으냐?"

막걸리 특유의 삭은 냄새가 달게 진동한다. 지담은 숨을 깊게 들이마시며 향을 만끽하는 듯한 표정을 지었다. 월호는 들고 있던 짐을 내리며 입술을 열었다.

"감히 술은 입에도 댈 생각하지 마라."

"냄새가 난다고 했지 내가 언제 마시겠다고 했느냐? 말이 좀 심하네!"

지담은 묵묵히 짐을 풀고 있는 월호의 뒷모습을 향해 꿍얼거렸다. 정오품, 세자익위사. 녀석들이 동궁관 세자익위사의 직함을 달게 되었던 때는 사 년 전이었다.

"생각할수록 열받네. 뚫린 코로 냄새도 맡지 말라 하는 것이냐? 왜? 밥도 처먹지 말라고 하지? 응?"

세자익위사의 직함은 명망 높은 가문의 자손들이 궁으로 입성하는 좋은 예가 되었다. 뛰어난 무예 실력은 말할 것도 없음이요, 타고난 충성심은 필수였다.

"잠도 청하지 말 것이요, 먹는 것도 삼가며 눈 뜬 봉사처럼 보지도 말라. 이렇게 말하지? 왜?"

그렇게 나라의 국본을 따르고 뫼시며 사 년을 함께했으니 서로 조금씩은 닮아 갈 법도 한데, 두 사람은 상극 중에도 최상극이었다.

"이젠 대꾸도 안 하는 것이냐?"

"가치가 없으니 이어 갈 자신도 없다."

"가, 가치가 없어?"

에라이! 지담은 월호가 잘 포개 놓은 짐을 발재간으로 흐트러트렸다. 미간을 꿈틀대던 월호는 쓱 고개를 돌렸고, 지담은 격분한 삿대질로 월호의 얼굴을 가리켰다.

"두고 보거라! 임무를 마치고 돌아가면 네놈부터 자리에서 끌어내릴 것이니!"

"옆방에 그분이 계시다. 번잡하게 목소리 높일 것이냐?"

"아니?"

지담은 금세 목소리를 낮췄고, 월호는 다시금 녀석이 어질러 놓은 물건을 정리하기 시작했다. 내려놓았던 자신의 짐을 다시 들어 올린 지담은 문을 홱 열었다.

"난 나갈 테니 너 혼자 잘 있어라. 민월호와 한 이불을 덮느니 차라리 범굴로 들어가 호랑이 가죽을 덮고 말지."

"좋은 생각이다."

"이런 범 주둥이에 씹힐 놈 같으니라고."

되알진 욕지거리에 월호는 헛웃음을 터트렸고 지담은 주섬주섬 자신의 신발을 찾았다. 빌어먹을. 문을 열자 빈대떡 부치는 냄새 까지 후각을 자극한다. 지담이 신경질적으로 신발을 들자 월호의 낮은 목소리가 등을 두드렸다.

"출출한데 빈대떡 한 장 하겠느냐?"

"됐다! 네놈 혼자 실컷 처먹어라!"

"막걸리 한 잔은 눈 감아 줄 수도 있겠는데."

걸음을 옮기려던 지담이 멈칫했다. 기름 냄새는 심각하게 고소했고, 고단한 심신에 막걸리 한 잔은 절실했다.

"……참이냐?"

"싫으면 말고."

정리를 마친 월호가 무릎을 세우며 일어섰다. 지담은 힐끗힐끗 곁눈질하다 슬그머니 짐을 내려놓았다. 임무가 막중하니 거나한 술상을 받을 수 있겠는가. 딱 한 잔이면 된다.

"따, 딱히 네놈과 마시고 싶은 건 아니다! 알아 둬라!"

"누가 뭐라 했느냐?"

앞서 걸음을 옮기며 월호는 빙그레 웃음을 지었다.

주막집 술등이 희미한 불빛을 내뿜으며 살랑살랑 흔들렸다. 촘촘히 수놓인 별들은 제 무게를 감당하지 못한 채 떨어져 내리기도 했다. 그 수가 얼마나 많은지, 차마 헤아려 볼 엄두조차 나질 않았다. 지극히 장관이었다.

◎

"뭐 하고 있느냐? 말 못 들었는가?"

방 안. 어둠만이 주인 행색을 하는 공간. 시간이 얼마나 흐르고 말을 얼마나 멈추었을까. 그 정적을 깨며 완은 재차 물었다.

전립을 끌러 내리고 잘 매듭져 올린 상투 머리를 내보인 완은 무심했다. 넋이 나간 채 혼돈의 세계를 맞이한 쪽은 그녀뿐이었다.

"뭘 그렇게 보고만 있어. 봇짐 끌러 놓으라는 말이다."

"아, 아?"

"……."

"아아아!"

용희는 서너 초 눈만 깜빡이다 팅기듯 일어났다. 그러고는 빛의 속도로 짐을 끌러 내리며 어색해 마지않는 웃음을 토해 냈다.

"하하! 하하하! 방에 들어왔으니 짐을! 짐을 끌러야지! 하하하!"

아후! 이 멍청이! 용희는 웃음 끄트머리를 흐리게 지우며 슬금슬금 선생의 눈치를 살폈다. 휴, 저 음탕하고 저급한 선생이 옷고름을 끌러 내리라는 줄 알고 정말이지 눈앞이 깜깜했다. 본능적으로 슬그머니 깨물고 있던 혀를 입안에서 돌렸다.

그건 그렇고 이 거지 같은 분위기를 대체 어쩐단 말인가. 쇄신이 필요했다.

"선생은 그쪽에서 지내시오. 나는 이쪽에서 지낼 테니."

"좋을 대로."

"크흠, 흠. 날이 푹푹 찌나. 덥네⋯⋯."

등 뒤로 땀이 흘러 용희는 손부채질을 하며 완의 시선을 피했다. 노력이 가상한지라 완은 저도 모르게 입가에 둥근 미소를 그렸다. 식은땀을 철철 흘리며 안절부절못하는 홍시 녀석을 보고 있자니 왜 이렇게 골려 주고 싶은지 모르겠다.

작은 책을 꺼내 들며 완은 입술을 열었다.

"혹 잠버릇이 있더냐?"

"없소. 선생은 있소?"

"나는 있다."

선생의 입에서 나올 말이 두려웠는지, 용희는 더욱 커진 두 눈을 깜빡였다. 완은 별일 아니라는 듯 작게 손사래를 쳤다.

"별건 아니다만 자다가 뭘 자꾸 끌어안는 버릇이 있어서 말이다."

"뭐, 뭐요?"

얼굴이 파랗게 질린 홍시 녀석의 눈동자가 마구잡이로 흔들린다. 완은 손끝에 힘을 실으며 터져 흐를 것 같은 웃음을 참았다. 저 기상천외한 표정이 시선을 자꾸만 잡아당겼다.

"잠버릇이 그토록 고약하면 혼자 잘 일이지 나는 왜 불렀소?"

"내가 겁이 좀 많아서."

"허!"

용희는 탄식을 터트렸다. 호랑이도 때려잡을 것 같던 사람이 지금 그게 말이 된다고 생각하는 건가? 마치 천지가 개벽하는 소리처럼 충격적이다. 완은 그런 용희의 표정을 살피며 또다시 별일 아니라는 듯 매듭지었다.

"알아 두라고 하는 말이다. 자주 그러지는 않으나 아주 없는 잠버릇은 아니니."

그러자 파랗게 질렸던 얼굴이 새하얗게 변한다. 완은 입술을 꾹 누르며 밀려 나오는 웃음을 삼켰다. 대체 어찌하면 저런 표정이 나올 수 있는 건지, 홍시의 표정은 혼자 보기 아까울 정도로 우스꽝스러웠다.

탁. 겨우 웃음을 참으며 서책에 눈을 주었던 완은 뭉툭한 소리에 고개를 들었다. 자신과 그녀의 사이를 가르는 작은 칼 하나. 완은 멀뚱멀뚱한 시선으로 단도를 바라보았다.

"선생의 그 고약한 잠버릇, 고치지 않으면 가만두지 않을 것이오."

"지금 칼로 나를 위협하는 것이냐?"

용희는 칼집을 빼며 칼을 들어 올렸다. 완은 눈썹을 꿈틀거렸다.

"사람 만만하게 보지 마시오. 아시겠소?"

작은 주먹 사이로 단도를 쥔 채 강경한 눈빛을 내보인다. 칼이나 한번 휘둘러 보았을까 싶지만, 여기서 더 놀렸다간 거래고 뭐고 뛰쳐나갈 것만 같았다.

"알았다. 내 한번 고쳐 보겠다. 칼은 무서우니까."

"고쳐 보겠다가 아니라 고치시오."

무시무시한 협박을 끝으로 용희는 칼집에 칼을 넣었다. 마치 자신을 지켜 줄 것이라곤 이것뿐이라는 것처럼 단도를 움켜쥐고 있었지만, 그녀의 뽀얀 손등과는 상당히 어울리지 않았다.

"알겠으니 내려놓아라."

흠. 말끝에 짧은 숨을 불어 내쉬며 완은 생각에 잠겼다. 온몸으로 명확하게 '여인'임을 과시하고 있는 홍시 녀석을 어찌하면 좋을지 모르겠다. 이런 식이라면 다른 이들의 시선에도 여인으로 보일 것이 자명하지 않은가? 어찌한다, 그건 또 싫은데.

"여봐라, 홍시. 사내끼리 이런 일로 칼까지 뽑아 들어야겠느냐? 네가 여인도 아니고 말이다."

완은 부드러운 음성으로 정곡을 찔렀다. 여인이라는 단어에 흠칫 놀란 용희는 단숨에 붙잡고 있던 칼을 내려놓았다. 그 모습에 완은 또다시 고개를 가로저었다. 이것 좀 보아라. 이렇게 티가 나서야.

"사내끼리 별일이구나. 아니 그러느냐?"

"그, 그러게 말이오. 내가 고단해서 예민했던 모양이오."

순식간에 얌전해진다. 난데없이 조용해진 홍시는 머쓱하다는 듯 뒷머리를 긁적거렸다.

'이거구나.'

드디어 홍시를 휘두를 수 있는 강력한 문구를 찾아낸 것 같다. 완은 속으로 쾌재를 불렀고, 홍시는 단도를 품 안에 집어넣었다. 예측하기로는 큰 깨달음이 있었다는 표정이다.

"하여튼 우리 잘해 봅시다. 사내끼리."

"그래, 잘해 보아라. 사내끼리."

홍시의 경건해진 표정을 보고 있자니 도저히 웃음을 터트리지 않고는 못 살겠다. 완은 자리에서 벌떡 일어섰고, 용희는 그 행동을 따라 시선을 올렸다.

"어디 가시오?"

"종일 말을 탔더니 땀이 범벅이질 않느냐. 씻어야겠다."

완은 웃음을 참느라 엉망이 된 표정으로 문을 열었다. 이윽고 밖으로 나가려던 완은 홍시를 향해 입술을 열었다.

"같이 가겠느냐? 씻으러?"

"돼, 됐소! 혼자 가시오!"

이번엔 홍시의 얼굴이 터질 듯 붉어졌다.

"너도 오는 길에 땀을 많이 흘렸을 텐데?"

"됐다고 하질 않소! 내가 알아서 할 일이오!"

완은 결국 웃음을 터트렸다. 사내로 보아 주려고 아무리 노력해도 녀석이 저토록 도와주질 않으니, 이거 갈 길이 만만치 않겠다.

"그럼 오늘은 먼저 다녀오겠다."

어쩌겠는가. 강도 높은 훈련으로 도와줄 수밖에. 어떤 말을 들어도 눈 하나 깜빡이지 않을 깜냥을 만들어 주는 수밖에.

"다음엔 같이 가는 걸로."

완은 가벼이 발걸음을 옮겼고, 이유를 알 턱이 없는 홍시는 그만 입술을 꾹 깨물고 말았다. 사내가 되는 길은 각오했던 것보다 훨씬 더 멀고도 험한 것이었다.

"어쩌지? 어쩌지?"

용희는 방 안을 서성이며 손톱을 깨물었다. 초초함이 연신 묻어 나는 기색이다.

"큰일이네. 이러다 들키는 거 아냐?"

정말이지 사내 행실은 너무나도 어려웠다. 같은 사람이니 다를 게 무에 있겠느냐 생각했던 것들은 오산이었던 것이다.

'끌러라.'

'무, 무엇을 말이오! 싫소!'

사사건건 이성보다 본능이 먼저 튀어 나왔고, 아무것도 아닌 말들에 민감한 행동을 하게 되었다.

'봇짐 끌러 놓으라는 말이다.'

십수 년 동안 몸에 밴 관습과 버릇은 하루아침에 바뀔 일들이 아니었다.

"그러니까 왜 이렇게 자꾸 멍청한 짓을 하냐고…… 김용희……."

별것 아닌 일에 목소리를 높였던 자신의 처세가 한심스러웠다. 용희는 중얼거리며 손톱을 딱딱 깨물었다. 이제 와서 그들에게 '실은 여인이오.'라며 고백할 용기도 없었고, 설령 자백한들 앞뒤 정황을 살펴 가며 이해해 줄 것 같지도 않았다.

"들키면 안 돼. 위험해. 저자들이 나를 관아에 고발할지도 몰라."

아마도 거래는 없던 일이 될 것이다. 통역을 마치고 나면 자신을 관아에 넘겨 버릴지도 모르는 일이었으니까. 인정에 호소하며 매달려 볼 일이 아닌 것이다. 용희는 어지럽게 방 안을 서성이며 초조한 눈동자를 움직였다.

"대범하게. 사내답게. 용맹스럽게."

무슨 수를 써서라도 상감께 도달해야 한다. 그것만이 모두의 원통한 죽음을 풀어낼 수 있는 일. 그러기 위해선 여인의 마음가짐부터 버려야 할 것이다. 발끝부터 머리끝까지 배어 있는 여인의 습성을 버리는 일부터 시작해야 한다.

"여봐라, 홍시."

밖에서 자신을 부르는 소리가 들려 용희는 방문을 바라보았다.

"이리 나와 봐라."

혈혈단신으로 적진을 향하는 장군은 이런 마음일까. 용희는 이를 꾹 사리물며 고개를 두어 번 끄덕였다. 벌컥, 문을 열고 나서는 그녀의 눈빛은 사뭇 강건했다. 지담과 월호는 어디로 갔는지 보이질 않고, 평상엔 선생만이 자리하고 있었다.

"무슨 볼일 있소?"

"지짐이 한쪽 하겠느냐? 뜨끈할 때 먹어야 할 것인데."

"좋소이다. 출출했는데 한입 하겠소."

대범한 척 답하며 용희는 완을 향해 걸음을 옮겼다. 어딘가 영 어색한 팔자걸음. 씰룩거리며 다가오는 홍시의 걸음을 바라보다 완은 피식 웃음을 흘렸다.

"그자들은 어디 간 게요?"

"글쎄다. 씻으러 갔나."

곧 죽어도 완과 겸상을 하지 않는 지담과 월호는 미리 자리를 떴다. 이유를 알 턱 없는 용희는 완과 마주 보며 자리 잡았다. 본 능 따라 다소곳하게 앉았던 용희는 다리를 쭉 뻗고 아무렇게나 발 바닥을 보이며 불량한 자세를 취했다.

"선생도 편히 앉으시오. 사내끼리 있는데."

"난 되었다."

어색한 태도에 완은 또다시 헛웃음을 흘렸다. 꼿꼿하게 허리를 펴고 앉아 있던 완은 턱 끝으로 넓적하게 담긴 지짐이를 가리켰다.

"한 입 해 보라."

뜨끈한 김이 올라오는 전을 권하며 완은 막걸리를 삼켰다. 그 모습을 눈여겨보던 용희는 곁에 놓인 막걸리 병을 들었다. 완은 그녀의 손끝을 바라보았다.

"그거, 술이다."

"알고 있소."

"술이라고 했다."

"알고 있다니까?"

용희는 사발 가득 막걸리를 담았다. 얼마나 따라야 하는지 알 수 없어 일단 가득 채워 보기로 했다. 시큰한 냄새가 코끝을 찔렀지만 각오는 비장했다. 막걸리는 물론이요, 사실 술을 입에 대 본 적도 없었다.

"여봐라, 홍시. 그건 내려두고 지짐이나 한쪽 해라."

완은 손을 재차 저으며 만류했다. 저 콩만 한 녀석은 이리 독한 것을 마시고 대체 어쩌자는 셈인가?

"만만히 볼 일이 아니다. 한입도 어려울 것이니 내려 둬라."

"무슨 걱정이 그리 많으시오? 사내가 이것도 못 마실까 봐 그러오?"

완은 기어이 가득 채운 홍시 녀석의 술잔을 바라보았다.

"미리 말해 두는데, 삼키면 큰코다칠 것이다."

"사람을 뭘로 보고. 나도 알고 있소."

"독하다. 분명히 말했다."

주막에서 주인장 마음대로 담근 막걸리는 생각보다 독했다. 기름진 음식에 한 입 정도나 어울릴까, 이런 독한 술은 완도 환영하지 않았다.

"거참, 사내 배포가 왜 그렇게 작소? 이깟 술 한 잔에 벌벌 떨다니."

용희는 중얼거리며 술잔을 내려다보았다. 솔직히 무슨 맛일지 상상도 안 되고, 또 어떠한 결과를 내 줄지 무섭기도 했다. 하지만 이젠 무를 수 없었다.

"걱정 마시오. 이런 술쯤이야 즐겨 마시는 나요."

말과는 달리 용희의 눈빛에 불안함이 서린다. 완은 똥고집을 피우며 막걸리를 마시겠다는 그녀를 말없이 바라보았다. 정작 실행하기는 어려운지 자꾸만 종알종알 말을 이어 간다.

"좋은 술이란 심신의 벗이라 들었소. 술을 마실 땐 좋은 곳에서 눈을 보신하며 좋은 말로 혀를 달게 하라. 모르오?"

"모를 리가."

"물론 좋은 사람과 마주 앉아 마셔야 한다고 한 점은 심히 아쉽지만, 아쉬운 대로 마셔 보겠소. 사내니까."

주도를 알 턱이 있겠나. 용희는 완에게 잔을 권하지 않은 채 자신의 잔을 들었다. 그러고는 크게 숨을 불어 내쉬더니 제 머리통만 한 잔을 기울이며 꿀꺽꿀꺽 삼키는 것이 아닌가!

"그만. 그만 마시고 내려 둬라."

꿀꺽. 꿀꺽.

"그만. 됐다. 그만, 그만."

꿀꺽. 꿀꺽.

멈출 기미가 보이질 않자 완은 황급히 상체를 일으켜 그녀의 술잔을 빼앗았다. 하지만 이미 비워 버린 잔은 물기가 없을 정도로 깨끗했다. 허어 완은 그릇을 바라보다가 용희에게 시선을 올렸다.

"괜찮은 것이냐?"

"괜…… 끅. 괜찮소."

입가를 힘겹게 닦아 낸 용희는 고개를 간신히 끄덕이며 답했다. 막걸리가 들어가는 동시에 속에서 장작을 태우듯 뜨거움이 솟구쳤다. 온몸의 피가 심장 부근으로 모여든 듯했고, 오장육부가 난데없이 궐기하는 느낌이었다.

"보아하니 안 괜찮은 것 같은데?"

"그럴 리가? 괜찮은데 말이오?"

"미련하게 이걸 다 마시고 괜찮을 리가 있겠느냐?"

"괜찮은데? 한 잔 더 주시오. 이번에도 사내답게 비워 보겠소."

"허어어, 그놈의 사내답게는."

완은 금세 얼굴이 달아오르는 홍시 녀석을 주시했다. 몸 안에 엄청난 것들을 들이부었으니 저 속이 말이 아닐 텐데. 스스로도 놀랐는지 정신 빠진 눈빛은 볼만했다.

"선생은 안 먹소?"

"나는 되었다."

"사내답지 못하구먼? 이따위 것도 못 마시는 게요?"

끅. 어깨를 들썩거리며 용희는 혀를 끌끌 찼다.

홍시 녀석의 돌발 행동에 술맛이 뚝 떨어진 완은 미간을 작게 일그러트렸다. 방에서 나눈 몇 마디 말이 꽤 충격적이었던 모양이다. 눈앞의 홍시는 어떻게든 사내다운 면모를 보여 주기 위해 노력하고 있는 것 같았다.

"한 잔 더 주오."

"내일 통역 일을 그르칠 셈이냐?"

"뭘 이 정도 가지고 그러시오? 내가 말이오. 사내답게 잘 알아서 할 테니 한 잔 더 주시오."

홍시는 그렇게 막걸리 세 그릇을 돌파했다. 완은 포기했다는 표정으로 팔짱을 낀 채 홍시 녀석을 응시했다.

"크아아……."

처음엔 끅끅거리더니.

"끅. 선생은 끅, 속이 좁소."

"술김에 함부로 진심 말하는 것 아니다."

시간이 조금 지나자 헤실헤실 웃고.

"헤에…… 그쪽은 선생, 나는 홍시. 헤에…… 헷."

"허어."

조금 더 지나니 혀가 꼬부라지기 시작한다.

"사는 사니요, 무른 무리로다! 다른 다리요, 벼른 벼리로다!"

'산은 산이요, 물은 물이로다. 달은 달이요, 별은 별이로다.'라는 자연의 엄청난 비밀에 대해 알려 주기도 했다. 기어이는 사내도 다 비우기 힘든 술 한 병을 다 비워 냈다.

"이보오, 선생. 히끅! 내 몸이 붕붕 뜨오!"

"잘하는 짓이다."

"보시오! 끅! 내가 지금 막 끅, 공중 부양을 하고 있지 않소?"

반쯤 풀린 눈으로 날갯짓을 하듯 두 팔을 휘저으며 붕붕붕 소리를 낸다.

"붕붕붕! 붕붕붕!"

히끅. 홍시의 몸이 휘청인다. 완은 팔을 앞으로 뻗었다가 이내 손을 내렸다. 잡아 줄까 싶었지만, 여인을 붙잡는다는 건 사실 완에게도 쉬운 일이 아니었다.

"어서 말하시오, 이제."

"무엇을 말이냐."

완은 반쯤 눈이 풀린 홍시를 바라보다 짧은 숨을 내쉬었다. 상체를 가누지 못해 좌우로 휘청거리며, 홍시는 연이어 입술을 열었다.

"내 이 술 한 병을 다 비웠으니, 이제 말하시오."

"대체 무엇을?"

그녀는 술병을 붙잡았다. 그러고는 손을 쭉 뻗어 하늘 위로 올리며, 가슴 속 한을 터트리듯 크게 외쳤다.

"사내답다고! 나! 사내답다고 말하시오!"

반쯤 풀린 그녀의 눈빛에 힘이 들어간다.

"내가 얼마나 사내다운지 말해 보란 말이오!"

술병을 흔드는 팔이 위태로워 보였지만 도와줄 일은 아니었다. 상체를 꼿꼿하게 세운 채 자리를 지키던 완은 인상을 풀며 그녀를 응시했다. 답하기 전엔 절대 물러설 것 같지 않은 홍시 녀석을 바라보다, 완은 부드럽게 승복하고 말았다.

"그래, 사내답다."

작은 어깨가 금방이라도 흔들릴 것 같았다. 금세 붉어지는 그녀의 눈빛은 토해 내지 못한 사연이 충만한 것 같았다. 들어 줄 수 없겠으니 물을 수도 없겠지만.

"이 정도로 사내다울 줄은 몰랐다."

"진심이오? 히끅!"

완은 답 대신 고개를 끄덕였고, 그녀는 높게 들어 올렸던 술병을 천천히 내렸다. 흔들리는 정신 속에서도 무엇이 기쁜지 입가에 가득 미소를 그렸다.

"보시오. 내가 이렇게, 끅. 사내, 히끅, 답소."

눈을 깜빡이는 속도와 말이 현저히 느려진다. 완은 술상을 옆으로 치웠다.

"다시는 내게 사내답지…… 못하다…… 하지…… 말……."

"어어!"

말을 다 뱉지 못한 채 옆으로 축 처지는 홍시의 머리를 떠받쳤다. 겨우 손바닥 안에 모두 들어온 홍시 머리를 붙잡고, 완은 굳게 닫힌 그녀의 눈을 바라보았다.

"사내…… 사내……."

축 늘어진 홍시는 더 아래로 떨어졌다. 엉겁결에 무릎에 그녀를 눕힌 완은 기가 막혀 이마를 짚었다. 궐 안에선 본 적도 없고 들어 본 적도 없는 새로운 성격. 대체 정체가 무엇인지 나날이 궁금해졌다.

"편한 모양이로다. 고약한 녀석."

완은 자신의 무릎을 베고 쌔근쌔근 잠이 든 홍시의 얼굴을 보며 중얼거렸다. 표정을 보아하니 완벽하게 뻗어 버렸다. 마시지 말란 술을 기어코 마시더니 꼴이 이게 무언가?

"방에서 네 녀석을 어찌 재워야 하나 싶었는데 차라리 잘되었다."

하지만 어쩐지 이대로 가만히 있어 주고 싶었다. 완은 느긋한 시선을 들어 올리며 그녀가 편히 잠을 청할 수 있도록 자세를 고정했다.

"으으……. 으으으……."

그렇게 얼마나 흘렀을까. 무슨 꿈을 꾸는지 그녀의 눈가로 눈물이 흘러내렸다. 인상을 쓰며 몸을 작게 뒤척거리는 그 모습은 바라보기만도 사뭇 안쓰러웠다.

완은 볼을 타고 흐른 그녀의 눈물을 조심스럽게 닦아 주었다. 매끄러운 볼의 감촉이 손끝으로 전달되었고, 이윽고 뜨거운 물기가 물들었다.

"괴로운 것이냐. 무슨 꿈을 꾸기에."

온갖 구슬픔이 묻어나는 눈물방울이 동궁의 옷자락을 적셨다. 완은 한껏 웅크린 홍시 위로 겉옷을 벗어 감싸 주며, 망설이던 손을 들어 그녀의 어깨를 토닥이기 시작했다.

구경하는 이 한 명 없는 주막의 평상 주변으로 달빛이 내렸다. 어찌나 밝았는지, 주변은 온통 은빛 세상이 된 것만 같았다.

8화

가까이 서는 마음

【해종실록 9권. 해종(偕宗) 15년 9월 22일】

날이 갈수록 세자의 외모가 단정하고 훤칠하며 말대답이 민첩하고 태도가 믿음직했다. 늠름한 자태는 반듯한 옥처럼 단단히 윤택했고, 일을 도모하는 총기는 기록에 한 치 아쉬움이 없었으며, 고궁 안팎으로 총애와 존경을 사로잡으니, 이를 관찰한 상께서 대신들을 모아 흡족하였다.

이튿날.

"여어, 홍시! 좋은 아침이다!"

퀭한 얼굴로 용희는 처소 밖을 나섰다. 밤새 산삼이라도 달여 먹었는지, 인사를 건네는 지담에게서 활기찬 기운이 쏟아졌다.

"홍시, 잘 잤느냐? 간밤 별일은 없었고?"

용희는 답 대신 비틀비틀 걸으며 지담이 앉아 있는 평상으로 걸어갔다. 술기운에 밤새 뒤척인 것이 자명한 얼굴 위로 피곤이 완연하다. 지담은 그녀의 얼굴을 요리조리 살피다 입술을 열었다.

"죽다 살았군?"

"사실이오. 정말로 죽을 뻔했소."

목소리에 영 힘이 실리지 않아 용희는 무거운 눈꺼풀을 올리며 간신히 대꾸를 마쳤다. 아침이 올 때까지 몇 번이나 속을 게워 냈는지 모르겠다. 엉망이 된 기억 속 자신의 모습은 대단히 민망스러웠다.

"아주 잘하는 짓이다. 사내놈들도 힘든 술을 네 녀석이 감당한단 말이냐?"

"무슨 뜻이오? 나는 사내가 아니라는 말이오?"

"아! 아! 물론 그런 말은 아니고! 너처럼 비실비실한 녀석에겐 큰일이라는 말이지!"

지담은 홍시를 무의식중에 여인으로 대하고 있음을 느끼며 마른침을 꿀꺽 삼켰다. 별생각 하지 못한 용희는 이마를 짚으며 오만상을 찌푸렸다.

"대체 머리는 왜 이렇게 아프고 어지러운 게요? 깨질 것 같소."

"속을 풀어야 정신이 돌아올 것이다. 이따가 국밥이나 한 그릇 해라."

용희는 술이 덜 깬 얼굴로 가만히 제 발끝을 내려다보았다.

어제 그 밤. 속을 게워 낼 때, 누군가 곁으로 다가와 등을 두드려 주었고 이불을 여며 주며 얼굴을 닦아 주었다. 괴로움에 이리저리 뒤척일 땐 물을 삼킬 수 있도록 도와주었다.

"선생은 왜 보이질 않소?"

꿈이었을까. 눈을 떴을 땐 아무도 자리하지 않았다.

"부지런한 분이시니 아침엔 마주하기 힘들 것이다."

용희는 더는 묻지 않고 고개를 끄덕였다. 지담은 홍시에게 장황했던 어젯밤을 설명해 주고 싶었지만, 삼키기로 했다.

정말이지 녀석은 환상적인 주사를 자랑했다. 온 마당을 휘젓고 빙빙 돌며 웃음을 터트리기도 하고, 아이고땜을 하며 목 놓아 울음을 터트리기도 했다. 또 갑자기 픽 쓰러지는가 하면 난데없이 벌떡 일어서기도 했다. 게다 그 모든 일의 갈무리를, 다름 아닌 동궁께서 친히 하셨다.

"하여튼 조심해라. 우리 대장께 밉보이면 오래간다. 마음에 잘 담아 두시거든."

"그런 것 같소. 속이 어찌나 좁은지."

그때, 완이 숨을 죽인 채 평상 쪽으로 걸어왔다.

"대장에게 수년 전 밉보인 일로 나는 지금까지 고생을 하고 있다."

"선생이 수년 전 일까지 가슴에 담아 두고 있다는 말이오? 대체 무슨 일이었기에?"

가까워질수록 녀석들의 대화는 더욱 또렷하게 들려왔다.

"잠시 가출을 하신 적이 있다."

"가, 가출 말이오? 선생이? 세상에."

수년 전 완은 아바마마의 시선을 피해 출궁을 한 적이 있었다.

"계획은 상당히 치밀했고 완벽했으며 한 치의 빈틈도 없었지만!"

"없었지만?"

"나 때문에 붙잡혔지."

하지만 얼마 가지 못해 긴급 출동한 대전의 무사들에게 붙잡혀 환궁해야 했다. 다름 아닌 지담의 해맑음 때문이었다.

"집으로 돌려보낸 것은 잘한 일 아니오? 어찌 고마움을 깨닫지 못하고 탓을 한단 말이오?"

"몇 달 동안 방에서 못 나오셨거든."

저하의 춘추, 열다섯이던 때의 일이었다.

"아무리 봐도 그쪽 대장, 성격이 조금 이상한 것 같소."

"편애도 심하시지."

"깐깐하기는 말할 것도 없는 것 같소."

"트집도 잘 잡으신다."

"맞소."

완은 팔짱을 낀 채 두 녀석을 말없이 바라보았다. 죽이 척척 맞는 대화를 엿듣고 있자니 괘씸하기가 이루 말할 수가 없다. 그 곁으로 월호가 조용히 다가갔다.

"그리고 이건 네 녀석에게만 특별히 해 주는 말인데."

지담의 말끝에 완의 눈썹이 꿈틀거린다.

"대장의 집안을 빼고 보면 사실 내가 훨씬 낫다."

"……."

무심결에 곁을 돌아본 용희는 완과 시선이 마주치고 말았다. 완은 쉿, 입가에 손을 가져다 대며 말하지 말라 고개를 저었다. 용희는 어버버하며 난처한 표정을 지었다.

"모르긴 몰라도 말이다. 내가 검술도 월등히 나을 것이며 인물도 더욱 출중할 것이고."

"아…… 그게……."

"저번엔 매 사냥을 함께 나갔는데 내가 다 잡아 버렸지 않느냐? 동정심에 조금 나눠 드렸다."

"어…… 그러니까……."

완은 묵묵히 지담의 이야기를 경청했다. 지담이 앞뒤로 다리를 흔들며 해맑게 하늘을 올려보자 용희는 입술을 꾹 깨물었다.

"그리고 가장 중요한 건!"

그만 얘기하시오!

"그 나이가 되도록 여인을 모르신다. 그게 사내로서 될 말이더냐?"

"아…… 어…… 음……."

"물론 그 집안 사정이야 내가 이해하지만 말이다. 객관적으로 살펴봐도 여인이 좋아할 상이 아니다."

용희는 이리저리 눈치를 보았다. 지담이 왜 선생에게 미운털이 박혔는지 온몸으로 알 것 같았다.

"하아, 아침이 이토록 개운하다니. 일진이 좋을 모양이로구나."

지가 말하고도 웃긴지 껄껄 웃는다.

"그렇게 개운하더냐?"

"개운하지! 잠도 잘 잤고 몸도 개운…… 하…….."

지담은 세상이 무너져 앉은 표정으로 홍시를 바라보았다. 차마 그 음성을 듣고 뒤를 돌아볼 용기가 생기지 않는 모양이다.

"개운하게 잤다니 듣던 중 반가운 소리로구나."

으허……. 지담은 울먹이며 자리에서 부스스 일어섰고, 완은 눈썹을 꿈틀거리다가 입술을 열었다.

"지담."

"예! 예! 대장!"

용희는 덩달아 지담의 곁에 섰고, 완은 제법 삼엄한 표정으로 입술을 열었다. 이런 똥강아지 같은 녀석들. 버릇을 단단히 고쳐 주어야겠다.

"저기 저 숯이 보이느냐?"

완은 주막 구석에 놓여 있는 한 덩어리 숯을 가리켰다.

"예? 예……."

"무슨 색이냐?"

"검은색입니다."

완은 빙그레 웃었고, 그 웃음에 지담은 흠칫 놀라 부르르 떨었다.

"저것이 오늘 너의 일진 운이다."

하루도 조용할 날이 없는 네 사람이었다.

◎

"얼굴을 보아하니 제법 정신이 돌아온 모양이다."

"아…… 뭐…… ."

방 안으로 끌려온 용희는 완의 퉁명스러운 음성에 눈치만 슬금슬금 보았다. 저 소심한 성격에 이건 몇 년이나 담아 두려나.

"저, 선생."

무엇을 찾는지 책자를 뒤적이는 완의 뒤에서 용희는 겨우 입술을 열었다.

"어제 선생이 날 방으로 데려왔소?"

도통 기억이 나지 않아 용희는 손끝을 모으며 민망한 시선을 내렸다. 완은 고개를 돌려 힐끗 용희를 바라보았다. 기억을 통째로 날려 버린 듯 난처한 얼굴을 바라보자니 더는 말이 떨어지질 않았다. 물론 그녀를 안아 옮긴 것은 자신이었다.

"설마 내가 네놈을 옮겼겠느냐. 네가 직접 걸어 들어왔다."

"맞소? 참이오?"

다행이다! 용희는 손뼉을 치며 활짝 웃었다. 완은 책자 꾸러미로 시선을 다시금 옮겼고, 이내 작은 책자를 그녀의 손으로 넘겼다.

"이게 무엇이오?"

"명국의 상인을 만나기 전에 미리 봐 두는 것이 좋겠지."

용어와 뜻이 어려워 알아보지 못할지도 모르지만, 완은 용희의 지식이 어디까지인지 시험해 보기로 했다.

"시장의 흐름을 알아야 통역이 수월할 것이다. 간혹 알아듣기 어려운 말이 오고 갈 수도 있으니 미리 공부를 해······."

"이것은 지난해 시세가 아니오?"

완은 말을 멈추었다. 용희는 유심히 책자를 살폈고, 이내 고개를 들었다.

"보시오. 말(馬)의 시세부터 틀렸소. 현 시세는 이것과 다르오."

"······계속 말해 보아라."

"지난해엔 말 한 필 가격으로 면포 오십 필을 사용했으나 지금은 사십오 필을 사용하고 있소."

"그럼 조선이 어디서 말을 사들이고 있는지 혹 아느냐?"

"여진족이오."

그랬다. 조선은 명국에 조공으로 바칠 말을 여진족으로부터 사들였고, 대신 면포로 말의 값을 지불했다.

"또한 말을 명국에 넘기며 면포 삼백오십 필을 받았으나 지금은 사백 필을 받고 있소."

조선은 여진으로부터 사십오 필에 말을 들여와, 명으로 사백 필에 되판 셈이다.

"이것이 현 시세요. 한 번 바뀐 시세는 해를 넘길 때까지는 유용하니 알아 두시오."

열 배 가까이 발생한 차액은 고스란히 국가 소득으로 전환되었고, 조선은 국고를 늘려 가기 시작했다. 이 과정에서 가장 큰 공을 세운 사람이 바로 영의정 김판두, 용희의 아버지였다.

"참으로 대단하지 않소? 기껏 사십오 필에 거두어 온 것을 사백 필에 되팔다니."

"그러게 말이다."

용희는 말끝에 아버지를 떠올렸고, 완은 그녀의 말끝에 그것들을 이끌었던 영의정을 떠올렸다. 일순간 밀려든 씁쓸한 마음엔 크고 작음이 없었다.

"물론 상품(上品)인 경우에만 해당하고, 중품이나 하품은 각각 오십 필씩 차감된다고 보면 될 것이니 자료는 폐기하는 것이 좋겠소."

생각을 날려 버리듯 짧게 숨을 내뱉은 용희가 완에게 책자를 건넸다. 완은 조용히 손길을 내려다보았고, 용희는 아차 싶은 마음에 말을 이었다.

"이 정도는 무역으로 먹고사는 자들에겐 중요한 정보라 알고 있는 것뿐이니 그런 표정 짓지 마시오."

"한 치의 틀림없이 정확했다."

기가 막혀 말도 잘 나오지 않아, 완은 물끄러미 그녀를 응시했다. 물론 해당 자료는 그녀의 말 따라 지난해 기준 정보였다. 근자의 시세는 중요 사안이었기에 머리에 담아 왔을 뿐이다. 따라서 지난 시세와 비교해 그녀에게 차근차근 설명할 생각이었다.

"여러모로 사람을 놀라게 하는 재주가 있다. 아느냐?"

"장사 하루 이틀 하오? 하긴, 선생을 보니 장사에는 영 소질이 없어 보이기도 하고."

나라의 시세이다 보니 궐 밖에서는 좀처럼 얻기 힘든 정보였다. 얻기 힘들다기보다 알려지지 않은 사실이었다. 그런 극비 정보라는 걸 그녀가 알 리 없었겠지만.

"설마 지금 내가 아는 척한다고 생각하는 거요? 난 단지 거래를 최선으로 돕고자 하는 것뿐이오."

"누가 뭐라 했느냐?"

"표정이 그렇잖소? 마치 내가 자랑이라도 했다는 것처럼."

용희는 너무 많은 것을 뱉어 냈다는 생각에 불안했는지 자꾸만 종알종알 말을 이었다.

"무릇 무역이란 시세부터 정확하게 판단해야 하는 것이오. 이

따위 정보를 가지고 다니면서 무역을 운운하다니 선생도 참……. 이거나 받으시오."

용희는 완에게 책자를 아무렇게나 쥐여 주며 자리에 앉았다. 그녀에게서 건네받은 책자를 쥔 채 완은 용희를 응시했다.

"참."

용희는 고개를 들며 완을 올려보았다. 목을 꺾은 채 맹랑하게 바라보는 그녀의 눈빛은 총명했다.

"오늘 선생이 거래하고자 하는 물품이 무엇인지 미리 알 수 있겠소?"

"활과 검이다."

"……아?"

순식간에 홍시 녀석의 눈빛이 복잡한 생각으로 흔들렸다. 완은 자리에 따라 앉으며 그녀의 이마에 꿀밤을 놓았다.

"아야!"

"질문은 금기한다고 하질 않았나?"

"내, 내가 언제 무얼 물었다고 무력을 행사하는 것이오!"

용희는 이마를 비비며 완을 노려보았다.

"눈으로 물었잖느냐? '대체 그런 것들을 왜 사는 것이오?' 하고."

완은 눈썹을 꿈틀거리며 표정을 침착하게 되찾았다. 홍시가 어쩌다 그런 것들을 알고 있는지는 중요히 답을 사안이 아니다. 거래와 거래만이 오고 가는 지금, 어쩌면 녀석의 지식은 제게 꼭 필요한 일이 될지 모르니까.

"시간이 없다. 저기 놓인 것으로 환복하고, 일정대로 출발한다."

"알겠소."

용희는 여전히 이마를 비비며 고개를 끄덕였다.

"여봐라, 홍시."

완은 상체를 그녀 쪽으로 밀며 빙그레 미소 지었다. 절에서 만난 이 엉성한 홍시 녀석이 대단한 몫을 해낼 것만 같아, 내심 대견하게 느껴지기도 했다.

"잘 부탁한다, 오늘."

이마를 비비던 용희는 천천히 손을 내렸고, 잠시 스친 따뜻한 기운에 마른침을 삼켰다. 어쩐지 기대를 저버리고 싶지 않아 반드시 일을 성사시키고 말겠다는 묘한 승부욕마저 생겨났다.

혹시 두 사람은 알고 있었을까.

"걱정하지 마시오. 내 반드시 기대치의 곱절은 해낼 것이니."

처음으로 함께 있음이 어색하지 않았다는 사실을.

◎

"이게 다 뭐야……."

용희는 낯선 복식에 입술을 꾹 깨물었다. 자리가 자리인 만큼 격식을 갖춰 입으라는 뜻은 알겠으나, 무엇부터 어떻게 입어야 하는지 도통 감을 잡을 수가 없었다.

"아…… 뭐부터 어떻게……."

오라비가 입고 다니던 모습을 애써 떠올려 보았지만 세세한 방식까지는 터득하기 힘들었다. 복잡하고 까다롭게 생긴 복식 앞에, 용희는 탄식하며 천장을 올려보았다.

"아직 멀었느냐?"

밖에선 기척 없는 용희를 보채고, 그녀는 알겠노라 성의 없이 대꾸하며 옷을 집어 들었다. 에라, 모르겠다. 대충 때려 맞춰 입으면 될 일이지. 용희는 결심한 듯 주섬주섬 옷을 입기 시작했고, 결심 끝에 밖을 나섰다. 작은 면경도 없어 자신의 모습이 어떠한지 알 방법은 없었다.

"오래 걸려 미안하오. 내 잠시 다른 일 좀 하느라."

"뭐가 이렇게 오래 걸린단 말이냐. 빨리 가야……."

완은 무심결에 그녀 쪽으로 고개를 돌렸고, 이내 두 눈을 크게 치켜떴다. 지담과 월호 또한 말을 잃은 채 그녀를 주시했다.

"그런데 이거, 소매가 너무 긴 것 아니오? 아랫도리도 너무 헐렁하고."

어림짐작으로 마련한 옷은 홍시에게 너무 컸다. 도포 소매 끝은 그녀의 손등을 덮은 채 늘어졌고 바지는 매듭을 짓지 못해 치렁치렁했다.

세 남자의 시선을 살피던 용희는 헛기침을 내뱉으며 어서 가자 손사래를 쳤다. 이깟 옷 따위가 중한 때는 아니었다.

"늦겠소. 앞장서시오."

엉성하게 쓴 갓이 벗겨질 것처럼 위태위태했고, 안간힘을 쓰며 갓을 묶는 홍시의 모습은 여간 귀여운 것이 아니었다. 세 남자는 무의식에 멍청한 미소를 그렸다.

"대장, 아무래도 홍시의 치수를 잘못 안 것 같습니다."

"그러게 말이다. 저토록 체구가 작을 줄 누가 알았겠는가."

참아 보려 해도 웃음이 터졌다. 항시 예상을 뛰어넘는 홍시의 능력 앞에 완은 긴장의 끈을 맥없이 놓고 말았다.

"하아, 저 녀석 참……."

완은 고개를 절레절레 저으며 앞으로 나아갔다. 커다란 옷을 입고 입술을 삐죽 내민 홍시는 꼬집어 주고 싶을 정도로 귀여웠다.

"이걸 지금 옷이라고 입은 것이냐?"

"난들 입고 싶어 입은 줄 아시오? 입으라며 선생이 주고 갔으면서?"

성격은 또 어찌나 씩씩한지 말 한마디도 지는 법이 없다.

"맞지 않으면 둘 일이지. 이러고 어딜 간단 말이더냐?"

"통역하러 가지 사람 옷 보러 가오? 난 일 없으니 앞장서시오."

그나마 격을 갖춘 옷은 이것뿐이니, 그냥 가자고 용희는 손사래를 쳤다. 가만히 그 모습을 내려다보던 완은 팔을 뻗어 그녀 소매를 붙잡았다.

"손은 보여야 할 것 아니냐?"

그리고 수선하듯 길이를 맞춰 주었다.

"술띠를 어찌 이곳에 맸을까? 흉부가 답답하더냐?"

이내 홍시가 배꼽 주변에 묶어 두었던 술띠를 끌렀다. 조금 더 올려 가슴팍에 묶어 주려던 완은 황급히 놀라 손을 떼었다.

"매, 매거라!"

놀란 것은 완이나 홍시나 마찬가지였다.

"알겠, 알겠소!"

완이 허둥지둥하며 가슴팍에 매라는 시늉을 하자 용희는 고개를 크게 끄덕이며 떠는 손길로 술띠를 묶었다.

으어, 이 무슨 망측한 행동이란 말인가. 완은 헛기침을 크게 뱉으며 심신을 다스렸다. 이미 귀까지 붉어진 후였다.

"갓도 제대로 쓰고."

이번엔 손을 뻗어 엉성하게 매듭지은 갓을 고쳐 주었다. 용희의 두근대는 가슴이 진정되기 전의 일이었다. 사내의 손길이 턱 끝에 닿자 용희는 저도 모르게 뒷걸음질을 쳤다.

"어허, 별일이다. 사내끼리."

완은 갓끈을 붙잡은 채 용희를 끌었고, 용희는 완에게 종종 끌려갔다. 이번엔 목덜미까지 붉게 물들었다. 너 나 할 것 없이 그러했다.

"수, 술 냄새가 날까 그러는 것이오."

"술 냄새는 멀리 있어도 난다."

그렇게 다정히 갓끈을 묶어 주는가 싶더니, 이번엔 무릎을 굽혀 앉았다.

"대, 대장! 제가 하겠습니다!"

지담이 다급하게 외쳤지만 완은 이미 그녀의 바지를 손보며 대님을 단단히 묶고 있었다. 후에라도 그녀가 혼자 할 수 있도록, 보여 주기 위해 천천히 매듭지었다.

"술이 덜 깬 모양이다. 매듭도 짓지 않고 나오다니."

"그, 그러게 말이오. 내가 지금 술이 덜 깨서……."

완은 되었다는 듯 다시 일어섰다. 짧은 거리에서 다시금 두 사람의 시선이 부딪히고, 용희는 일순간 열이 들끓어 오르는 것을 느꼈다.

선생의 외모는 짤막하게 설명하기 힘들었다. 한없이 정렬이 잘 된 얼굴엔 강하고 세찬 기운이 있었고, 또 그렇다 단정 짓기엔 눈코 입과 조화를 이루지 않는 미소가 이를 데 없이 부드러웠다.

"이제 다 되었다. 가자. 따라오라."

신분과 본분을 잊은 채 용희는 두 눈을 천천히 깜빡였다. 잡아 끌듯 시선은 붙잡혔고 밀린 숨은 나올 생각을 하지 않았다. 아무리 기다려 보아도 깨지 않는 술은, 이렇게도 위험한 것이었다.

◎

"나리, 조선의 말을 사용하실 생각이십니까?"

"아니, 쓰지 않으려고. 나한테 이득 될 것이 없으니까."

완과의 약속 장소에 먼저 도착한 사내는 이리저리 경치를 구경했다. 복식은 명국의 것이었으나 조선말에 상당히 능했다.

"조심하셔야 합니다. 여러 곳에 그물을 치는 일은 위험할 수도 있습니다."

"그렇지. 위험하겠지."

"게다 좌상의 성정에 이 사실이 알려지기라도 한다면."

"한다면, 어찌 될까?"

수려한 외모는 다분히 호방했고 자유로워 보였다. 사내는 활짝 터트린 꽃망울에 잠시 넋을 놓은 것처럼 시선을 주었다. 곁에서 연신 불안한 눈빛을 내보이던 부하는 상상만도 끔찍한지 고개를 가로저었다.

"나리께서 하고자 하시는 일에 방해가 될 것입니다. 좌상의 성정을 아시지 않습니까?"

"그렇겠지. 그냥 넘어가진 않겠지?"

한 귀로 듣고 한 귀로 흘리는 것처럼 대답에 진심이 묻어나지 않는다. 이런 일에 익숙한지 부하는 자꾸만 말을 붙이며 걱정을 내비쳤다.

"정보가 부족한 자들이옵니다. 무엇에 이토록 위험한 일을 자처하십니까?"

"궁금하잖아. 그들은 왜 날 보려는 것일까?"

"제 말이 그 말입니다. 아니, 명에서 남부러울 것 없이 사실 수 있는 분이 대체 뭐가 부족하셔서 조선 땅바닥까지 와 이 고생을 하십니까. 네?"

"알아야겠어. 그들이 누군지, 왜 날 찾는지. 좌상과 연관이 있을 수도 있겠지."

오래도록 바라보던 나뭇가지의 꽃송이를 툭 꺾어 손에 쥔 사내는 흡족하다는 듯 미소를 그렸다. 이 사내는 꺾어 쥔 꽃송이도 마음만 먹는다면 팔아 치울 수 있는 명국의 상단 객주.

"그리고 나는 그자들에게 그물을 치려는 것이 아니야. 덫을 놓으려는 것이다."

륜명이었다.

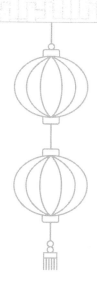

9화

네가 필요하다

교서(教書)에.

"왕은 이르노라. 나는 매우 슬프도다. 이미 의지할 바를 잃었으니 나라에 근심이 생기면 누구와 맞대어 생각해야 하는가. 영의정 일가 식솔의 시신을 수습하지 못해 빈 봉을 올리니, 애도를 표하여 시호를 의논하여 이름을 바꾸게 하노라. 영혼이여, 어둡지 않거든 와서 흠향하라."

하였다.

"알아 오란 것은 어찌 되었는가?"

"예. 그날 겨우 목숨을 건진 자가 한 명 있사온데, 오늘 낮에 가까스로 의식을 되찾았습니다."

방 안에선 목소리를 낮춘 두 사람의 대화가 시작되었다. 호화롭게 생긴 보료 위에 앉은 채 장침에 팔을 기대고 있는 사내는, 다름 아닌 좌의정 신기형이다.

"그자가 말하기를, 영상 대감을 포위했던 자들만 예닐곱이 되었으니 목숨을 구명하지는 못했을 것이라 합니다."

"못 했을 것이라……."

신기형은 제 앞에 넙죽 엎드린 사내를 넌지시 바라보았다. 차마 고개를 들지 못하고 있는 사내는 말 한마디 뱉어 내는 일에 신중을 기하는 모습이었다.

"불길이 드센 탓에 앞뒤를 모두 살피지는 못했으나, 아마도 그럴 것이라 말했습니다."

"그럴 것이라 함은 확답이 아니질 않은가?"

"아…… 하오나……."

사내는 연신 식은땀을 흘렸다. 뱉어 내는 말 한마디에 목숨이 달려 있으니 긴장감이 저절로 찾아든 것이다. 정작 중요한 말은 아직 시작도 못 했는데 말문이 터질 기미가 없다.

"소, 송구합니다만 대감마님……."

용기 내어 다시 운을 떼었다. 신기형의 매서운 눈빛이 사내의 등허리에 꽂혔다.

"그, 그러니까, 영상 대감의 여식이 말입니다."

"바른대로 고하렷다."

"그것이, 그러니까……."

빙판에 내디딘 것처럼 뼛속까지 시린 기운에 사내는 더듬더듬 말을 이었다. 장침에 편히 기댄 채 비스듬히 누워 있던 신기형은 천천히 상체를 세워 앉았다.

"영상의 여식이 혼란스러운 틈을 타 도망을 쳤다고 합니다."

"뭐라? 이런 얼빠진 것들!"

표정 없던 얼굴에 분노가 성큼 내려앉았다. 탕! 신기형이 탁자를 손바닥으로 내리치자 사내는 몸을 둥글게 웅크리며 고개를 수그렸다. 아슬아슬한 기운에 불빛이 까물거렸다.

"내 앞에서 그걸 지금 말이라고 지껄이느냐!"

"대, 대감마님……."

"이런 천하게 쓸모없는 것들! 일을 이따위로 처리하고도 살기를 바라다니!"

"대감, 대감마님. 죽을죄를 지었습니다. 죽을죄를……."

이런 빌어먹을, 계집이 살아 있다.

신기형은 미간을 일그러트리며 격한 숨을 내뱉었다. 제거되었어야 할 가장 중요한 인물이 살아 있다는 소식에 절로 분노가 일었다. 지금껏 무엇을 위해 흑단의 뒤를 보아주고 그 세를 키워 주었던가. 일을 그르치다니, 안 될 말이다.

"후……."

신기형은 긴 한숨을 뱉으며 노기를 다스렸다. 촛불은 위태롭게 흔들렸고, 사내는 신기형의 불규칙한 숨소리에 두 눈만 끔뻑였다.

"찾아야 한다. 계집이 살아 있다고 한들, 당분간 세상에 함부로 나오지는 못할 것이다."

기댈 곳 없는 계집 하나 찾는 것이 무에 어려운 일이겠는가. 이미 흑단의 손길이 닿지 않는 곳 없으니, 밤낮으로 이 잡듯이 찾다 보면 분명 찾을 수 있을 것이다.

"멀리 가지는 못했을 것이다. 반가의 여식으로 곱게 자란 계집이 무얼 할 줄 알아 난관을 헤쳐 간단 말인가? 어리석게 산을 오르다 죽었을지도 모르지."

"맞습니다! 맞습니다, 대감마님!"

재주껏 숨어 지내 봐야 손바닥 안이다. 혹은 이미 굶어 죽었을지도 모를 일이다.

"하지만 이것 또한 하나의 가설일 뿐."

신기형은 이내 비릿한 미소를 지었다. 사내는 여전히 식은땀을 흘렸다.

"죽었다면 시체라도 찾아와라. 그것이 아니라면 반드시 잡아야 할 것이다."

간택이 멀지 않았다. 요양을 떠난 동궁이 궁으로 돌아오는 즉시 전국 팔도로 금혼령이 내려질 것이다. 모든 것이 수포로 돌아가기 전에 일을 처리해야 한다.

"윤월각의 관리를 네놈에게 위임해 주지. 한양 제일의 상단 또한 네게 안겨 줄 것이다."

"망극! 망극합니다, 대감마님! 반드시 찾겠습니다! 반드시 찾아 대감마님께 데려오겠습니다!"

"반드시 그리해야 할 것이다. 만에 하나 상감의 손에 그 계집이 넘어가면."

신기형은 칼날처럼 날이 선 눈빛을 뿜어냈다. 사내는 이를 꽉 깨물었고, 탐욕과 바꾼 목숨 앞에 두려워 떨었다.

"네놈과 흑단의 목숨도 그날로 끝이다."

모든 것은 위태로웠다.

느리지도, 그렇다고 빠르지도 않은 속도로 약속 장소에 도달한 완의 일행은 륜명이 머물렀던 공간에서 멈춰 섰다.

대지 전체로 봄이 느껴지는 풍경이다. 완은 급히 들어서지 않은 채 천천히 집터를 살펴보았다. 말에서 내린 지담이 완의 곁으로 다가섰다.

"대장, 이곳입니까?"

"그래, 이곳이다."

외관상 살림하는 집으로 보이지 않는 이곳은 완의 동생인 서임대군의 별저였다. 답답함을 참지 못하는 성격은 집안 내력인지, 동생 서임대군 또한 이곳에 가끔 들러 산세를 즐기곤 했다.

그 곁으로 낑낑대며 간신히 말에서 내려온 용희가 섰다.

"이곳은 선생이 아는 곳이오?"

"몇 번 걸음 했던 곳이다."

세간의 눈을 피해 비밀스러운 이야기를 나눌 곳이 많지 않다 보니 약속 장소로 이곳을 택하게 된 것이다. 완은 슬쩍 문을 열었다. 문틈으로 안을 바라보니 완의 일행을 맞이하려는 아랫것들의 분주함이 눈에 띄었다.

"오, 오셨습니까!"

인기척을 느낀 사내가 구를 듯 달려 나왔다. 이미 합을 맞춰 두었던 터라, 완의 신분을 철저히 비밀에 부쳐 주기로 약조되었다. 사실상 세자의 얼굴을 아는 아랫것들도 많지 않았다.

"찾아온 자가 있는가?"

"예. 일찍 걸음 하시어 소인이 안으로 뫼셨습니다."

허리를 반쯤 구부린 사내가 말을 잇자 용희는 완에게 시선을 주었다. 선생이 뉘 집 자제인지는 모를 일이나 반듯한 집안의 자제임은 틀림없었다. 하는 말투와 은연중 내보이는 행동에 지조 섞인 격식이 느껴졌으니까.

"말이 통하지 않아 손짓 발짓으로 차를 내드렸으나, 고개를 저으시기에 술상을 내드렸습니다요."

"잘했다. 수고했느니."

그래, 그랬지. 처음부터 선생에겐 어떠한 확신이 있었다. 입궐을 가능하게 해 줄, 그 정도의 연줄은 가지고 있을 거란 확신 말이다.

"들어갈 것이다."

"예. 소인이 앞장서겠습니다. 이쪽으로 오십시오."

용희는 완과 이야기를 나누고 있는 아랫것을 유심히 살폈다. 본디 아랫것의 행실을 보면 섬기는 자의 성품과 존귀 여부를 알 수 있다. 관찰해 보니 하인들은 물론이요, 구르는 돌덩이마저도 격식 있게 느껴졌다.

"모두 길을 터라! 귀한 분이 오셨느니라!"

사내의 외침에 분주히 움직이던 아랫것들은 고개를 수그리며 단정히 길을 텄다. 용희는 멀어지는 완을 물끄러미 응시했다. 선생은 분명 범상치 않은 사내일 것이다. 예컨대 한양에 연고를 둔, 고명한 벼슬아치의 자제일 수도 있으렷다. 혹은 조정을 미련 없이 떠난 덕망 높은 유림의 자제일지도 모르지.

"여봐라, 홍시. 안 따라오느냐? 뭐 하고 서 있는가?"

완이 돌아서며 입술을 열자 용희는 설핏 웃었다.

하오나 선생이 누구인들 무슨 상관이겠는가. 정체에 궁금증을 담아서는 안 될 것이다. 우리는 거래로 만들어진 관계로 그대가 누구의 자식이든, 내가 누구의 여식이든, 그것들이 다 무슨 상관이겠느냐.

"아직도 술이 깨지 않은 것이냐?"

"그럴 리가. 선생 먼저 앞장서시오, 곧 따라가리다."

용희는 그제야 걸음을 옮겼다. 발을 내디딜 때마다 이곳과 꼭 닮은 자신의 집이 떠올랐다. 그녀는 불현듯 다가온 슬픔을 물리고자 입술을 잘근 깨물었다. 하지만 슬픔은 아니 물러서고, 그녀를 두고는 차마 떠나지 못한 바람이 발끝에 밟혔다. 그 덕분에 가슴까지 시려 왔다. 온몸에 스민 찬기는 계절이 무색할 만큼 서럽고 차가웠다.

잠시 후 완의 일행을 처소까지 안내한 아랫것이 소리 없이 물러났고, 완은 잠시 발길을 멈춘 채 닫힌 방문을 바라보았다.

"대장, 저희는 이곳에 있겠습니다."

지담의 목소리에 완은 고개를 끄덕였고, 이내 용희에게 시선을 내렸다. 흑단을 찾아가는 첫 번째 관문 앞, 이 작은 여인을 온전히 믿어야만 하는 일이었다.

"홍시, 준비되었느냐?"

"되었소."

완은 천천히 마루에 올랐다. 용희가 뒤따라 마루 위에 올라섰고, 지담과 월호는 방 앞에 서며 경계하듯 상체를 세웠다.

이윽고 문이 열렸다.

"왜 안 들어가고 그리 서 있는 것이오?"

완의 넓은 등허리에 가려 앞을 볼 수 없었던 용희는 그의 뒤에서 조잘거렸다.

"뭐요. 아무도 없소? 안 들어갈 것이오?"

마루폭이 좁아 꽉 붙어서야만 했다. 완은 여전히 말없이 방 안을 바라보며 섰고, 용희는 이리저리 고개를 빼며 안을 보고자 애를 썼다.

"아이고!"

예고 없이 안으로 들어선 완의 걸음에 균형을 잃은 용희가 휘청거렸다. 뒤를 보지 않은 채 그녀의 팔을 잡아 일으켜 세운 완은 천천히 입술을 열었다.

"조심해라."

"아, 고맙소."

급하게 잡힌 팔이 저린 탓에 용희는 미간을 좁혔다. 고개를 들어 안을 바라보니 가늘고 긴 대로 엮은 발이 보였다. 그 뒤로 사람의 형체가 아른거렸다.

"저자인가 보오."

용희는 낮게 속삭였고, 완은 고개를 끄덕였다.

"앉아라."

잠시 후 사내의 음성이 들렸다.

완은 통역을 시작하라며 힐끔 용희를 바라보았다.

"선생, 저자가 앉으라는데?"

감히 세자의 몸으로 상석을 빼앗겼으나 완은 침착히 자리에 앉았다. 용희는 완의 등에 자신의 등을 맞댄 채 앉았다. 통역의 임무만을 위함이었고, 오고 갈 대화에 피해를 주지 않으려는 절차였다. 따라서 류명에겐 용희의 얼굴이 보이지 않았다.

"같이 온 자는 통역인가?"

"그렇다."

완은 그녀의 도움으로 대화를 시작했다. 발에 가려진 류명의 얼굴은 보이지 않았으나, 보통의 사내는 아니라는 것이 느껴졌다.

발을 뚫을 것만 같은 두 사내의 매서운 눈빛이 오갔다. 완은 모든 기를 집중시켰다. 흑단에게 무기를 제공하고 있는 저자의 정체를 알아야만 했다. 조선의 누구와 손을 잡고 있는 건지도, 반드시 알아내야만 했다.

"발을 올려라. 얼굴을 마주 보아야 함은 조선의 기본적인 예다."

"그대는 조선의 예를 따라 발을 걷으시오."

완이 말하자 용희가 그대로 통역을 했고, 사내의 짧은 웃음소리가 퍼졌다. 이내 술을 따르는 소리가 들렸다.

"나는 명(明)의 사람이니 내게 함부로 조선의 예를 요구하지 말라."

완은 자신의 어깨까지 얼굴을 돌리며 뒤돌아 앉아 있는 용희에게 물었다.

"저자가 뭐라 하느냐?"

"어…… 자신은 명의 사람이니 발을 걷지 않아도 이해해 달라 정중히…… 말했소."

애써 둥글게 통역하며 용희는 이리저리 눈치를 보았다. 그녀의 말끝에 륜명은 피식, 헛웃음을 터트렸다. 이내 술잔을 들며 완을 향해 입술을 열었다.

"술 한잔하겠는가?"

"거래를 먼저 하겠다."

"나는 맨정신에 거래를 하지 않는다. 한잔하겠는가?"

발 너머 술을 따르는 소리가 연신 들린다.

"사내들끼리 술 한 잔도 없이 무슨 이야기를 나누겠는가?"

륜명의 말을 용희가 통역하자 완의 미간이 일그러졌다. 그 분노한 기운을 어찌 모르겠는가. 용희는 바닥을 긁듯 시선을 움직이다가 조용히 입술을 열었다. 굳이 바라보지 않아도 선생의 표정이 그려졌다.

"선생, 구기고 있는 미간 좀 펴시오."

"좁힌 적 없다."

"펴 보면 얼마나 구기고 있는지 알 것인데."

완은 그제야 표정을 다소 풀었다. 용희는 계속해서 작게 입술을 열었다.

"거래를 하겠다는 거요, 말겠다는 거요. 지금 일을 그르칠 셈이오?"

"내가 지금 저자의 술 시중까지 들며 거래를 해야 하더냐?"

"원하는 것이 있거든 다 내려놓고 마음을 비운 채 상대의 기운을 살펴야 하는 것이오. 아쉬운 쪽은 선생 아니오?"

허어. 완의 팔이 부들부들 떨렸다. 아무리 내려놓고 비워 본들 자신이 세자라는 사실은 변함이 없었다. 명국의 사내라는 점이 더욱 조선의 세자를 불편하게 만들었다. 하지만 그녀의 말이 모두 옳았다.

"선생, 화났소?"

"아니, 전혀."

"아닌데. 화났는데?"

"……흠."

두 사람의 대화를 엿듣던 류명이 빙그레 미소 지었다. 어째서 통역의 말이 저토록 짧은지 알 길은 없었으나, 완이 통역의 말에 영향을 받고 있음은 자명했다. 잠시 호기심이 일었지만 금세 사라졌다.

"선생, 지금 뭐 하시오? 잔을 채우고 있소?"

"보채지 마라. 지금 하고 있다."

자신의 술잔을 천천히 채운 완은 술병을 거두며 입술을 열었다.

"한 잔은 거래의 의미를 더해 기꺼이 하겠다고 전해라."

"알겠소."

잠시 말을 정리한 용희가 통역하자 발 뒤에서 웃음소리가 났다. 누가 들어도 호방한 웃음이었다.

"생각이 바뀌었다. 오늘은 거래를 하지 않겠다."

완이 술잔을 들었을 때였다. 륜명의 이야기를 들은 용희는 완의 등에 자신의 등을 쿵 찧었다.

"선생, 잠시만. 술잔을 멈추시오."

들고 있는 완의 술잔이 일렁였다. 륜명은 쥐고 있던 부채를 활짝 펴며 입가를 가렸다.

"사내들끼리 나눠 마시는 술잔이 무슨 재미가 있겠는가? 나는 이런 따분한 자리는 질색이라."

"뭐라 말하느냐?"

"아…… 어…….."

용희는 쩔쩔맸다. 곧이곧대로 통역했다간 속 좁은 선생의 성정에 술상을 뒤집어 버릴지도 모를 일이다.

"생각하지 말고 바른대로 말하라."

"그게, 사내들끼리는 재미가 없겠다 하오."

하지만 아무리 짧은 시간 머리를 굴려 봐도 돌려 말할 일은 아니었다. 용희가 바른대로 통역하자 완은 쥐고 있던 술잔을 세차게 내렸다. 그런 삼엄한 기운 따위는 상관없다는 듯, 류명은 할 말을 다 했다.

"나는 그대의 이름도 모른 채 이곳까지 걸음 했다. 이 정도의 요구는 합당함을 반박할 수 있겠는가?"

용희는 그대로 통역했다.

"다음엔 조선에서 가장 귀한 술과, 자리를 빛내 줄 아름다운 조선의 여인을 데려오라. 장소는 내가 정하겠다."

류명은 말끝에 천천히 손을 뻗어 용희의 뒷모습을 가리켰다. 이윽고 들려온 류명의 조건을, 그녀는 차마 통역으로 옮길 수 없었다.

"그리고 저 통역은 쓰임이 옳지 않으니 다른 통역으로 데려와라."

용희는 입술을 꾹 닫았다.

답도 듣지 않은 채 류명은 발 뒤에 마련되어 있는 작은 문으로 사라졌고, 지담과 월호가 방 안으로 들어섰다. 여전히 완과 등지고 앉아 있는 용희의 표정은 좋지 않았다.

"천하에 방자한 놈. 어느 안전이라고 감히 먼저 일어나?"

지담의 분노 섞인 음성에도 두 눈만 세차게 감았다 뜰 뿐, 그녀는 별다른 생각을 하지 못했다.

"대장, 이제 어쩌실 생각이십니까? 그놈의 말대로 후일을 도모하실 생각이십니까?"

통역에서 잘리다니 상상도 못 한 일이다. 이를 어찌한단 말인

가. 선생에게 도움을 주지 못한다면 훗날 도움을 청할 수도 없게 된 것이 아닌가?

"술이야 그렇다 쳐도 조선의 여인을 대동하라니. 이런 천하에 색마 같으니라고."

통역을 바꾸라는 륜명의 마지막 말은 전하지 못한 채 용희는 짧게 숨을 토했다. 일을 그르쳤다는 생각에 심장만 뛰어올랐고, 좋은 생각이 떠오르지 않아 입술을 열기도 어려웠다.

"누굴 데려올 수 있겠습니까, 대장. 여인이라니요. 이 중한 사안에 대체 누구를⋯⋯."

용희도 완도 아무런 말이 없다. 잠시 정적이 이어졌고, 먼저 입을 연 사람은 다름 아닌 용희였다.

"이 사달에 전할 말은 아니나, 통역을 바꿔 오라는 말이 있었소."

용희의 말끝에 완은 비로소 반응했다. 그녀는 계속해서 말을 이었다.

"정리하자면 조선의 절세미인과 조선의 최고의 술, 그리고 통역은 다른 이를 원한다고 하니, 미안하지만 나는 여기까지만 일을 돕겠소."

완은 잠시 생각에 잠겼다. 조선의 절세미인, 최고의 술, 그리고 통역을 바꾸라.

"뭐, 도움을 준 것도 없으니 그만하겠다는 말도 민망하네. 아무튼 다른 이를 잘 찾아보시오. 분명 좋은 통역을 만날 테니까."

완은 그녀의 얼굴을 말없이 바라보았고, 자연스레 시선을 붙잡혔다. 총기 어린 눈매, 미끄러질 듯 보드라운 피부, 길고 여린 목선. 입술은 무얼 바른 듯 붉었고, 눈썹 하나, 머리카락 한 올까지 쓰임이 훌륭했다. 그런 용희의 얼굴을 바라보고 있자니 생각은 천천히 정리가 되었다.

"선생에게 도움을 주지 못해 미안하오. 거래는 없던 일로 하겠소."

완의 눈썹이 미세하게 꿈틀거렸다.

"거래 없이는 함께 있을 이유가 없으니 나는 이만 일어나도록 하겠소."

지담과 월호의 시선에 당황이 서린다. 용희는 그들의 얼굴로 시선을 돌리며 쓸쓸한 미소를 그렸다. 잠시였으나 위안이 되었던 자들임은 분명하다. 시작은 좋지 않았으나 며칠 동안 가장 큰 힘이 되어 주었음 또한 분명했다.

"뭐, 좌우지간 선생이 하고자 하는 거래가 잘 성사되길 바라겠소."

용희가 자리에서 일어서려 하자 완은 그녀의 옷자락을 붙잡았다.

"네가 아닌 다른 이는 우리의 일을 도울 수 없다. 네가 필요하다."

"하지만 그자가 통역을 바꾸라고 하지 않았소?"

"뒤돌아 앉아 있었으니 네 얼굴을 보지 못했을 일 아닌가?"

결심이 서린 음성이 방 안을 가득 메운다. 용희는 의심으로 일렁이는 눈빛을 내보였고, 완은 빙그레 미소 지었다.

"지금부터 너와 나의 거래 조건을 바꾸겠다."

이어진 뜻밖의 제안에 용희는 마른침을 꿀꺽 삼켰다.

"이 거래가 끝나고 나면 하나가 아닌 너의 모든 청을 들어줄 것이다."

"모든 청을 말이오?"

대체 무슨 생각인지 알 수가 없었다. 그리고 이내 이어진 선생의 제안에 용희는 입술을 쩍 벌려야만 했다.

"네가 여인의 모습으로 변장을 하면 될 일이 아니겠는가?"

"뭐, 뭐요?"

충격이 공간을 휩쓸었으나 모두는 아무런 말도 할 수 없었다. 얼마를 더 생각해 본들 그 이상의 좋은 수는 찾을 수 없을, 그야말로 현답이었던 것이다.

"홍시 너, 변장한 여인의 모습으로 맡은 바 임무를 완수해라."

10
화

선녀와 산신령

세자별이 잠시 모습을 감춰 근심하다.

"지금 뭐라고 했소?"

용희는 놀라 두 눈만 깜빡였다. 선생에게 들은 말은 잘 정리도 되질 않았다.

"여인의 모습으로 변장을 해 달라, 그리 말하였다."

가슴으로는 뜻을 알아챘으나 머릿속은 깜깜했고, 적당한 대구가 떠오르지 않아 재차 되묻기만을 반복했다. 어디 그녀만 놀랐겠는가. 지담과 월호 또한 마찬가지였다.

"아하하! 하하! 여장이라니! 여어, 홍시! 제법 볼만하겠구나! 아하하!"

지담이 크게 웃음을 터트리자 용희가 노려보았다.

"녀석! 여인으로 변장도 다 하고! 네 녀석도 인생 참, 하하! 하하하!"

무엇이 그리도 웃긴지 모르겠다. 지담은 숨넘어가는 웃음을 터트렸고, 용희는 짧은 숨을 토했다. 당황함은 온전히 그녀의 몫이었다.

"필요한 것들은 모두 마련해 주겠다."

완은 침착하게 다시 말했다. 이미 마음을 굳힌 듯 그 눈매엔 일말의 흔들림도 엿보이지 않았다.

"아니, 그러니까 선생."

하, 이를 뭐라 설명한다?

용희는 말을 다 잇지 못하고 자꾸만 더듬거렸다. 천성이 응변에 강했고 사세 판단 또한 탁월했으나, 지금의 언변은 허술하기 이를 데가 없었다. 당황함은 감출 길이 없어 온몸으로 표출되었다.

"나더러 여장을 하라, 지금 이 말이오?"

"대체 몇 번을 묻는 것이냐?"

마른침을 삼키며 용희는 다시 한번 입술을 열었다.

"내가, 내가 왜 그런 일을 해야 하는 것이오?"

"앞서 언급했지만 다른 사람을 더 끌어들일 수 없다."

"그래서?"

"누구라도 해야 하는 일이다."

완은 지담과 월호를 가리켰다. 용희는 손끝을 따라 두 사람에게 시선을 고정했다.

"네가 아니라면 이 둘 중 한 명이 대신해야 하는 일이다."

"대, 대장!"

화들짝 놀란 지담이 자세를 고쳐 앉으며 두 눈을 크게 치떴다. 월호는 조용히 고개를 수그렸다.

"한데 생김새를 보아라. 이렇게 생긴 녀석들에게 여장이 가당키나 하겠느냐?"

완은 상상도 싫다는 듯 미간을 좁혔다. 평소의 용희라면 격하게 동의했을 일이나, 그녀는 여전히 말을 아꼈다.

선생의 말은 일리가 있었고 다분히 시도해 볼 만한 사안이었다. 하지만 조금만 방심해도 여인임이 들통 날 게 뻔했으니 쉬이 내키지 않는 것도 사실이었다.

"이 중 그나마 선이 갸름한 것이 네 녀석 아니더냐. 그리하면 통역도 문제없을 것이고."

"잠시만, 잠시만 생각할 시간을 좀 주시오."

여인이 여인의 옷을 입는데 사내의 느낌이 나겠는가? 저들도 바보가 아닌 이상 알아차릴 텐데. 지금도 간신히 속이고 있는데 그러다 정말 들키는 거 아냐?

복잡하게 뒤엉킨 머릿속을 정리하며 용희는 제 손끝을 내려다보았다. 하지만 차후에 걸려서 쫓겨나든, 지금 제 발로 걸어 나가든, 어차피 선생과의 거래가 끝나는 일은 매한가지 아니겠는가?

"어렵겠느냐?"

완은 재차 물었다. 용희는 가늘어 부러질 것 같은 손가락을 소매 사이로 감추며 눈을 천천히 감았다가 떴다. 그 모습에 별수 없다는 듯, 완은 어깨를 올리며 고개를 가로저었다.

"정 못 하겠거든 둘 중 한 명을 골라 보아라. 누가 되었든 해야 하는 일이니."

"홍시야아!"

불똥이 떨어지자 지담은 크게 그녀를 불렀고, 월호도 자세를 고쳐 앉으며 눈빛으로 호소했다. 그녀의 말 한마디에 목숨이 달린 것 같았다. 어두컴컴할 것이라던 오늘의 일진을 떠올린 지담이 목소리에 격한 두려움을 담으며 입을 열었다.

"호, 홍시, 설마하니 눈을 더럽히고 싶은 건 아니지? 진짜로 우리에게 그런 일을 시키려는 건 아니지? 대체 눈동자는 왜 흔들리는 것이냐?"

날 봐라. 이 몸에 맞는 저고리가 있겠느냐? 당치 않아. 당치 않다, 홍시야.

끙. 지담은 수가 틀렸다는 생각에 나직한 숨을 토했다. 이내 고개를 절레절레 저으며 말없이 앉아 있는 월호를 향해 손을 뻗었다.

"휴, 그럼 할 수 없지. 우리 둘 중 선택하려거든 나보단 월호 녀석이 더 잘 어울릴⋯⋯."

"여기서 요절하고 싶은 것이냐? 그 입 다물어라."

껴드는 법이 없는 월호마저 급히 지담의 입을 막았다. 이런 상황 속에서도 용희는 말을 아꼈다.

"어려울 것이니 생각을 더 정리한 후 천천히 답을 해도 좋다."

더는 재촉하는 일 없이 완은 그녀의 선택을 기다려 주기로 했다. 홍시가 지금 무엇을 고민하고 있는지, 또한 무엇에 망설이는지, 염려와 고민이 눈에 보이는 것처럼 선명하게 느껴졌다.

"정말로 모든 청을 다 들어줄 것이오?"

침착하게 기다리니, 두려움이 반쯤 담긴 음성으로 그녀의 입술이 열렸다. 완은 기다렸다는 듯 고개를 끄덕였다.

"내가 무엇을 원해도?"

"그래, 네가 무엇을 원해도."

의심이 담긴 눈매로 그녀는 두 번을 더 물었다.

"대체 내가 무엇을 청할 줄 알고 그리 호언장담을 하시오?"

"무엇을 청하든 관계는 없느니라."

"어찌하여? 선생이 못 하는 일일 수도 있을 텐데?"

"그런 일은 없다."

용희는 입술을 닫았다. 확고함이 매달린 선생의 눈엔 작은 거짓도 보이지 않았다. 조용히 이야기를 듣고 있는 지담과 월호의 눈빛도 그러했다.

하지만 거짓말. 그녀는 고개를 가로저었다.

"거짓말. 허세도 정도껏 부리시오."

"허세인지는 모르겠으나 허언은 아니다."

"조선 땅덩어리를 전부 쥐여 달라 하면, 선생이 전부 쥐여 줄 수 있겠소?"

"……."

"이건 어떠오? 하늘은? 바다는? 그것이 내 소원이라면 전부 내게 쥐여 줄 수 있느냔 말이오."

그녀는 말끝에 실소를 터트렸다. 이윽고 불신에 가득 찬 시선으로 완을 바라보았다. 실제 바라는 일이 그런 것들이겠는가. 하지 못한 말들은 가슴속에 켜켜이 쌓여 응어리졌다.

이보시오, 선생. 그대는 나를, 상감께 데려다줄 수 있겠소?

"실현 가능한 약조를 하시오. 상황만을 모면하고자 나오는 대로 뱉지 말고."

나의 아버지를 죽게 한 사람들을 찾을 수 있겠소? 내 가문의 억울함을, 죽은 이의 원통함을 선생이 풀어 줄 수 있겠소?

"못 들은 이야기로 하겠소. 잠시 현혹되었던 것은 사실이나……."

"믿어도 좋다."

그녀의 말을 자르며 완의 입술 사이로 완곡함이 흘러나온다. 용희는 하던 말을 멈추었다.

"네가 청하는 것, 그것이 무엇이든 모든 방법을 동원해서라도 들어줄 것이다."

물러설 줄 모르는 그의 확신이 이어지자 더는 실소도 흐르지 않았다. 정말 희한하지. 선생이 하는 말은 자꾸만 믿고 싶어지는 구석이 있었다.

"누누이 말했다. 나는 말을 번복해 본 적이 없다고. 실언 또한 경험이 없다."

선생의 또렷한 시선을 마주하고 있노라면 저도 모르게 안도하고 마는 것이다. 사실은 불안함에 누구라도 붙잡고 싶었던 걸까. 그게 아니라면 이런 허망한 약조라도 있어야 숨 쉴 수 있었던 걸까. 또다시 혼자가 될까 무섭고 두려웠던 걸까. 그게 아니라면…….

"믿어라. 내게 실망하는 일은 없을 것이니."

"알겠소."

용희는 저도 모르게 고개를 끄덕이고 말았다. 성급한 대꾸가 튀어나왔고, 그 즉시 지담과 월호의 얼굴에 환희가 물들었다. 훗날 어찌 되든 지금 선택할 수 있는 일은 이것뿐이었다.

"밑져야 본전이니 해 보겠소."

"그래, 잘 생각했다."

그제야 되었다는 듯 흔연한 미소를 짓는 선생을 바라보며 그녀는 생각했다. 절대로 혼자되는 일이 두려워서가 아닌, 절대로 그의 말을 믿어서가 아닌, 단지 선택할 수 있는 것이 많지 않아 거래를 이어 가는 것뿐이라고.

　"계약서는 돌아가서 다시 작성하는 것으로 하오."

　"알겠다. 뜻대로 하라."

　혹여라도 그의 정직한 눈빛이 강경하다 하여 마음을 내려놓지는 말자고. 따뜻하게 손을 내밀어도 안심하며 붙잡지 말자고.

　"아무리 노잣돈이 부족해도 처소는 따로 잡아 주시오. 계약에 추가할 테니까."

　"그래, 알겠다."

　정히 믿겨도, 믿지 말자고.

©

　"어디를 가는 것이오?"

　숙소로 돌아온 용희는 새로 생긴 자신의 처소로 짐을 옮기며 지담을 바라보았다.

　"씻으러 간다. 몸이 영 찌뿌둥해서."

　"아아."

용희는 부러운 시선으로 지담을 바라보았다. 다른 건 다 그렇다 쳐도 씻는 일만큼은 무척이나 껄끄러운 일이 아닐 수 없었다. 전신을 물에 담근 채 온욕을 한다는 것은 상상도 할 수 없는 일이었고, 행여나 누구라도 들어올까 봐 번갯불에 콩 구워 먹듯 간신히 씻어야 했다. 공용으로 씻어야 했기에 외간 사내들이 수시로 들락거렸다.

"왜 그러고 보느냐?"

"아니오. 잘 다녀오시오."

용희는 짧게 대꾸를 마치며 걸음을 옮겼다. 정말이지 제대로 된 목욕 좀 해 보면 소원이 없겠다.

"오늘은 또 어찌 씻는다. 새벽에 나가서 씻어야겠네."

처소 안으로 들어선 용희는 중얼거리며 짐을 내렸다. 그녀의 몫으로 생긴 처소는 아담했다. 완과 함께 사용했던 방보다는 작았지만 나름 부족한 것은 없어 보였다. 그와 동침을 해야 했던 어제의 일은 아마 죽을 때까지 잊지 못할 것이다.

"홍시, 안에 있는가?"

자리에 앉아 짐을 풀던 용희는 밖에서 들려오는 목소리에 귀를 기울였다.

"선생이오?"

"그래, 나다."

용희는 벌컥 문을 열었고, 완은 작게 미간을 구겼다.

"이렇게 문을 벌컥 열어도 되는 것이냐? 누가 있는 줄 알고."

"선생이 불렀잖소. 이건 또 무슨 생트집인지."

뜬금없는 완의 타박에 용희는 입술을 삐죽였다. 완은 영 마음에 들지 않는다는 말투로 그녀를 타일렀다.

"혼자 있을 때는 잘 단속해라. 오가는 객이 많으니 항시 조심하고."

"염려 마시오. 괜한 잔소리는 넣어 두시고."

객을 맞을 준비가 잘된 방은 그녀 혼자 지내기엔 무리가 없어 보였다. 자리에서 일어선 용희는 완을 향해 입술을 열었다.

"진작 마련해 주었으면 좋았지 않소? 내 속이 다 후련하오."

"그리 좋으냐?"

대답 대신 고개를 끄덕이며 용희는 모처럼 환히 웃었다. 곁에서 홍시 놀리는 재미가 쏠쏠했던 완은 아쉬운 눈빛으로 그녀의 얼굴을 내려다보았다.

"참, 들었느냐?"

"뭘 말이오?"

"이 근처에서 귀신을 보았다는 자들이 있다."

"뭐요? 뭘 봐?"

용희는 시시하다는 듯 눈꼬리를 올렸다. 완은 능청스러운 표정으로 말을 이었다.

"이곳에서 조금 떨어진 곳에 계곡이 하나 있는데, 얼마 전 그곳에 빠져 죽은 자가 있다 하였다."

"저런, 어쩌다가?"

"글쎄다. 그것까지는 모르겠고."

완은 마저 짐을 푸는 그녀의 곁으로 바짝 다가섰다. 더 이상 대꾸가 없는 걸 보아하니 그녀는 이야기에 흥미가 없는 듯했다. 그럴 만도 하지. 지금껏 무슨 일을 겪으며 여기까지 왔는데 그깟 귀신이 두렵겠는가? 하지만 완은 계속해서 말을 이었다. 그녀에게 꼭 들려주어야 했다.

"밤마다 그곳에 빠져 죽은 자가 나타나 곡을 한다고 하니, 그 뒤로는 발길이 뚝 끊겼다나 어쩐다나."

"발길이 끊겼다 했소?"

그제야 그녀의 표정이 의미심장하게 변한다. 완은 고개를 끄덕이며 목소리를 낮췄다.

"그래, 그 계곡으로는 아무도 오르지 않는다고 한다."

실은 조금 전 지담과 그녀의 이야기를 들었다. 쉽게 생각해 보아도 그녀가 씻는 일은 상당히 고단한 문제일 터. 언급하고 있는 귀신 이야기는 자신이 급하게 지어낸 이야기일 뿐이었다.

"선생, 그곳이 어디요?"

"그건 왜 묻느냐?"

"아, 아니! 그냥 궁금해서 물어봤소!"

모쪼록 편히, 잠시라도 마음을 놓고 씻을 수 있도록 그녀를 도와 볼 참이다.

"뭐, 예서 멀지 않다고 한다. 주막을 끼고 조금 걷다 보면 우측으로 산을 잇는 길이 나오는데……."

그녀가 덥석 물자 완은 본격적으로 길 설명에 이르렀다. 관심 없는 척 짐을 정리하며 용희는 귀를 쫑긋 세웠다. 아무도 오르지 않는 계곡이라니. 이런 횡재수가 어디 있단 말인가?

"그렇게 조금 더 가다 보면 중턱에 계곡이 나온다고 하던데."

"선생은 무얼 그리 자세히 듣고 왔소?"

"뭐, 귀신이 나온다니 구미가 당겨서."

지금 용희에겐 귀신이 문제가 아니었다. 몸을 담글 수 있는 곳이라면 어디든 갈 마음이 있었다. 설령 목욕 중인 제 앞에 귀신이 나타난다 해도 등을 밀어 줄 용의가 있을 만큼 목욕이 간절했다.

"예까지 귀신이 내려올지 모르니 몸 건사 잘하라는 말이다."

"걱정하지 마시오. 언제부터 이렇게 쓸데없는 걱정이 늘었소?"

용희의 머릿속엔 오로지 계곡으로 가는 길뿐이었다. 완은 그녀의 번잡해진 눈빛을 끝으로 자리에서 일어섰다.

"그럼 난 이만 건너가겠다."

"난 오늘 일찍 잘 것이니 그리 아시오, 선생."

"알겠다."

완은 그녀의 처소를 나섰다. 언제부터였는지는 알 수 없으나, 그녀를 마주하고 있노라면 입가에 미소가 그려졌다.

"아직 물이 찰 것인데 괜찮으려나."

애먼 걱정을 늘어놓으며 완은 처소로 돌아갔다. 그리 늦지 않은 시간에 어둠이 찾아왔고, 용희는 처소 문을 열었다.

◎

달빛을 따라 간신히 산을 올랐다. 여인의 몸으로 어찌 겁나지 않겠느냐마는, 씻어야겠다는 의지를 꺾기엔 역부족이었다.

해가 떨어진 산속엔 음습하고 추운 기운이 있었다. 용희는 완이 알려 준 대로 걸음을 옮기며 주변을 살폈다.

"보아하니 귀신이 나올 만하네."

안개마저 자욱해서 마치 꿈속을 걷는 듯한 착각이 일기도 했다. 그렇게 얼마를 걸었을까. 용희는 물 흐르는 소리에 두 눈을 동그랗게 떴다.

"찾았다!"

우와! 용희는 웅숭깊은 계곡 앞에서 탄성을 내질렀다. 달이 쫴

는 탓인지 검푸른 이끼에 빛이 서렸고, 맑게 스며 나온 물로 계곡
은 그렁그렁 차 있었다.

마치 선녀가 몸을 담갔을 법한 절경에 그녀는 서둘러 계곡으로
다가갔다. 물 흐르는 소리가 웅장했고, 주변으로 퍼지는 물안개는
가히 장관이었다.

"아무도 없겠지?"

그녀는 연신 주변을 살피며 최대한 구석진 곳으로 자리를 옮겼
다. 씨알이 굵은 나무들 사이 잘 보이지 않을 공간을 찾았고, 그녀
는 천천히 옷가지를 벗었다. 갑갑할 정도로 꽉 묶어 두었던 가슴
끈을 풀어 내리며, 그녀는 완전히 탈의했다.

"으, 차갑다."

발끝을 살짝 담그자 찬기가 오른다. 천천히 심호흡을 마친 그녀
는 물 아래로 몸을 내렸다. 찌릿찌릿한 추위가 몰려왔고, 입술은
자연적으로 덜덜 떨렸다.

"으…… 추워……."

오들오들 떠는 손으로 세수를 하자, 정신이 번쩍 들 정도로 차
가웠지만 또 이상하리만치 상쾌했다. 스스로 물을 끼얹으며 그녀
는 조용히 중얼거렸다.

"연실이가 있었다면 수월하게 목욕했을 텐데."

목욕을 돕던 아이는, 이제 없다. 용희는 살갑던 연실의 웃음소

리가 환청으로 들리는 것 같아 부지런히 손을 놀리며 입술을 깨물었다.

연실아, 너는 무슨 죄가 있었어. 대체 무슨 죄가 있다고 하늘이 너를 데려갔니. 태어나 지금까지 나를 따른 것이 전부인 너를, 하늘은 무슨 까닭으로 데려갔단 말이니…….

"하아, 틈만 나면 천치 같은 생각뿐이니."

자꾸만 마음이 따끔거려 용희는 정신을 차려 볼 요량으로 크게 숨을 들이켰다. 여유롭게 씻을 처지는 되지 못하니 손길이 빨라졌다.

"정말 아무도 안 오네."

출렁이는 물결을 따라 머리카락 또한 일렁였다. 풀어헤친 머릿결 사이로 윤기가 지르르 흐른다. 즐겨 사용하던 창포물도 아니요, 향긋한 밀기름도 없었으나, 타고난 흑발은 건강하기 이를 데가 없었다.

"으…… 추워……."

두 손에 물을 담아 세안을 하자 건조했던 피부가 살아 숨 쉬는 것 같아 만족스러웠다. 물방울이 둥근 이마를 타고 흘러 날선 콧날에 안착하니, 바른 인중이 도톰하고 붉은 입술까지 연결해 주었다. 섬려한 생김새는 붓으로 그린 듯 딱 떨어졌다.

"진짜 살 것 같다."

갸름한 턱에 매달려 있던 물방울은 중력을 이기지 못한 채 떨어졌고, 가녀린 목덜미로 미끄러진 물방울은 매끈하게 살이 오른 가슴 사이를 가르며 사라졌다. 반가의 규수로 자라 목욕을 즐겨 했던 그녀였기에 지금 이 시간은 한없이 귀하기만 했다.

"덕분에 목욕 잘했소. 또 오리다."

귀신이 되었다는 이름 모를 자를 향해 그녀는 감사의 인사를 보냈다. 쉽게 만나지 못할 횡재수였다.

©

"여보게, 학동이. 물 좀 남았나?"

"아니, 나도 없는데. 계곡에 올라 물 좀 담고 가세."

"그려, 가세."

유근피라 칭하는 느릅나무 껍질을 캐러 온 약초꾼들은 산을 올랐다. 주로 계곡 주변에서 자생하는 느릅나무는 천지의 음기를 받은 것으로 알려졌다. 하여 채취할 때 해를 보면 그 약효가 떨어지기에, 약초꾼들은 새벽어둠 아래서 채취하곤 했다.

"어이, 거기."

산을 오르던 약초꾼들은 웬 사내의 음성에 걸음을 멈췄다. 잘못 들었나? 서로는 서로의 얼굴을 멀뚱히 바라보았다.

"학동이, 지금 무슨 소리 못 들었어?"

"들었어. 사람 소리 아니여?"

약초꾼들은 소리가 났던 방향으로 고개를 돌렸고, 이내 두 눈을 치켜떴다. 짙게 퍼진 안개 탓에 지척을 분간하기도 어려웠다.

"거, 거기 누구요!"

넓적한 바위에 앉아 있던 완은 천천히 고개를 들었다. 흐리게 비쳤지만 달빛 어린 모습은 찬란함이 섞여 무척이나 아름다웠다.

"두 사람은 어디를 가는가?"

"예? 아…… 저희 말입니까요? 유근피를 캐러 왔습죠."

약초꾼들은 무엇에 홀린 듯 공손히 답했다. 산 사람의 얼굴인지 하늘에서 내려온 신령의 얼굴인지 헷갈렸다.

"지금은 때가 아니니 내려가도록 하라."

"예? 때가…… 아닙니까요?"

"그렇다."

조금도 가볍지 않은 음성이 영험한 기운을 더했다. 약초꾼들은 일말의 반항도 없이 고개를 끄덕였다.

"때가 아니라 하시면…… 예, 내려가겠습니다요."

"두시진 뒤에 다시 오라."

"아…… 예……. 그리하겠습니다요."

발길을 옮기던 약초꾼 중 한 명이 완을 향해 고개를 돌리며 무언가 할 말이 있는 듯한 표정을 했다.

"저, 마누라 산달이 다가오는데 혹 성별을 알 수 있겠습니까?"

"……딸이다."

흐엉. 일곱째마저 딸이라니! 약초꾼은 울먹이며 탄식했다.

"다음에 또 낳으면 되지. 상심 덜게, 덕봉이."

"내가 우리 엄니 뵐 면목이 없어. 하이고, 딸이라니…….."

아들 하나 보기가 이렇게 어려운가. 약초꾼은 친구의 위로를 받았다. 아들이라 해 줄걸 그랬나 완은 작게 당황했다.

"그럼 지도 뭐 하나 여쭙겠습니다. 지는 언제쯤 장가를 갈 수 있을까요?"

"올해는 장가를 갈 수도, 가지 못할 수도 있겠다."

"아이고, 잘 알겠습니다요! 감사합니다요!"

멍청한 대답을 숙명처럼 받으며 두 약초꾼은 하산했다. 완은 그 뒷모습을 지켜보다 고개를 들어 올렸다.

용희가 처소 문을 열었을 때, 그는 조용히 바라보고 있던 서책을 덮었다.

"귀신이 나온대도 눈 하나 깜짝하지 않고 계곡을 찾으니, 참으로 별종이다."

완은 중얼거리며 미소를 그렸다. 홍시는 한 번 알려 준 길을 헤매지 않고 잘 찾았다. 이 어둡고 음산한 곳도 개의치 않았다. 여인임을 배제하고 생각해 보아도 명석했고, 담력이 좋았다.

"물이 찰 것인데, 물속에 오래 있지 말고 급하게 나오라."

완은 천천히 눈을 감았다가 떴다. 달리 걱정되는 일은 없고, 혹여나 찬기에 그녀의 몸이 상할까 그것이 염려스러웠다. 그녀가 보고 있는 하늘을 그도 바라보았다.

"어이, 칠득이! 어서 오게! 뭐 하고 있어?"

"기다려. 예 버섯 좀 캐고."

그러다 지척에서 들려오는 소리에 천천히 고개를 돌렸다. 잠시 곁에 내려 두었던 칼자루를 손에 쥐며 완은 빙그레 미소 그렸다.

"어서들 오라."

계곡으로 향하는 두 번째 약초꾼들을 붙잡아야 했다.

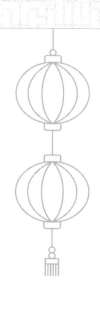

11화

대단한 가문의 장자

사간원에 상소하기를.

"영의정 김판두는 평소 행실이 부도덕하며 탐욕하고 부정한 짓을 자행하였나이다. 하늘 위 두려움이 없다 민심을 현혹하고 국시를 흔든 것은 물론, 장차 그 여식이 세자빈이 될 거라 언동하며 스스로 세력이 커지기를 넘겨보았나이다. 하늘이 노하여 그 일족을 불길로 멸하였으니, 엎드려 바라건대 그에 합당한 처벌을 시행하여 뒷세상에 경계가 되게 하소서."

하였으나 답서하지 아니하였다.

좌의정 등이 또 죄를 청하였으나 윤허하지 아니하였다.

"입궐하셨습니까, 대감."

평소보다 일찍 착건속대를 마친 뒤 궐의 문턱을 넘어선 좌의정 신기형은 우뚝 걸음을 멈추었다. 그를 발견하고 가까이 다가선 자는 정삼품(正三品) 대사성 관직의 한유철이었다.

"대사성 왔는가?"

"예, 대감. 대감께선 어인 일로 이리 일찍 입궐하셨습니까?"

"만인지상의 자리가 공석이 되었으니 처리할 일이 늘어나지 않았겠는가."

아아. 고개를 끄덕이며 대사성은 신기형의 곁에 바투 섰다. 친분을 과시라도 하듯 가깝게 달라붙어 거짓으로 염색된 눈매를 빛냈다.

"역시 나라를 아끼시는 좌상 대감의 마음이 이렇듯 깊으시니, 이제 곧 영상의 자리로 가셔야지요."

"아침부터 입에 발린 소리 할 텐가?"

"아닙니다! 참입니다! 공석인 영의정 자리에 좌상 대감 말고 누가 어울릴 수 있겠다는 말씀이십니까?"

"되었으니 상참이 끝나거든 내일부턴 일찍들 입궐하라 이르게. 나라가 어수선할 때일수록 궐을 비울 수 없는 법이니."

"예, 대감. 그대로 이르겠습니다."

때가 묻은 대사성의 아첨을 뒤로하고 곁을 돌아보니, 교육이 한창인 아기나인들이 줄을 지어 걸어오는 것이 보였다. 이른 아침부터 시작된 교육이 고단한지 대부분은 참지 못한 하품을 터트리며 뒤뚱뒤뚱 걸어오고 있었다.

교육을 맡은 상궁은 멈춰 서 신기형에게 인사를 건넸다.

"입궐하시었습니까, 대감."

"그래 자네도 수고하게."

아기나인들 또한 교육 상궁을 따라 배꼽까지 고개를 수그리며 정성껏 인사를 건넨 후 멀어져 갔다.

"아이고, 저것들이 언제 자라 상궁 마마님 소리를 들을꼬?"

사랑스러운 모습에 대사성은 빙그레 미소를 그리며 중얼거렸다. 반면 웃음기 없는 얼굴로 그 모습을 냉하게 바라보던 신기형은 다시금 주변을 살폈다. 아무도 없는 것을 재차 확인한 뒤에야 조용히 입술을 열었다.

"이런 와중에 동궁의 자리를 비우게 하다니. 알다가도 모를 일일세."

"일전에 전하께서 이르시기를, 동궁께서 병을 얻으셨다 하지 않았습니까?"

"그러니 수상하다는 말이야. 어찌 병이 든 세자를 궐 밖으로 내보냈을까."

수상한 점은 한둘이 아니었다. 세자의 병이 깊어 둘째 왕자인 서임대군의 집으로 요양을 보냈다는 금상의 말도, 보낸다 하여 곧이곧대로 출궁했다는 동궁의 태도도, 모든 것이 의심스러웠다.

"참, 들으셨습니까? 서임대군 사가 앞으로 늘어선 병문안 줄이 백 리 길이라 합니다."

"그래서, 그중에 동궁을 만난 자가 있다 하던가?"

"집 밖으로는 한 걸음도 하지 아니하시고 병문안을 금한다는 어명까지 더해졌으니, 동궁의 그림자도 보지 못한 상황이라지요."

"만난 이가 없다라."

"집 안에만 계시다 하니 어느 누가 뵈옵겠습니까? 그 집 문턱으로는 개미 새끼 한 마리도 드나들지 않는다 하옵디다."

느릿한 걸음을 옮기는 신기형의 표정이 사뭇 날카로웠다. 어지러운 시국에 병을 얻었다 한들 순순히 출궁에 응했을 동궁이 아니다. 지극한 효심은 타고났으니 그 어느 때보다 금상의 곁을 지킬 동궁이 아니겠는가.

"병을 얻은 것이 아닐지도."

"예?"

"심상치가 않아. 아무래도 느낌이 좋지 않은 것이."

저 멀리 모습을 드러낸 편전을 바라보며 신기형은 조용히 되뇌었다. 모든 일에 가까이 연관된 두 사람이기에…….

신기형은 대사성을 힐끔 바라보며 입술을 열었다.

"혹 동궁의 병이 거짓이라면 금상의 저의가 무엇이겠는가. 그것부터 가늠해 보아야겠지."

간택을 미루기 위함인가. 아니면 진실로 다른 연유가 있는 것인가.

"아……. 설마하니 그럴 리가 있겠습니까?"

"아주 없을 일은 아니지. 그 속을 우리가 어찌 헤아린다."

날아가는 새들도 고요한 공간. 두 사람은 잠시 대화를 멈췄다. 무엇 하나 흐트러짐 없이 단정한 궐 안이었지만, 정적인 기운이 때로는 모든 이를 숨 막히게 만들곤 했다.

"전하를 뵈옵고 동궁의 병문안을 주청드려야겠네. 아무래도 내

직접 봐야겠어."

한번 이곳에 발을 들인 자는 뜻대로 쉬이 떠날 수 없었다. 오직 금상의 어명만이 그들을 움직이게 했다.

"자네는 오늘부터 상소를 천천히 올려 보도록 하게. 준비한 대로."

"알겠습니다, 대감."

그러한 운명에 반(反)하며 일을 도모하는 자, 바로 이곳에 있었다.

"새어 나가는 일 없도록 뒷마무리 잘해야 할 걸세."

"예. 심려치 마십시오, 대감."

좌의정 신기형은 완이 찾아내고자 바라는 사람, 용희가 알아내고자 바라는 사람이기도 했다.

◎

"다들 어디 갔소?"

새벽 목욕을 마치고 평소보다 늦잠을 잔 용희가 처소 밖을 나섰다. 보이기로는 월호만이 자리하고 있을 뿐, 선생과 지담이 보이질 않았다.

"대장께서는 급한 일로 자리를 비우셨다."

"급한 일? 무슨 일이기에?"

별 뜻 없이 질문을 던진 용희는 월호의 차가운 시선에 손을 저었다.

"괜한 것을 물었소. 개의치 마시오."

월호는 선생의 뒤에서 곁을 지키는 일에 하루를 바치는 사내다. 선생이나 지담과는 달리 제대로 말을 섞어 본 적 없는 사내이기도 했다. 그다지 웃거나 말하는 것을 본 적이 없었다.

용희는 말없이 칼을 손보는 월호의 곁에 슬그머니 다가가 앉았다.

"저……."

그녀가 앉자, 월호는 조금 떨어져 앉았다.

"내 물어볼 말이 있는데 말이오."

용희가 말을 붙이지만 월호는 여전히 말이 없었다.

"선생은 어떤 사람이오?"

무심한 손길로 칼날을 어루만지는 듯했으나 대단한 세심함이 숨어 있었다. 그런 손길을 멈추며 월호는 고개를 들었다.

용희는 재차 말을 이었다.

"보아하니 팔도 유랑을 하는 한량은 아닌 듯하오만."

궁금했다. 무엇을 떠올려 봐도 맞아떨어지는 것이 없었으니까. 선생은 다분히 사도가의 예와 법도를 익힌 자였다. 풍겨 나오는 고상함도 하루 이틀 만에 빚어진 것들이 아니었다. 흉내를 내는 일도 가능하지 않았다.

"그쪽도 그렇고, 지담이라 하는 자도 그렇고, 다들 이런 산기슭이나 오르내릴 위인들은 아닌 것 같은데."

해가 내쏘는 빛줄기가 평상 앞에 내려앉는다. 볕은 발등을 달구듯 조금씩 따뜻해졌고, 꽃잎이 제 한 몸 맡기기에 적당한 온도로 변했다. 한참을 기다려도 대구가 없자 용희는 힐끔 월호를 바라보았다.

"물론 비밀을 털어놓으라는 것은 아니오. 그냥 문득 궁금해서."

"대단한 가문의 장자시니라."

대단한 가문. 용희는 빙그레 미소 지었다.

"더 알고자 함은 네게도 쓸모없는 짐이 될 것이니 이쯤에서 접어라."

"다행이네. 선생의 신분이 내 청을 들어줄 수 있을 정도는 된다는 거니까. 맞소?"

물론 그녀의 아버지는 감히 따라올 자 없는 조선 최고 권력가였다. 하지만 아버지 외에도 조선 팔도에 날고 기는, 내로라하는 가문이 또 얼마나 많을 것인가. 그거면 되었다. 삼엄한 궐의 문을 통과시켜 줄 수 있는 능력만 확인되면 되었다.

"대단한 가문의 장자였구나."

그녀는 안도했다. 발등을 내려다보고 있자니 한유한 기분이 밀려들었다. 가문의 내력이 궁금하거나, 선생이 하고자 하는 일들이 궁금하지는 않았다. 용희는 월호를 바라보며 해사한 웃음을 띠었다.

"허언은 아니라니 안심하겠소. 더는 묻지 않을 것이니 하던 일 마저 하시오."

"너 말이다."

자리에서 일어선 용희는 걸음을 멈추었다. 쥐고 있던 칼을 칼집 속으로 감추며, 월호는 그녀와 시선을 맞췄다.

"대장께서는 오늘 아니 돌아오실 것이니 기다리지 마라."

"누, 누가 기다린다 그러오? 사람 참."

말은 그러하나 홍시의 눈빛이 허룩해진다. 월호는 찬기 가득한 눈매를 그녀에게 고정하며 아침의 일을 떠올렸다. 완은 찾아온 비둘기가 전해 준 궐의 서찰을 읽고 서둘러 말에 올랐다.

'나는 지담과 함께 서임군 사가에 다녀올 것이다. 한시가 급하니 서둘러야겠다.'

'신 또한 함께 가겠습니다. 명하여 주소서.'

'아니. 월호 너는 이곳에 머물며 홍시와 함께 있으라.'

월호는 천천히 두 눈을 깜빡였다. 처음으로 동궁을 뫼시지 못하게 된 것이다.

'검술이라면 팔도의 으뜸이 아니더냐. 홍시를 잘 지키고 있어라.'

'하오나……'

'믿고 다녀오겠다.'

완은 빠르게 말고삐를 당겼고, 눈인사를 마친 지담이 뒤따라 말을 달렸다.

녀석을 지켜라. 세자께선 그리 말씀하시었다. 월호는 멀뚱히 서서 자신을 바라보고 있는 용희를 응시하다가 천천히 시선을 거두었다. 이내 입술을 열며 떠오르는 생각을 지워 보기로 한다.

"나온 김에 국밥이나 한 그릇 해라. 대장의 명이시니."

무엇을 떠올렸는지는, 스스로 모르는 척하기로 한다.

◎

"이랴!"

완은 빠른 속도로 말을 타며 한양으로 향했다. 잘 먹고 잘 쉰 건강한 말 두 필은 거침없이 달리며 한양까지의 거리를 점진적으로 좁혀 나갔다. 전서구가 가져다준 아바마마의 서찰은 간단했다.

[금일, 좌상이 방문할 것이다.]

서둘러야 했다. 좌의정이 서임대군 사가에 도착하기 전 먼저 당도해야 했으니까. 평소 의심이 많고 꾀가 많은 좌의정은 사실 확인을 하고자 함이 자명했다.

좌의정은 필시 금상께 병문안을 윤허해 달라 청을 올린 것일 테다. 지엄한 법도를 운운하며 조선 천지에 병문안을 금하는, 이런 법은 없는 것이라 말하였겠지.

"이랴!"

보지 않아도 속내가 훤히 들여다보여 완은 고삐를 더욱 당겼다. 무슨 일이 있어도 시간 안에 도착해야만 한다.

말발굽이 뚜드럭거리며 땅에 닿을 때마다 뿌연 먼지가 사방으로 퍼졌다. 뒤를 바짝 따르는 지담 또한 노련한 솜씨로 말을 몰았다.

"여기 국밥 두 그릇 대령이요. 맛나게들 잡수소."

"잘 먹겠소."

"그리하시오. 모자라면 얘기하시고들."

평상에 앉아 조촐한 상을 받아 든 용희는 주모에게 인사를 건넸다. 무일푼으로 집을 나선 주제에 매끼를 챙겨먹을 수 있다니 참으로 다행이 아니겠는가. 찬이라고는 짜디짠 장아찌뿐이었지만 그녀에게는 눈물겹게 감사한 밥상이었다.

"그거 들었어? 지금 한양은 난리래, 난리."

"그게 무슨 국에 쉰밥 말아먹는 소리여? 무슨 난리가 났기에?"

이윽고 지척에서 사내들의 대화 소리가 들렸다. 용희는 대수롭지 않게 넘기며 천천히 국밥을 헤집었다. 이내 사내들과 친분이 있는 듯 참견 좋아하는 주모가 거들기 시작했다. 뒤이어 듣고도 믿기 어려운 이야기가 시작되었다.

"아니, 아직도 못 들었어? 영의정 대감 집이 홀랑 타 버렸다잖우!"

"뭐여? 뭐가 타? 집이?"

그녀는 국밥을 헤집던 손길을 멈추었고, 쥐고 있던 숟가락을 바닥으로 떨어트렸다. 마주 앉아 있던 월호는 고개를 들었다.

"왜 그러느냐?"

"……아니오."

순식간에 심장이 뛰어올랐다. 잊은 듯 멀리했던 그날의 기억이 해일처럼 밀려들었다. 불길이 휘감은 듯 온몸은 뜨거워졌고, 순식간에 시야는 좁아졌다.

"그랬대! 홀랑 다 탔대! 사람이고 뭐고 다 죽고 아주 난리였대!"

계속 듣고자 함은 아니었으나 극성스러운 목소리가 앙칼지게 들려왔다.

"기다려라. 숟가락을 다시 가져다줄 테니."

"아, 고맙, 고맙소."

월호는 숟가락을 가져다주겠다며 일어섰고, 용희는 홀로 앉아 눈을 깜빡였다.

"아니, 워째 그랬대? 워쩌다가 불이 났대?"

"아, 모르지! 그 넓은 집구석 다 태우려면 어지간한 불이었겠어? 불 끄는 것만도 반나절이 걸렸다는데?"

물그릇을 들었으나 역시 손이 떨렸다. 벌컥벌컥, 아무리 찬물을 들이켜도 속은 뜨거웠다.

"시방 이게 뭔 말이여. 멀쩡한 집에 불이 왜 났다는겨?"

"아, 나야 모르지! 그런 속사정까지 우째 알겠어?"

지금까지 상상만 해 왔던 일들을 실제로 듣고 있는 것이다. 너무나 무방비했다. 아직 마음의 준비도 못 했는데. 듣고 괜찮을 각오도 하지 못했는데. 슬픔을 다스릴 수 있는 그런 방법을, 아직 알지 못했는데.

"참말로 산 사람이 아무도 없어?"

"없대! 다 죽었대! 참말로 이게 뭔 난리래?"

"암만 불길이 세다고 못 빠져나왔을까? 희한하네?"

"그러니까 말여. 이게 뭔 개죽음이냐고."

코끝이 맵고 두 눈이 따가웠다. 입술이 바르르 떨려 침을 삼키기도 어려웠다.

"하늘도 참 무심혀. 그 좋은 분을 데려가. 나라 꼴이 어찌 되려고."

220

"그러니 돈이고 뭐고 다 무슨 소용이여. 죽으면 무슨 소용이라고?"

"엊그제 명이 아버지가 한양에 다녀왔는데, 그 집터가 아주 흉흉해졌다고 하더라고."

순가락을 가져온 월호는 조용히 그녀의 앞에 내려놓았다. 할 수 있는 일이 많지 않아 그녀는 무작정 순가락을 들었다. 바들바들 떨리는 손길로 국밥을 떴다. 그러곤 한 입, 두 입, 무작정 입안으로 밀어 넣었다. 월호는 그녀를 바라만 볼 뿐 무엇도 채근하지 않았고, 아무것도 묻지 않았다.

"뜨겁다. 식혀 먹어라."

홍시는 김이 모락모락 피어오르는 국밥을 불지도 않고 막무가내로 삼켰다. 국을 푸기 전 토렴질을 마친 국그릇은 손을 대기도 힘들 만큼 뜨거웠다. 그런 것을 쉼 없이 계속 밀어 넣었다.

"뜨겁다고 했다."

대꾸도 없고 반응도 없다. 고개를 푹 숙인 채 국밥만 퍼먹는 그녀는 멈출 기미가 조금도 없었다.

"무덤은 만들어 주는 거여? 다 죽었으니 누가 제를 지낸대?"

"됐어. 밥상머리 앞에서 재수 없게. 아, 식기 전에 밥이나 먹어!"

시야가 흐릿해졌다. 눈을 깜빡이면 눈물이 후드득 떨어질 것만 같아 제대로 뜨고 감기도 어려웠다. 억장이 무너지는 고통이 밀려와 몇 번이나 작은 주먹으로 쿵쿵 가슴을 때렸다. 애간장이 녹아 내려 쓴 물이 올라왔다.

"아후, 국밥 한번 되게 뜨겁네……."

용희는 콧등을 비비며 훌쩍 눈물을 삼켰다.

"배가 고파 정신없이 먹었는데…… 국밥이 너무…… 뜨거워 서……."

결국 흐른 눈물을 빠르게 닦아 내며 용희는 다시금 밥을 퍼 올렸 다. 월호는 여전히 그녀의 국밥 그릇에 시선을 고정하고 있었다.

"입천장이 다 까져서…… 속이 뜨거워서……."

가느다란 어깨가 하염없이 떨렸다. 손끝은 또 어찌나 흔들리는 지 밥을 가득 퍼 올려도 밥알이 우수수 떨어졌다. 울음이 가득 찬 목소리를 하며 용희는 두 눈을 꾹 감았다.

"맛은 있는데…… 뜨거워 잘 먹질 못하니 속이 상하고……."

눈물이 흐르기가 무섭게 닦아 내며 용희는 다시 입안으로 밥을 밀어 넣었다. 넘친 서러움이야 주워 담을 수 없겠으니 이제부터라 도 슬픔을 눌러야겠다. 마주 앉은 월호가 혹여라도 다른 생각은 하지 못하도록.

"신경 쓰지 마시오……. 나는 원래 뜨거운 음식을 먹으면 눈물 이 나서……."

용희는 간간이 눈물을 훔쳐 내며 월호의 국밥 그릇으로 손을 뻗었다.

"그쪽은 다 먹은 것이오? 그럼 그 밥…… 내가 더 먹어도 되 겠소?"

허락이 떨어지기 전에 국밥 그릇을 끌어당기며 용희는 다시금 고개를 떨구었다. 배가 불러 한 입도 어려울 것 같았지만 밥을 뜨 는 손길을 멈출 수는 없었다.

극심한 고통에 머리는 생각을 잃었다. 애격한 마음은 그리운 집 을 돌려 달라, 보고픈 가족을 데려오라.

"맛있다……. 맛있다……."

자꾸만 그녀를 보챘다.

◎

"문을 열어라! 좌상 대감마님의 행차시다!"

평교자를 타고 서임대군 사가 앞에 도착한 신기형은 굳게 닫힌 대문을 바라보았다. 그를 뫼시는 수하는 우렁찬 목소리로 당도했 음을 알렸고, 이내 굳게 닫혀 있던 대문이 열렸다. 인편을 통해 미 리 전달을 받은 아랫것이 모습을 드러냈다.

"대군께서는 안에 계시는가?"

"예. 기다리고 계십니다."

그제야 평교자에서 내린 신기형은 허리를 바로 펴며 반쯤 열린 대문을 응시했다. 완은 아직 당도하지 않았고, 일각도 쉬는 법 없이 달리는 중이었다.

"안내하라."

"예, 대감마님."

아랫것은 급히 안으로 들어섰고, 신기형이 도착했음을 전달받은 서임대군이 잠시 후 모습을 드러냈다.

"오셨소, 대감."

"그간 격조하였습니다. 근자에 별고는 없으십니까."

두 사람은 솟을대문을 지나치며 사사로이 인사를 주고받았다. 이른 나이에 분가하여 한 집안의 가장이 된 서임대군은 동궁의 세 살 아래 동생이었다. 태생이 명석하였으나 정치의 뜻을 버린 평범한 왕자이기도 했다.

"대군께서도 알고 계시겠지만 요즘 조정이 시끄러운 탓에 주상 전하의 상심이 크시옵니다."

"이 사람은 궐의 이야기를 듣고자 함이 없으니 괜한 이야기는 접어 두시오, 대감."

그러나 아침마다 궐이 있는 방향을 향해 절을 올리는 효심은 변함없이 지극하였고, 세자를 존경하며 따르는 우애 또한 각별했다. 서임대군은 사랑채 쪽으로 손짓했다. 아직 도착하지 않은 형님의 부재에 상당히 난처하지 않을 수 없었다.

"들어가 차나 한잔합시다."

"우선 세자 저하를 뵈어야겠습니다. 편찮으시다 하기에 원기 회복에 좋다는 약재를 두루 가져왔습니다."

"형님께서는 지금 오침 중이시오. 곤히 잠드셨으니 잠시 기다리셔야 할 것이오."

같은 시각. 완은 거침없이 말을 달렸다. 드디어 저 멀리 동생의 집이 보이기 시작했다.

신기형은 비릿한 미소를 지었다.

"오침 중이시라고는 하나 잠귀가 밝으신 저하가 아니십니까. 소란 중에 깊이 잠을 청하실 리가 없겠지요."

"감히 저하의 오침을 방해하겠다는 것이오, 대감?"

"그럴 리가 있겠습니까. 하나 신 또한 전하의 어명을 받잡았나이다. 저하께 인사도 드리지 못한 신이 어찌 편히 앉을 수 있으오리까?"

부연이 아름답게 치켜 올라간 기와집이 조금씩 가까워 왔다. 완은 조금 더 속도를 내었다.

"저하께서 괜찮으신지 먼저 확인을 해야겠습니다. 저하의 병세가 국사의 막중한 문제인 것을 모르지 않으시겠지요. 대군께서 아무리 궐에 관심을 두지 않는다 하시어도 말입니다."

"글쎄 형님께서는 오침 중이시라니까!"

"인편을 통해 신이 방문한다는 사실을 이미 받아 보셨을 것 아니겠습니까."

서임대군은 미간을 일그러트렸다. 긴히 반박을 할 만한 말들은 떠오르지 않았다.

"전하께옵서 긴밀히 전하라 하신 명이 있습니다. 이래도 차후를 논하실 작정이십니까?"

신기형은 할 수 있는 최대한의 부드러움을 섞어 되물었다. 수십 년 동안 임금을 상대하며 살아온 그에게 이런 왕자 따위 어리고 비린 애송이일 뿐이었다.

"이제 신께 알려 주시지요."

서임대군은 입술을 굳게 닫았다. 속내를 읽힌 것만 같은 한기가 밀려들었다. 어명을 받아 왔다는 그 말을 듣고 난 이상, 더는 시간을 끌기 어려웠다.

"저하께서 계신 곳이 어디입니까."

12
화

반갑지 않은 손님

   대신과 육조의 당상들이 모여 아뢰기를.

   "근래 흑단의 악행을 모방하는 범죄가 나날이 급증하고 있습니다. 굶주림에 쫓기어 도둑질을 하고 노상을 강탈하며 그것을 업으로 삼기에 근심이 아닐 수 없습니다. 생업이 탕진되어 지게미와 쌀겨도 충분히 먹지 못하니, 청컨대 스스로 생활할 수 없는 자를 조사하여 구휼하여 주시옵소서."

   하니, 타당하다 하였다.

　삽상한 바람이 불었다. 가꾸는 것을 좋아하는 부부의 취향에 따라 왕자의 집 안 이곳저곳이 봄옷을 입었다. 꽃과 나무는 상쾌한 바람 앞에 듣기 좋은 울창한 소리를 내며 이 계절을 알게 했다.

　"답이 어려우십니까?"

　신기형은 서임대군의 답을 종용했다. 상감의 핏줄이었으나 세자만큼 처세술에 능한 왕자는 아니었다. 난처한 표정으로 많은 것을 이실직고했으니까. 쉬이 답을 하지 못하는 그 얼굴을 바라보고 있자니 의심은 점점 확신이 되어 갔다.

　동궁은, 이곳에 없다.

　"설마 저하께 가지 못하시는 다른 연유가 있는 것은 아니겠지요."

"그럴 리가."

대군은 짧게 답하며 미간을 일그러트렸다. 좌상의 노련한 언변에 쫓겨 궁지로 몰린 기분이 들었다. 그는 마치 자신의 머리 위에 올라 속내를 훤히 들여다보고 있는 것만 같았다. 무슨 말을 내뱉어도 상황을 모면하기는 힘들 것 같다고 왕자는 생각했다.

"따라오시오. 형님께 안내할 것이니."

결심한 듯 서임대군은 돌아서 움직였다.

"알겠습니다."

그 모습을 의미심장한 눈빛으로 바라보던 신기형 또한 걸음을 옮겼다.

'형님……. 이를 어찌 하오리까…….'

대군은 짧은 숨을 토했다. 갖은 머리를 굴려 보았지만 좋은 수는 쉬이 떠오르질 않았다. 어찌 되었든 좌상이 빈 처소 문을 열어보지 못하게 막아야 한다. 방법은 그것뿐, 다른 것은 없었다.

"이곳이오."

두 사람은 집채 중에서도 가장 안쪽에 마련된 처소 앞에 멈춰섰다. 새로 단장한 처소 주변은 깨끗했다. 신기형은 뚫어 볼 것처럼 굳게 닫힌 문을 바라보았다.

"형님께서는 지금 이곳에 계시오."

"그렇습니까?"

서임대군의 노력이 가상해 신기형은 믿어 의심치 않는다는 듯 대꾸했다. 사람이 없으니 기척 또한 없을 것이고, 불러 본들 답이 올 리는 없을 것이다.

"……하."

헛웃음을 가장한 조소를 터트린 신기형은 굵은 음성으로 입술을 열었다. 서임대군은 주먹을 꾹 쥐었다.

"세자 저하! 신 좌의정입니다! 안에 계시옵니까!"

가진 모든 힘을 실은 것처럼 커다란 음성으로 외쳤다. 나중에라도 듣지 못했다는 변명을 차단하기 위함이었다.

"저하! 안에 계시옵니까!"

"그만하오. 깊이 잠드신 듯하니."

왕자의 말은 적절한 기회가 되었다. 신기형은 크게 놀란 눈빛으로 서임대군을 채근하기 시작했다.

"저하께 무슨 일이 생긴 것은 아닙니까? 어찌하여 이토록 크게 고하였음에도 기척을 아니하실 수 있답니까?"

불행히도 왕자는 좌상의 상대가 되지 못했다.

"신변에 무슨 문제가 생겼다거나 병세가 악화된 것은 아닙니까? 주무시는 것이 아닌 의식이 없는 것은 아닙니까?"

"대감, 그만하시오."

"본디부터 중증의 병세였습니까? 낫지 못할 희귀병을 앓고 계신 것은 아닙니까?"

"그만하라 하였다."

"이도 저도 아니라면 혹, 저하께서 아니 계신 것은 아니오리까?"

"대감!"

왕자는 신기형의 조소 어린 웃음을 보았다. 눈빛엔 근심을 끌어다 모았으나 한쪽만 올라간 입꼬리는 비웃고 있었음을, 똑똑히 보았다.

"대감, 지금 나하고 무얼 하자는 것이오?"

"어찌하여 그런 질문을 하시는 것입니까?"

왕자의 진노한 음성이 극에 달하였고, 그제야 신기형은 목소리를 낮췄다. 듣기로는 잘못을 타이르는 것도 같았다.

"이대로 돌아가 전하께 무엇을 아뢸 수 있겠습니까. 저하의 병세를 숨기시는 것이라면 대군의 신상에도 이로울 것이 없습니다."

"감히, 저하의 동생이요 일국의 왕자인 나를 겁박하는 것인가?"

"겁박이라니요. 당치 않습니다. 신은 다만 이 상황을 알고자 하는 것입니다."

빈 처소 앞에서 신기형은 기어이 눈꼬리를 올렸다. 서임대군은 이를 아득 문 채 좌상을 노려보았다. 하지만 그런 것쯤이야 간단히 넘길 수 있을 신기형은 굳게 닫힌 방문을 가리켰다. 끈 떨어진 왕자 따위에게 밉보인다 한들 두려울 일은 없었다.

"신, 저하의 처소로 들어가겠습니다. 대군께서 따라 걸음 하실 필요는 없겠지요."

"내 절대 오늘을 잊지 않을 것이오, 좌상 대감."

대꾸를 삼킨 신기형은 주저 없이 걸음을 옮겼다. 서임대군은 마지막 일침을 가했다.

"감히 내 형님의 처소 문을 열게 된 일은! 후에라도 절대 가벼이 넘기지 않을 것이다!"

하오나 멈출 뜻은 없었다. 신기형은 계단을 올라 처소 앞에 당도했고, 문고리를 두 손으로 힘껏 붙잡았다. 그때, 문이 열렸다.

"웬 소란인가?"

하지만 문이 열린 것은 밖에서 당겨 열었음이 아닌 안에서 밀린 까닭이었다. 대군의 얼굴엔 다시 볼 수 없는 환한 미소가 떠올랐고, 가까이 다가서 있던 신기형은 놀라 뒷걸음을 걸었다.

"형님!"

"저, 저하……."

"오랜만이오, 좌상."

신기형의 얼굴엔 어두운 기운이 밀려왔다. 그것을 비웃는 듯한 미소가 동궁의 얼굴 전체로 떠올랐고, 장활한 하늘 위로는 비둘기가 푸득거렸다.

완은 눈을 비비며 긴 하품을 뱉었다. 방 한쪽으로는 항시 세자를 곁에서 뫼시는 익위사가 무릎을 꿇은 채 대기하고 있었다.

"문안을 온 자의 목청이 이리 커서야 쓰겠소. 오랜만에 오침을 달게 청하는 중이었는데."

"……송구하옵니다, 저하."

세자께서, 계시었다.

◎

높다란 하늘에 파란 물이 들었다. 해가 몸을 기울이며 반쪽은 불그스름한 노을이 들었고, 점차 넓게 퍼졌다. 용희는 무릎을 세우고 앉아 시선을 멀리 주었다.

"아니야. 믿지 않을래."

몽실몽실한 구름이 닿아 있는 지평선 너머에 한양이 있다. 그곳엔 정든 집이 있고, 애정하는 가족이 있으며, 아버지가 한평생을 바쳐 몸담은 궐이 있었다.

"안 믿어, 그런 말."

그곳으로부터 도망쳐 왔으나 종국엔 도달해야만 하는 곳이기도 했다.

생기 잃은 눈두덩을 누르며 용희는 마른침을 꿀꺽 삼켰다. 온종일 눈물을 훔쳐도 물기는 쉽게 마르지 않았다. 다행히 아침 이후로 월호는 보이지 않았고, 따라서 자유로이 슬퍼할 수 있었다.

용희는 쩍쩍 갈라지는 입술을 열며 중얼거렸다.

"조금만 더 기다려 줘요. 찾아갈게요."

어머니, 아버지. 들리시나요. 소녀가 그리할 것입니다.

"그러니까 기다려 주세요……."

그곳이 어디건 간에 찾아 만날 것입니다. 훗날 소녀가 당당히 찾아뵐 수 있도록 힘을 주세요.

용희는 나직하게 중얼거리며 무릎 사이로 고개를 묻었다. 묻어 두고 미뤄 두었던 슬픔이 한꺼번에 터져 정리를 하기도 어려웠다. 언젠가 한 번쯤은 필요했을 시간. 생각보다 오래도록 참아 왔던 시간. 그러한 시간을 흘려보내며 용희는 입술을 사리물었다. 쉬이 잡히지 않는 마음을 가누면서 스스로 다그쳤다.

"앞으로는…… 안 울게요……."

다시는 이러지 마. 아주 못 만날 사람처럼 이러지 마. 부모를 잃은 고아처럼 슬퍼하지 마. 오라비를 여읜 아이처럼 눈물 흘리지도 마. 툭툭 털고 일어서. 해야 하는 일들만 생각해. 그 끝엔 분명히 만날 수 있을 거야.

"너무…… 보고 싶어요……."

그리운 나의 가족들을.

처소 안으로 들어선 신기형은 날카로운 눈매로 주변을 빠르게 훑었다. 의심스러운 정황을 포착해 보고자 했으나 그러한 것은 아무것도 없었다.

"앉으시오, 좌상."

완은 장침에 편히 기대앉으며 신기형에게 앉기를 권했다. 신기형은 허리 아래로 고개를 수그리며 인사를 마쳤다. 이내 자리에 앉아 가볍게 말아 쥔 주먹을 무릎 가까이에 올리며 허리를 폈다.

완은 평소와는 달리 풀어진 자세를 취했고, 신기형은 고개를 조아렸다.

"기운이 없어 바로 앉기가 어려우니 좌상께서 이해하시오."

"여부가 있겠습니까."

앉은 자세부터 생김새까지, 두 사람은 무엇 하나 겹치는 것 없이 대조되었다. 좌상의 몸집은 왜루했으나 눈매는 형형했다. 그에 반해 골격이 장대한 세자의 눈매는 부드러웠다.

늙고, 젊었다.

"대감께서 어인 일로 예까지 방문하시었소? 듣기로는 아바마마께서 병문안을 금하신 것으로 아는데."

급했고, 완만했다.

"어찌 그렇다 하여 신하 된 도리로 모른 척할 수 있겠습니까. 염려되어 찾아왔습니다."

굽었고, 곧았다.

"염려되어 금상께서 내리신 지엄한 어명을 받들지 않았다?"

"저하의 근황을 세세히 알아야 하는 것 또한 신의 임무입니다. 통촉하여 주시옵소서."

완은 눈썹을 추켜올리며 짧은 숨을 토했다. 조금 전의 일들은 되돌려 떠올려 보아도 아찔했던 순간이었다.

"보다시피 사지 육신은 멀쩡하오. 마음이 곪아 요양을 하려는 것일 뿐."

"마음에 깃든 병은 육신의 병보다 괴로운 법이지요. 눈에 보이는 것이 아니니 치료 또한 어려운 것 아니겠습니까."

"그러게 말이오, 좌상."

담을 넘고 기와를 타며 처소 뒷문으로 들어섰을 땐 이미 좌상이 앞에 도착해 있었다. 다행히 대군이 몇 마디를 거들며 좌상의 발을 묶어 주었고, 서둘러 겉옷을 벗어던진 뒤 문을 연 것이다. 일각이라도 지체되었다면 수가 틀릴 뻔하였다.

"어느 때보다도 시국이 어지러운 때입니다. 저하께서 주상 전하의 곁을 지키셔야 하지 않겠습니까?"

"든든한 좌상께서 아바마마의 곁을 채워 주고 있으니, 내 이렇듯 휴양을 즐길 수 있음이 아니겠는가?"

마치 처음부터 그곳에 있었던 것처럼 모든 것은 자연스러웠다. 완이 곤하다는 듯 나른히 목을 돌렸고, 시선을 아래로 고정하고 있던 신기형은 천천히 얼굴을 들어 올렸다. 뜻이 다른 눈빛이 얽혀 들었다.

"어명을 받잡아 왔다고 하지 않았소? 무엇이오?"

"무사히 궐로 돌아오시기를 바라신다는 어명이었습니다."

큰 웃음이 터졌다. 애당초 어명이라는 것은 없었던 것이다. 한참이나 웃음을 터트리던 완은 서서히 웃음을 갈무리하며 신기형을 향해 가 보라 손짓했다.

"목적을 달성하였거든 이제 그만 일어나시오. 몸이 영 좋지 않아서."

"예, 저하. 그리하겠습니다."

동궁의 명 앞에 신기형은 바로 일어섰다. 예를 다한 인사가 이어졌고, 남은 인사를 더했다.

"이만 물러가겠습니다. 쾌차하시기를 바라옵니다."

"쾌차를 바라거든 이렇게 찾아오는 일, 없어야 할 것이오."

신기형은 천천히 두 눈을 깜빡였다. 장침에 기대어 앉아 있던 완은 비로소 허리를 바로 폈고, 그 어느 때보다 강한 어조로 입술을 열었다. 어쩐지 반항하기 힘든 기운이 구석구석 박혀 있는, 그러한 음성이었다.

"지금부터 좌상의 새로운 임무는, 세자인 나의 근황을 멀리하는
것이다."

"예, 저하. 분부받자옵니다."

그러한 기운이 아니었대도 반항은 곧 반역이었다. 좌상의 굽어
진 허리와 고분고분해진 눈매를 확인하고 나서야 완은 빙그레 웃
었다. 음성은 전에 없이 다정했다.

"그럼 살펴 가시오."

◎

"형님, 벌써 떠나십니까?"

"임무가 막중하니 쉬어 갈 수 있겠느냐. 밀린 이야기는 다음에
하도록 하자."

먼 길을 달려와 지쳤을 말을 바꿔 주며 서임대군은 아쉬운 눈빛
을 했다.

완은 흔연한 미소를 그렸다. 출발할 땐 하루쯤 지내고 가려고
했으나 마음이 바뀌었다. 오랜만에 얼굴을 마주한 동생은 더없이
반가웠지만, 잠을 자고 가는 일은 어쩐지 내키지 않았던 것이다.
두고 온 것들이 여러모로 신경 쓰였다.

"아쉽지만 형님의 뜻은 잘 알겠습니다. 준비해 드릴 것은 없습니까?"

"없다."

완은 훌쩍 말에 올랐고, 대군은 지담의 어깨를 두드렸다.

"자네도 수고가 많네. 세자 저하를 잘 부탁하네."

"심려 놓으소서. 성심을 다하겠나이다."

"모쪼록 형님도 조심하십시오."

"알겠다. 이만 가 보겠다."

무엇 하나 서두르는 법 없는 완이 오늘따라 출발을 서두르며 눈을 빛냈다.

"아, 혹 여인의 옷가지와 장신구를 구할 수 있겠는가?"

"여인의…… 옷 말씀이십니까?"

완은 고개를 끄덕였다. 뜻을 알아챈 지담이 미소를 지었고, 대군은 얼떨결에 고개를 끄덕였다.

완에게 서임대군이란 든든한 혈육, 총애해 마지않는 동생.

"안사람에게 확인하고 내드리겠습니다. 잠시 기다려 주십시오."

세상 단 하나뿐인 형제였다.

조선 하늘 아래 평등한 어둠이 내렸고, 빛이 사라지자 곤충의 소리가 이곳저곳에서 울렸다. 간신히 마음을 추스른 용희는 처소에 들어앉아 시간을 흘려보냈다. 옆 처소에서는 월호가 조용히 시간을 섬겼다.

"저곳이라는 게지?"

"그래, 저곳. 주인장은 치성드리러 성황당에 갔으니 염려 놓으세."

호롱불이 까막거리는 것을 목격한 주막 밖에서 사내 여덟 놈이 속닥거렸다. 이 중 한 놈이 아침에 들러 주모에게 흘려듣기를, 묵고 있는 사내들은 행색이 흔치 않은 자들이라 했다. 사람을 상대하는 일에 이골이 난 주모는 완의 일행에게 다른 기운을 느낀 것이다. 모처럼 주막에 귀한 객들이 왔노라 자랑삼아 이야기한 것이 화근이었다.

"사람 해치지 말고 노잣돈만 긁어 나옴세."

"알았어. 자네는 망보고, 자네들은 나를 따르고."

처지가 같은 동네 사람들을 몇몇 모아 다시 찾아왔다. 한 푼 벌기가 어려운 사내들은 낫이니 몽둥이니 닥치는 대로 주워 담고 주막을 찾았다. 농토를 갖지 못한 채 남의 농사를 대신 지으며 입에

풀칠하는 자들이었다.

"아침에 보니 한 놈은 비실비실해서 한 손으로도 때려잡겠어."

그마저도 추수가 끝나면 다음 농사가 시작될 때까지는 일거리가 마땅치 않았고, 다가올 보릿고개를 넘기도 어려운 상황이었다. 가진 자들의 것을 탐하는 일은 본능에 가까웠다.

"가세."

검은 천으로 얼굴을 가린 자들은 발걸음 소리를 죽인 채 주막 안으로 들어섰다. 하지만 소리를 숨기는 재주가 있겠는가. 습기 머금은 자잘한 흙들이 서걱거리며 밟혔고, 월호는 조용히 고개를 돌렸다. 여러 사람이 한꺼번에 움직이고 있는 발걸음의 기운이 좋지 않았다.

월호는 한시도 곁에서 떼어 두지 않는 검을 들었다. 이곳이 아니라 동궁의 처소를 지켜야 할 것 같았다. 그곳엔 동궁의 여러 짐이 있었으니까.

"밖에 누구냐."

발걸음은 어느 구간에서 끊겼고, 월호는 나직이 물었다. 아주 가까운 곳에 멈췄다는 사실을 모를 수 없었다.

월호는 자리에서 일어나 문에 가까이 붙어 섰다. 전혀 깨끗하지 않은 사내의 탁한 음성이 들려왔다.

"저, 다른 것은 아니고 주모가 밤참을 좀 가져다 드리라 하여."

"필요 없다."

"그러시면 문 앞에 두고 가겠습니다."

사내의 말 따라 다과를 내려놓는 듯한 뭉툭한 소리가 들려왔지만 월호의 눈매는 더욱 매섭게 타올랐다. 여럿이 움직이던 소리는 멈추고, 다과를 두고 떠나는 발걸음 소리는 한 명의 것이었다.

온 신경을 집중하며 소리를 듣자니 걸음의 방향이 예측되었다. 홍시의 처소였다. 월호는 황급히 문을 열었고, 밖을 확인하자마자 안쪽으로 몸을 숨기며 칼을 뽑아 들었다.

"이야아아아!"

사내들은 기다렸다는 듯 방 안으로 뛰어 들어왔다.

◎

"저, 안에 계십니까?"

"뉘요?"

잠이 오지 않을 것 같아 이리저리 뒤척이던 용희는 자리에서 일어섰다. 마찬가지로 다과를 준비해 왔다는 사내였지만, 목소리는 희한하게 듣기 거북했다. 하지만 거절을 할 때 하더라도 얼굴을 마주 보고 해야 할 것 같은 생각에 용희는 문고리를 붙잡았다.

그러자 선생의 목소리가 곁에서 들리는 것 같았다.

'이렇게 문을 벌컥 열어도 되는 것이냐? 누가 있는 줄 알고.'

'혼자 있을 때는 잘 단속하라. 오가는 객이 있으니 항시 조심하고.'

별 뜻 없이 문고리를 붙잡았던 손을 내리며 용희는 두 눈을 깜빡였다. 문 앞에서 어른대는 용희의 그림자를 본 사내는 자꾸만 보챘다.

"다른 객들에게도 드려야 하는데 문 좀 빨리 열어 주시오."

"아…… 나는 되었으니 다른 사람들께 나눠 주오. 마음만 받겠소."

뒷걸음을 치며 용희는 거절했다. 그때였다. 가까운 월호의 처소에서 고함이 뒤섞인 난잡한 소리가 들려왔다. 그녀는 두 눈을 크게 치뜨며 본능적으로 가슴팍에 넣어 둔 단도를 꺼내 들었다.

"뭐, 뭐야."

숨을 돌릴 틈도 없었다. 순식간에 쿵 하고 문이 부서지며 웬 사내가 뛰어 들어왔다. 우악스러운 손으로 잘 갈린 낫을 붙잡고, 큰 숨을 불어 내쉬며 사내는 낫을 흔들었다.

"있는 것은 싹 다 내놓아라!"

"아……."

놀란 용희는 두 눈을 깜빡였다. 손에 단도를 쥐고 있었으나 크게 의미가 있어 보이지는 않았다. 이러한 일이 사내도 처음인 듯,

거칠게 뱉어 낸 말을 책임지지 못한 채 숨만 헐떡헐떡 내뿜었다. 두려움이 일렁이는 눈빛은 사내나 용희나 다를 바가 없었다.

"어서! 어서 있는 것을 싹 다……."

"가진 것이 없소."

용희는 고개를 가로저었다. 그사이 월호의 처소에서 나던 시끄러운 소리가 밖으로 밀려 나왔다. 둔탁한 소리는 계속해서 이어졌고, 번잡한 소리만으로는 정황을 추측하기도 어려웠다.

"내놔! 주, 주, 죽기 싫으면 내놔!"

사내는 밖을 힐끔힐끔 바라보며 다리를 부들부들 떨었다. 용희는 모든 것을 비운 눈빛을 하며 사내를 올려보았다. 잠시 후 그녀가 팔을 뻗으며 움직였다.

"우, 우, 움직이지 마!"

"돈을 달라 하지 않았소? 주려는 것이니 기다리시오."

용희는 절을 떠나기 전 주지승께 받았던 노잣돈을 찾았다. 주머니를 찾은 그녀는 잠시 후 사내 발 앞에 돈을 던졌다. 가진 전부의 것이었다.

"모르겠지만, 아끼느라 한 푼도 쓰지 않고 두었던 것이오."

그녀의 사연이 궁금할 리 있었겠는가. 사내는 허리를 수그리며 급히 돈을 챙겼다.

"밖에 있는 사람들도 일행인 듯한데, 챙겼으면 다들 데리고 가

245

시오."

"이것뿐이냐? 참으로?"

처음 약속과는 달리 혼자 돈을 챙길 모양이다. 사내는 뒷주머니에 돈을 넣으며 더 억센 말투로 되물었다. 돈을 보고 나니 눈이 먼 것 같았다. 그런 사내를 바라보며 용희는 두려움을 밀어 둔 채 엄숙한 목소리를 깔았다.

"내가 네놈에게 전부를 주었다고 말했느니라."

그녀의 입에서 흘러내리는 위용에 사내는 잠시 움찔하는가 싶더니 다시 낫을 흔들었다.

"몸에! 몸에 있는 것도 다 내놔!"

"없다고 하지 않았느냐."

사내는 밖을 힐끔힐끔 보다가 낫으로 그녀를 가리켰다. 그녀는 마른침을 꿀꺽 삼켰다.

"네놈 말은 못 믿겠으니 일어나! 몸을 뒤져 봐야겠다!"

어서 일어나라며 낫을 까딱거렸다. 사내가 팔을 움직일 때마다 잘 갈린 낫이 윙윙 울었다.

"어서 일어나라니까!"

그녀의 등줄기로 식은땀이 흘렀다.

13화

조금씩 한 걸음씩

【해종실록 11권. 해종(偕宗) 17년 4월 26일】

좌의정 사가에서 중궁전 승후관에 문안을 청하였으나 이를 전해 들은 상이 말하기를.

"내명부의 일이나 중궁의 각통이 심하니 다음 날을 기약하라."

이르다.

"괜찮은 것이냐! 금방 가겠다!"

월호는 용희의 처소를 향해 큰 소리로 외쳤다. 대적하고 있는 사내들의 수가 많다 한들 단칼에 베어 버리면 그만인 일이었다. 하지만 그럴 수 없었다. 신분을 숨기고 있는 마당에 일을 크게 만들면 곤란했으니, 월호는 칼등과 주먹만으로 버텼다.

"으아아아악!"

월호가 발로 명치를 치자 사내는 바닥을 뒹굴었다. 정신없이 쏟아지는 낫질을 피하며, 월호는 한 놈을 붙잡고 방패로 삼았다. 놈은 발버둥을 쳤지만 월호의 악력이 어찌나 강한지 빠져나올 수도 없었다.

"전부 낫을 버려라."

월호는 낫을 빼앗아 놈의 목을 향해 들었다. 다른 녀석들은 주춤주춤하며 갈팡질팡했고, 붙잡힌 놈만 두 눈을 커다랗게 치떴다.

"버려! 버려! 낫 버려어! 나 죽어!"

놈이 소리를 질러도 쉽게 낫을 내려놓지 못하는 사내들을 향해 월호는 천천히 낫을 겨누었다. 우물쭈물하며 서로 눈치들만 보자 월호는 낫 끝으로 놈의 배꼽을 툭툭 건드렸다.

시간이 없다.

"꿇어라. 그렇지 않으면 이놈의 오장육부를 지금 보게 될 것이다."

그녀를 구해야 했다.

◎

"난 괜찮은 것 같소! 걱정 마오!"

금방 가겠다는 월호의 목소리를 들은 용희는 처소 안에서 소리쳤고, 그녀의 앞을 가로막고 서 있던 사내는 가소롭다는 듯 코웃음을 쳤다.

"하! 이놈이 아직 분위기 파악을 못 하고! 일어나라니까?"

용희는 마른침을 삼키며 천천히 일어섰다. 장검이 있으면 좋으

런만, 품고 있는 단검으로는 사내의 낯질을 당할 수 없을 것 같았다. 공간은 협소했고, 힘으로 보나 무기로 보나 사내가 유리했다.

"이리 와! 몸을 뒤져 봐야겠다!"

하지만 낯선 사내에게 몸을 내맡길 수 있겠는가. 당장 좋은 수가 떠오르질 않아 용희는 뒷걸음을 걸었다. 저 더러운 손이 곳곳에 닿느니 차라리 죽는 편이 나았다.

"다가오지 마."

그녀는 단도를 들었다. 태어나 지금까지 배우고 익히기를, 정조는 목숨보다 중요했다.

그래, 그랬지. 내 어머니께서는 늘 항상 강조하셨지.

용희야, 용희야.

"한 걸음만 더 다가오면 지체 없이 목을 그을 것이다."

"뭐, 뭐여? 목을 그어? 누구 목을, 내 목을?"

"아니, 내 목을."

절개를 지키는 일은 으뜸이요, 효행은 그다음이고, 충심은 또 그다음이란다.

"그리고 할 수 있다면 네놈 목 또한."

기억하렴. 여인으로 태어나 그것보다 중한 것은 조선에 없단다.

"내 몸에 손대지 마라. 분명히 말하였다."

"허어."

낮을 쥔 사내가 당황함에 우물쭈물했다. 그녀가 완강할수록 사내는 난처했다. 본디 살생과는 거리가 멀었고, 더욱이 살생을 할 마음도 없었고, 눈앞에서 누군가 자결하는 모습 따위는 보고 싶지 않았다.

"그, 그 칼 못 내리느냐? 돈을 내놓으라 했지 누가 칼부림을 하자고 했……"

하지만 용희는 손을 올려 단도를 자신의 목 끝까지 가져갔다.

"네놈이 움직이면 그을 것이다."

"허어! 잠깐! 잠깐만!"

날카로운 칼끝에 그녀의 살이 눌리는 것을 바라본 사내는 허공에 대고 손을 휘저었다. 용희는 벽에 붙어 서며 사내를 향해 맵찬 음성으로 운을 떼었다.

"……너, 잘 들어라."

칼끝의 냉한 기운에 전신으로 소름이 돋았으나, 침착했다.

"내 목숨이 여기서 끊어지거든 부모의 한을 풀지 못한 내 혼이 네놈을 평생 따라다닐 것이다. 대대로 되는 일 하나 없어 구차하게 빌어먹을 것이다."

숨 한번 제대로 내쉬지 않고 말을 이었다.

"네 자식도, 그 자식의 자식도, 평생을 빌어먹다 비참하게 생을 마감할 것이다. 온갖 병에 시름하다 집도 절도 없이 객사할 것이다."

말끝에 거침이 없어 악담은 더욱 신랄했다. 밖은 여전히 소란스러웠고, 사내는 팔을 부들부들 떨었다. 용희는 칼끝을 더욱 눌렀다.

"이승에 미련 한 톨 없는 나다. 네놈이 나를 도울 것이냐?"

"카, 칼 내려놓으시오! 피, 피가 나잖아!"

가녀리고 섬연한 목에 피가 맺히자 농담이 아니라는 것을 깨달은 사내가 두 눈을 크게 치떴다.

그때였다.

"왜, 왜 이렇게 조용해."

번잡한 소리로 가득하던 마당이 순식간에 물을 끼얹은 듯 조용해졌다. 사내는 덜덜 떨며 안팎으로 고개를 움직였다. 용희는 벽에 붙어선 채 두 눈에 힘을 주었다.

"다들 어디 갔어! 이보게들!"

불러 봐도 아무 답이 없어, 사내는 두 손으로 낫을 꾹 쥔 채 안절부절못했다. 어쩔 바를 모르는 놈이 그녀의 앞에서 식은땀만 흘리고 있을 때.

"칼 내려라!"

망가진 문틈으로 완이 들어섰다. 칼을 내리라는 것은 용희를 향한 말이었지만 그녀는 말을 듣지 않았다.

"감히, 여기가 어디라고 네놈이 감히……."

가차 없이 뽑아 든 완의 검이 그녀와 대치 중인 사내의 목덜미를 겨누었다. 표정은 가히 살얼음이었다. 살기가 번뜩이는 장검이 턱 끝에 와 닿자, 사내는 낫을 떨구었다.

"흐어 사, 살려 주십시오! 부디! 부디⋯⋯."

"내 어찌 네놈을 살려 둘 것이냐! 네놈들은 조선의 백성이라 할 수 없다!"

세자의 검이 푸르게 울었다. 사내는 금방이라도 혼절할 것처럼 입에 거품을 물었다.

"칼을 거두어 주소서. 제가 처리하겠습니다."

들어선 월호가 사내를 마당으로 패대기치자, 지담이 일곱 사내가 뒹구는 곳으로 녀석을 끌고 갔다.

"살려, 살려 주십시오! 잘못했습니다!"

사내는 목숨만 겨우 연명한 놈들과 함께 무릎을 꿇었고, 지담은 발길질로 뻥뻥 녀석들을 후려쳤다.

"살아 돌아갈 생각은 꿈도 꾸지 마라! 내가 한 땀 한 땀 포를 떠서 육전으로 지져 낼 것이니!"

"살려 주십시오! 살려 주십시오! 잘못했습니다!"

험한 발길질이 이어지자 사내들의 앓는 소리가 울려 퍼졌다. 하지만 번잡한 밖의 사정과는 달리 용희의 처소는 고요했다.

"칼, 내려라."

완은 칼집에 장검을 넣으며 용희를 향해 다시 한번 말했다. 여전히 그녀는 벽에 기댄 선 채 제 목을 스스로 겨누고 있었다.

"칼 내리라 하였다."

용희의 두 눈에 눈물이 어렸다. 넋이 나갔으니 상처가 쓰린 줄도 몰랐다. 잊고 있던 두려움이 밀려 들었고, 무슨 정신에 이러고 서 있는지 기억도 나지 않았다. 낮게 퍼지는 완의 음성이 제 귓가에 내려앉았지만 무슨 말인지 해석조차 되지 않았다.

"……괜찮다."

완은 한 걸음 용희에게 다가섰다. 눈이 풀린 그녀는 제정신이 아닌 것 같았다. 피가 맺힌 목을 바라보고 있자니 심장 부근에 통증이 일었다. 느끼기에 작은 통증은 아니었다.

"괜찮다. 괜찮으니 칼을 내……."

"오지 마!"

하지만 돌아오는 말이라곤 한 발자국도, 곁에 단 한 발자국도 다가오지 말라는 것.

"한 발자국도 오지 마. 아무도 오지 마."

지금 그녀에겐 모두가 낯선 사내들이었다. 실로 모든 것이 불안했다. 눈물이 흘러내리는 일도 알아채지 못할 만큼 서럽고, 절박하고, 두려웠던 것이다.

"가차없이 그어 버릴 것이니 가까이 오지 마."

별당 밖은 이렇게나 두려운 곳이었다. 많은 것을 깨우쳤다고 생각했으나 실은 아무것도 모른 채 삶을 살았던 것이다.

이렇게 하루 더 목숨을 연명한들, 이다음엔 또 무슨 일이 있으려나. 그렇게 하루 더 목숨을 연명한들, 그다음은 또 어찌 살아야 하려나.

"오지 마. 아무도 가까이…… 오지 마."

아버지, 소녀는 잘 모르겠습니다. 어머니, 소녀는 잘 모르겠어요.

용희가 현저히 느려진 말투로 중얼거리자 완이 숨을 길게 내쉬었다. 극도의 불안에 묶인 그녀에게 쉽게 다가설 수도, 그렇다고 보고만 있을 수도 없었다. 피를 많이 흘렸으니 정신이 온전할 리 없었고, 잠시 후면 환각과 환청까지 더해질지 몰랐다.

"정신을 차려 보아라."

그래서 그는 하염없이 낮은 음성으로, 또한 하염없이 부드러운 음성으로 말했다.

"나다. 어찌 그러느냐. 내게는 괜찮다."

"안…… 괜찮아……."

다정함이 서린 목소리는 다분히 정겨웠다. 후에라도 지워지지 않을 만큼, 온전히 믿음직스러웠다.

끝끝내 그녀는 붉은 핏방울과도 같은 눈물을 쏟았다. 서 있는 것이 용하다 싶을 만큼 팔다리를 후들후들 떨었다.

"안 괜찮아······. 하나도······ 하나도 안 괜찮······."

완은 성큼성큼 다가섰다. 그녀가 무엇을 어찌할 시간도 주지 않았다. 이내 칼을 뺏어 바닥으로 떨구며, 그녀의 목에 난 상처를 손바닥으로 감쌌다.

"내 몸에 손대지 말란 말 못 들었어? 치워! 치우라고!"

그의 손가락 사이로 핏물이 흘렀다. 용희는 발버둥을 쳤고, 완은 뜨겁게 새어 나오는 핏방울을 손으로 쓸어 갔다.

"놔! 놓으라······."

"가만히 있어! 피를 많이 흘렸단 말이다!"

처소를 꽉 채우는 음성에 그녀는 입술을 닫았다. 더는 반항할 기력도, 거부할 힘도 남아 있질 않았다. 빌어먹을 마음은 눈앞의 선생에게 천천히 열렸다.

"한마디만 더하면 혼절하게 만들 것이니 가만히 있거라."

세자의 강건한 손등 위로 붉은 피가 번졌다. 무척이나 귀한 것을 어루만지듯 손길에 정성이 묻어났다.

"어째서 이렇게 겁도 없어. 네가 지금 무슨 짓을 했는지 아느냐?"

용희는 정신없이 눈물을 쏟았다. 얼마나 무서웠는지 누가 쥐고 흔드는 것처럼 어깨를 떨었다. 이가 딱딱 부딪힐 정도로 몸을 가누지 못하면서도, 마음이 허락 없이 자꾸만 선생에게 쏠려 가 그것이 더욱 서러웠다. 지금 이 손길이 누구의 손길인지도 모른 채.

지금 이 사람이 어느 가문의 장자인지도 모른 채.

"안 괜찮아······. 나는 하나도······ 안······ 괜찮아······."

"말하지 말고 가만히 있어 보아라. 피가 많이 난단 말이다."

무사히 살았다는 사실은 전혀 기쁘지 않았다.

"두고 가서 미안하다. 다시는 이런 일 없을 것이다."

무엇이 미안하다는 것인 줄도 모르고, 용희는 선생에게 기댄 제 마음이 구슬퍼 막무가내로 눈물을 쏟았다. 느끼기론 하루가 너무나도 길었다. 마치 평생을 소비한 것처럼.

"나리, 언제까지 이년을 보고만 계실 것이어요?"

"왜? 지루한 것이냐?"

"지루하다마다요. 하도 가만히 앉아만 있었더니 다리가 저려 죽겠습니다."

류명은 기녀의 투정 섞인 목소리를 들으며 술을 삼켰다. 장인이 정성스럽게 빚은 술은 빛깔과 향, 맛까지 훌륭했으나 류명의 마음에 썩 들지는 않았다.

"술이 이것뿐이더냐? 다른 것은 없고?"

"그 술이 지금 한양에서 가장 귀한 술입니다. 마음에 안 드십니까?"

"별로야. 마음에 안 들어."

"얼추 다 비워 놓고는 이제 와 다른 술을 달라니. 너무하십니다, 나리."

기녀는 애교 섞인 얼굴로 류명에게 안겼다. 류명은 기녀의 상체를 세워 올려 주며 붙어 앉기를 거부했다.

"너도 이 술도 영 마음에 들지 않는다."

"예?"

당황한 두 눈을 깜빡이며 기녀는 이리저리 눈치를 보았다. 이런 일들에 진절머리가 난다는 것처럼 류명은 평온하게 입술을 열었다.

"기방 최고의 미녀가 누구더냐? 네년은 아닌 것 같은데."

"아……. 한 명 있사온데…… 온 지 얼마 안 된 신출내기라."

"들라 해라. 어디, 얼마나 어여쁜지 한번 보자."

또다시 술잔을 가볍게 비워 내며 류명은 웃음을 터트렸다.

"이곳 기녀보다 아름다운 여인을 데려오지 않으면 거래는 없던 일로 할 생각이야."

이윽고 그는 알 수 없는 말을 뱉었고, 앉아 있던 기녀는 영문을 몰라 고개를 갸우뚱거렸다. 아무리 들여다보아도 속내를 알 수 없는 자였다.

"괜찮으냐?"

지담은 월호 곁으로 다가가 앉으며 슬쩍 입술을 열었다. 긁힌 상처 부위를 치료하던 월호는 짧게 고개를 끄덕이며 답을 대신했다.

"너, 그놈들 팔다리만 교묘하게 부러트렸어. 어디서 배워 먹은 못된 버릇이냐?"

"앉아서 허튼소리 할 거면 들어가라."

"도적질이라니. 나쁜 놈들. 그냥 목을 베어 버려야 했는데 말이야."

월호가 들고 있던 천을 빼앗아 상처 부위에 감아 주며 지담은 짧은 숨을 내쉬었다. 출궁을 결심했을 당시 별일이 다 있을 것이라 예상은 했지만, 신분을 감춘 세자께서 계시기엔 어디도 안전하지 않았다.

"여기도 곧 떠나야겠네. 날이 밝는 대로 출발해야겠다."

참으로 희한하지. 동궁께서는 쉼 없이 말을 달려 숙소로 돌아오셨다. 잠시 목을 축이는 일도, 그렇다고 느리게 가는 일도 일어나지 않았다. 마치 두고 온 것이 있는 사람처럼, 동궁께서는 그렇게 하염없이 달리셨다.

"대장께서는 참으로 천리안이시다. 이런 일이 있을 것을 예측하셨나."

"그건 또 무슨 말이냐?"

"아니다, 아무것도."

그렇게 달리고 달려 도착한 주막 안은 난장판이었다. 사내들에게 빙 둘러싸여 있는 월호를 발견한 순간, 지담은 날아가듯 달렸다. 이유는 중요하지 않았다. 잘잘못도 필요하지 않았다. 자초지종을 막론하고서라도 지담은 월호의 편에 서는 사람이었다.

"죽일 것 같아서 칼을 들지 않았던 것이냐?"

"그래."

"잘했다. 누구 하나 죽고 나면 일이 커졌겠지."

흉기를 들고 있는 사내들과 달리 월호는 검을 사용하지 않았다. 시정잡배 놈들이라도 동궁의 백성들이었으므로.

월호는 일순 용희를 떠올리며 입술을 열었다.

"그 녀석은 괜찮으냐?"

"홍시? 대장께서 손수 봐 주시니 걱정 마라."

고개를 끄덕인 월호는 다시 입술을 닫았다. 지담은 공허한 시선을 들며 하늘을 올려보았다. 새벽 여명은 조금씩 빛을 발했고, 잠시 후면 완전한 아침이 될 참이었다.

"홍시 녀석도 대단하다. 어떻게 그렇게까지……."

주저앉아 목숨을 구명하는 대신 홍시는 명예로운 죽음을 선택한 것 같았다. 그렇지 않고서는 할 수 없는 일이었다. 그런 눈빛, 그런 용기.

"홍시 녀석, 보통이 아니다. 아무튼 일이 이렇게 마무리되었으니 망정이지. 죽어 마땅한 잡배 놈들이 오늘 아주 천복을 받는구나."

지담은 녀석들을 줄줄 엮어 관아로 끌고 갔다. 배를 곯아 발생한 일이라고는 하나 사내들의 죄질은 극도로 불량했다. 목숨을 연명해 준 것으로 자비는 끝이었다.

"참, 그건 그렇고."

지담이 중얼거리며 월호의 어깨를 툭 쳤다. 녀석이 의미 없는 시선을 들자 장난기 어린 시선을 하며 지담이 눈썹을 꿈틀댔다.

"너는 나한테 고맙다는 인사 안 할 것이냐?"

"뭐라?"

"내가 살려 주었으니 인사를 해야지. 내가 조금만 늦었으면 어찌 되었겠어. 아니 그러냐?"

기가 막힌다는 듯 월호가 미간을 일그러트리자 지담은 속살거리며 월호의 팔꿈치를 계속해서 툭툭 건드렸다.

"날렵하고 신속했던 나의 대처에 감탄을 해도 괜찮아. 기쁘게 들어 주지."

"미친놈."

"넌 꼭 고마우면 욕지거리를 하더라? 주둥이가 삐뚤어져서 그런 것이냐? 내가 바로 만들어 주랴?"

지담은 월호의 입술을 두 손으로 꽉 쥐고는 흔들었다. 으우, 으우우. 한쪽 팔을 못 쓰는 월호가 웅얼거리자 지담은 더욱 세게 입술을 꾹 쥐었다. 평소처럼 반항도 하지 못하는 월호 녀석을 바라보다 큰 웃음을 터트린 지담은 입술을 놓아주었다.

"다치지 마라. 알겠냐?"

다시금 팔을 뻗어 월호의 어깨에 붕대를 단단히 고정하며 지담은 중얼거렸다.

그러한 인생, 그러한 사내들이었다. 그분을 두고는 다쳐서도 안될, 죽어서도 안 될.

"이 정도 다친 거면 대역죄다, 대역죄."

"닥쳐라. 다시는 이런 일 없을 테니."

"아직도 주둥이가 살았네. 더 비틀어 줘야 바른말을 할 것이냐?"

동궁관 익위사들의 우정이었다.

용희는 허리를 꼿꼿이 세운 채 앉았다. 완은 그 곁에서 정성을 다하는 손길로 그녀의 상처를 살폈다.

"아야."

"아직 닿지도 않았다."

"……."

민망함에 용희는 마른 주먹을 꾹 쥐었다. 시간이 흐르자 정신이 돌아오기 시작했고, 지금은 어느 정도 안정을 찾게 되었다.

"아야."

"엄살 부리지 마라. 아직도 닿지 않았다."

"……."

완의 품에 안기듯 기댄 채 얼마나 눈물을 쏟아 냈던가. 그 민망했던 자태에 얼굴이 붉게 물들었다.

도대체 어디서 그런 행동이 기어 나왔는지 모르겠다. 용희는 기억이 수치스러워 때때로 움찔거리며 주먹을 더욱 세차게 쥐었다. 왜 그렇게까지 극단적인 행동을 했느냐고, 다행히 완은 물어 오지 않았다.

"아야!"

"참아라. 별수 없다."

"아야! 아프오! 살살하시오!"

"잘도 칼질하던 녀석이 이게 무에 대수라 아프다는 것이냐?"

상처 부위에 약재가 닿자 쓰라림이 밀려왔다. 용희는 미간을 구기며 눈을 꾹 감았고, 완은 신중한 표정으로 상처를 살폈다. 적나라한 상처에 기분이 영 좋지 않은지 완은 시시각각 미간을 좁혔다.

"조금만 더 깊게 찔렸다면 비명횡사했을 것이다. 아느냐?"

"감각적으로 피했나 보오. 내가 또 기가 막히게 감이 좋아서."

용희는 중얼거리며 천천히 감았던 눈을 떴다.

그때, 그 공간 안으로 선생이 들어섰던 순간.

'칼 내려라!'

이젠 되었다는 생각이 제일 먼저 들었다. 호령하던 선생의 목소리에 담긴 살기가 하늘을 가르고 땅을 울릴 것 같았다.

'칼, 내려라.'

두 번째로 밀려든 생각은 왜 지금 왔냐는 서러움이었다. 아마도 선생을 기다렸던 모양이고, 아마도 간절히 와 주기를 바랐던 모양이고.

"무슨 생각을 하느냐?"

"아니오. 그냥 좀······."

그리고 또, 기댈 수 있을 것이라 생각한 모양이다.

선생의 얼굴을 보고 나니 긴장의 끈이 풀리고 말았다. 격하게 붙잡고 있던 정신이 혼미해지기 시작했다. 더는 스스로를 지킬 방법이 없는, 무방비한 상태가 되고 말았던 것이다.

"제법 따가울 것이다. 조금만 참아라."

"알겠소."

상처 부위에 약재를 고정하느라 간간이 완의 손길이 목덜미에 닿았다. 치료의 일환이었으나 어쩐 일인지 그녀의 심장이 쿵덕거렸다.

"왜 그렇게 숨을 불어 내쉬어. 불편한 곳이 있는가?"

"아, 아니오."

저도 모르게 숨소리가 커지자 어쩔 바를 모르겠다는 표정을 하다가 용희는 눈을 꾹 감았다.

상처에 집중하던 완이 힐끔 그녀의 표정을 살폈다. 다시금 평범히 돌아온 홍시의 모습에 더할 나위 없는 안도감이 들었다. 피가 흐르는 홍시 녀석을 처음 보았을 땐 정말이지 심신을 다스리기가 어려웠다. 완은 타이르듯 입술을 열었다.

"신체발부수지부모(身體髮膚受之父母)라 하였다. 몸에 새기는 작은 상처도 불효니라."

아느냐. 내게도 다시없을 불충한 일이니라.

"이런 일이 다시 있겠느냐마는 그땐 조금 더 현명히 대처하도록 하라. 알겠는가?"

이러한 일은 한 번도 차고 넘치는 일이니라.

"왜 대답이 없어. 아직도 진정이 되질 않은 것이냐?"

"……아니오. 알겠소."

도저히 부정할 수 없는 말과 음성이다. 용희는 어쩐 일로 고분고분 대답을 마쳤고, 완은 빙그레 미소를 그렸다.

상처를 소독할 때마다 쓰라린지, 길게 뻗어 올라간 그녀의 속눈썹이 바르르 떨렸다.

"날이 밝는 대로 숙소를 옮길 것이다."

"알겠소."

"피곤하면 자도 된다. 알아서 옮겨 줄 것이니."

"괜찮소. 따라갈 것이오."

완은 소독하던 손길을 잠시 멈추었다. 따라갈 것이라는, 별 뜻 없을 그녀의 말이 또 어찌나 반가웠는지 그냥 듣고 넘기기엔 무리가 따랐다.

"그래, 잘 따라오라."

용희는 고개를 돌려 선생을 바라보았다. 또렷한 눈동자에 온통 자신의 얼굴이 서려 있어, 그녀는 자신의 눈을 의심했다.

"잃어버리거나 놓치는 일 없게, 잘 따라와라."

격하게 뛰어오르는 심장 박동 소리가 선생에게도 들릴 것 같은, 그런 쓸데없는 생각들이 밀려들었다. 자꾸만 처음 겪는 일들이 생겨났다. 낯설어 영문 모를 감정들도 따라왔다.

"치료를 마저 할 것이니 고개 돌려 보라. 아파도 조금만 더 참고."

"……알겠소."

알고 싶지 않은 것인지, 몰라 모르는 것인지도 알 수 없었다.

14
화

누구시오

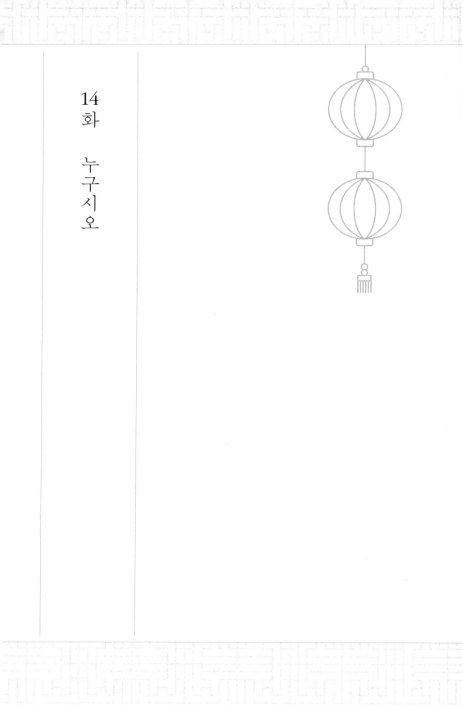

[해종실록 11권. 해종(偕宗) 17년 4월 26일]

　상께서 세자가 요양을 떠나 있으니 밤낮 경비에 빈틈을 주지 말라 이르며 세자익위사에게 옷을 하사하였다.

"표정이 어찌 그러십니까, 대감?"

신기형은 입술을 꾹 닫은 채 눈을 감았다가 떴다. 평소와는 다른 모습이 계속 이어지자 부인 정(鄭)씨는 곁으로 다가서 앉으며 염려스러운 음성으로 물었다. 대군의 집을 방문한 이후로 대감의 안색은 내내 그러했다.

"쥐새끼 같은 놈들."

"예?"

부군의 입에서 별안간 되알진 욕이 터지자 정씨는 눈을 동그랗게 떴다. 세월이 더해져 혼탁해진 목소리에 격한 감정이 실려 있음을 모를 수 없었다.

"대감, 대체 무슨 일이 있으시기에 그……."

"감히 나를 속일 수 있을 것이라 생각했다지."

정씨는 입을 다물었다. 지아비의 가늘어진 눈매를 바라보고 있자니 더 캐물어도 말해 주지 않을 거라는 확신이 들었다. 마음에 들지 않는다는 표정으로 신기형은 방 안 문고리를 노려보았다.

'웬 소란인가?'

실로 모든 것은 완벽했다. 하마터면 세자가 대군의 집에 있다는 사실을 믿을 뻔하였으니까.

그러나 세자를 따라 방 안으로 들어섰을 때, 세자의 몸에선 아직 채 가시지 않은 찬바람이 머물렀다. 처소 앞이라면 응당 머물러야 할 세자의 신도 보이지 않았다.

어디 그뿐이겠는가. 설마하는 마음으로 다시 세자의 처소를 나섰을 땐, 숨을 헐떡이는 말 두 필이 마구간을 향하고 있었다. 사납게 뿜어내는 입김은 먼 거리를 달려왔음을 증명해 주었다.

'혹, 오늘 이 집에 내가 아닌 다른 이가 찾아왔는가?'

'아닙니다. 없습니다, 대감 어르신.'

동궁은, 머물지 않았다.

신기형의 눈썹이 꿈틀거렸다. 탁자를 툭툭 내리치는 손가락 끝에 종전보다 굵은 힘이 실렸다. 가늘어진 눈매에는 감출 수 없는 의혹을 가득 담았다.

"나를 속이려 들다니. 감히, 감히……."

동궁의 출궁이 이토록 길 수 있다는 것은 금상의 명이 있었기에 가능한 일일 것이다.

모두를 속여야만 하는 일. 금상과 동궁에겐 국혼보다 월등히 중한 일. 영의정의 부재보다도 시급한 일. 대체 그 일이 무언지 반드시 알아내야겠다.

"도대체 뭘 하고 돌아다니는지 알아야겠다, 필히."

"에효."

알 수 없는 말을 내뱉는 지아비를 바라보다 정씨는 짧은 숨을 내쉬었다. 생각이 끝났는지 신기형은 힐끔 부인을 바라보았다.

"중궁전에서는 아무런 소식이 없는가?"

"무슨 소식이 있겠습니까. 늘 그렇지요."

부인의 답이 마음에 들지 않는지 신기형의 미간이 일그러졌다. 그도 그럴 것이, 영의정이 살아 있을 땐 그 부인이 중궁전과 긴밀한 연을 트고 있었기 때문이다.

"그 곰 같던 영상의 부인도 제집처럼 드나들던 중궁전을, 자네는 어찌하여 발도 들이지 못한다는 것인가?"

"부름이 없는 것을 제가 어찌한답니까. 안 그래도 얼마 전 기별을 넣었사온데 화재로 일이 흐지부지되어."

"그곳이 어느 곳인데 기다리는 자의 마음을 생각이나 하겠는가? 넋 놓고 기다리다 보면 한도 끝도 없을 것을."

정씨는 지아비를 바로 응시하지 못한 채 시선을 내리깔았다. 신기형은 탄식하듯 말을 이었다.

"중궁전에서 그 부인에게 손수건을 보낸 일을 모르는가? 선물을 받는 일이야 그렇다 쳐도 연은 닿아야지."

"손수건쯤이야 주고받을 수 있지요. 이 사람도 몇 해 전 중궁께 화과자를 내려받지 않았습니까?"

"이런! 쯧쯧!"

아무것도 모르고 있는 부인이 답답한 듯 신기형은 혀를 크게 찼다. 그깟 생과방 나인들이 만든 화과자와 왕비께서 직접 수를 놓은 손수건을 같다 보는 것인가? 게다 그것이 어떠한 물건이었나. 중궁전에 심어 둔 지밀나인을 통해 듣기를 별과 꽃을 수놓았다고 했다.

하늘 위 어둠을 밝히는 별은 동궁을, 대지를 붉게 물들이는 꽃은 빈궁을 뜻했다.

"그 손수건 하나 때문에 무슨 일이 벌어졌는지 알면 자네도 그리 말 못 할 테지."

"예? 무슨 일이 났다는 것입니까?"

결국 손수건은 화마에 쓸려 재가 되고 말았다. 이 세상에서 영원히 사라지고 만 것이다.

"일은 알 것 없고, 중궁전에 오며 가며 잘 좀 하게. 곧 간택이 시작되면 때가 늦을 것이니."

"마음이야 굴뚝같습니다만 워낙 찾아뵙기 힘든 분 아니겠습니까."

쯧쯧. 신기형은 혀를 차며 부인을 한심하게 바라보았다. 이래저래 남편의 눈치를 보아야 하는 정씨는 그 시선을 또다시 피했다. 남편이 무슨 생각을 하고 있는지 모를 수가 없었으니까.

생각 같아선 하루에도 열두 번씩 찾아 문안을 여쭙고 싶은 중궁전이었으나, 권세를 안고 있음에도 녹록하지 않은 일이었다.

"딸자식 간수 잘해야 할 것이야. 큰일 앞두고 허튼소리 나오지 않도록."

"우리 민연이야 무슨 일이 있겠습니까. 염려 마세요, 대감."

신기형은 딸아이를 떠올리며 천천히 수염을 쓸었다. 동궁을 하루빨리 찾아 간택을 시작하는 일. 만인지상의 자리로 올라서는 일. 그것들을 계획대로, 생각한 대로 만들고야 말겠다는 의지를 더욱 불태웠다. 일가일신의 영달을 위하여 반드시 이뤄 내야만 하는 일이었다.

"조금만 기다려 보세. 중궁전뿐 아니라 궁궐 전체를 집처럼 드나들 수 있게 만들어 줄 것이니."

신기형은 문고리를 바라보며 중얼거렸다.

"이게 다 무엇이오?"

이른 아침부터 움직여 숙소를 옮긴 용희는 완이 내민 보따리를 내려다보았다. 앞으로는 따로 방을 내어 줄 수 없겠다며 선생은 단호히 말했고, 그녀는 결국 완과 동침을 하게 되었다. 개인적으로 방을 얻은 지 하루 만이었다.

"끌러 보아라. 이번 일에 필요한 것들이다."

새로운 숙소에 당도하게 된 완은 주저 없이 그녀와 동침을 선택했다. 처음처럼 골려 주고픈 마음도, 일개 다른 흑심이 있어서도 아니었다. 여인이 혼자 바깥 잠을 청한다는 것이 얼마나 위험한 일인지 그제야 깨달은 것이다. 대신 병풍으로 칸을 나누어 주었고, 그런 제안에 그녀도 쉽게 수긍했다.

"이건……."

보따리를 끌러 본 용희는 고개를 들며 완을 바라보았고, 완은 대수롭지 않다는 듯 손을 저었다. 보따리 안에는 풀을 먹인 뒤 다듬질을 잘한 빛 좋은 저고리와 치마, 결이 남다른 옥양목 버선, 그리고 여러 장신구와 금고(金膏)라 불리는 고급 화장품까지 들어 있었다.

"세상에, 이렇게 고운 것들을 대체 어디서 구해 온 것이오?"

"동생의 덕을 보았다."

용희는 좀처럼 눈을 떼지 못하며 옷가지를 들어 올렸고, 얼굴빛에 화색이 도는 것을 바라본 완은 엷은 미소를 지었다. 아마도 표정을 감추지 못할 만큼 물건들이 반가웠던 모양이다.

"어떠냐. 네 보기엔 쓸 만하겠느냐?"

"이건 쓸 만한 정도가 아니라 무척이나 훌륭하오. 시중에는 나와 있지도 않은 것들인데."

"이런 물건도 팔아 본 모양이다. 잘 알고 있는 것을 보아하니."

"아, 아? 아! 맞소! 맞소!"

다행이지. 옷가지의 주인은 용희와 체격이 비슷했다. 게다가 다른 이도 아닌 세자께서 원하시니 가진 것 중 가장 고급스러운 것들로만 내주었다. 주는 대로 받아 든 완이 무얼 알았겠느냐마는, 왕족이나 지체 높은 사대가의 신분이 아니라면 돈이 많아도 가질 수 없는 것들이었다. 그녀는 다시 한번 선생의 신분에 대해 실감하게 되었다.

"참으로 곱소. 촉감도 좋고."

용희는 조심스러운 손길로 옷감을 쓸었다. 야무진 손끝에 회한이 묻어났고, 이름 모를 쓸쓸함 또한 줄을 이었다. 비록 지금은 격식 없는 사내 옷에 모든 것을 감췄지만, 허리까지 내려오는 댕기머리가 누구보다 잘 어울렸던 그녀였다.

"제법 맞겠느냐?"

"오늘 맞춰 입은 것처럼 품이 딱 떨어지겠소."

용희는 고개를 끄덕였다. 입어 보고 말고 할 것 없이 눈대중으로만 보아도 길이와 치수는 적당했다. 여인의 몸으로 여장을 해야 한다니 그 기막힌 사연만 여전히 당혹스러울 뿐이었다.

"그래서 이걸 언제 입어야 한다는 말이오?"

"내일이다."

"내일?"

류명은 날짜와 시간, 장소를 정해 왔다. 날짜는 내일이었고 시간은 저녁이었으며, 장소는 한양이었다.

"한양으로 갈 것이다."

"하, 한양?"

용희는 두 눈을 크게 떴다. 여러모로 한양이 불편한 것은 완도 용희도 마찬가지였다. 혹여 알아보는 자가 있다면 큰 낭패였으니까.

"한양, 한양이라면……."

"듣기로는 한양에서 가장 큰 기방이라고 한다."

"술은 구했소? 조선 최고의 것이어야 한다고 했잖소?"

"내일 당도할 것이다."

어떤 술인지 궁금했지만 용희는 더 묻지 않았다.

"네 녀석은 여인의 복색으로 출발할 것이니, 구색을 맞춰 가마를 불러 줄 것이다.”

“아하!”

가마라면 되었다. 누구도 자신의 얼굴을 보지 못할 테니까. 그제야 만족스럽다는 표정으로 용희는 방긋 웃었고, 완은 자못 기대가 된다는 표정으로 그녀를 바라보았다.

“이런 여인의 복색은 처음일 것인데 잘할 수 있겠느냐?”

묻지 않아도 잘할 것이라는 걸 누구보다 잘 알고 있었지만, 완은 모르는 척 용희에게 물었다.

“능력 이상의 것을 할 필요는 없다. 가진 능력만큼만 따르라. 사내답지 못한 일을 시켜 미안하다.”

“됐소. 한 번이니 나도 참아 보겠소. 사내답게.”

“그래, 참아 보아라. 사내답게.”

이젠 그녀의 비밀을 들춰 보고 싶지 않았다. 원하면 원하는 만큼 비밀을 지켜 주고 싶었다. 너의 신분을 모르고 있으니 염려 말라 은연중 말해 주고도 싶었다. 세자의 뜻이 그러하였고, 받드는 익위사들의 뜻이 그러했다.

“여인의 행색을 한다는 것이 어디 쉬운 일이겠냐마는, 믿겠다.”

“걱정 말라니까.”

용희는 생긋하며 웃어 보였다. 이제는 하늘 아래 무슨 일이 벌어져야 뒷걸음을 칠 수 있을지 모르겠다. 겪어 온 일들보다 더한 일이 남아 있기는 한 건가, 의문스럽기도 했다.

"세상 누구보다 잘할 것이오."

빈틈없이 해낼 것이다. 입궐해야 하니까. 그리고 선생의 일 또한 성심을 다해 이뤄 주고 싶었다.

"선생은 내게 놀라 까무러치지나 마시오."

동그랗고 청미한 눈매와 범상하지 않은 선명한 눈매가 서로를 유심히 바라보았다. 시선을 마주하면 얼굴을 전부 다 볼 수 있어, 두 사람은 한참이나 서로의 얼굴을 그리듯 바라보았다. 마치 두 눈가에 새기고자 열고가 난 듯이. 진정한 할 말은 아직 남음이 있듯이.

"이, 이만 할 일 하시오."

늘 시선을 먼저 피하는 그녀 쪽에서 병풍을 펼치며 사라졌다. 무릎을 세우고 앉은 용희는 입을 벌린 채 숨을 크게 들이마셨다. 그러고는 한참 뒤에야 소리 없는 숨을 내쉬었다. 벌어진 입 크기만큼이나 눈도 커졌다. 자꾸만 가슴이 쿵덕거리는 게, 언젠가는 심장 소리가 선생에게 들릴 것만 같아 신경이 쓰였다.

어색한 숨소리만 엷게 퍼져 흐르고 있던 그때, 완은 병풍 쪽으로 손을 뻗었다가 천천히 내렸다.

"선생, 나, 나는 눈을 좀 붙이겠소."

"그리하라."

그녀의 말에 짧게 대구를 마친 완은 낡은 병풍만 오래도록 바라보았다. 아직 이른 계절이었지만, 두 사람은 자꾸만 더웠다.

○

"나리, 오늘 만나실 분들은 어떤 분들입니까?"

이튿날. 윤월각의 행수직을 맡고 있는 명실은 륜명의 곁에 다가와 앉아 간드러지는 음성으로 말을 꿰었다. 한두 번 만난 사이는 아닌 듯, 오고 가는 이야기에 제법 무게가 있다. 륜명은 고개를 가로저으며 말했다.

"그걸 몰라 만나 보려는 것이다. 아는 바가 없으니 말이야."

"정녕 아는 바가 없다는 말씀이십니까?"

명실은 고개를 갸우뚱했다. 명국의 상인인 륜명은 남부럽지 않은 재물과 수려한 외모를 두루 겸비한 사내임을 잘 알고 있었고, 조선에 합법적인 유통을 하는 게 아니라는 것도 알고 있었다. 그 뒤에 좌의정 신기형이 있다는 것 또한 잘 알고 있었다.

"연고도 없는 사람들을 어찌 만나려 하십니까? 어떤 사람들인 줄 알고."

백치가 묻어나는 명실의 음성에 륜명은 웃음을 터트렸다. 해 줄 말이라는 게 무엇이 있겠는가. 모르는 게 약일 것인데.

"그러게 말이다. 심심했던 차에 잘된 일이지."

"예?"

"어쩌면 줄다리기를 할 수 있을지도 모르니까 말이야."

빙그레 미소 지으며 류명은 차를 마셨다. 안 그래도 일거수일투족을 감시하려는 신기형의 태도에 염증을 느끼던 차였다. 명국으로 돌아간대도 일국의 재상인 신기형이 자신을 순순히 놓아줄 리 없으니, 잘만 하면 좌의정의 신임을 얻을 수 있는 기회가 될지도 몰랐다. 아마도 완의 일행이 찾고자 하는 것은 자신이 아니라 뒤에 숨어 있는 좌의정일 테니까.

류명은 후회가 된다는 듯 눈썹을 추켜올렸다.

"골치 아픈 일을 시작했어. 이놈의 호기심이 문제야. 아니 그러느냐?"

"맞습니다. 나리께선 호기심이 왕성하시어 문제라니까요. 하지만 또 그것이 나리의 고혹적인 성향이지요."

명실이 나오는 대로 답하며 웃음을 터트렸다. 해맑은 웃음을 따라 류명은 속내를 감춘 미소를 내보였다. 이내 류명은 무엇이 떠올랐다는 듯 명실을 바라보았다.

"그, 이영이라 했나?"

"이영이요? 이번에 들어온 계집 말씀이십니까?"

명실은 눈을 동그랗게 떴고 류명은 고개를 끄덕였다. 이영은 과

연 윤월각 최고의 얼굴이라 불려도 손색없을 미모의 기녀였으나, 굳게 다문 고집 센 입술이 기녀라 칭하기엔 다소 무리가 따랐다. 어깨를 으쓱 올린 명실은 답답하다는 듯 입술을 열었다.

"그 아비가 외딴섬으로 유배를 갔다지 뭡니까. 듣기로는 대갓집 규수였다지요? 어미는 종년으로 팔려 가고 딸년은 이리 팔려 왔지요."

"뭐라? 팔려 와?"

"예, 그랬다니까요. 성깔이 어찌나 사나운지, 불쌍하여 말 몇 마디 도란도란 붙여도 대꾸 한 번이 없습니다."

아아. 류명은 고개를 끄덕였다. 차갑게 내리깔았던 눈매와 표정이 이제야 이해가 되었다.

조선의 사대부라면 치가 떨릴 만큼 혐오감이 들었다. 그 특유의 오만함과 거만함, 무슨 짓을 해도 허리를 굽힐 줄 모르는 꼿꼿함에 비위가 상하곤 했다.

"이건 나리한테만 말씀드리는 건데 말입니다. 이영이 이리로 팔려 온 것은 좌상 대감의 뜻이었음이 분명합니다."

"좌상의 뜻? 그 아비는 무슨 죄를 지었다더냐?"

"모르겠습니다. 뭐라더라? 듣기로는 역모가 어쩌고저쩌고 했던 것 같은데."

류명은 알겠다는 듯 고개를 끄덕였다. 이토록 시국이 흉흉한 일 같은 건 듣지 않아도 알 수밖에 없었다. 좌상과 뜻이 맞지 않는 자들은 하나둘 잘려 나갔으니까. 권세의 힘을 이용해 역모의 죄를 뒤집어씌우거나, 혹단을 이용하여 화마로 씨를 말려 버리곤 했다.

"너도 몸조심해라. 대감의 눈 밖에 나면 네년이라고 사지가 멀쩡하겠느냐?"

"염려 마십시오, 나리. 대감께서 이년은 찾지도 않으십니다."

또다시 해맑은 대꾸가 돌아오자 륜명은 웃음을 터트렸다. 이내 도착할 자들이 기대가 된다는 듯 눈매를 빛냈다.

"그자들이 윤월각의 이영보다 어여쁜 여인을 데려올지 보자꾸나."

"대감, 그런 여인이 있겠습니까? 그년이 성깔은 더러워도 생긴 것만은 팔도의 으뜸일 텐데."

"두고 볼 일이지. 내가 조선의 말을 할 줄 안다는 것은 외간에 비밀이다. 알겠느냐?"

"예, 나리."

마지막으로 차를 들이켜며 륜명은 밖을 바라보았다. 짐작하기를 재미있는 일이 생길 것만 같았다.

노상 하고 있던 사내 머리를 끌러 내린 용희는 가지런히 빗어 머리를 땋았다. 윤기 흐르는 머리칼은 그녀의 손끝에 꼬였고, 이윽고 매끄러운 댕기가 매달렸다. 용희는 면경을 바라보며 버드나무로 만든 목탄을 들어 눈썹을 정리했다. 좌우 평행을 맞춰 그린 뒤, 홍화 꽃잎에 기름을 더해 입술 색을 입혔다. 꽃잎처럼 발그스레해진 입술을 뻐끔거리다가 두 볼에 연한 분홍빛을 더했다.

"이보게, 월호. 홍시 녀석을 데려갔다가 쫓겨나면 어찌한다? 조선 최고 미인이 아니라고 분명 쫓겨날 것인데."

"내 말이 그 말이다."

밖에선 지담과 월호의 걱정이 쏟아진다. 용희는 한층 생기가 감도는 얼굴을 하며 장신구를 머리에 꽂았다.

"홍시를 때리면 어떡하지? 맞서 싸워야 하나?"

"데리고 도망치는 것이 옳을지도."

천천히 치맛자락을 쓸며 일어서, 고운 손길로 저고리를 여미고 노리개를 달았다. 꾸미는 일은 과하지도, 그렇다고 부족하지도 않았다.

"대장, 아무리 생각해 봐도 망신만 당할 것이 뻔합니다. 더펄더펄대는 녀석이 무슨 미인 행실을 한단 말입니까?"

"나 또한 조금 불안하긴 하다."

그녀의 방문을 뚫은 것처럼 응시하며 완 또한 걱정을 쏟아 냈다. 그사이 용희는 사르락거리는 치맛자락을 들며 마른침을 삼켰다. 솟아오른 버선코가 긴 치맛자락 끝으로 고개를 들었다.

"후……."

목 주변에 발라 둔 꽃 내음이 팔방으로 퍼져 흐르고, 용희는 눈을 천천히 감았다가 뜨며 짧은 숨을 불어 내쉬었다. 평생을 입어 온 옷이었으나 어인 일인지 어색했다. 이 모습 그대로 밖을 나서야 한다 생각하니 심장이 쿵쿵대며 요동을 쳤다. 귀한 신분은 말로 드러나는 일 없어도 모습만으로 고스란히 나타났다.

"홍시 녀석이 쫓겨나 우울해지거든 힘껏 응원하는 것으로 마무리해야겠습니다."

두런두런 지담의 음성이 들리자 용희의 얼굴이 더욱 붉어졌다.

"지담의 말처럼 진짜 쫓겨나면 어떡하지?"

용희는 자신의 발끝을 내려다보며 중얼거렸다. 어쩐지 방문을 열지 못해 자꾸만 망설이게 되었다. 평상에 걸터앉은 세 남자의 걱정은 남 일 같지 않았다.

"홍시야, 다 했느냐?"

기다리다 지친 지담의 목소리가 크게 들리자 용희는 화들짝 놀라 고개를 들었다.

"기, 기다려 보오! 다 했소!"

그녀는 마지막으로 문고리를 붙잡으며 숨을 크게 내쉬었다. 집이었다면 더 예쁘게 꾸며 볼 수 있었을 것인데 못내 아쉬웠다. 곁에 연실이가 있었다면 더욱 곱게 치장할 수 있었을 것을.

"할 수 없지. 쫓겨날 때 나더라도 일단 당당하게."

휴. 용희는 입술을 삐죽이다 잡고 있던 문고리에 힘을 실었다. 살아왔던 지난 홍안의 모든 시절을 다 더해 보아도 오늘을 이길 만한 그녀의 모습은 없었다.

끼이이익. 용희는 문을 열었고, 완은 고개를 들었다.

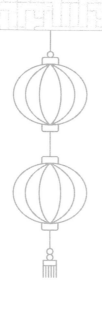

15
화

너
보
다

귀
해

양사(兩司)가 합계(合啓)하기를.

"영상의 후임자에 대해서 의논을 드리는 바, 정치에 공적이 있고 신하로서 이익을 바라지 않으며 직무를 대신할 만한 자가 좌상뿐이오니 청하건대 천거하게 하소서."

하자 상이 이르기를.

"아직은 때가 아니다."

하였다.

　티끌 하나 묻지 않은 버선발이 그 모습을 드러냈고, 이어 치맛
자락이 바닥으로 내려왔다. 그녀의 두 다리가 문지방을 온전히 넘
어선 것이다.

　"나왔느…… 컥컥."

　지담은 두 눈을 커다랗게 떴다. 앉아 있던 완은 갑자기 튀어나
온 헛기침을 쿨럭쿨럭 쏟아 냈고, 월호는 입술을 멍하니 벌렸다.

　이게 대체 무슨 일인가. 난생처음 보는 여인이 문을 열고 등장
했다. 지담은 여인에게 시선을 고정한 채 멍한 입술을 열었다.

　"대장, 대장, 대체 저 여인은 누구랍니까? 홍시는 어디로 가고?"

　반지르르한 윤기가 흐르는 머리끝으로 비단 댕기가 흔들렸다.

그녀를 스치지 않고는 못 배기겠다는 듯 바람이 불자, 치맛자락은 운치를 더해 사각대며 나달거렸다.

적당히 말아 쥔 손등은 연염했다. 앞섶에 매달린 노리개가, 머리에 자리한 뒤꽂이가 그려 놓은 듯 자연스러웠다. 새붉은 입술은 마른대도 습윤할 것만 같았고, 저대로 녹슬어 버린대도 빛이 날 것만 같았다. 가위(可謂) 녹빈홍안의 그녀였다.

"허…… 허어……."

지담의 입에서 숨길 수 없는 탄식이 흘렀다. 또한 놀라 멍하니 입술을 벌린 완의 눈빛은 믿을 수 없다는 듯했다.

모습을 기대했다 한들 지금의 그녀를 상상이나 해 보았겠는가. 제 나름 어여쁘다 말했던 마당의 꽃들이 무색했고, 절개와 정조를 지녔노라 감탄했던 동구 밖 청솔목이 무색했다.

"허어."

세 남자는 동시에 탄식했다. 용희가 손끝으로 붙잡고 있던 치맛자락을 놓자 옷감은 사르륵 격 있게 떨어졌다. 잠시 출렁이던 옷자락이 제 모습을 찾자 그녀는 더욱더 한 폭의 그림이 되었다.

이제야 완벽하게 드러난 그녀의 둥근 이마는 끌밋했다. 검은 머리와 반대되는 뽀얀 얼굴은 백옥의 참뜻을 몸소 설명해 주었다. 발그레한 두 볼을 바라보자니 만사의 흉한 것들일랑 모르게 해 주고 싶었다.

"왜들 그리 보고만 있소?"

단아한 그녀의 입술이 열리자 지담은 평상에 털썩 주저앉았고 이번엔 월호가 잔기침을 뱉어 냈다. 완은 거드는 일 없이 오로지 그녀에게 달가운 시선을 고정했다.

"이, 이상하오?"

아무런 말이 없자 용희가 얼굴을 붉혔다. 그래도 말이 없자, 용기 내어 한 바퀴 빙그르르 돌았다. 접시처럼 둥글게 몸을 넓힌 치마는 잘 빚은 항아리처럼 그녀를 감쌌다. 시선을 강탈하는 고상한 몸짓에 세 남자는 충격을 끌어안았다.

"별로인 줄은 알지만 이해해 주오. 난 최선을 다했으니."

반응이 없자 그녀에게 민망함이 뻗쳐 흘렀다.

"이 정도도 쉬운 일은 아니오. 나 정도 되니 이만큼 소화하는 거라니까?"

아무래도 저자들은 마음에 들지 않는 모양이다.

용희는 서운함에 시선을 내리깔며 중얼거렸고, 본능적으로 치맛자락을 붙잡았다. 옷을 갖춰 입으니 제대로 된 성품이 나오는 것처럼 그녀는 조용했고 신중했다. 인지하지 못한 사이 음성 또한 그녀 본연의 것으로 돌아갔다. 기품 있기로는 모두 읊어 내기가 어려울 지경이었다.

"아, 안 가오? 언제까지 이렇게 서 있으라는 것……."

완이 일어서 그녀에게 걸음을 옮겼다. 지담은 월호의 팔을 툭툭 치며 조용히 중얼거렸다.

"지담, 홍시 안 쫓겨나겠는데. 이거 안 쫓겨나겠는데?"

"내 말이 그 말이다."

용희 앞에 다가선 완은 여전히 말을 아낀 채 그녀를 천천히 시선에 담았다. 두고만 보기에는 참을 수 없을 정도로 그녀의 모든 것이 의문스러웠다.

완은 한참이나 용희를 주시했다. 시선을 빼앗긴 주제에 속에 담긴 말이 나올 리 없었다. 진정으로 묻고 싶었던 것들은 마음속으로 숨어 들어갔다.

말해 보라. 대체, 대체 너는 누구더냐.

"왜 그렇게 보는 것이오? 내 모습이 그렇게 이상하오?"

"아니, 전혀."

용희의 질문에 완은 부드러이 웃으며 신을 내어 주었다. 의외의 대답이라 여겨졌는지 용희는 두 눈을 동그랗게 떴다.

"맞소? 진심으로 괜찮은 것이오?"

"그럭저럭 중간은 하겠다."

"쳇, 열심히 준비했단 말이오. 사내가 이렇게 꾸미기가 얼마나 어려운지 몰라서 그렇지."

완은 마지막 답을 삼켰다. 천천히 고개를 들며 그녀를 향해 손을 내밀었다. 이번에는 홍시가 자신의 손을 붙잡아 줄까, 은근 기대도 되었다.

"혼자 신기 불편할 것인데, 잡아 주랴?"

"마음은 고마우나 혼자 할 수 있겠소."

치맛자락을 낑낑대며 그녀는 혼자 신을 신기 시작했다. 이번에도 퇴짜를 맞으며 완은 손을 내렸다.

용희는 차근차근 신을 신었고 마당으로 내려왔다. 한 걸음, 한 걸음. 다가오는 강렬한 아름다움에 좀처럼 눈을 뗄 수 없었다. 세상 사람이 아닌 것도 같았고, 존엄하기 그지없는 귀한 신분처럼 보이기도 했다.

"가오. 늦겠소."

단언컨대 적당한 아름다움은 아니었다.

"찾아 계셨습니까, 대감."

"어서 오시오. 오랜만이외다, 병판대감."

늦은 시간. 윤월각은 느닷없이 들이닥친 귀한 손님으로 인해 들썩였다. 인편으로 들은 바 없이 좌상대감의 평교자가 들어선 것이다. 게다 좌상을 찾아 걸음 한 자는 다름 아닌 정이품(正二品) 병조판서로 대단한 인물이었다.

"어인 일로 늦은 시간에 이 사람을 보자 하시었습니까?"

"무슨 일은. 그간 격조하였으니 병판대감과 술이나 한잔할까 하여."

신기형은 미리 받아 둔 술을 건네며 반갑다는 듯 미소를 지었다. 입술을 움직일 때마다 무성한 수염이 따라 움직였다.

마주 앉은 병판은 여전히 기골이 강건했으며 호연한 기운이 느껴지는 사람이었다. 술잔을 받은 병판은 가볍게 술을 털어 비웠다.

"그나저나 집안의 장자는 동궁을 보필하느라 고생이 많겠소."

술잔을 내려놓던 병판은 신기형의 말에 멈칫했다. 이내 호탕한 웃음을 터트리며 함께 비운 신기형의 술잔을 채웠다.

"고생이랄 게 무엇이 있겠습니까. 백골이 진토될 때까지 그 한 몸 나라를 위해 쓰는 것이지요."

"근자엔 동궁께서 대군의 사가에 계시니 장자 또한 그곳에 있겠소이다?"

"아, 뭐."

병판은 말꼬리를 대충 흐리며 급히 술잔을 비웠다. 정갈하게 놓인 안주 중 아무거나 손이 가는 대로 집어 든 병판은 호기로운 얼굴로 안주를 삼켰다.

실은 아들이 어디에 있는지 알지 못했다. 아들은 집을 나서기 전 얼마간은 돌아오지 못할 것이라 전하였고, 나라의 뜻을 받들고자 떠나는 것이라 전하였고, 아무에게도 사연을 알리지 마라 전하였다.

"동궁께서 계신 곳에 당연히 있는 것 아니겠소? 저는 그리 알고 있습니다만."

"저런, 아비하고도 연락이 닿지 않는다는 것이오? 이러니 익위사는 아무나 하오리까."

대군의 사가에 기거하신다는 동궁의 소식이야 익히 알고 있었으나, 어인 일인지 아들은 그곳에 없는 것 같았다. 아는 것도 모르는 척하며 병판은 편안한 기색을 유지했다.

"부모 자식 사이라도 나라에 되인 몸이 천륜을 중시하면 되오리까. 자식이 아닌 동궁의 사람이라 여긴 지 이미 오래되었습니다."

"그러게 말이외다. 장차 더욱 큰일을 해야 하니 아쉬움은 접어두어야겠소, 대감."

신기형은 병판의 표정을 세세히 살피며 대꾸를 마쳤다. 군사와 국방을 책임지는 으뜸의 관리답게 병판은 입이 무거웠고, 신념이 두터웠으며 또한 고지식했다. 하나 그런 사람일수록 옳다 믿는 것에 쉽게 움직이는 것을 신기형은 잘 알았다.

"병판, 느끼기를 궐에 좋지 않은 기운이 있소."

"어렵합니까. 영상의 자리가 비었고 동궁께서 저리 편찮으시니."

"동궁께서는 대군의 사가에 자리를 보전하신 것이 아니외다."

병관은 고개를 들어 신기형을 바라보았다. 신기형은 사뭇 날 선 눈매로 입술을 열었다.

"어쩌면 조정에 큰 바람이 불어닥칠지도 모르는 일."

"그게 무슨……."

"영상 대감의 비리가 대전으로 들어가고 있소. 평소 영상과 친분이 깊던 병관이 아니오?"

"지금 죽은 자를 욕보이는 것입니까? 비리라니?"

"글쎄오리다. 과연 그리 생각하는 것이오?"

신기형은 병관의 손에 들려 있던 술병을 빼앗아 두 개의 잔을 모두 채웠다.

병관은 잠시 생각이 엉킨 듯 말을 멈추었다. 사사로이 진위를 확인할 문제도 아니었고, 확인한들 진실을 알아낼 수 있을 것도 아니었다. 감히 누가 진실에 손을 대려 하겠는가. 마주 앉은 사내는 조선 최고의 실세, 신기형이다.

"병관, 영상은 매관매직에 과잉 징수를 서슴지 않았으며, 사신을 위해 사용했어야 할 국고를 자신의 몫으로 빼돌렸소."

"……."

"영상의 비리를 대변할 증좌들이 산처럼 쌓이고 강처럼 고여 있으니, 사실을 접하신 지존의 상심은 또 얼마나 크시겠소?"

신기형의 말끝에 병관은 사정없이 미간을 좁혔다. 문제는 죽은 자의 비리가 아닌 산 사람이 연루될 수 있다는 것에 있었다. 그 산 사람은 아마도 자신일 것이다.

"좌상대감께서는 어찌하여 이 사람에게 그런 말을 하는 것입니까? 지금 내게 연루된 죄가 있다는 뜻입니까?"

"죄라니. 당치 않은 소리. 병판대감의 청결함이야 세상이 다 아는 일임을 어찌 모르겠소? 하오나 병판, 죄는 말이오. 사람이 짓는 게 아니오리다."

"……."

"이 사람이 만드는 것일 뿐."

알고 있다. 신기형은 뜻을 함께하는 자들을 제외한 모든 이를 숙청하고 있다는 것을. 어떠한 형태로든, 궐을 떠나보내고 있다는 사실을.

"병판, 지금 내게는 동궁의 일거수일투족이 필요하오."

"나더러 지금 내 아들에게 동궁의 뒷조사를 시키라는 뜻이오리까?"

"본디가 죽은 자는 말이 없는 법이올시다. 구태여 죽은 영상에게 그 죄를 물어 무엇 하리오. 하나 산 사람은 다르겠지."

조정은 하나둘 신기형의 사람으로 채워졌고, 불행히도 지존은 그의 뜻을 모두 들어주었다. 천하가 신기형의 것인 것만 같은, 그런 시절 속의 조선이었다.

"병판을 제외한 모든 이가 병판에게도 허물이 있다 지존께 고한다면 그땐 어찌하겠는가, 이 말이외다."

"대감!"

"지존께서 병판의 억울함을 정히 여겨 주실 거라 생각하는 건 아니어야 할 텐데 말이오."

놀랄 것 없다는 표정을 하며 신기형이 술잔을 들어 보였다. 병판은 일이 잘못되어 가고 있다는 것을 느꼈지만 어디서부터 무엇을 풀어야 하는지 알 수 없었다. 아들의 신분이 익위사였기에, 동궁의 신뢰와 총애를 한 몸에 받고 있었기에, 슬프게도 지금 이 자리의 희생양으로 선택된 것이었다.

"놀라지 마시오, 병판대감. 이 사람이 최악의 가설을 세워 본 것뿐이외다. 그럴 수도 있지 않겠냐는 가설."

더는 듣고 있기가 힘이 들었다. 병판이 자리를 박차고 일어서자 술병이 위태롭게 좌우로 흔들렸다.

"못 들은 것으로 할 것이오! 이만 가 보겠소이다! 이런 일로 다시는 부르지……."

"아비가 잘못된다면 그 아들은 어떻겠소?"

입술을 꾹 닫으며 병판은 두 눈을 크게 치떴다. 일말의 반항도 할 수 없는 말들이 좌상의 입술 사이로 흘러나왔다. 병판은 주먹만 세차게 쥐었을 뿐, 달리 다른 말은 할 수 없었다.

"죄를 입어 궐을 떠난 아비의 자식을 동궁의 익위사로 두겠는 가? 감히?"

신기형은 여전히 태연자약한 미소를 지으며 홀로 술잔을 들었다. 세 치 혀의 간사하고 달콤한 말들로 병판의 마음을 얻기는 힘들었다. 그러한 병판에게 아들 그 이상의 볼모는 찾기 힘들었음을.

"그럼 살펴가시오, 병판대감."

윤월각에 손님이 찾아왔는지, 밖은 잠시 소란스러웠다.

◎

기방의 행수 명실은 대단한 손님을 맞이했다. 이래저래 행차가 소란스러울 듯했으나, 륜명을 만나고자 찾아온 이는 단둘뿐이었다. 예상보다 소박한 모양새였다.

"오셨습니까. 윤월각 행수, 명실이라 하옵니다."

명실이 인사를 올리며 슬쩍 훑기로는 부드러운 인상 속 숨겨지지 않는 영걸스러운 기운이 있는 사내였다. 그간 숱한 사내와 정을 트며 크고 작은 일들을 마주해 보았으나, 눈앞의 사내는 나이와는 맞지 않는 상당한 중압감을 풍기고 있었다.

"뫼시겠습니다. 이쪽으로 따라오시지요."

공손하게 안내를 하며 시선만 들어 올려보니, 사내의 뒤엔 다소

곳한 여인이 서 있었다. 대갓집 가마인 듯 으리으리한 사인교(四人轎)를 타고 온 여인은 장옷을 둘러쓴 채 사내의 뒤를 따랐다. 한눈에 보아도 쉽게 잊힐 것 같지 않은, 그러한 두 사람이었다.

"상대는 왔는가?"

"예. 일찍부터 자리하셨습니다."

준열함은 짧은 말 한마디에 실렸다. 사내의 질문에 답한 명실은 일순 가슴이 두근거려 시선을 내리깔았다. 어지간한 사내에겐 미동도 느낄 수 없을 만큼 무뎌진 심장이었지만, 기운에 눌리고 음성에 녹아내리는 것이었다.

"이쪽으로 드시지요. 문을 열어 드리겠습니다."

장옷을 둘러쓴 여인의 얼굴은 자세히 보지 못했으나 그 또한 일품의 기운이었음은 두말하면 입 아팠다.

명실은 도착한 방 앞에 서서 문을 열었다. 처음처럼 긴 발이 내려와 있었고, 그 뒤로 류명의 모습이 어른거렸다. 완은 잠시 응시하다 뒤를 돌아섰다. 시선은 장옷을 뒤집어쓴 용희에게로 향했다.

"이리 가까이 와라."

평소보다 더욱 낮게 퍼지는 완의 음성이 귓가에 내려앉자 용희는 천천히 장옷을 내렸다. 뿜어 내는 고고한 품새에 압도당할 것만 같아, 용희의 얼굴을 마주한 명실은 두 눈을 크게 떴다.

조신한 발걸음으로 명실을 스친 용희가 완과 함께 방으로 들어섰다. 문이 닫히자 명실은 자리에 서서 두 눈을 깜빡거렸다.

"어휴, 한양 사람들은 아닌가 보네. 한양에 있었다면 내가 틀림없이 봤을 텐데."

짧게 스쳤으나 강렬한 존재감이 드리워, 명실은 고개를 절레절레 저으며 가슴에 손을 얹었다. 얼마 만에 요동치는 심장인가. 지나가는 아랫것을 붙잡고 명실이 입술을 열었다.

"언순아, 지금부터 저 방으로 내가는 안주는 최고의 것들로 준비해 줘. 술은 내지 말고."

"예? 술은 되었습니까, 행수 어르신?"

갸우뚱하는 아랫것을 향해 고개를 끄덕인 명실은 굳게 닫힌 방문을 바라보았다. 저절로 신분이 궁금해지는 자들이었다.

"그래, 술은 되었어. 저분들이 따로 마련하실 테니까."

두 번째 만남이지만 전혀 반갑지 않다. 또다시 상석을 빼앗긴 조선의 세자께선 미간을 꿈틀대며 길게 드리워진 발을 주시했다. 지금의 마음 같아선 자리한 녀석을 내동댕이치고 늠름하게 앉고 싶었다.

[좌정하라.]

이런 완의 마음을 알지 못한 륜명은 친절한 명국의 말로 완에게 손짓했다.

"앉으라 하오."

완의 뒤에 서 있던 용희는 조그맣게 속삭였다. 여인이어야 한다는 압박감 때문인지 말투는 어느 때보다 나근나근했다.

륜명은 귀를 쫑긋 세웠다. 뒤돌아 앉아 있는 품새가 사내놈이 아닌 걸로 보아 일전의 통역은 아닌 것을 알겠다. 하지만 방자한 말투는 지금의 통역 또한 여전했다.

[장소는 마음에 드는가?]

"장소가 누추하나마 선생의 마음에 들었으면 좋겠다고 하오."

륜명이 묻자 용희가 통역했고.

"상당한 불편함이 솟구치나 편안히 있어 보겠다."

[있기에 문제 될 것 없으니 신경 쓰지 말라.]

완이 답하자 용희가 전달했다.

굳이 그녀의 통역이 아니라도 조선의 말을 알아듣는 륜명이었으니, 용희의 둥근 통역에 헛웃음을 터트렸다.

주안상을 마련하는 아랫것들이 잠시 다녀갔다. 그사이 끊긴 말은 좀처럼 이어지지 않았고, 륜명은 깨끗한 술잔을 내려다보았다. 술잔과 제법 옹골찬 안주가 가득했으나 술병은 보이지 않았다.

[가지고 오란 것들은 전부 가지고 왔는가?]

쿵. 용희의 가슴이 쿵덕거렸다. 가지고 오라 주문한 것 중 자신도 포함되어 있지 않은가?

그녀가 바른대로 통역을 하자 완은 잠시 생각하는 듯했다.

"하나는 있으나 다른 하나는 아직 당도하지 않았다."

조선 최고의 술. 그것을 가지러 떠난 지담과 월호는 아직 도착하지 않았다.

[저런, 그중 하나라도 빠진 자리가 무엇으로 어울리겠는가? 거래를 없던 일로 하고 싶은가?]

"도착할 것이니 기다려라."

오고 가는 말을 그대로 통역하며 용희는 무릎 위로 공손히 두 손을 올렸다. 완과 등지고 앉아 있자니 그간 몰랐던 선생의 다른 것들이 느껴졌다. 이를테면 풍겨 오는 향(香), 뜨뜻함이 느껴지는 분위기, 나지막한 음성 같은 것들이 새삼 달리 느껴졌지만 낯설지는 않았다. 다만 하나하나 음미하고 되새겨 볼 기회가 된 것이다.

[무엇을 먼저 내밀 것인가?]

장침에 기댄 채 나른하게 묻는 륜명의 자세는 상당히 유여했다. 차례가 되었음을 느낀 용희가 몸을 움직이자, 완이 손을 뒤로 뻗어 그녀를 저지했다.

기다려 보아라. 듣지 않아도 완의 음성이 들리는 것만 같았다.

"이제 준비한 것을 내어놓겠다."

완은 드리워진 발을 향해 입술을 열었고, 용희는 완의 뒤에서 고개를 들었다.

그때였다. 문이 활짝 열리며 용희의 시선에 마당의 풍경이 들어왔다. 그곳엔 가마꾼과, 그녀가 타고 온 것 이상으로 화려한 사인교가 있었다.

발 너머 보이는 가마로 륜명이 시선을 주었다. 여인이 도착했나 싶었지만, 예상과는 달리 가마 문 안엔 비단으로 감싼 술병이 들어 있었다. 륜명은 의아하다는 시선으로 광경을 주시했다. 아랫것은 조심스럽게 술병을 안으로 옮겼고, 이내 주안상에 놓았다.

[가마에 술을 담아 왔다는 말이지.]

작게 중얼거리며 륜명은 술병을 유심히 관찰했다. 보드레한 비단 천에 정성껏 싸인 술병은 범상하지 않은 용모를 드러냈다. 이리저리 돌려 보니 여의주를 문 두 마리의 용이 좌우 동일한 금실로 수놓여 있었다.

[포장은 그럴싸하나 이런 대단한 껍데기 따위가 무슨 소용이겠는가?]

륜명이 비아냥대지만 완은 말없이 술병을 응시했고, 보이는 바가 없는 용희는 궁금해 죽겠다는 표정으로 바닥을 응시했다.

시원한 손길로 포장을 벗긴 륜명은 드디어 몸매를 드러낸 술병을 주시했다. 깨끗하고 매끈한 백자는 장인의 솜씨가 엿보였다. 잘록한 주둥이와 둥근 하부에 절제의 미가 고스란히 담겨 있어,

값어치를 매기는 일에 까다로운 륜명이 보아도 상당한 가치를 지
닌 술병이었다.

[대단한 술병 또한 필요 없다.]

륜명은 험하게 마개를 뜯어 술을 따랐다. 완은 그가 내팽개친
비단 천과 아무렇게나 내려놓은 술병을 주시했다.

음미해 보고자 륜명은 천천히 술을 삼켰고, 다음엔 눈을 감았으
며, 숨을 길게 내쉬고 잔을 내렸다. 완은 그런 륜명을 바라보다 등
진 채 앉아 있는 용희를 향해 입술을 열었다. 용희는 완의 말에 귀
를 기울였다.

"저자에게 맛이 어떠한지 물어봐라."

용희는 완의 말을 통역했다. 그러자 륜명에게서 한참 후에야 대
답이 돌아왔다.

[과연 이 술이 조선 최고의 것이라는 건가? 기방의 것보다 못
하군.]

말끝에 수가 틀렸음을 직감하며, 용희는 그대로 완에게 통역해
주었다. 완은 한심하다는 눈빛으로 륜명을 바라보았고, 이내 입술
을 열었다.

"감히 함부로 대하지 말라."

[함부로 대하지 말라니. 이깟 하찮은 술 한 잔에 예라도 다하라
는 것인가?]

륜명은 시시하다는 듯 술병을 바닥에 내렸다.

[마음이 동하지 않으니 마시지 않을뿐더러 거래도 하지 않겠다. 이만 일어나겠다.]

"앉으라."

몸을 일으키려던 륜명은 멈칫하며 발 너머로 보이는 완을 응시했다. 이내 불쾌하다는 듯 미간을 좁혔다.

[지금 나를 우습게 보고 농이나 하자는 것인가? 이 정도의 술은 어디서나 구할 수 있다.]

"아니, 짐작이 틀렸다."

완은 숨을 길게 내리쉰 뒤 술병을 향해 천천히 손을 올렸다.

"조선 팔도 어디를 다녀본들 이것보다 귀한 술은 감히 있을 수 없다."

다음 말이 용희의 통역으로 전달되기도 전에, 륜명은 천천히 상체를 세우며 바로 앉았다.

"그 술은 바로 궐의 담을 넘어 도착한."

[아…… 그 술은…….]

너무 놀라 제대로 통역하지 못한 용희는 입술을 멍하니 벌렸다.

귀하기에 가마에 들여올 수밖에 없었던.

"조선의 지존이신, 금상의 어주(御酒)니라."

어사주였다.

16화

조선 최고의 여인

【해종실록 11권. 해종(偕宗) 17년 4월 26일】

　은둔하고 있는 세자를 위하여 임금은 어주(御酒)를 내려 주게 하였다.

"……아?"

용희는 두 눈을 슴벅슴벅하며 허공을 응시했다. 선생이 뱉은 말을 그대로 통역하고 싶었지만, 아무런 말도 나오질 않는 것이 꼭 목소리를 잃어버린 것만 같았다. 당황함에 두 눈을 움직이며 용희가 말을 잇지 못하자 완이 정적을 깼다.

"뭐 하고 있는가? 통역을 해야지."

"잠깐. 잠깐만 선생, 지금 뭐라고 했소? 저게 뭐라고?"

용희는 팔꿈치로 완의 옆구리를 쿡쿡 찔렀다. 들어도 이해가 잘 가지 않았다. 이해도 되지 않을뿐더러, 믿을 수도 없었다.

"내가 잘못 들은 거요? 어사주라니?"

"말 그대로다."

뒤돌아 앉아 있으니 완과 륜명의 표정이 보일 리 있겠는가. 용희는 답답하다는 듯 미간을 살포시 구겼다. 전부터 알고는 있었지만 선생은 제정신이 아닌 것 같았다.

"이보시오, 선생. 지금 거짓말을 하면 어쩌자는 거요. 어디 팔사람이 없어 나라님을 팔고."

륜명에게 들린다 한들 뜻을 알겠는가. 용희는 조용한 음성으로 완을 타박했다. 술병만 내려다보던 륜명은 천천히 고개를 들었다.

"지금 저자가 받아 든 술이 정녕 임금님이 하사하신 어주라는 게요? 사실이오?"

용희는 말이 없는 완을 자꾸만 타박했다. 답을 알려 주기 전엔 통역을 할 것 같지 않아, 완은 천천히 그녀의 등에 자신의 등을 기대며 나직하게 중얼거렸다.

"물론 거짓이다."

완의 대답을 들은 용희는 더욱 두 눈을 치켜떴다. 선생의 답에 한 번 놀라고, 예고 없이 기댄 등에 두 번 놀란 것이다.

당연히 거짓이겠지. 당연히 어사주가 아니어야지. 그럴 줄 알았다는 듯 그녀는 고운 미간을 사정없이 구겼다. 사안이 시급하다 보니 마주 닿은 등의 온기까지 신경 쓸 겨를이 없었다.

"지금 저자에게 거짓을 고하자는 거요?"

"별수 있느냐? 가장 귀한 것을 구해 오라던 것은 저놈이다."

"그렇다고 어주라 잡아떼면 어쩌오? 잡혀가고 싶소?"

"허, 잡아갈 테면 잡아가라지. 나를 잡아갈 자 뉘지 아주 대단한 일을 하겠구나."

"대체 어디서 나오는 근거 없는 자신감이오? 상감을 팔고도 살아남기를 바라다니?"

"팔다니, 내가? 그런 일 없다."

류명의 미간이 미세하게 꿈틀거렸다. 사람 앉혀 놓고 언제까지 저들끼리 떠들 모양인지.

"선생은 아닐지 몰라도, 나는 일을 모두 마치기 전까지 조용히 있어야 한단 말이오."

"누가 시끄럽게 했느냐?"

"사기꾼이라 낙인찍혀 곤장이라도 맞아 봐야 정신을 차리겠소? 지엄한 국법이 두렵지도 않은 게요?"

"곤장? 곤장이라 하였는가? 누가 내게 곤장을 칠 수 있단 말이지?"

완과 용희의 입씨름이 끝나질 않자, 류명은 심심하다는 듯 술병의 주둥이를 붙잡고 무심히 들어 올렸다. 팔을 높게 올려 밑동을 바라본 류명은 두 눈을 동그랗게 떴다. 본 적 없는 문양의 인장이 새겨져 있었으나, 누구의 것인지 소름이 끼칠 정도로 알 것 같았다.

그것은 바로 어인(御印), 옥새였다.

"선생, 끝을 잘 맺되 시작부터 신중해야 한다 했소."

"모름지기 큰일을 도모할 때에는 사소한 일을 생각하지 않는 법."

"작은 일을 하지 못하면 큰일을 그르친다고, 나는 그리 배웠는데?"

"틀렸다."

"틀렸다고 했소? 감히 위 영공의 가르침을?"

륜명이 놀라거나 말거나 완과 용희는 등을 맞댄 채 옥신각신했다. 누구 하나 쉽게 질 것 같지 않았다.

"또한 논어에서 가르치기를, 멀리 내다보며 일을 도모하지 않으면 반드시 가까운 곳에 근심이 생기리라 했건만."

"맹자께서 가라사대, 구하면 얻게 되고 버려 두면 잃게 될 때엔 얻으라 하였다. 얻기 위한 묘책이지 않은가?"

"묘수가 아닌 악수 같은데?"

"그럼 계책이라 해 두지."

륜명은 이 정체불명의 두 사람 때문에 혼이 쏙 빠질 것 같았다. 처음엔 목소리를 줄여 도란도란 말을 하더니, 이제는 아주 대놓고 목청을 높이며 지식 뽐내기에 여념이 없었다. 참으로 가관이다.

"거짓말은 도둑질과 같은 일이오. 세상을 환란하게 만드는 지름길이라는 걸 모르오?"

"본디가 훌륭한 인격과 빼어난 재능은 환란 속에서 연마되는 것이라. 모르느냐?"

"쿨럭."

보다 못한 륜명이 작게 기침했다. 그제야 입씨름을 멈춘 두 사람은 다시금 자세를 반듯하게 만들며 입술을 닫았다. 여전히 두 사람의 등은 마주 닿아 있었다.

결국 용희는 륜명에게 어주임을 알려 주기로 했다. 선생이 그리하겠다는데 반항해 봐야 별 의미가 없었다.

[지금 받아 든 술은 조선의 금상께서 하사하신 어주다.]

[어주?]

륜명이 되묻자 완이 턱 끝으로 술병을 가리켰다.

"무릎걸음으로 나와 머리를 조아린 채 받아 들었어야 함이 마땅하나, 그대는 몰랐음에 넘어가겠다."

[어주를 어떻게 구한 것인가?]

통역을 맡은 여인은 믿지 못하는 것 같았으나, 륜명이 보기에 이 술은 분명 어주였다. 제아무리 획기적인 방법으로 어주라 속인들 임금의 인장까지 만들어 찍을 바보는 없었다. 만에 하나 발각이 될 경우 일가식솔, 나아가 삼대가 멸할 참형을 면치 못할 테니까.

완은 질문에 스스럼없이 답했다.

"내게는 일찍이 정치에 뜻이 있어 입궐한 벗이 있다. 금상의 애정이 각별하여 벗의 청을 들어주셨으니, 다행을 떠나 광영이 아니 겠는가?"

　륜명은 긴가민가한 표정으로 눈꼬리를 가늘게 늘어뜨렸다. 조용한 시선으로 완의 얼굴을 바라보던 륜명은 좋다는 듯 고개를 끄덕였다.

　[좋다. 흔쾌히 인정하겠다.]

　휴. 첫 번째 관문을 통과했다. 완은 안도의 숨을 내쉬었고, 통역을 하던 용희 또한 짧은 숨을 불어 내쉬었다. 명국의 상인이라는 자가 나아가 입을 함부로 놀리지나 말았으면. 제발 아무 탈 없어야 할 텐데.

　[여인은 왔는가?]

　생각의 꼬리를 이어 가던 용희는 마른침을 삼켰다. 드디어 두 번째 관문, 바로 자신의 차례였다.

　이만저만 걱정되는 일이 아닐 수 없었다. 이제까지 돌아서 통역을 하던 자신이 '실은 내가 조선 최고의 여인이오.' 하며 인사를 올려야 하는 것 아닌가. 가져온 술처럼 거짓으로 꾸밀 수도 없었다. 허풍을 떨 수도, 믿으라 최면을 걸 수도 없는 노릇이었다. 설상가상 명국의 상인은 까다롭기가 하늘을 찔렀다.

　"여인은 가까이에 있다."

　[가까이? 어디에 있다는 말인가?]

선생의 말끝에 륜명의 질문이 이어지자, 용희의 알맞게 짙은 눈썹 사이로 수심이 내려앉았다. 완은 고개를 어깨까지 돌리며 용희를 바라보았다.

이제 모든 것은 그녀에게 매달렸고.

"준비되었느냐?"

"되었소."

그녀를 믿는 것 외엔 별도리도 없었다.

용희의 굳건한 답을 새겨들은 완은, 앞으로 고개를 돌리며 몸을 비켜 앉았다. 천천히 그녀의 몸체가 드러났고, 자약히 앉아 있는 뒷모습이 륜명의 시선 속에 자리했다. 이 또한 예견하지 못했다는 듯 륜명은 두 눈을 크게 떴다.

[통역이 그 여인이란 말인가?]

"그렇다."

당황한 륜명이 부채를 살랑살랑 흔들었다. 용희는 뒤통수가 따가운 기운에 입술을 꾹 깨물었다. 모습 자체로 누군가에게 심판받아야 하는 일 같아, 심장은 일없이 풀떡였다.

[통역은 내게 얼굴을 보여라.]

굳이 완에게 전할 것도 없었다. 바로 자신을 향한 말이었으니까. 용희는 천천히 자리에서 일어섰다. 사브작거리는 치맛자락 소리를 들으며 완은 크게 심호흡을 했다. 부디 별일은 없어야 할 텐데. 염려하는 일 같은 건, 일어나지 말아야 할 텐데.

그런 선생의 걱정을 알고 있을까. 그녀는 완의 곁을 스치며 걸음을 옮겼다. 륜명은 대나무 발 사이로 희끗하게 보이는 그녀를 응시했다. 그리고 이내 얄팍하게 흔들어대던 부채질을 멈추었다. 용희는 고요한 눈매로 륜명을 응시하다 명국의 말로 입술을 열었다.

[그대와 나, 예를 다해 주고받을 인사는 의미 없으니 생략하겠다.]

통역할 때보다 더욱 우아한 가락이 스며든 음성이다. 륜명은 그녀의 얼굴에서 좀처럼 시선을 떼지 못했다.

이윽고 륜명은 무엇에 홀린 것처럼 입술을 열었다. 그동안 숱한 조선의 여인을 마주해 보았으나, 이토록 홀로 빛나며 고상한 여인은 본 적이 없었다.

[그대가 궁궐 밖, 조선 최고의 여인인가?]

굽히거나 존대하는 법도 없었지만 행동 하나하나는 이상하리만치 자연스러웠다.

[다시 한번 묻겠다. 그대가 그러한 여인인 것인가?]

륜명의 질문이 끝나자 용희는 턱 끝을 꼿꼿하게 들어 세우며 짧은 미소를 그렸다. 륜명은 시종일관 얼굴을 가리고 있던 부채를 천천히 내렸다. 전신으로 통렬한 충격이 밀려와 별다른 반응은 할 수 없었다.

그런, 여인인가? 용희는 륜명의 질문을 곱씹으며 천천히 눈을 깜빡였다. 기억은 쉼없이 뒤로 달려가고, 허름한 복색으로 산을 타던 김용희는 마치 꿈처럼 느껴졌다.

[그대는 내게 답을 원하는가?]

[그렇다.]

용희의 음성은 나근나근했으나 굳센 자세만큼이나 행직했다. 지금 그녀의 시간은 언제 어디쯤 머물러 있는지 알기 어려웠다. 다만 느끼기를, 바람이 곱던 별당의 봄 마당이려나. 혹은 오라비와 시를 읊던 물놀이 강가려나. 이도 저도 아니라면 부모를 잃은 적 없는, 슬픔 따위 무엇도 알지 못하는 반가의 규수, 그 마음속이려나.

[질문에 합당한 답을 지금 그대에게 알려 주겠다.]

용희는 눈꺼풀을 내렸다 올리며 멀지 않은 기억 속을 헤맸다. 이윽고 작은 입술 사이로 진정 어린 답이 흘러나왔다.

[그대는 들으시오. 조선에 나를 제외한 다른 답은 감히 없다.]

완은 조용히 술잔을 들어 입술을 축였다. 이 여인을 당할 자 누가 있겠는가. 륜명이 느끼고 있을 충격이야 당연한 일.

[두 번을 물어도 없고 백 번을 물어도 없으니, 나만이 오직 그대의 결함 없는 답이리라.]

그 이름, 그 절개, 팔도의 모든 것들이 가히 으뜸이라 칭할 만했다.

"대감, 벌써 나오셨습니까."

"볼일이 끝났으니 이만 가 보겠다."

신기형은 문을 열고 나섰다. 대기 중이던 아랫것이 행수 명실을 불러왔고, 명실은 허겁지겁 달려와 고개를 조아렸다. 조선의 모든 재화는 신기형의 손을 거쳐 유통된다고 해도 과언이 아니었으니, 윤월각의 사정이라고 다를 바 없었다.

"다음엔 이년이 대감마님을 더욱 정성껏 뫼시겠습니다."

그의 심기를 어지럽히거나 뜻에 반항하는 일 같은 건 상상도 할 수 없었다. 죽을 때까지 뵐 수 없을 상감의 존재보다, 눈에 보이는 신기형이 더욱 두려웠다.

"병판은 바로 떠났는가?"

"예. 대감께서는 일찌기 돌아가셨습니다."

"그래, 알겠다."

신기형은 걸음을 옮기며 수염을 쓸었다. 병판이 분노하며 자리를 떴지만, 얼마 가지 않아 자신을 찾아올 것이다. 어떤 답을 들고 오든 상관은 없었다. 자신의 사람인지 아닌지 구분만 할 수 있대도 큰 수확이 될 테니까.

"얼마 전 팔려 온 계집은 어떠하더냐?"

"이영이 말씀이십니까? 아직 기방 일은 모르는 것이 많사와 내객을 뫼시지는 않고 허드렛일만 돕고 있습니다."

얼마 전 한바탕 숙청이 휘몰아쳤다. 감히 변명도 하지 못할 만큼의 빈틈없는 증좌를 만들어 단칼에 쳐 버린 것이다. 이영은 숙청당한 대관의 여식, 그 아이를 이쪽으로 보낸 것은 신기형의 뜻이었다.

"죄인의 자식이나 온실 속 화초로 자란 계집이 궂은일을 무슨 수로 알겠는가. 쓰임이 있을 것이니 함부로 대하지 말도록 하라."

"예, 대감. 잘 알겠습니다."

이영의 아비는 신기형의 오랜 벗이기도 했다. 비록 뜻이 달라 숙청 대열에 포함되었지만, 그의 여식은 편히 거둬 보기로 한 것이다. 조정에서 쫓겨나게 된 벗을 향한 일말의 자비였다.

"저곳에 누가 들었기에?"

꽃잎마저 감히 몸을 스치지 못하고 길을 트는 공간. 신기형은 어느 한 곳에 멈춰 서 닫힌 문을 바라보았다. 명실은 황급히 고개를 수그리며 입술을 열었다.

"실은 륜명 나리께서 찾아오셨기에 방을 내드렸습니다."

"륜명? 륜명이라면 그, 명국의?"

"예. 그렇습니다, 대감."

신기형은 한심하다는 눈빛으로 닫힌 문을 바라보았다. 륜명은 술과 계집을 좋아하는 천성에, 시와 노래에 탁월한 재주를 겸비하였으니 기방을 드나드는 일은 당연한 일이었다.

"찾아온 자가 있는 모양이다."

"예? 아…… 그것이……."

명실은 난처한 표정으로 말꼬리를 흐렸다. 신기형은 륜명을 이곳에 소개해 준 장본인이었고, 그의 사생활에 관심이 많다는 것도 익히 알고 있었다. 명실이 빠르게 답을 하지 못하며 말꼬리를 흐렸지만 정작 신기형은 별생각이 없는 듯했다.

"쯧쯧. 벼슬 직에 오를 욕망이 있는 것도 아니요, 가진 돈을 주체 못 해 계집의 치마폭에서 매일같이 뒹구니 한량이 따로 없군."

"예? 아, 예. 나리께서는 며칠째 기방 아이들과 저리 계십니다."

신기형은 고개를 끄덕이며 긴 시간 닫힌 방문을 바라보았다. 륜명이 여색을 밝히는 사내임은 차라리 다행이었다. 비밀리에 군사 무기를 대고 있는 륜명의 신상이 밖으로 알려지는 일은 여간 낭패가 아니었으니까.

"창이 작은 방에 들여 흐르는 시간도 계절도 잊게 해야 한다. 다른 생각 못 하도록 신경 써야 할 것이다."

"예, 잘 알겠습니다."

신기형은 다시 발걸음을 옮겼다. 저 안에 뉘가 들어 계신지 언감생심 상상도 하지 못한 채.

"조만간 주세(酒稅)가 오를 것이다. 기방이 주세를 피할 재량이 있겠냐마는 윤월각은 각별히 낮은 세금을 징수하라 이를 것이니, 여러모로 입 간수나 잘하라."

"대감! 하해와 같은 은혜를 절대 잊지 않겠습니다!"

기쁨을 감추지 못하는 명실을 뒤로하고 신기형은 계속해서 걸음을 옮겼다. 하늘이 높다 한들 그 권세에 견줄 것인가. 신기형은 신선을 닮은 발걸음으로 윤월각에 피어난 꽃 사이를 지났다.

가히 궐에 못지않은 웅장함과 크기를 자랑하는 윤월각이기에, 출구를 찾아 나가는 일만도 오래 걸어야 했다.

"뭐 하느냐? 이리 오란 말 못 들었는가?"

신을 신고 밖을 나서 걷던 완은 뒤를 돌았다. 영문도 모른 채 먼 발치서 텁텁한 걸음을 옮기던 용희는 입술을 삐죽 내밀었다. 분명 조금 전까지 그녀는 륜명과 대화를 섞으며 자리에 최선을 다하고 있었다.

"대체 무엇 때문에 밖을 나선 것이오? 할 말이 있는 게요?"

"할 말? 할 말이 있어야만 이리 오겠다 이건가?"

상인의 언변답게 륜명은 시시각각 그녀를 웃게 하는 말들을 내

던졌고, 그녀는 맥없이 웃음을 터트리곤 했다. 모처럼 말이 통하는 자를 만나 도란도란 이야기를 주고받고 있던 찰나, 선생이 벌떡 일어나 밖을 나서는 것이 아닌가? 게다 저 표정은 시뻘건 불덩이를 삼킨 것만 같다.

"자, 왔소. 됐소?"

용희는 여전히 완과 간격을 둔 채 멈춰 섰다. 간격이 마음에 들지 않는지 완은 오만상을 찌푸렸다. 한 번을 고분고분 따라 주는 일이 없는 아주 괘씸하고 방자한 홍시다.

"그게 어디를 봐서 가까이 온 것이냐? 더 못 오느냐?"

"왜 갑자기 화를 내는 거요? 내가 뭘 잘못했소?"

완은 영문을 모르는 그녀의 대꾸에 더욱 부아가 치밀었다. 홍시의 등장에 륜명은 분명 흡족해했다. 그래, 거기까지는 자신도 좋았다. 한데 무슨 말을 주고받기에 말끝마다 홍시 녀석이 웃음을 터트린단 말이냐?

"잘못? 허, 잘못? 왜, 도둑이 제 발 저린 모양이지?"

"뭐, 뭐요? 도둑? 도두욱?"

말이 통하지 않으니 끼어들 수도 없고, 대체 그 잡상인 놈과 홍시가 무슨 이야기를 주고받는지도 알 길이 없었다. 심기는 점점 불편해져 갔다.

완은 좀처럼 거리를 좁히지 않는 홍시를 바라보다 눈썹을 일그러트렸다. 언제 한번 자신한테 그렇게 웃어 준 적 있단 말인가? 완은 입술을 살짝 깨물며 눈꼬리를 가늘게 늘어트렸다.

아주 가관이더구나! 절로 탄식이 흘러 어쩔 줄 모르겠더라! 그리 잘 웃는 줄 처음 알았지 뭐냐? 네 녀석이 웃을 때마다 눈꼬리에 주름 잡힌다는 것도 오늘에나 알게 되었지 뭐냐? 웃음소리는 또 어떻고? 간드러지기가 말할 것도 없어 뭇 사내가 와서 들었다면 엿가락처럼 녹아내렸겠다?

완은 치졸함에 뱉지 못한 말들을 모아 삼키며 비교적 침착하게 입술을 열었다.

"볼일이 끝났으니 갈 것이다."

목소리에 퉁명스러움이 가득한 완의 말끝에 용희는 두 눈을 동그랗게 떴다.

"가긴 어딜 간단 말이오. 거래 안 할 거요? 멍석 깔았는데?"

"볼일 끝났다니까. 다음에 볼 일이다."

"말이 되는 소리를 하시오. 다음에 저자가 선생을 다시 만나 준다는 보장이 있소?"

"안 만날 재간이 있을까. 목숨은 누구에게나 하나뿐인 것을."

"선생을 안 만나 주면 저자를 죽이기라도 하겠다는 거요?"

"내가 어찌 사람을 죽일 것이냐? 하지만 월호라면 모르겠군."

마당의 장명등은 곳곳에서 몸을 밝히며 두 사람 사이를 따뜻하게 채웠다. 수도 없이 달린 그 등의 빛줄기는 끝이 어딘지를 몰라 더욱 장관이었다.

"아니, 대체 왜? 분위기 좋았는데?"

"분위기가 좋았느냐? 오호라, 그래. 너는 분위기가 좋았던 모양이로구나. 저 잡상인 놈과 함께."

"말이 왜 또 삼천포로 빠지는 거요?"

"분위기가 좋았느냐? 참으로? 얼마나 좋았더냐? 응? 아주 입이 찢어지던데."

"취했소? 누구 때문에 내가 이 고생을 했는데 입이 찢어지다니?"

객의 시중을 들고 다니는 아랫것들은 둘의 음성에 더욱 고개를 수그린 채 가급적 멀리 떨어져 걸음 했다. 취객의 연애 싸움에 끼어 봐야 좋을 일이 없다는 걸 잘 알고 있었다.

"허, 나 참."

토라진 건지 눈꼬리가 매섭게 치솟은 그녀의 얼굴을 바라본 완은 코웃음을 쳤다. 이내 손을 들며 륜명이 있는 방 쪽을 가리켰다.

"저 잡상인 놈에게 단단히 전하라. 요구 조건을 모두 들어주었으니 내 조건에 대한 답을 가져오라고."

"싫소. 재주껏 선생이 전하시오. 난 찢어진 입이나 마저 더 찢을 것이니."

흥! 홍시는 고개를 홱 돌리며 입술을 꾹 닫았다. 완은 부글부글

한 속을 애써 누르며 그녀를 응시했다.

"흥이라니. 흥, 이라니? 지금 나를 비웃은 것이냐?"

"어머, 그리 들렸소? 그리 안 봤는데 눈치가 상당히 빠르시네."

완은 목덜미를 붙잡으며 입술에 힘을 주었다. 사내 녀석이어야 접박을 하든 으름장을 놓든 할 것인데, 대체 저 입만 살아 나불대는 콩만 한 녀석을 어쩐단 말이지?

간격은 좁아지지 않고, 더욱 깊어진 어둠 속에 장명등이 찬란한 빛을 뿜어내던 그때였다.

"이만 따라오라. 혼자 걷겠다."

"하오나 어찌 대감께서 가시는 길에 이년이 따르지 않을 수 있겠습니까?"

완은 지척에서 들려오는 음성에 두 눈을 크게 떴다. 바람이 헛소리를 실어다 준 것이 아니라면, 그 음성은 분명 좌상의 것이었다.

황급히 주위를 둘러보았으나 숨을 곳이 마땅치 않았다. 움직이기엔 이미 늦은 것도 같았다.

"선생은 대체 내가 뭘 잘못했다고 그리 노려보는 것이오? 진짜 억울해 죽……."

영문을 모르는 용희가 꿍얼거리다가 급히 다가오는 완의 모습에 말을 흐렸다. 찰나에 스치는 생각이라곤 맞게 생겼다, 오늘도 나는 매를 벌었구나, 왜 삐졌냐고 살근살근 물어볼걸 그랬나.

"어, 어찌 이러시오? 알겠소, 알겠소. 내가 미안하오. 일단 내가 선생한테 미⋯⋯."

완은 그녀의 어깨를 단단히 붙잡으며 이도 저도 할 새 없이 품으로 끌었다. 이내 그녀의 얼굴을 두 손에 가득 담고 천천히 입술을 내렸다.

"대감마님, 그럼 살펴가소서."

"알겠다."

선생의 입술이 조금 더 내려왔다. 여차하면 그 살결이 닿을 것만 같아 용희는 두 눈을 크게 떴다. 선생의 얼굴에 닿았다 퍼지는 자신의 숨결이 달아, 관객이 있다는 것도 알아채지 못한 채 용희는 숨 쉬는 법을 그만 잊고 말았다.

먼발치에서 신기형은 두 사람을 바라보며 걸음을 멈추었다.

17화

젖어 들다

예조에서 계하기를.

"가뭄이 극심하여 벼[禾] 싹이 마르고 있으니, 청컨대 보사(報祀)를 그만두고 기우제를 지내소서."

라고 하니, 임금이 길복을 입고 기우제(祈雨祭)에 쓸 향과 축문을 친히 전하였다.

아직 전부 만개하지 못한 매화꽃은 꽃망울을 터트리며 제 몸을 드러냈다.

스쳐 사라질 주제에 부드러운 기운이 담겨 있는 바람이 일었다. 꽃과 나무가 천지를 수놓아 밤이슬이 흐르니, 상대적으로 완의 기운이 더욱 따뜻하게 느껴졌다. 밟고 있는 땅마저 폭신하다는 착각이 일었다. 귀한 것을 쥐듯 두 볼을 감싼 완의 손길이 더없이 따스해, 지금 이 상황을 현실이라 믿기엔 다소 무리가 따랐다.

용희는 간신히 입술을 열었다.

"서, 선생."

실금과도 같은 간극은 더욱 아찔했다. 무엇도 사이로 통과하기 힘들 만큼 완의 입술이 가까워, 한마디도 길게 뱉기가 어려웠다.

약간 비틀어 다가온 선생의 턱 선은 상당히 갸름했다. 사내 얼굴이 이래도 될까 싶을 정도로 모나지 않은 채 매끈하고 고왔다. 드는 생각이란 게 어찌나 부질없는 것들 뿐인지 침착하게 대응할 만한 것들을 뽑아내기도 어려웠다.

"선생······."

그녀가 재차 힘겹게 불러 보니.

"잠시만 있어라."

더욱 애가 탈 만한 답이 돌아왔다.

완이 입술을 움직이자 윗입술 끝이 슬쩍 닿았다. 용희는 손바닥이 노래질 만큼 힘껏 주먹을 쥐었다. 늠연한 기운에 평소 같은 반항도 잊고 만 것이다. 입술이 닿지 않았음을 안도하는 중인지 아쉬워하는 중인지도 모를 만큼 그녀는 혼란스러웠다. 심장이 쿵덕쿵덕 널을 뛰니, 기세로는 하늘까지 올라갈 것만 같았다.

"어찌 그러십니까, 대감?"

그 먼발치, 난데없이 발길을 멈춘 신기형을 바라보던 행수 명실은 갸우뚱했다. 이내 신기형의 눈길이 머무는 곳을 따라 고개를 돌린 명실은 서너 초 눈만 깜빡였다. 매섭고도 날카로운 신기형의 시선은 뭇 사내의 등허리에 꽂혀 있었다. 신기형은 두 사람을 유심히 바라보다 혀를 끌끌 찼다.

"쯧쯧, 망측한지고. 저 꼴이 대체 무어란 말인가."

"예? 아······."

명실은 작은 웃음을 터트렸다. 못 볼 꼴을 보았다는 것처럼 경악하는 신기형의 마음을 이해 못 할 것은 아니었다. 세상천지 둘뿐인 것처럼 등불 아래 남녀가 입을 맞추고 있었다.

"기방에서는 흔히 볼 수 있는 일이지요. 이팔청춘이 아니겠습니까?"

"천한 것들처럼 낯부끄러운 줄도 모르고, 사람이 지나다니는 훤한 길목에 서서 저게 뭐 하는 짓인가?"

보기 싫으면 그냥 가면 될 것을 멈춰 선 채 계속 바라보고 있다. 명실은 별일 아니라는 듯 목소리를 부드러이 깔았다.

"사랑에 눈이 먼 자들에게 무엇이 보인단 말입니까. 안 그렇습니까, 대감?"

굵은 헛기침을 내뱉은 신기형은 천천히 발걸음을 옮겼다. 사내의 널찍한 등판과 훤칠한 신장을 보아하니 어인 일로 동궁이 떠올랐다. 길고 미끈한 동궁의 모습을 꼭 빼다 박았으니 그럴 만도 했다.

"한시도 안 떠오르는 날이 없군. 전생에 무슨 연이었기에."

"예?"

"아니다. 이만 갈 것이니 물러가라."

말세다, 말세야. 신기형은 발길을 옮기며 긴 시간 입을 맞추는

청춘 남녀를 흘깃했다. 그 젊음이, 그 청춘이, 그 열고난 마음이 부러워서 그런 건 아니다. 절대로.

"대감, 살펴 가시옵소서!"

절대로!

○

눈을 감지도 못하고 제대로 뜨지도 못한 채 용희는 긴 시간 숨을 죽였다. 어느 틈엔가 익숙해진 선생의 손길은 낯선 사내의 것이라는 생각이 들지 않았다. 평생을 이렇게 붙잡혀 있을 것만 같고, 빠져나올 길은 생에 없을 것만 같고, 이 품에서 도망치고자 발악하는 일 같은 건 하지 못할 것만 같은, 그런 쓸데없는 생각들만 여전히 부유했다.

마음이 숨을 타고 흘러 쏟아질 것만 같았으나 그 마음이 무언지 알고 싶지는 않았다. 아니, 아무것도 몰라야만 했다.

좌상이 이제 가는 것인가. 흙 밟히는 소리가 나자 완이 눈동자를 움직이며 곁을 주시했다. 불충한 노신이 동궁의 뒷모습을 알아보지 못한 채 멀어져 가니 참으로 다행이었다.

기어이 발소리가 멀어지고 끊어질 때까지, 완은 그녀의 얼굴을 감싸 안은 채 시간을 흘려보냈다. 신기형이 완벽하게 사라지고 나서야 용희에게 시선을 주었다.

"이제 다 되었으니 조금만 더 있어라."

이 얼굴, 놓아야 하는데. 그래야 하는데.

떨어지는 일이 좀처럼 쉽지 않다. 완은 작게 속삭였고, 용희는 그러겠다는 말을 눈빛으로 대신했다. 받아들이기로는 난처한 일이 생겼다, 그리 눈치챈 것 같았다.

이렇듯 방해꾼도 사라진 공간에 서서 그녀에게 집중하니 미처 헤아리지 못했던 것들이 느껴졌다. 탐스러운 입술이 지척에 보이자 맞대고 싶은 충동마저 일렁였다. 결국은 본질을 잊은 채 사내가 된 동궁만이 남았고, 자리했다.

어쩔 바를 모르게 만드는 달금한 그녀의 향기가 코끝을 감돌았다. 더 붙잡고 있다가는 일을 그르칠 것만 같아 완은 서서히 손을 내렸다. 떨어지는 순간부터 그의 손과 그녀의 볼에 아쉬움이 팽창했다.

"하아……."

용희의 입술 사이로 출처를 알 수 없는 탄식이 흘렀고, 완은 조금 더 진한 눈빛으로 그녀를 응시했다.

말아 쥐었던 주먹을 풀며 용희는 자꾸만 숨을 길게 불어 내쉬었다. 완을 바로 볼 수도, 그렇다고 홀로 두근거림에 물들어 수줍은 모습을 하고 있을 수도 없었다.

"대체 뭐요? 놀랐잖소."

한결 가라앉은 그녀의 음성은 어디로 느껴 본들 여인의 것이었다.

"……놀랐는가?"

완은 숫기 없는 용희의 태도가 어지간히 귀엽게만 느껴졌다. 느끼고 생각하는 것들을 그대로 드러내는 기교 없는 눈빛은 사랑스럽기까지 했다. 평소처럼 화를 내지 않는 그녀의 모습을 바라보고 있자니, 차갑고 단정했던 완의 마음에 불이 난 듯 뜨거움이 일었다.

"당연한 것 아니오? 내가 이런 차림으로 있으니 진짜 여인으로 보이는 모양인데, 정신 똑바로 차……."

"그럴 리가 있겠는가. 네 어디를 보아야 여인으로 보인단 말이더냐?"

"무, 물론 그렇겠지만."

하지만 숨을 길게 들이마시자 일렁이던 불길은 금세 소각되었다. 언제 들끓었냐는 듯 또다시 평온해졌다. 세자께서는 심신을 다스리는 법에 능했고, 참고 인내하는 일에 도가 텄으며, 미혹되는 일을 멀리하는 것에 삶의 대부분을 바쳐 왔다.

모든 것은 하고 싶은 것들이 아닌, 해야 하는 것들로만 채워야 했다. 살아온 내내. 살아갈 내내.

"하여간에 참느라 애썼다. 나도 힘들었다."

"또 이런 일 있기만 해 보오. 가만 안 둘 거요."

뱉어 내는 말과는 달리 맥없는 용희를 바라보던 완은 침착하게 표정을 풀었다. 얼마나 놀랐는지 그녀의 얼굴에 홍조가 가득했다. 그 얼굴을 바라보던 완이 조용히 입술을 열었다.

"마주하면 곤란한 사람이 지나기에 잠시 수를 썼다."

"곤란한 사람? 아는 사람을 만난 게요? 지금은 없소? 갔소?"

"갔다. 덕분에 잘 벗어났다."

그래, 동궁께서는 잘 알고 계시다. 바람은 지나가기 마련이고, 머물겠다 고집하면 등 떠밀어 보내 주어야만 하며, 무엇이 떠밀려 온들 내 것이라 믿지 않고, 실려온 만큼 흘러가길 바라야 한다는 걸.

"뭐, 좋소. 누구냐고 묻지는 않겠소. 질문은 금기니까."

"그리하라."

그 바람에 마음을 다해서도, 진심을 바쳐서도 안 된다는 것을.

"이대로 돌아갈 거요? 정말?"

지금 뉘의 마음에 바람을 불어넣었는지 꿈에도 모를 그녀가 두 눈을 올렸다. 투닥거릴 때의 새침한 모습은 어디로 가고, 조용해진 그녀의 눈매는 고왔다.

완은 고개를 끄덕였다. 출궁하며 단 한 번도 예상하지 못한 위험 신호가 고개를 디밀었지만, 당분간은 모르는 척하기로 한다.

그녀가 필요했다. 그것이 어떠한 형태, 어떠한 존재이든 간에. 이 모든 거래가 끝난 뒤 홀연히 궁으로 되돌아갈 때까지. 그때까지.

"가자. 따르라."

딱, 그때까지만.

○

"대체 그자는 누구일까……."

류명은 텅 빈 술병을 바라보았다. 상감께서 보내셨다는 어주는 이미 동이 나고 말았다. 하나 그 술병을 감히 폐기할 수 있으랴. 보관할 요량으로 곁에 세워 두었다.

"그 여인은 대체 누구고."

풍기는 느낌에 평범한 사람들은 아니었다. 생김새만의 문제는 아니었고, 절도 있는 음성만의 문제도 아니었다. 배울 수도, 그렇다고 따라할 수도 없을 그들의 분위기는 어지간한 양반네들 속에서 찾기 힘든 문제였다. 사람깨나 상대했다는 류명은 고스란히 느낄 수 있었다.

"그들은 좌상을 찾고 있는 것이 분명하겠지. 그렇다면 무엇 때문에?"

류명은 완이 주고 간 종이를 뚫어지게 바라보았다.

[사고자 하는 것은 그대가 알고 있는 것들이다.]

몇 번이고 읽으며 륜명은 고개를 갸우뚱했다. 그 선생이라는 자가 관원일 리는 없었다. 관원이라면 이런 수법으로 좌상을 찾으려 들지 않을 테니까.

가장 빠른 길이나 가장 위험한 길. 관원들은 굳이 이런 길을 택해 목숨을 위태롭게 하지는 않을 것이다. 이는 필시 훗날 발각이 되더라도 겸허히 빠져나갈 수 있는 자, 이 거래를 하지 않아도 다른 길을 모색할 수 있는 자.

"좌상을 두려워하지 않을 수 있을 자가 조선에 있단 말인가?"

감이 오지 않아 륜명은 고개를 가로저었다. 짧은 시간 나라의 세자가 스쳐 지났지만 가능하지 않았다. 통역을 자처한 여인이 그토록 말을 짧게 할 리 없었으므로.

제아무리 고관대작의 여식인들 세자에게 그런 무례한 언동을 하고 살아남을 수 있는 자가 있겠는가? 신분을 모르고 일을 도모할 가능성이라는 건 크지 않았다.

이렇듯 아무것도 집히지 않는 일은 처음인지 륜명은 빙그레 미소 지었다. 천천히 미소를 거두며 곁을 돌아본 륜명은 입술을 열었다.

"점점 더 재미있어지겠는데."

"정 궁금하시다면 은밀하게 사람을 붙여 볼까요, 나리?"

"아니, 괜찮아. 슬슬 알아가는 재미가 있는 게지."

처음이었다. 이토록 정체가 궁금한 사내도, 다시 보고 싶은 여인을 만난 일도.

◎

"다들 어딜 간 게요? 오늘은 돌아오지 않는 건가?"

가마를 물린 채 용희는 완의 말에 올라탔다. 인적을 피한 산길은 이들의 주요 행로였다. 경사가 험준한 탓에 말에서 내린 완은 그녀가 타고 있는 말의 고삐를 붙잡고 걸었다. 이 모습을 궐의 누구라도 본다면 대전 앞에 엎드린 채 이마를 찧을지도 몰랐다.

"기다리지 마라. 오늘은 돌아오지 않을 것이다."

완은 짧게 답했다. 용희는 완을 내려다보며 그렇구나, 고개를 끄덕였다. 그들의 부재가 세자인 완에게 어떠한 의미인 줄 알았다면 그렇게 쉽게 고개를 끄덕이지는 않았을 테지.

별일 아니라 여긴 용희는 선생의 곁을 비운 지담과 월호를 이상하게 여기지 못했다.

"그럼 내일은 오는 게요?"

"왜. 벌써 녀석들이 보고픈 것이냐?"

"서, 설마!"

한양까지 갔으니 각자의 사가에 들러 무사함을 알려라. 가지 않겠다 완강히 버티는 두 녀석에게 세자는 그리 명하였다.

"그리 늦지는 않을 것이다. 늦으라 말해도 늦게 오는 녀석들이 아니니."

충신은 반드시 효자의 가문에서 구하는 법이니 자식의 도리를 다하고 오라. 엎드려 명을 거두어 달라 말하던 두 녀석에게 세자는 또다시 그리 말하였다.

"각자 집에 다녀오라 하였다. 장성한 자식이 길 떠나 돌아올 줄 모르니 부모의 심정이 어떠하겠는가."

"그러는 선생은 집에 들르지 않소?"

"나는 되었다."

울퉁불퉁한 돌멩이를 밟으며 완은 중얼거렸다. 그리운 사람이야 한둘이겠냐마는, 한번 들어가면 언제 뒤돌아 나올 수 있을지 모를 궐문 같은 건 넘고 싶지 않았다. 더는 묻지 않을 생각인지 용희도 달리 대꾸를 하지 않았다.

"그나저나 고생이 많소, 나 때문에."

용희는 선생에게 짐이 되는 것 같아 말에서 내리고 싶었지만, 오랜만에 입은 치마는 산행에 여간 불편한 것이 아니었다.

완은 괜찮다 손사래를 치며 하늘을 올려보았다. 습기가 가득하고 눅진한 바람이 밀려드는 것이 곧 비가 내릴 것 같았다. 산을 벗어나려면 한참 남았기에 완은 근심에 뒤덮인 눈매를 하며 속도를 내어 걸었다. 그런 선생의 어지러운 속내를 읽기라도 한 것처럼 용희가 입술을 열었다.

"비가 내릴 것 같지 않소?"

"서둘러야겠다. 중턱만 벗어나면 그럭저럭 빨리 갈 수 있을 테니."

두 사람은 서로를 바라보며 고개를 끄덕였다. 간신히 발 앞을 비추는 횃불이 전부인 지금, 비라도 만난다면 큰 낭패다.

그때였다.

"어어! 선생! 비가 내리는데?"

눈치 없는 비가 한두 방울씩 떨어지기 시작했다. 콧잔등에 빗물이 떨어지자 말은 사납게 숨을 내쉬었다. 그 모습을 바라본 완은 잠시 멈춰 서 용희를 향해 손짓했다.

"위험하니 이제 그만 말에서 내려와라."

"알겠소."

주르륵 미끄러지듯 말에서 내려온 용희는 완을 따라 걷기 시작했다. 투둑투둑, 빗방울은 조금씩 거세지기 시작했다.

"금방 그칠 것 같지 않은데? 안 그러오?"

"말고삐를 붙잡고 잘 따라와라."

완은 그녀에게 말고삐를 넘겨주며 비실비실한 횃불로 앞을 비추었다. 우르르 쾅! 대지를 쪼개는 듯한 벼락불이 일렁이자 놀란 말은 앞발을 들고 울어 댔다.

"어어! 으아!"

힘찬 기운에 그만 고삐를 놓친 용희가 휘청거렸고, 말은 제멋대로 날뛰며 사정없이 앞으로 달려 나갔다.

"조심!"

완은 휘청거리는 용희의 허리를 간신히 붙잡았다. 말은 순식간에 시야에서 사라졌고, 달가닥거리는 소리도 빗소리에 점차 지워졌다. 순식간에 불어난 빗줄기는 강력하게 온몸을 적시기 시작했다.

"말이 도망갔소! 이를 어쩐단 말이오?"

"지금 그걸 걱정할 때더냐! 비를 피해야겠으니 따르라!"

"도망간 말부터 찾아야 하는 것 아니오? 근처에 있을지도 모르는데?"

"주인 버리고 떠난 미물을 찾아 무엇 할까! 속히 따라와라! 더 젖기 전에!"

빗소리가 어찌나 우악스러운지 목청을 높이지 않고는 대화가 되지 않았다. 완은 품에서 손수건을 꺼내 손에 둘둘 말고는 남은 천을 그녀에게 쥐게 했다.

"떨어지면 위험할 것이니 붙잡고 잘 따라와야 할 것이다! 알겠는가!"

"알겠소! 걱정 말고 앞장서시오!"

햇불도 쏟아지는 물줄기에 빛을 잃었다. 완은 무작정 앞을 헤치며 나아가기 시작했다. 근자 들어 봄비가 내리질 않아 나라가 극심한 가뭄을 겪고 있었던 때라, 내리는 비를 아니 반길 수도 없었다. 자신에게는 내리는 비가 불청객일지라도 팔도의 백성들에게는 귀한 손님일 테니까.

"그거 참, 시원하게도 오는구나."

대체 어디를 가야 이 빗줄기를 피할 수 있단 말인지. 완은 온 신경을 집중한 채 사방을 살피기 바빴다.

"꺄악!"

자지러지는 비명에 완이 돌아섰다. 붙잡고 있던 손수건을 놓친 용희가 바닥에 넘어진 것이다. 박힌 돌은 상당히 미끄러웠고, 그녀가 신고 있는 신발 밑창도 미끄러웠다.

"어어! 홍시!"

완은 급히 무릎을 꿇어앉으며 그녀를 바라보았다. 갈 길이 구만리인데 첩첩산중이다.

"다쳤는가! 괜찮은 것이냐!"

"흐어어엉……."

어지간히 아픈지 용희는 울먹거리며 팔과 다리를 문질렀다. 빗줄기는 살벌하게 쏟아졌고, 지척도 분간이 어려울 만큼 주변을 가득 에워쌌다.

"다리를 이쪽으로 내어라! 얼마나 다쳤는지 보아야겠다!"

"흐어어엉……. 내 다리 부러졌나 봐……."

용희는 끙끙대며 다리를 앞으로 옮겼고, 완은 치마를 들추었다. 백옥같이 매끈한 다리가 치마 사이로 모습을 드러내었지만 두 사람 모두 그런 것들을 감흥으로 느낄 겨를이 없었다.

"아야! 아아아…… 아프단 말이오……."

"다행히 부러지진 않았다."

완은 한층 커진 눈으로 그녀의 다리를 살폈다.

"발목을 움직여 봐라. 옳지."

"아파……. 흐어어엉……."

사정없이 부어오른 발목을 보아하니 빗길에 미끄러져 삐끗한 것이 분명했다. 탄식이 절로 흐르는 상황에 그녀의 다리를 붙잡은 완이 작은 한숨을 불어 내쉬었다.

"으아아! 아파 아파! 아파아아!"

슬쩍 만지자 까무러칠 듯이 비명을 지른다. 완은 소란스러운 그녀의 태도에 웃음이 났다. 아니, 사실은 지금 겪고 있는 일들이 기가 막히고 당황스러운 탓에 헛웃음이 터진 걸지도 모르겠다.

"지금 웃은 거요? 사람이 다쳤는데 웃음이 난다고?"

용희가 앙칼진 눈매를 하고 노려보자 완은 손수건을 끌러 발목에 감싸 주었다.

"그러니 조심히 따라오라고 하지 않았는가? 잘 따라왔어야지."

"뭐요? 선생이 하도 빠르게 걸으니 내가 따라가다 이렇게 된 거 잖소!"

손수건을 힘껏 묶자 통증에 용희가 미간을 일그러뜨렸다. 숨기지 못한 신음이 잇새로 흘렀다.

"다 되었다. 일어설 수 있겠느냐?"

"……기다려 보시오."

우르르 쾅! 번갯불이 일자 그녀는 흠칫 놀라 얼굴을 가렸다. 먼저 일어선 완은 그 모습을 바라보다 또다시 헛웃음을 터뜨렸다. 영락없는 여인의 모습을 하고서는 방자한 입술을 놀리는 녀석이라니, 어느 쪽이 진짜 모습인지 모르겠다.

"잡아 주랴?"

내 손을 잡겠는가? 이제는 이런 질문이 몇 번째인지도 모르겠다. 완은 손을 내밀었고, 용희는 얼굴을 가렸던 손을 내리며 그를 바라보았다. 굵은 빗줄기 탓에 눈을 뜨기도 어려웠지만 자신을 향해 다정히 손을 내민 선생의 모습은 선명했다.

"됐소. 혼자 일어서겠소."

기어이 맹랑한 답이 돌아오자 완은 내밀었던 손을 내렸다. 용희는 뿌리박힌 나무 기둥을 지지대 삼으며 일어섰다.

"일어서기도 이리 힘든데 걸을 수 있겠는가?"

"먼저 가오. 다만 조금 천천히 가 주면 따라가겠소."

언제가 되어야 먼저 도움을 청해 오려나. 완은 대쪽 같은 성격에 혀를 내두르며 발을 떼었다. 용희 또한 망설이는 얼굴을 하다가 한 발 내디뎠다.

"아!"

그녀는 또다시 발목을 붙잡으며 주저앉았다. 그럴 줄 알았다는 듯 완은 그녀에게 성큼성큼 다가가 무릎을 굽히며 앉았다. 이제 더는 젖지 않은 곳이 없을 만큼 흠뻑 젖어 버렸다.

"대체 도와 달라는 한마디가 그렇게 어렵더냐? 성깔머리하고는!"

"흐어어엉……. 엄청 뜨겁고 아파……."

"이런 백치가 따로 있나! 발목이 이렇게나 부었는데 당연한 것을!"

완은 기함하는 표정을 하며 큰소리를 냈다. 도와 달라고 하면 누가 잡아먹는단 말인가? 대체 이 무지함은 어디서 나온단 말이지? 하여간 마음에 드는 구석이라곤 하나도 없지 않은가!

"선택해라! 업히지 않으면 두고 갈 것이다! 네놈이 걷기를 바라다간 예서 날을 새고 말 테니!"

동여맨 부위가 어찌나 아픈지 용희는 눈물을 찔끔찔끔 흘렸다.

하지만 완은 더욱 엄한 표정을 지으며 발목을 묶은 수건을 세게 동여맸다. 어린아이를 혼내듯 삼엄한 표정을 이어 가며 완은 용희를 다그쳤다.

"울어도 소용없어. 봐주지 않을 것이다. 뭐 하느냐? 못 들었는가? 두고 가라면 두고 갈 것이니 선택을 하⋯⋯."

우르르 쾅! 쾅쾅!

"꺄아아악!"

또다시 수십 개의 바늘 같은 벼락불이 세상을 번쩍 뒤흔들었고, 고막을 찢을 것 같은 소리에 용희가 완의 목덜미에 매달렸다. 완은 말을 전부 다 잇지 못하고 우뚝 멈췄다.

천둥번개는 서너 번 이어졌다. 세상이 밝아질 때마다 자신의 목덜미를 붙잡고 가슴에 얼굴을 묻은 그녀의 모습이 선명하게 다가왔다.

"무, 무섭소⋯⋯. 두고 가지 마시오⋯⋯."

우렁차게 내리는 빗줄기를 뚫고 섬약한 목소리가 완의 귓가에 내려앉았다. 용희는 두려움에 눌려 차마 고개를 들지도 못한 채 속삭였다. 씹어 삼킬 것만 같은 천둥 번개와 어둠 속을 헤집는 빗줄기는 지옥 불에 떨어진 것 같은 기분을 들게 했다.

"나를⋯⋯ 나를 두고 가지 마시오⋯⋯. 선생⋯⋯."

완은 어정쩡하게 벌린 자신의 팔을 수습하지 못한 채로 눈만 깜빡였다. 그러다가 천천히 용희를 떼어 내며 시선을 바로 맞추었다. 놀라 혼이 쏙 빠진 얼굴인 그녀는 지금 자신이 무슨 행동을 했는지도 잘 기억하지 못하는 것 같았다.

돌아서 등을 내주며 완은 입술을 열었다.

"업혀라."

선생의 심장은 쿵쾅거렸고, 숨 쉬기가 제법 힘이 들었다. 벼락을 맞은 것 같았다.

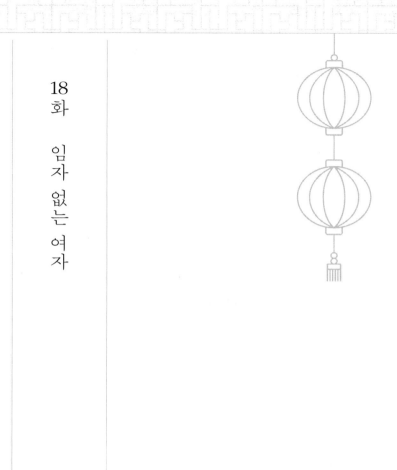

18
화

임자 없는 여자

【해종실록 11권. 해종(偕宗) 17년 4월 27일】

오시(午時)에 햇무리가 졌다. 햇무리 위에 관(冠)이 있었는데 색깔은 안은 혈홍색이고 밖은 천자색이었다.

"무겁지 않소? 괜찮은 것이오?"

얼마나 걸었을까. 완은 그녀를 업은 채 비가 쏟아지는 산길을 올랐다. 한 치 앞도 분간하기 어려우니 속도가 제대로 날 리 없었다.

"힘들면 그냥 나를 버리고 가도 되겠소. 어떻게든 버텨 볼 테니. 내 어찌 선생을 원망할 수 있겠소? 되었으니 이제 그만 나를 버리시오."

"시끄러우니 입 다물고 얼굴이나 닦아라."

아. 용희는 완의 말끝에 손수건으로 그의 얼굴을 닦았다. 그녀를 업느라 두 손을 사용하지 못하니 빗물에 눈을 제대로 뜨기도 어려웠던 것이다.

용희가 앞으로 팔을 뻗은 채 정성껏 얼굴을 닦아 보지만, 흠뻑 물을 먹은 손수건으로 얼굴을 닦는다고 제대로 닦일 리 없었다.

"되었소? 이제 앞이 좀 보이는 것이오?"

완은 눈을 힘껏 깜빡거리며 빗물을 피했다. 단 한 마디도 제대로 내뱉기 어려울 만큼 지쳤지만 완은 이를 꽉 문 채 묵묵히 걸었다. 길 또한 진흙탕이 되어 버려 옳게 가는 건지 분간할 수 없었으나, 본능에 의지한 채 간신히 발걸음을 옮겼다. 남의 속도 모르고 비는 어지간히 대차게도 쏟아졌다.

"선생."

"왜 부르냐."

말 시키지 말라니까 자꾸만 말을 잇는다. 완은 훌쩍 그녀를 올려 업으며 대꾸했다. 하지만 그녀가 말을 꺼내기도 전에, 억울함이 가득한 완의 목소리가 먼저 빗줄기를 뚫었다.

"생쥐처럼 작은 녀석이 대체 어인 일로 이리 무겁단 말이냐?"

"저, 젖었으니까 그런 것 아니오!"

"소 한 마리를 짊어진 것 같다."

"그러니까 버리고 가라고 하지 않았소? 그리 말할 거면 지금이라도 늦지 않았으니 날 두고 가라니까?"

완은 또다시 그녀를 올려 업었다. 팔에 힘이 빠지니 그녀는 자꾸만 밑으로 내려갔다.

"똑바로 업혀라. 힘이 배로 든다."

"나름 열심히 매달려 있는 거요. 업힌 쪽은 뭐, 쉬운 줄 아시오?"

"허어, 언젠가 내가 네 녀석의 그 방자한 입을 비틀고 말지."

"비틀면 나는 가만히 있을 줄 알고? 어디 한번 해 보시오. 내가 선생의 눈썹을 다 뽑아 버릴 테니까."

완은 헛웃음을 터트렸다. 가뜩이나 힘이 부치는데 자꾸만 웃음이 흘렀다. 완이 마치 실성한 사람처럼 웃자 용희는 입술을 삐죽 내밀었다.

"아직 웃을 힘이 남은 걸 보니 힘들다는 건 전부 엄살이었나 보오?"

"하아, 하. 그래, 엄살이다. 됐느냐?"

용희는 미안함이 가득한 눈으로 완을 바라보았다. 한차례 우악스러운 뇌성벽력이 천지를 위협하자 그녀는 젖은 손수건으로 완의 얼굴을 닦아 냈다. 당장에 할 수 있는 일이라곤 고작 이것뿐이었다.

"고맙소, 선생. 내 은혜는 잊지 않으리다."

"잊지 못할 은혜가 어디 오늘뿐이더냐? 전부 다 갚으려면 오래 살아야겠다."

"이렇게 사람 마음을 몰라주다니. 내가 언제 오늘 일만 기억한다 했소?"

업힌 채 선생의 뒷덜미를 내려다보자니, 비로소 그의 몸과 밀착되어 있다는 사실이 전신으로 느껴졌다.

이렇듯 낯선 사내의 손에 붙잡혀 있지만 일말의 거부감이나 불쾌함은 찾아볼 수 없었다. 용희는 천천히 눈을 깜빡이며 손수건을 더욱 꽉 쥐었다.

"춥지 않은가?"

"괜찮소. 선생은 춥지 않소?"

"나는 괜찮다만 네 녀석이 비를 다 맞고 있지 않느냐."

걱정되는지 완이 힐끔 뒤를 돌아보았다. 용희는 괜찮다며 고개를 가로저었다. 여린 몸으로 빗줄기를 받아 내고 있었지만 조금도 춥게 느껴지지 않았다.

"춥거든 젖은 옷이라도 보태 주랴?"

"나는 따뜻한데."

용희는 조용히 대꾸했다. 비바람이 불어닥쳤지만 참을 만했다. 더는 벼락이 무섭지도, 천둥이 두렵지도 않게 되었다. 자꾸만 모든 것이 괜찮아져 갔다.

"따뜻해. 정말이오."

"조금만 더 참아 봐라. 금방 비를 피할 곳을 찾겠다."

장대 같은 비는 속절없이 내리고, 중력을 이기지 못한 물방울은 여러 잎사귀를 타고 흘러내렸다.

용희는 선생의 뒷덜미에 천천히 제 얼굴을 기댔다. 완은 그녀의 움직임을 눈치챘지만 다른 행동은 모두 잊은 채 오로지 앞으로 나아가기 여념이 없었다.

"선생……. 나 졸려……."

"여봐라, 홍시. 자면 안 된다. 금방 찾을 것이니 힘을 내라."

"자꾸 잠이 와서…… 잠이 오는데……."

그녀는 눈을 감은 채 중얼거렸다. 완은 쏟아지는 빗속을 헤집었다. 무슨 조화인지 그의 걸음이 빨라지기 시작했다. 그렇게 나아갔다. 마치 앞을 가로막는 것은 무엇이든 용서하지 않겠다는 것처럼.

◎

"아버지, 안에 계시옵니까? 소자이옵니다."

근심에 싸인 얼굴을 하고 있던 병판은 고개를 들었다. 방문 앞에서 어른대고 있는 그림자는 다름 아닌 아들의 것이었다.

"들어와라."

문이 열리자 물을 잔뜩 먹은 흙냄새가 올라왔다. 아버지는 방 안으로 들어선 아들을 바라보며 펴 두었던 서책을 덮었다. 바람 앞에 무엇이 그리도 위태로운지, 불빛은 꺼질 듯 작아졌다 커지기를 반복했다.

"벌써 가느냐?"

"가야지요. 저하의 곁을 오래 비울 수 있겠습니까."

오랜만에 집으로 돌아온 아들은 채 하루를 머물지 않은 채 돌아가겠노라 말했다. 본디 많은 말을 섞는 부자지간은 아니었으나 아비는 아들의 장성함을 대견히 여겼고, 아들은 아비의 강직함을 존경으로 받들었다. 그런 핏줄이었다.

"비가 이리 쏟아지는데 갈 수 있겠느냐?"

"천지가 쪼개져도 가야 합니다."

병판은 아들의 대답에 천천히 고개를 끄덕였다. 처음엔 원자의 배동으로, 다음엔 세자의 익위사로, 아들은 그렇게 세자의 사람이 되었다. 그 자리가 어떠한 자리인지 아비도 아들도 잘 알고 있었다.

"익위사는 그림자다. 절대로 색을 갖출 수도, 빛을 내어서도 아니 된다."

"예, 아버지."

"오로지 받들어야 할 그분의 명 아래 존재하는 것이다. 알겠느냐."

"예. 새겨듣겠습니다."

두런두런한 대화를 이어 가다 보니 밖에서 흙 밟는 소리가 들렸다. 아마도 또다시 먼 길을 떠날 아들을 차마 붙잡지 못하는 어미의 발길인 듯싶었다.

"가기 전에 어미 얼굴이나 한 번 더 보고 가라. 밤잠 설치기가 일쑤니."

"예. 알겠습니다."

아들은 고개를 짤막하게 수그리며 답했다. 오랜만에 상봉한 어머니의 얼굴은 생각보다 초췌했다. 제아무리 명예로운 일 앞에 아들을 못 보게 되었다지만, 바람 소리만 들어도 문을 열어 보게 되는 어머니의 마음은 남달랐던 것이다.

가기 전에 어머니 손이라도 한 번 더 잡아 드려야겠다. 아들은 아버지와의 대화를 끝내며 무릎을 세웠다.

"······저기 말이다."

채 일어서지 못한 아들은 아버지를 향해 시선을 주었다. 부딪힌 눈빛은 안온하지 못해, 아들은 아버지를 향해 조용히 되물었다.

"말씀하소서."

병판은 다시 무릎을 내려 꿇어앉은 아들을 바라보며 말을 아꼈다. 번뇌로 가득 찬 머리는 여전히 복잡스러웠다.

'병판, 지금 내게는 동궁의 일거수일투족이 필요하오.'

하오나 무슨 말을 할 수 있겠는가. 동궁을 뫼시는 일에 한목숨을 다 바친 아들에게.

'아비가 잘못된다면 그 아들은 어떻겠소?'

그것만이 삶의 길이요, 절대적인 숙명으로 여기고 있는 아들에게 일신의 안위를 위해 정의를 버리라고. 불의와 타협하라고.

'죄를 입어 궐을 떠난 아비의 자식을 동궁의 익위사로 두겠는가? 감히?'

그런 말이, 떨어질 리 있겠는가.

"아버지."

아들아, 난세의 영웅은 본디가 고달픈 법이다. 어지러운 시국일수록 빼어난 영웅이 모습을 드러내는 법이다. 내리는 비를 맞아야 한다면 고개를 수그리지 마라. 그 길을 걸어야 하거든 덤덤히 헤쳐 가거라. 그것만이 우리 가문이 존재하는 이유니라.

"아버지, 무슨 말씀을 하려 하시기에……."

"되었다. 몸 성히 다녀오라."

병판은 짤막하게 말을 자르며 어서 나가 보라 손짓했다. 그런 아비의 수상한 기운을 느낀 걸까. 아들은 쉽게 일어서지 못한 채 잠시 머뭇거렸다. 덮었던 서책을 펴며, 병판은 아들을 향해 나직하게 입술을 열었다.

"다시 만날 날까지 동궁을 뫼시는 일에 최선을 다해야 한다."

밖에선 손수 만든 주먹밥을 가슴에 품은 채 서성거리는 어머니가 기다리고 있었고, 애타는 마음을 해갈이라도 하려는 듯 빗줄기는 줄기차게 떨어졌다.

참으로 곱고 예쁜 비단길이다. 용희는 비단 옷자락을 너풀거리며 신이 땅바닥에 완전히 닿기도 전에 다음 발을 내디뎠다.

폴짝폴짝 뛰며 간드러지는 웃음을 사방에 수놓았다. 날갯짓이 고운 나비가 팔랑이며 앉아 있던 꽃을 떠났다. 꼭 그린 것처럼 예쁜 나비가 따라오라는 듯 날아가니, 용희는 자연스레 나비를 따라 가벼운 발걸음을 옮겼다.

'아버지! 어머니! 오라버니!'

자신을 향해 손짓하는 가족을 부르며 용희는 환히 웃었다. 어서 오라 손짓하고 있는 오라비의 눈매는 너무나도 다정했다.

마음이 조급한 탓에 발걸음은 조금씩 빨라졌다. 한데 아무리 달려도 가까워지지 않고, 달려도 달려도 그리운 손길과는 닿지 않았다.

그녀가 꿈길을 헤매고 있을 때, 완은 용희의 뺨을 살살 때렸다.

"여봐라, 홍시. 정신을 좀 차려 봐라."

미동도 없으니 완은 그녀의 이마에 손을 가져다 댔다.

여전히 꿈길을 헤매고 있는 용희는 부모님께 닿을 수 없음을 수상하게 느끼며 더욱 빨리 달렸다.

'아버지! 어머니! 오라버니!'

숨이 턱 끝까지 차오를 만큼 달려 보았으나 닿지 아니하고, 나비는 어느새 자취를 감추었다.

'소녀를 데려가시어요! 아버지! 아버지! 조금만 더 기다려 주세요!'

자신을 향해 손짓하던 가족들은 천천히 돌아섰고, 마치 어디론가 떠날 것처럼 조금씩 멀어져 갔다. 목이 터져라 부모님을 부르며 그녀는 정신없이 달렸다. 수려한 절경 따위 아무것도 시선에 들어오지 않았다.

"열이 제법이네. 이를 어찌한다."

완은 난감한 표정으로 그녀를 응시했다. 임시방편으로 간신히 찾은 동굴은 사람이 머물기에 형편없었지만 달리 방도가 없었다. 설상가상 그녀의 몸은 불덩이처럼 뜨거웠고, 의식을 차리지도 못했다.

"피우긴 피웠다만 불이 오래가지 못할 것 같다."

그래도 천만다행히 동굴 안쪽에서 불쏘시개를 할 만한 것들을 찾았다. 겨우 사람 손바닥을 합친 것 같은 불길이 올랐으니 대단한 온기를 기대하기엔 역부족이었지만, 지금은 유일한 생명 줄과도 같았다.

"약을 달여 먹어야 할 텐데. 그때까지 버틸 수 있겠느냐."

완은 중얼거리며 맥을 짚었다. 희미했고, 불규칙했다. 천천히 그녀의 손목을 놓으며 완은 밖을 바라보았다. 여전히 세찬 빗줄기는 무자비하게 쏟아졌다. 때마침 그녀가 몸을 움찔거렸다.

"어어, 홍시! 정신이 드는 것이냐!"

꿈이 어쩜 이렇게도 잔인하단 말인가. 용희는 미간을 좁혔다.

헐떡거리며 달리다 보니 천천히 제 어머니가 돌아섰다. 자신을 향해 손을 뻗으며, 손잡고 함께 가자 속삭이는 것 같았다. 죽을힘을 다해 달리다 보니 간격은 조금씩 가까워졌다. 가족들의 모습이 성큼 다가선 것이다.

그녀는 허공으로 팔을 뻗었다.

"정신이 드는가? 눈을 떠 봐라!"

완은 허겁지겁 그녀의 머리를 들며 가슴으로 안았다. 두어 번 볼을 툭툭 건드려 보았으나 팔만 허공으로 뻗은 채 허우적거릴 뿐, 달리 정신이 돌아온 것 같지는 않았다.

"여봐라, 홍시. 홍시! 정신을 차려 봐라!"

어머니의 손끝이 닿을 것만 같아 용희는 더욱 힘껏 앞으로 팔을 뻗었다. 어머니의 손끝이 살짝 스치던 그때 용희의 두 눈이 번쩍 떠졌다.

"……아! 어머니!"

식은땀이 흥건한 얼굴로 그녀는 애타게 제 어머니를 외쳐 불렀다.

"어머니! 어머니! 소녀도 데려가시어요!"

그 애타는 목소리에 완의 입술이 작게 벌어졌다. 소녀도 데려가라, 그녀는 그리 말했다.

"어머니……. 아…… 어머니……."

"괜찮다. 괜찮다."

완은 발버둥 치는 그녀를 감싸 안았다. 현실을 부정이라도 하듯 그녀는 세찬 도리질과 함께 발버둥을 쳤다. 그럴수록 더욱 힘껏 그녀를 품에 가둔 채 완은 괜찮다는 말만 되풀이했다. 추측이랄 것도 없이 그녀는 가족을 애타게 찾았고, 만났으나 다시 헤어졌고, 그러함에 현실과 꿈을 구분하지 못하는 중이었다.

"아아…… 가지 마세요……. 가지 말아…… 아버지……."

"괜찮다. 괜찮아."

얼마나 악을 쓰며 가족을 외쳐 부르는지, 빗소리보다 더욱 구슬픈 음성이 동굴 안을 가득 메웠다. 조금씩 발버둥이 느려지고 힘이 빠지는 듯싶더니, 결국 용희는 힘을 잃고 고개를 떨구었다.

"어…… 머…… 니……."

굳게 닫힌 눈을 보니 또다시 혼절한 것 같았다. 완은 그녀의 코 아래에 손을 가져다 대 보고는 짧게 숨을 내쉬었다. 품에 안고 있자니 열이 얼마나 뜨거운지 느낄 수 있었다.

"열이 갈수록 더 심해지니 큰일인데."

달리 할 수 있는 일이 없기에 완은 겉옷을 벗어 그녀의 몸에 둘러 주고는 팔베개를 해 주었다. 걱정이 가득한 눈길로 그녀의 옆모습을 바라보자니 온갖 측은함이 밀려들었다. 물에 젖은 녀석이 또 어찌나 작아졌는지, 보듬어 주지 않고는 견딜 수 없을 만큼 처량하고 딱했다.

"자다 보면 추울 것인데. 옷이 금세 마르지도 않을 테고."

너는 무슨 사연으로 가족을 잃었느냐. 무슨 사연이기에 꿈에서나 가족을 찾아가는 것이란 말인가.

"잠시만 실례하겠다."

완이 팔을 구부리자 자연스럽게 그녀가 품으로 밀려왔다. 겉옷을 잘 여며 목 끝까지 덮어 준 뒤 품 깊이 그러안았다. 그리고 같은 꿈을 꾸는지 자꾸만 움찔거리는 그녀를 다시금 천천히 보듬어 주었다.

"떨어져 누우라고 일어나 따귀라도 때려 보아라. 흔쾌히 맞아 줄 것이니."

일정한 박자로 그녀를 다독이던 완은 천천히 눈을 내리깔았다. 그녀의 이마에 입술이 닿을 것 같았지만 그 간격만큼은 유지하기로 한다.

"그게 아니라면 다 잊고 편히 잠을 청해 주면 좋겠다."

완은 그녀를 안은 손에 힘을 주며 나직하게 중얼거렸다. 동굴

입구를 때리는 빗줄기는 자장가처럼 들려왔다.

어느덧 그녀는 쌔근쌔근 잠이 들었고, 완은 하염없이 그녀를 토닥였다. 밀려 있던 비가 한꺼번에 쏟아져 내리는 듯, 바닥을 두드리는 빗줄기는 그칠 줄 몰랐다.

◎

여전히 의식을 차리지 못하는 용희를 업고 완은 기어이 마을까지 내려왔다. 밤새 내린 비는 멎을 기미가 없으니, 용희를 동굴에 계속 둘 수 없었기 때문이다.

"대장! 데리고 왔습니다!"

"어서 와라."

지담의 음성에 평상에 앉아 있던 완은 자리에서 일어섰다. 녀석의 뒤로 허리가 구부정한 노인이 작은 꾸러미를 들고 들어섰다. 의원을 불러온 것이다.

"우선 대장께서도 진찰을 받아 보시는 것이 좋……."

"난 되었으니 의원인 자에게 저 녀석이나 보여라."

"예, 대장."

완은 말끝에 노인을 의미심장한 눈빛으로 바라보았다. 속을 긁어내는 기침을 연신 토하는 노인은 의원이라기보다 병자 쪽에 가까운 것 같았다.

"의원이 맞는가?"

"썩을! 불렀으면 병자나 데려올 것이지 뭔 말이 이렇게 많아! 쿨럭!"

의원이 완을 향해 되알진 욕을 뱉자 지담이 눈을 희번덕거렸다.

"이런 미친 노인네를 보았나. 노망이 들지 않고서야 뉘 안전이라고 지금 막말을……."

"내가 살면 얼마나 더 산다고 새파랗게 어린놈들한테 고개를 수그려? 사람 잘못 봤어! 이놈들아!"

"허! 이 노인네가 진짜!"

지담이 이를 갈자 또다시 월호가 말리는 익숙한 상황이 펼쳐졌다.

"볼일 없으면 난 이만 갈까? 노망난 늙은이가 무슨 병자를 본다고."

"되었으니 의원의 신분으로 왔으면 병자나 보아라."

유별나게 잘난 사람 넘쳐 나는 조선이다. 완은 그러려니 하며 노인을 어르고 달랬다. 뭐가 그렇게도 분한지 노인은 자꾸만 구시렁거렸다.

"다 죽어 가는 노인을 태우고 말을 그렇게 빨리 달려? 저승길 가는 줄 알았네. 이런 염병할 놈."

"에, 염병할 놈? 염병할 노오옴?"

지담은 월호에게 붙잡힌 채 허공에 발길질을 했다. 그래도 노인의 찰진 욕은 그칠 줄 모르고 이어졌다.

의원을 발견한 지담이 그 노인을 낚아채듯 말에 태워 눈썹 휘날리도록 달려온 것이다. 멀미가 나는지 노인은 자꾸만 이마를 짚으며 큰 소리로 다그쳤다.

"아! 지랄들 고만하고 병자 어디 있어!"

"……따라오쇼!"

지담이 앞장섰고 완과 월호도 그 뒤를 따랐다. 용희가 누워 있는 곳에 도착한 노인은 방 안을 들여다보다가 뒤돌아 말했다.

"여기 있어! 성가시게 따라오지 말고!"

세 남자는 우뚝 멈춰 섰고, 노인은 쿵 문을 닫으며 사라졌다. 이내 엄청난 소리의 기침이 이어졌다.

"지담아, 데려온 저 노인이 의원 맞는가? 참으로?"

완은 작은 탄식을 내뱉으며 그 바깥을 서성였다.

"저도 긴가민가했으나 그곳 말로는 무척 용한 의원이라 했습니다."

"허어, 진맥하다 객사나 하지 않으면 다행으로 보인다."

"상감이 앓아 누워도 이렇게 급히 오지는 않는다며 욕을 한 바가지로 했습니다."

"콜록! 코올록! 콜록콜록!"

가래가 들끓는 기침이 이어지자 완은 오만상을 찌푸렸다. 아무리 봐도 진맥을 하는 것 같지 않아 문을 열려고 할 때, 벌컥 문이 열렸다. 앉은 자세로 고개를 내민 노인은 몇 번의 기침 끝에 입술을 열었다.

"콜록콜록. 이 처자 누구여? 임자 있어?"

"그게 무슨 말이오?"

방문을 조금 더 열자 여전히 의식 없는 용희가 보였다. 세 남자는 뜻을 몰라 멀뚱히 바라보았다.

"아, 고뿔이잖여! 저러고 젖은 옷 입혀 둘 거여?"

노인은 뭐 이렇게 멍청한 자들이 다 있냐는 표정으로 혀를 찼다.

"열이 철철 끓는데 저러고 옷을 입혀 놨으니 폐렴이 오는 것은 시간 문제지! 마른 옷을 입혀야 할 것 아녀! 마른 옷! 이런 답답한!"

노인이 삿대질을 하며 호통 치지만 여전히 세 남자는 멍하니 입술만 벌렸다. 힘겹게 일어선 노인은 후들거리는 다리로 밖을 나섰다. 염려가 내려앉은 눈매를 한 완이 노인에게 한걸음 다가섰다.

"이보게, 병자는 괜찮은 것인가?"

"이런 니미럴! 말해 줘도 몰라? 저러고 약을 삼켜 봐야 무슨 소용이 있다고?"

완은 잠시 눈을 감고 심호흡을 길게 했다. 여기저기서 개무시를 당하는 요즘. 얼마나 많이 당했으면 솔직히는 놀랍지도 않다.

"뭣들 하고 있어? 저 처자 임자 없어?"

"아, 뭐……."

셋은 웅얼웅얼 말꼬리를 흐렸다. 의미심장한 눈빛으로 세 남자를 바라보던 노인은 방 쪽을 가리켰다.

"그럼 내가 갈아입혀 줘? 내가 이래 봬도 여인 옷 갈아입혀 줄 체력은 있는데 말여?"

세 남자는 노인의 제안에 허둥지둥 손을 저었다. 그러자 노인은 더욱 한심하다는 표정을 지었다.

"나는 가서 약을 달일 것이니 옷을 갈아입히든지 저대로 뒈져 버리게 놔두든지! 알아서 하라고!"

쿨럭! 쿠우울럭! 노인은 귀가 벌게질 정도로 기침을 하며 사라졌다.

"허어, 이거 참."

노인의 말만 곱씹던 완은 뒤를 돌아섰다. 방자했던 노인네의 말들도 잊힐 만큼, 아무래도 세 남자는 몹시도 난처했던 모양이다. 따로 부탁할 곳이 있는 것도 아니요, 가급적 빨리 옷을 갈아입혀야 하는 것을. 대체 이 일을 어찌한다?

"후."

완이 짧게 한숨을 내쉬자.

"휴."

월호가 짧에 한숨을 내쉬었다.

"휘유우."

끝으로 지담이 긴 한숨을 내쉬더니 번쩍 고개를 들었다. 드디어 결심한 모양이다.

"대장, 본디가 험한 일은 제 담당이 아니겠습니까? 할 수 없이 제가 눈 딱 감고 다녀오겠습니다."

지담이 인사하며 발길을 돌리려고 하자 월호가 어깨를 붙잡았다.

"네놈이 언제부터 궂은일을 도맡았다고 이러느냐? 궂은일은 내 몫이 아니더냐? 대장, 그럼 제가 다녀오겠습니다."

월호는 지담을 말리며 발길을 옮겼다. 그러자 완이 녀석의 어깨를 붙잡았다.

"되었다."

쿨럭, 쿠울러억! 약을 달이는 노인의 굵은 기침이 연이어지고, 완은 월호를 향해 진지하게 말했다.

"항시 너희들을 챙기던 나다. 이번 일도 내가 처리할 것이니 괜한 수고하지 마라."

서로를 위해 궂은일을 도맡아 하려는, 정말이지 눈물 날 정도로 우애 깊은 세 남자였다.

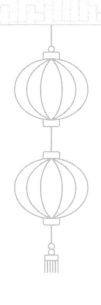

19
화

잇거나 잊지 않거나

【해종실록 11권. 해종(偕宗) 17년 2월 6일】

대언들이 아뢰기를.

"유심히 생각건대 부인병을 앓으면 남성 의원이 병을 살피니, 대부분이 그것을 부끄러이 여겨 병을 내보이지 않고 목숨을 끊는 경우가 많습니다. 청컨대 의녀는 그 수가 너무 적어 실효를 보는 자가 극히 일부이니, 총명한 여인에게도 의술을 확대시켜 주시옵소서."

하니 임금이 그대로 윤허하였다.

"어서 납시옵소서, 전하."

"중전께서는 무얼 하고 계시었소?"

"신첩, 자수를 놓고 있었습니다."

중전은 불시에 찾아든 지아비를 맞이하며 다정한 미소를 그렸다.

지엄한 왕가의 법도 아래 부부의 모습은 평범한 사람들과 많이 달랐지만, 은연중에 내보이는 다정함까지 감출 수는 없었다. 왕은 상석에 자리하며 바늘이 꽂혀 있는 수틀을 바라보았다.

"이번엔 뉘를 주고자 만드는 것이오?"

"상대가 있겠습니까. 그저 손이 가는 대로 만드는 것입니다."

심심풀이라 보기엔 여간 훌륭한 솜씨가 아니다. 세심한 성격의 중전은 이렇듯 자수에 일가견이 있었다. 큰 선물을 하사하는 일은 세간의 이목을 끌기에, 중전은 평소 마음을 주는 자들에게 자수를 놓은 손수건을 선물하곤 했다.

"중전."

"예, 전하."

수다스럽지 않은 중전이 말을 아끼자 왕은 입술을 열었다. 중전의 타는 속내가 훤히 보이는 것만 같았다.

"세자가 보고 싶지 않소?"

"아들은 그립지만 세자는 기다리지 않습니다."

전부를 알지는 못했지만, 세자인 아들이 요양을 떠난 건 아니라는 것쯤은 중전도 알고 있었다. 행여 험한 일을 할까 하루에도 몇 번씩 염려스러웠으나, 우리 세자가 어디를 갔느냐고 언제쯤 돌아올 수 있겠냐고 단 한 번 지아비를 채근한 적 없는 중전이었다.

"미안하오. 중한 일이다 보니 중전에게도 말하지 못하고 있음을 이해해 주시오."

"여부가 있겠습니까. 자식이기 전에 나라의 국본이옵니다. 신첩은 괜찮으니 심려치 마시옵소서, 전하."

이팔청춘의 어느 날 부부의 연을 맺고 어언 수십 년. 이제는 자잘한 주름살이 두 사람의 눈매를 수놓았다. 오랜 시간 동안 서로는 서로의 음성과 눈빛만으로 심중의 뜻을 읽어 내는, 그러한 재주를 겸비하게 된 것이다.

중전은 현명하게 생각했다. 아들은 필시 그 누구도 할 수 없는 일을 하러 떠난 것이라고. 조정 안 그 누구도 대신할 수 없는, 그 누구에게도 맡길 수 없는 일을 명받았을 거라고.

"이번에 인사이동이 많았으니 여기저기 난잡한 말이 많을 테지. 중전께선 어찌 감당하는 게요?"

"전하의 바른 처결이셨으리라 받들고 있습니다."

"그러한가."

피바람은 그칠 줄 모른 채 궐 안으로 불어 들었다. 근자에 들어 많은 이들이 조정에서 잘려 나갔고 새로운 인물들이 대거 영입되었다. 가끔은 지아비의 명이 아닌 것만 같은 처결에 고개를 갸우뚱했지만 전하의 깊은 뜻이 있으리라, 중전은 그리 믿기로 했다.

한참 후, 중전이 입술을 열었다.

"영상의 자리가 비어 있사온데, 언제까지 비워 둘 수는 없는 것 아닙니까?"

"그러게 말이오. 이제 자리를 채워야겠지."

왕은 답하며 짧은 숨을 내쉬었다. 영상의 사가에 불이 났다는 소식을 전해 듣고 얼마나 가슴 치며 눈물을 쏟았던 중전이던가. 당색을 떠나 마음을 주고받은 몇 안 되는 관계였음을 왕은 모르지 않았다. 은연중 그의 여식을 세자의 짝으로 마음에 담고 있었다는 것 또한 잘 알고 있었다.

"중전의 의중은 어떠하오. 염두에 두고 있는 사람이 있소?"

"누가 되었든 신료의 도리를 할 수 있는 자가 전하의 성심을 어루만질 수 있다면 좋겠습니다."

모든 것이 소멸했으니 빈 공간을 채워 줄 누군가가 필요했다. 중전이 곱게 웃자 왕은 따라 미소 지었다.

"중전이 이토록 내 마음을 어루만지니, 다른 누가 필요할까?"

"당치 않으시옵니다. 인재를 적재적소에 등용하시어 성군의 이름을 만세에 남기소서."

답이 만족스러운지 왕은 껄껄 크게 웃었다. 하지만 얼마 가지 않아 그 웃음은 소리 없이 사라지고 말았다.

"중전, 내 말 단단히 들으오."

영의정도 세자도 비어 버린 궐 안은 그 어느 때보다 어지러웠다. 벌 떼처럼 모여드는 상소와 주청 속에 숨겨진 진실을 판별하기란 여간 어려운 일이 아니었으므로.

"이 나라가 어디서부터 잘못되었는지 잘 알 수 없으나, 이제 그 뿌리를 뽑아내려 하오."

"그 무슨……."

"얼마나 긴 싸움이 될지 모르겠소. 하지만 고여 썩은 물은 전부 파낼 것이니."

374

왕의 말끝에 중전은 두 눈을 동그랗게 떴다. 지아비가 무슨 생각을 하고 있는지, 무엇에 그런 말을 하는 건지 알 수 없었다. 혹 세자의 출궁이 지금 이 일 때문일까?

모두 다 이해할 순 없었지만 중전은 그저 고개를 끄덕였다. 왕은 이만하면 되었다는 표정을 지었다.

"세자가 돌아오면 간택을 더 미룰 수는 없을 것이오. 부디 심사숙고해 주기 바라오, 중전."

"예. 잘 새겨듣겠습니다, 전하."

"내 절대로, 이러한 조선을 세자에게 물려주지는 않을 것이오."

조선의 임금께선 천지를 가득 에워싼 사특한 기운을 거둬 내기로 했다. 그리고 그날이 머지않았노라 확신했다.

◎

"예? 대장께서 직접요?"

지담은 입술을 멍하니 벌렸다. 이어 못 들을 말을 들었다는 것처럼 세차게 도리질을 쳤다.

"안 될 말입니다. 대장께서 직접 하실 일이 아닙니다."

"될 말이다. 내가 직접 해도 될 일이고."

"갓난아기 기저귀 천 갈아 주는 일이 아닙니다, 대장."

"허어, 그 일은 지담 네가 더 잘할 성싶다."

완이 다시 발길을 돌리려 하자 이번엔 월호가 막아섰다.

"어찌 이런 험한 일까지 하려 하십니까. 맡겨 주십시오."

"너희들은 저 노인이 약을 잘 내리고 있는지 가서 살피라. 영 미심쩍은 곳이 많은 자다."

"제가 하겠습니다! 대장! 제가……."

지담이 붙잡아 보지만, 완은 비켜서라며 손을 작게 흔들었다. 문 앞에서 세 남자는 팽팽하게 대치했다.

완은 질색하는 표정으로 두 사람을 훑었다. 이것들이 비켜서래도 비키지 않고 아주 이젠 대놓고 반항한다. 이 와중에도 홍시는 시름시름 앓고, 시간은 유유자적 흘러갔다.

"아, 뭐 혀! 그러고 서서 사람 죽일 거여? 에라이, 간댕이 작은 놈들!"

노인은 되알진 욕을 뱉으며 역정을 냈고, 완은 지담과 월호를 물린 채 방문을 열었다. 제 손으로 문을 닫아 본 적 별로 없는 완이 어인 일로 쿵 소리가 나도록 닫자, 지담과 월호는 서로 바라보았다.

"올해 안에는 갈아입히실 수 있으려나. 그런 일은 내가 제격인데. 안 그러냐, 월호?"

"닥치고 가서 저 노인이나 어떻게 해 봐라."

"노인네 치다꺼리야말로 네놈이 제격이지."

놀리는 말투로 지담이 약 올리자 월호는 단칼에 자르며 농을 끊어 냈다.

"말조심해라. 내가 네놈 몸뚱이에 수의를 입힐지 모르니."

"오호라! 드디어 해 보자는 거냐? 여기가 바로 우리의 역사적인 공간인가?"

"……."

"왜 또 말을 안 하는 것이냐? 말 같지 않다 이건가?"

"……."

"말을 하라고! 대구를 하란 말이다, 무시하지 말고!"

오늘은 어째 손발이 잘 맞는다 싶었다. 두 사람은 옥신각신하며 그녀의 처소 앞을 지켰다.

처소 안팎으로, 정신을 못 차리는 사람들뿐이었다.

◎

홍시의 얼굴에 식은땀이 흥건하다. 완은 그런 그녀를 내려다보다가 자리에 앉았다. 열을 내뱉다 보니 입술이 버석하게 말라, 바라보기 여간 안타까운 일이 아닐 수 없었다.

"후."

완은 이불을 들췄다. 젖은 몸으로 누워 있었던 탓인지 뜨거운

김이 느껴졌다. 제대로 대처하지 못해 병세가 악화된 것만 같아 마음이 좋지 않았다.

완은 오래도록 마음을 다잡은 후에야 천천히 손을 뻗어 옷고름을 붙잡았다.

"이해하라. 안 해도 할 수 없지만."

슬그머니 옷고름을 당겨 보았다. 생각보다 쉽게 풀리는 것 같아 완은 화들짝 놀라 손을 내렸다. 마치 나쁜 짓을 하다 걸린 사람처럼 더운 열기가 치솟았다.

'병자 두고 잘헌다! 이 색마 같으니라고!'

멍하니 그녀를 바라보며 시간만 죽이고 있을 때, 어디선가 노인의 목소리가 들리는 것 같은 환청이 일었다. 완은 마른침을 꿀꺽 삼켰다.

'그러다 폐렴이 온다고, 이 멍청한 놈아!'

폐렴이 오면 열에 아홉은 치료가 힘들었다. 뜸과 침, 혹은 약제 등에 기대어 치료를 했기에 내장에 깃든 병은 손쓰지 못하는 경우가 허다했다.

'그대로 두면 죽어! 죽는다고!'

사람을 살리는 일이라고 마음먹어도 좀처럼 쉽지가 않다. 완은 다시 한번 침착하게 심호흡했다. 식은땀을 철철 흘리는 홍시 얼굴을 바라보다, 결심한 듯 다시 옷고름을 붙잡았다.

"폐렴 걸리게 두고만 볼 수는 없으니까 말이다."

처음과는 달리 단숨에 끌렀다. 그녀의 목덜미를 안아 일으켜 축축한 저고리를 벗겨 냈다. 살갗이 비치는 홑겹 저고리도 마저 끌렀다. 치마끈으로 힘껏 동여맨 까닭에 부푼 가슴은 여인이라는 명확한 증명을 해 주었으나 더는 놀랍고 말고 할 상황도 아니었다. 맨살의 보들보들한 기운이 느껴졌지만 그 역시 미혹하지 않았다.

"본 것은 전부 잊을 것이니, 너도 잊어라."

기억에 담아 좋을 것 없는 모든 것을 먼지처럼 흩날렸다. 다만 해야 할 일에 묵묵히 집중할 뿐. 완의 숨소리도 맥박도 모두 일정했다.

힘없이 축 처진 그녀를 에둘러 감싸 안은 채 심혈을 기울인 부드러운 손길을 더해 옷을 입혔다. 이토록 작은 그녀가 품 안에 있는 일은 이제 익숙했다.

와중에 자꾸만 제 입술을 깨물게 되었다. 오늘따라 어깨는 왜 이리 가늘어 보이는지. 얼굴은 또 왜 이리 아파 보인단 말이냐. 핏기 하나 없는 손등은 얼마나 처량하며, 꿈쩍도 하지 않는 눈꺼풀은 또 어떻고. 바라볼수록 마음만 착잡해져 더는 시선을 주기도 어려웠다.

"궐에 일러 원기 회복에 좋다는 약을 지어 오마. 조금만 버텨 보아라."

들어 주면 좋으련만. 그녀는 여전히 꿈길 어딘가에 멈춰 있는 것 같았다. 차라리 언동 고약한 홍시의 모습이 그리웠다. 이렇듯 힘없이 누워 있는 얼굴은 보고 싶지 않았다.

"이 땀 좀 보라. 탈진하겠다."

뽀송뽀송한 옷으로 갈아입은 용희를 눕힌 완은 마른 수건으로 그녀의 이마를 닦았다. 열에 들뜬 숨소리만으로도 그녀가 지금 얼마나 힘겨운 사투 중인지 알 것 같았다. 대신해 줄 수 있는 것도, 그렇다고 아픔을 나눌 수 있는 것도 아니다 보니 이렇듯 바라만 보고 있을 뿐. 멈춰 있는 시간은 누구에게나 곤혹이었다.

그때였다. 기별도 없이 문이 열리며 노인이 고개를 들이밀었다.

"무슨 일인가?"

완은 노인을 향해 물었고, 노인은 기도 안 찬다는 듯 눈꼬리를 올렸다.

"웃기고 자빠졌네! 일은 무슨 일! 약 안 먹일 거여?"

저 정신 나간 노인네는 목숨이 백스물한 개 정도 되는 모양이다. 밑도 끝도 없이 막말을 하고 다니며 여태까지 목숨을 부지한 것이 경이로울 지경이었다.

노인은 말끝마다 역정을 내며 약그릇을 방 안으로 밀었다. 남은 목숨이 하나씩 차감되고 있는 줄도 모르고, 노인은 서두르라며 목청을 높였다.

"일단 이거라도 먹여! 열부터 떨어트려야 하니까!"

"알겠다."

"알겠다는 개뿔이나 알겠다여. 웃기고 자빠졌네."

몸에 화가 많은 노인이 중얼거리며 방문을 쿵 닫고 가자 완은 약그릇을 들었다. 진득한 색의 탕약은 바라만 보아도 쓰게 느껴졌다. 깊은 약재 향이 올라와 완은 저도 모르게 미간을 슬쩍 구겼다.

한데 이걸 어찌 먹인다? 완은 노인이 함께 가져다준 수저를 이용해 탕약을 한술 떴다.

"이런, 약을 옷으로 먹게 생겼다."

그녀의 입에 넣기도 전에 줄줄이 흘렀다. 아무리 조심해도 누워 있는 그녀에게 약을 먹이기란 쉬운 일이 아니었다.

이렇게도 해 보고 저렇게도 해 보고, 일으켰다가 눕혔다가, 입술을 벌려 넣어도 보고, 잘못해서 약을 옷에 쏟기도 하고.

"허어, 이런 당황할 일을 보았나."

한 모금도 제대로 먹이지 못했는데 어느덧 탕약은 반으로 줄어들어 초조했다. '참말로 환장하겠네! 처먹이라고 줬더니 다 쏟고 지랄이여!' 하며 노인이 벌컥 문을 열고 들어와 언성을 높일 것만 같았다.

끙. 이제라도 문을 열고 밖을 나서 도움을 요청해 볼까 했지만, 완벽을 꿈꾸는 완에게 포기란 있을 수 없는 일이었다.

"아……."

그녀가 무의식에 작게 신음하자 약을 청하는 소리로 들렸다.

"아…… 아……."

어떡하지. 자꾸만 보채는데. 약이 있다는 걸 또 귀신같이 알아챈 모양이다. 살고자 하는 본능이 이토록 대단하니 완은 결심한 듯 중얼거렸다.

"알겠다. 알겠다니까. 준다, 줘."

그녀의 상체를 일으켰다. 의식 없이 흐느적거리니 더욱 힘껏 홍시를 그러안아야 했다. 빠져나가지 못하게. 놓치지 않도록.

완은 자신의 입안으로 탕약을 한 모금 밀어 넣었다. 채 삼키지 않고 서둘러 그녀의 입술에 제 입술을 맞췄다. 자연스레 그녀의 입술이 적당한 크기로 벌어져, 완은 그대로 탕약을 밀어 넣었다.

입안 깊숙이 탕약이 밀려오니 그녀가 본능적으로 꿀꺽 약을 삼킨다. 그 소리가 어찌나 달가운지 완이 처음으로 웃었다.

"옳지. 잘 삼켰다."

부지런히 모이를 물어다 주는 어미 새처럼, 완은 또다시 한 모금 가득 물고 그녀의 입술을 찾았다. 그렇게 몇 번이나 옮겼을까. 완은 마지막 탕약까지 고스란히 그녀에게 넘겨주었다.

탕약이 묻은 제 입술을 닦아 내며 완은 용희를 내려다보았다. 열기 가득한 그녀의 입술은 거칠게 말랐으나 그 나름의 온기를 뿜어냈다. 이렇듯 품에 안고 정성을 다해 보살피다 보니 그녀가 아주 가까운 사람처럼 느껴지기도 했다.

이제 다시 그녀를 눕혀야겠지만 생각처럼 쉽게 놓지 못했다. 완은 제 품에서 잠이 든 용희의 어깨를 조금 더 힘주어 붙잡았다.

"이 일도, 잊어라."

계획에 없던 일이 생길 것만 같아 완은 초조히 중얼거렸다. 일평생 생각해 본 적도, 꿈꿔 본 적도 없는 일이.

"나는 잊지 않겠다."

완은 그렇게 천천히 그녀에게 다가서고 있었다.

◎

"다 먹였어?"

완이 처소 밖으로 나오자 평상에 앉아 신선놀음을 하고 있던 노인이 고개를 돌렸다. 그렇다는 말 대신 고개를 끄덕이자 노인이 못 믿겠다는 표정을 지었다.

"전부 다? 참으로?"

또다시 완은 고개를 대강 흔들었다. 끄덕이는 것도 아니요, 흔드는 것도 아니었다. 반 이상은 내다 버린 것이나 마찬가지니 전부 먹였다고는 말이 떨어지지 않았다.

"먹였다. 걱정 말라."

"어떻게 먹였기에 옷이 그 모양이여?"

"……모르겠다."

"모르긴. 나도 알 것 같은데 오리발은."

쯧쯧. 노인이 혀를 차자 완은 헛기침을 내뱉었다. 이 망할 노인
네는 부끄러움도 모르고 자꾸만 '입으로 먹였네, 입으로 먹였어.'
를 연발했다.

"입으로 먹이든 발로 먹이든 내가 주는 탕약은 한 사발 다 마셔
야 차도가 있을 것이니 새겨들으라고."

다 흘리고 반밖에 못 먹인 완은 다소 난처한 표정으로 마른침을
삼켰다. 다음엔 시작부터 잘 먹여 한 사발을 전부 먹여야겠다.

"여기 있던 자들은 어디를 갔는가?"

"가긴 어딜 가. 저기 뒤에서 부채질하고 있지."

"부채질?"

"그려, 부채질. 젊은 놈들이 우글우글한데 나 같은 노인네가 쪼
그려 앉아 탕약에 부채질이나 해야겠어?"

본격적으로 탕약을 달여야 하니 부채질을 시켰다고 한다.

"한 놈만 오라고 했더니 두 놈이 서로 멱살을 잡고 니가 해라,
아니다 니가 해라, 지랄들 해서 둘 다 하라고 보냈지."

끙. 완은 안 봐도 본 것 같은 기분에 탄식했다.

노인은 지담과 월호에게 약탕을 덮은 종이가 누렇게 변할 때까

지 부채질을 하라 일렀다.

"아주 웃긴 놈들이여. 탕약은 정성이 반이라고 했더니 한시도 쉬지 않고 부채질을 하네."

"본디가 맡은 일은 성실히 끝을 내는 자들이다."

별 관심 없다는 듯 노인은 하늘을 올려보았고, 완은 평상 반대 쪽으로 걸음을 걸었다. 저 노인과 말을 더 섞다가는 혈압이 오를 것 같았다.

"어이, 저 처자 말여."

발목을 붙잡은 건 노인의 목소리였다.

"고뿔이 문제가 아녀. 마음에 병이 들었어."

노인은 말했다. 그녀는 육신의 병보다 심신의 병이 더욱 위중하다고.

"병중엔 손으로 어루만질 수 없는 병이 가장 심각한 병인데 말여."

모두는 알지 못했지만 그럴 만도 했다. 정적으로 흘러왔던 지난 삶과는 달라도 너무 많은 것들이 달랐으니까. 일순간 많은 것들이 뒤바뀌었으니 정신이 온전하다는 것이 더 이상할지도 몰랐다. 내다볼 수 없는 험난한 삶에 놓인 것도 모자라, 낯선 사내들과 지내야 하는 것이 녹록한 일은 아니었을 테다.

"이런 곳에 누워 있을 처자로는 안 보이던데. 하기야 객지살이가 쉬울 리 있겠어?"

완은 말을 아꼈다. 노인은 그 이상은 자신의 소관이 아니라는 듯 갈무리를 했다.

"충격받은 일이 있었나, 몸 전체가 말이 아니여. 그건 하루 이틀 안에 차도 보기 힘들 테니 잘 살피라고."

"……알겠다."

말끝에 완은 무엇이 떠올랐는지 노인에게 다가갔다. 멀뚱히 얼굴을 올려보는 노인을 향해 완은 다소 근엄한 표정을 지었다.

"저 여인이 깨어나거든 그대가 해 줄 일이 있다."

"시방, 뭔 소리여. 깨어났음 의원이 할 도리는 다 한 거지 또 뭔 일을 한다고?"

완은 옷을 갈아입히고 탕약을 먹여 준 사람이 자신이란 걸 용희가 몰랐으면 했다. 그녀가 진실을 알게 되는 순간부터 생길 일들은 대단히 난처한 것들이었기에.

"내 말대로 할 수 있겠는가?"

"하이고!"

영문을 모르겠다는 노인을 향해 대강의 이야기를 건네자, 돌아오는 것은 역시나 콧방귀였다.

"웃기고 앉았네. 내가 뜨신 밥 먹고 뭐 하러 거짓을 말한단 말여? 내가 입이 거칠어도 틀린 소리는 안 하는 사람이라고."

"합당한 사례를 하겠다."

"뭔 사례. 어떤 사례?"

노인의 표정이 조금 풀어진다. 완은 두툼한 주머니를 꺼내 평상에 던졌다. 묵직하게 떨어진 돈주머니를 끌러 본 노인은 두 눈을 커다랗게 떴다.

"어떠한가? 그 값이면 차고 넘치리라 보는데."

"아…… 세상에……."

다행히 계산이 빨리 서는 모양이다. 돈주머니를 서둘러 품속으로 집어넣으며 노인은 일어섰다.

"아이고, 이렇게 귀한 분을 몰라 뵙고."

그러더니 지금까지와는 전혀 다른 음성과 말투로 완에게 다가섰다. 능글능글 웃는 그 얼굴을 바라보던 완은 눈꼬리를 가늘게 늘어트렸다.

"나리, 지가 뭘 하면 된다굽쇼? 의녀를 데려와 말을 맞추면 되겠습니까요?"

허어, 이자를 좀 보게.

노인이 다가오자 완은 뒷걸음을 치며 질색했다.

"뭐든 시켜만 주십시오, 나리. 지가 최선을 다하여 처리하겠습니다요."

이상한 노인이었다.

20화

상처를 치유하는 방법

【해종실록 11권. 해종(偕宗) 17년 1월 5일】

왕세자(王世子)가 근교(近郊)에서 매를 놓아 사냥하였다. 즐겨 하며 능숙하니 임금이 친히 구경하고 돌아왔다.

"오랜만일세. 요즘은 어찌 지내는가?"

"하는 일 없이 잘 지내고 있습니다. 대감마님께서 이렇듯 보살펴 주시니 모자랄 게 무엇 있겠습니까."

"그러한가. 잘됐군."

꽃과 나무가 흐드러지는 나루 정자에 신기형과 륜명이 마주 앉았다. 개미 새끼 한 마리도 주변에 얼씬거리지 못하도록, 신기형의 심복들이 먼발치로부터 촘촘히 둘러싸고 있었다.

"타지 생활이 편할 리는 없겠지. 때가 되면 명국으로 보내 줄 것이니 기다리게."

"대감마님의 일이 오래 걸리는 모양입니다. 약조보다 미뤄지는 것을 보니 말입니다."

"이제 얼마 남지 않았네."

"그 말씀도 일전에 들었던 기억이 납니다."

건방진 놈. 신기형은 입술을 꾹 닫은 채 찻잔을 내려다보았다. 제아무리 명국 관료들의 뒷배를 지닌 륜명이라 하지만, 신기형에게는 그저 돈 냄새에 달려드는 한낱 장사치일 뿐이었다.

천한 것을 마주하고 있다는 신기형의 기운을 어찌 모르겠는가. 하지만 륜명은 전혀 알지 못한다는 듯 빙그레 웃었다. 조선의 말을 편히 하고 있으니 통역은 따로 필요치 않았다.

"오랜만에 바깥세상 구경을 합니다. 윤월각 밖을 얼마 만에 나와 보는지 모르겠습니다."

"답답함이야 오죽하겠냐마는 그렇다 하여 마음대로 출입할 수 없다는 것을 이해하게."

"괜찮습니다. 필요한 것들은 모두 윤월각에 있으니 말입니다."

륜명의 쾌활한 대구에 신기형은 헛웃음을 지었다. 꽃이 만발한 윤월각엔 술과 여인이 천지에 널렸으니, 아마도 륜명에게 그보다 더 필요한 것들은 없을 것이다.

고리타분한 신기형의 성정에 륜명이 맞을 리 없었지만 신기형은 달리 불편한 속내를 드러내지 않았다.

"명국의 무기가 더 필요하다."

"더 말씀이십니까?"

본론을 꺼내며 신기형은 고개를 끄덕였다. 이런 자잘한 일들이야 아랫것들을 부려도 능할 일이었으나, 쉽게 남을 믿지 않는 신기형이 륜명을 상대하는 일만큼은 스스로 행했다. 거쳐 가는 이들이 많을수록 말은 새어 나가기 마련이었으니까. 무기는 밀수였고, 흑단만이 사용하고 있었기에 상당히 비밀스러운 일이었다.

"하오시면 얼마나 더?"

"빼돌릴 수 있는 만큼 모두."

모두? 륜명은 눈썹을 꿈틀거렸다. 공수하는 일이야 어려울 것 없었으나 그것들을 전부 사용할 만한 일이 있을까. 일순 궁금증이 일었다.

"궁금한 것인가? 내가 어디에 사용하려 하는지."

그러한 속내는 쉽게 읽혔다. 륜명은 저도 모르는 사이 눈매에 담았던 호기심을 지워 냈다.

"천한 놈이 그런 것을 의문하여 무엇 하겠습니까. 다만 종류와 양이 많을 것인데 전부 어디에 보관하려 하시는지."

"질문 즉슨, 내게 그러한 능력도 없어 보인다는 뜻인가?"

"아닙니다. 괜한 것을 여쭈었습니다."

짧게 답하며 륜명은 손사래를 쳤다. 신기형은 흑단의 뒤를 봐주고 있었고, 필요에 따라 그들을 움직였다. 반대로 흑단은 신기형에게 자금과 무기를 받았고, 대신에 신기형은 흑단의 손에 피를 묻혔다. 그러한 사실을 잘 알고 있는 륜명이었다.

"일단 잘 알겠습니다. 명에 소식을 전하여 곧 성사시키겠습니다."

"해 왔던 것과 같이 경로는 내가 책임져 줄 것이니 자네는 아무 걱정 말게."

"예, 대감마님."

얻고자 하는 일엔 피도 눈물도 없는 사람이라는 사실과, 다가올 간택에 촉각을 곤두세우고 있다는 사실 또한 잘 알고 있었다. 하지만 조선의 사정 따위 륜명에겐 관심 밖의 일이었다. 그저 굿이나 보고 떡이나 먹으면 될 일이다.

륜명은 차를 음미했다.

"차향이 아주 좋습니다."

"인차합일(人茶合一)이라, 다인과 차는 하나라는 말이 있네. 차에 대해 잘 아는가?"

"흉내만 낼 뿐이지요. 잘은 알지 못합니다."

신기형은 그의 찻잔을 바라보다 한참 후 입술을 열었다.

"요즘 자네를 자주 찾는 자가 있다 하던데, 뉜가?"

천천히 찻잔을 내리던 륜명은 신기형의 질문에 멈칫했다. 하지만 금세 별일 아니라는 듯 표정을 관리하며 입술을 열었다.

"벗이 생겨서 말입니다."

"벗이라."

"이름도 성도 모르니, 마주 앉아 잡담을 나누며 술 한잔 기울이기엔 최상이지 않겠습니까?"

"한데 어찌하여 조선의 말을 하지 않고 연기하는 것인가?"

신기형은 생각보다 많은 것을 알고 있었다. 륜명은 침착히 머리를 굴렸고, 그것 또한 별일 아니라는 듯 답했다.

"명국 사람이 조선말에 능한 것을 수상히 여길까 그리하였습니다. 뜻이 있었겠습니까."

"조심해서 나쁠 것은 없지. 낯선 자들을 조심하게."

이번엔 신기형이 찻잔을 들었다. 꽃잎이 담긴 향긋한 꽃 차다. 륜명은 주름살이 늘어진 신기형의 손등을 바라보다 입술을 열었다.

"혹 무슨 냄새를 맡고 접근한 것은 아닌지 관찰하는 중입니다. 특이 사항이 있다면 언제든지 고해 올리겠습니다."

"굳이 자네가 고해 올리지 않는다 해도 내 귀에 들어올 것이나, 그리하게."

신기형의 말엔 가시가 있었다. 모든 것을 알고 있으니 허튼짓은 하지 말라는 뜻이었다. 윤월각에 그의 심복이 자리하고 있는 게 분명했다. 륜명은 빙그레 미소를 그렸다.

"조금 더 파악한 뒤 말씀드리겠습니다."

"그리하게."

드디어 원하는 답을 들은 신기형은 다시금 찻잔을 내렸다. 이 골칫덩어리 륜명이 다른 자들과 내통하는 것은 상당히 불쾌하고 염려스러운 대목이었다. 그렇다 하여 지금으로선 유일한 무기 상인을 거칠게 다룰 수도 없는 노릇. 신기형은 인내심을 발휘하며 대화를 이어 갔다.

"차질 없이 준비하게. 원하는 것이 있다면 언제든지 말하고."

"예, 대감. 한동안은 바쁘겠습니다. 외출이 잦을지도 모릅니다."

"그러겠지. 뜻대로 하게."

"사람을 붙이거나 그런 일은 없었으면 합니다."

륜명은 또다시 빙그레 웃었다.

"대감마님을 향한 제 충정을 모르시니 섭섭할 뿐입니다. 이 하늘이 대감의 것인데, 하늘 아래 허튼짓은 있을 수도 없는 일이지요."

신기형은 처음으로 륜명의 얼굴을 바라보았다. 아닌 척하며 할 말 다하는 저 명국의 상인 놈은 참 마음에 들지 않았다. 하지만 별수 있겠는가.

"그러한 일은 없을 테니 염려 말게."

"역시 대감마님은 큰사람이십니다. 이러니 조선 최고의 사대부라 할 수 있지 않겠습니까."

"다만 네놈은 토사구팽당하지 않도록 조심해야 할 것이다."

"토사? 토사구멍? 그것이 무엇입니까? 조선말을 잘 몰라서."

신기형은 입을 꾹 다물며 차를 마저 들었다. 능구렁이와 늙은 사자의 밀회였다.

○

용희의 무거운 눈꺼풀이 바들바들 떨리며 위로 올라갔다. 눈 속에 이물질이 가득 찬 것처럼 모든 것이 흐리게 보였다. 아주 길고 평온한 잠을 자고 일어난 듯한 기분이었다. 용희는 서서히 빠른 동작으로 눈을 깜빡이며 시야를 밝게 했다.

"정신이 들었습니까?"

들려오는 낯선 음성에 용희는 고개를 돌렸다.

바닥에 돈을 잔뜩 늘어놓은 채 하나하나 세고 있던 노인은 급히 쓸어 모아 주머니에 넣었다. 완에게서 건네받은 돈을 세 보는 일은 어느덧 기쁨이 되었다.

"뉘요?"

"아이고, 저는 의원입니다요."

노인은 능글능글하게 웃으며 용희를 바라보았다. 오만방자했던 말투는 완의 재력 앞에 무릎을 꿇고 말았다.

"어디 보자. 음, 맥도 일정하고 열도 떨어지고."

주름진 손이 예고도 없이 맥을 짚고 이마를 덮는다. 용희는 움찔 놀라 눈을 감았다.

살았네, 살았어. 노인이 중얼거리자 다시 눈을 뜬 용희는 몸을 일으켰다. 얼마나 누워 있었는지 현기가 일었다.

"내가 얼마나 누워 있던 게요?"

"어디 보자…… 꼬박 사흘?"

"사, 사흘?"

골이 흔들리는 것 같아 용희가 이마를 짚었다. 열을 토한 까닭에 입술이 바짝 마르고 군데군데 부르텄다.

"한데 이곳엔 지금 아무도 없소?"

"아닙니다요. 일행께선 계속 밖에 계시다 다른 처소에서 얘기 중이신 걸로 아는데."

마지막 탕약을 건넨 노인은 어서 마시라며 손짓했고, 용희는 꿀떡꿀떡 탕약을 삼켰다. 이제까지는 모두 완의 도움으로 탕약을 마셨지만 그녀가 알 길이 있겠나.

용희는 한 방울도 남김없이 모두 마신 채 오만상을 찌푸렸다. 으, 쓰다.

"고뿔은 달아난 것 같고 폐렴은 다행히 비켜 갔으나, 그것이 문제는 아닙니다그려."

"무슨 뜻이오?"

사내의 복식이 되었으나 중간 과정 같은 게 기억에 있을 리 없었다. 용희는 노인의 말에 뜻을 되물으며 눈을 깜빡거렸다.

노인은 그녀의 지난 증상을 술술 읊었다. 노망난 노인네인 줄만 알았더니 의외로 명의였다.

"가끔 정신 줄을 놓지 않습니까요?"

"그런 것 같긴 했소만."

"시도 때도 없이 눈물이 잘 나고, 불면과 악몽이 이어지고."

"어? 그랬소만?"

"작은 일에도 크게 놀라고, 두근거림이 심하고."

"어라? 어찌 알았소?"

신기함에 용희는 두 눈을 동그랗게 떴다. 주변을 정리하는 손길을 빠르게 움직이며, 노인은 당연한 결과라는 듯 중얼거렸다.

"마음은 충격을 받으면 견디지 못해 자꾸만 주인에게 알리려 발악을 하는 법이니께."

노인은 말했다. 주인이 모르면 세상 누구도 발견할 수 없는 게 바로 마음의 병이요, 한 번 곪기 시작한 마음의 병을 치료하려거든 곱절의 시간이 필요하다고.

"괜찮다, 괜찮다, 하며 스스로를 냉정히 대하지 말고 다정히 대해야 할 것이요. 극한으로 몰아붙이면 누구도 바로 설 수 없는 것이니까."

"아……."

노인이 별 뜻 없이 던지는 말에 용희는 큰 울림을 느꼈다. 의식을 잃고 누워 있었던 요 며칠, 세상은 어딘가 모르게 달라진 것만 같았다.

"어?"

기억을 짜내던 용희는 자신의 옷을 내려다보았다. 말을 잊은 채 두 눈만 끔쩍끔쩍하는 것을 보아하니 누군가 자신의 옷을 갈아입혔다는 것을 깨달은 모양이다. 대체 뉘가 갈아입혔단 말인가?

"어찌 그러십니까요?"

"아…… 아?"

노인은 아무것도 모르겠다는 듯 두 눈을 깜빡였다. 용희는 넋을 놓은 얼굴로 노인을 바라보았다. 한순간에 너무 많은 근심이 쏟아져 쉽게 말이 떨어지지도 않았다.

"저기…… 저기 말이오……. 내가…… 옷을……."

"아, 비를 맞았으니 옷은 당연히 갈아입어야 하지 않았겠습니까?"

"그건 그런데……."

드디어 완에게 받은 사례금이 빛을 발할 순간이 도래해 노인은 약통을 닫으며 그녀를 바라보았다.

그나저나 이리 보고 저리 봐도 여인인데 저런 얼굴로 무슨 남장을 한다는 말인지. 속는 놈이 있다면 그놈이 안구 병자인 것이라.

"나리께서 치마를 입고 계시니 여인인 줄 알았지 뭡니까. 하여 제가 데려온 의녀에게 부탁을 하여 환복을 시켰습지요."

"여, 여인 말이오?"

용희는 더욱 두 눈을 크게 떴다.

"소견이 부족하여 여인의 손을 타게 한 점 송구합니다요. 말을 못 하는 의녀이니 달리 떠들고 다니지는 않을 것입니다요."

"아…… 그렇다면 뭐…….."

괜한 헛기침이 터졌다. 용희는 애써 굵직하게 기침하며 딴청을 피웠다. 사내의 손을 타지 않은 것만도 다행이라 여겨야 하겠으나, 들은 말은 불행인지 다행인지 분간이 되질 않았다.

그녀의 동공이 어지럽게 흔들리는 것을 본 노인은 약통을 들며 일어섰다.

"그럼 그 의녀는 지금 어디 있소?"

"다른 병자를 보러 갔습죠. 왜 그러십니까요, 나리?"

"아니오! 아무것도!"

용희는 크게 대꾸하며 손사래를 쳤다. 자신을 나리라 지칭하는 것을 보아하니 이 노인도 모르는 것 같았다. 노인이 모른다면 그 자들도 모를 테니. 휴, 또 이렇게 한 고비를 넘기는 것인가.

그런 그녀의 생각들이 노인의 눈에는 전부 보이는 것만 같았다. 뭐, 어찌 되었든 볼일은 모두 끝났다. 노인은 회심의 미소를 지으며 방문을 열었다.

"나리의 마음의 병도 쾌차하시기를 바랍니다요. 그럼 저는 이만."

◎

그녀가 깨어났다는 말을 전해 들은 완은 평상 앞을 서성였다. 마음 같아선 방문을 열고 들어가고 싶었지만 나올 때까지 차분히 기다려 보기로 한다. 그 곁에서 지담과 월호도 함께 서성였다.

"왜 이렇게 뜸을 들이는지."

지담은 중얼거리며 홍시의 처소를 바라보았다. 무얼 하는지 정적만이 이어졌고, 그녀의 움직임은 느껴지지 않았다. 이내 완의 곁에 다가선 지담은 입술을 열었다.

"대장, 그 노망난 노인네가 거짓을 말할 것은 아닙니까? 홍시가 또다시 혼절을 했다거나."

"조금만 더 기다려 보자."

완은 처소를 뚫어지게 바라보았다. 지난 시간 그녀에게 손수 약을 먹이며 머리맡을 지킨 것은 다름 아닌 완이었다. 세자께서는 쉽게 따라도 하지 못할 정성과 노력으로 홍시를 보살폈다.

"홍시에게 좀 더 잘해 줘야겠습니다. 새삼 불쌍하기도 합니다. 너도 홍시한테 잘해라. 알겠냐?"

지담은 월호를 툭툭 치며 훈수를 뒀다. 그간 녀석을 살뜰히 살피지 못한 것이 못내 미안했다. 홍시는 생각보다 사연이 깊은 여인이었고, 그럼에도 불구하고 씩씩했던 모습이 대견하게 느껴졌다.

"자, 월호, 나를 따라해 보거라. 홍시야, 괜찮니? 아픈 곳은 없니?"

"닥쳐라."

"그동안은 내가 미안했단다. 홍시야, 우리 함께 국밥이나 한 그릇 때릴래?"

지담은 월호가 마치 용희라도 되는 것처럼 머리를 다정히 쓸었다. 그러자 월호가 지담의 손목을 비틀었다.

"악! 아퍼! 아프다고!"

"소름 끼치니까 함부로 만지지 마라."

"쳇, 이런 포승줄에 묶일 놈 같으니라고."

지담이 불만 가득한 표정으로 꿍얼거리던 그때, 처소 문이 조금 열렸다. 아직 그녀의 얼굴이 보이지 않았지만 완의 얼굴에 밝은 미소가 깃들었다.

"홍시야!"

지담이 크게 부르자 문을 잡은 그녀의 손이 보였다. 애간장을 태우듯 얼굴을 보여 주지 않아, 세 남자는 마른침을 꿀꺽 삼켰다. 이어 문고리를 붙잡고 빼꼼 홍시가 얼굴을 내밀었다.

"모두 오랜만이오."

오만방자한 말투에 근심이 눈 녹듯 사라진다. 완벽하게 혈색을 찾은 홍시의 얼굴을 보고 나니 동시에 안도감이 찾아들었다. 굳게 닫혀 있던 눈꺼풀 사이로 저 얼마나 청명한 눈빛인가.

"기다렸소?"

오랜만의 재회가 부끄러운지 그녀는 문 뒤에 숨어 얼굴만 간신히 내어놓았다. 세 남자는 말없이 고개만 끄덕였다.

"……헤."

용희가 티끌 없이 웃자 충격이 밀려든다. 단 한 번도 본 적 없는 홍시의 수줍은 모습. 그러한 웃음 또한 처음이었다. 마치 새끼 고양이를 바라보듯 세 남자는 그녀를 어쩌지 못하고 바라만 보았다.

"나, 배가 고프오."

"밥 먹자! 밥! 먹고 싶은 게 있더냐! 말만 해라, 홍시!"

지담은 어서 나오라며 황급히 손짓했고, 월호는 손을 들다 흠칫 놀라 다시 내렸다.

어느덧 그녀는 그들의 중심이 되었다. 비단 연약한 여인이라서가 아닌, 그녀의 역할이 중하고 큰 탓이 아닌, 그녀가 모두의 홍시였던 까닭이다.

"그럼 나 이제 그쪽으로 나가도 되겠소?"

완은 조금의 경계심도 없는, 몹시도 다정한 표정으로 입술을 열었다.

"물론."

그녀의 웃는 얼굴은 눈이 부셨다. 바라보자니 두 눈이 멀 것만 같았다.

"어서 오라, 어서."

"앉아서 뭐 하느냐?"

방에서 서책을 읽던 완은 아무리 기다려도 용희가 들어오지 않자 평상 쪽으로 걸음 했다. 무릎을 세워 앉은 채 하늘을 올려보던 용희는 곁을 돌아보았다.

"안 잤소?"

"응당 들어와야 할 자가 들어오질 않으니 잠이 올 리 있나."

"아아, 방을 함께 쓰고 있었지."

용희는 부드럽게 웃었다. 이제 그 웃음에 거부감이라곤 일절 찾아볼 수 없었다.

완은 자연스럽게 용희의 곁에 앉았다. 가깝게 앉았으나 그녀는 경계하지도, 옆으로 비켜 앉지도 않았다.

"너무 오래 잤나 보오. 잠이 오질 않아서 앉아 있었소."

이상하리만치 그녀의 마음은 평온했다. 집을 떠나온 이후 이토록 안온한 기운은 처음이었다.

"표정이 좋아 보인다. 정말 괜찮은 모양이로다."

"괜찮소, 정말로."

막연히 두려웠던 것들은 모두 점처럼 사라졌다. 어깨를 무겁게 짓누르던 부담감은 자연스레 소멸했다. 시작점을 몰라 끝도 찾을 수 없었던 일들이 운명처럼 느껴진 것이다.

"선생, 나는 말이오. 이제는 뭐든지 다 잘할 수 있을 것만 같소."

뜬금없는 그녀의 말에 완은 동의하듯 작은 미소를 지었다. 달리 부정할 말도, 그렇다고 타이를 말도 적절하지 않았다.

"무엇을 그리도 잘하고 싶단 말이냐?"

"그냥 전부. 내가 해야 할 일들 전부 다."

선생의 거래, 아버지의 부름, 그 모든 것들을 하나도 빠짐없이.

"사실 그간은 그다지 살고자 하는 의지도 강하지 않았고 또 스스로 위축되어 있었는데 말이오."

더는 꿈에서 가족을 만나지 않으리라, 용희는 굳게 다짐했다.

"존재의 이유를 찾은 것 같소. 그런 나약한 모습은 어울리지 않는다는 걸 깨달았으니 말이오."

완은 한층 더 깊어진 그녀의 음성에 귀를 기울였다. 의식이 없었던 요 며칠, 그녀는 피안의 세계라도 다녀온 것일까. 스스로를 귀히 여길 수 있는 반열에 이른 것만 같았다.

"상처를 품고 있어 봐야 아무런 도움도 되지 않는다는 걸 깨달았소. 상처는 상처일 뿐 다른 의미는 없을 테니 말이오."

"혹, 매사냥을 아는가?"

용희는 완을 바라보았다.

"매사냥이라면 말 그대로 매를 이용하여 하는 사냥 아니오?"

"맞는다. 맹금류의 특성을 이용한 사냥을 말한다."

완은 고개를 끄덕였다. 그러곤 하늘에 시선을 준 채 말을 이었다.

"사냥에 이용되는 매 중 가장 으뜸의 매가 무엇인 줄 아느냐?"

"글쎄, 튼튼하고 우수한 종자가 으뜸이지 않겠소?"

"틀렸다. 새끼 때 둥지에서 밀려 떨어진 가장 허약한 매가 그 으뜸이다."

낙상매(落傷鷹).

"어째서? 그건 어미도 돌보지 않는 허약한 녀석이 아니오? 떨어져 불구가 될 것인데?"

어찌하여 낙상매가 으뜸이라는 것인지 이해가 되지 않아 용희는 고개를 갸우뚱했다. 완은 여전히 하늘을 올려다보며 말을 이었다.

"낙상매는 상처를 기억하기 때문이다."

그녀의 여린 입술이 반쯤 벌어졌다. 다음 말을 듣기도 전에 저릿한 전율이 일었다.

"다시 다치는 일을 반복하지 않기 위해, 낙상매는 스스로 강인해지는 법을 익혀 뛰어난 사냥 기술을 지니게 되는 것이다."

"아……."

"상처를 모르는 다른 매보다 훨씬, 본능적으로 강인해지는 것이지. 그건 누구도 대신 알려 줄 수 없고 간접으로도 경험할 수 없는 일이다."

완은 별빛이 제법 준수한지 좀처럼 시선을 떼지 못했다.

"상처를 대하는 방법은 누구나 다르다. 그것을 계기로 주저앉을 수도 있겠지. 하지만 더 나은 삶을 살 수도 있다는 말이다."

"뭔가 뭉클한데. 상처를 딛고 일어선 낙상매라니."

"네 상처는 어떠한 것이냐. 딛고 일어설 만한 것이더냐?"

용희는 천천히 고개를 끄덕이며 완을 바라보았다.

"딛고 일어설 것이오. 상처에 연연하는 천치는 되지 않겠소."

반듯한 이마를 지나 단정한 콧대를 스치면, 턱 끝을 잇는 선이 날렵하게 자리 잡고 있다. 그런 얼굴로 하늘을 올려다보는 완의 모습은 어딘가 모르게 고고했다. 생사의 고락을 모두 초월한 것만 같은, 그러한 처연함이 묻어나곤 했다.

"그래. 좋은 생각이다, 홍시."

완은 읊조리듯 낮은 음성으로 중얼거리다가 천천히 그녀를 바라보았다. 어디선가 향긋한 미향이 불어왔고, 그녀는 그의 시선에 붙잡힌 듯 이끌렸다.

"원한다면 내가 도와줄 것이다."

우련한 달빛은 별들에게 사무친 채 이 밤을 지켰다.

"놓아라. 그토록 허망한 것을 잡고자 너를 버리지 말고."

그 따스함에 상처가 녹아내리는 것만 같았다.

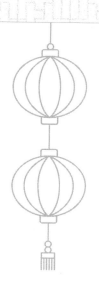

21화

도량이 좁은 사내

병조에서 아뢰기를.

"흑단은 인적이 야박한 굴속에 숨어 있으면서, 거지로 가장하고 떼를 지어 절과 마을을 누비며 강도질을 서슴지 않사옵니다. 필시 굶주림을 못 이겨 자행하는 것은 아니오니 엎드려 바라옵건대, 전하께서는 무리를 찾아 국문하시어 은밀한 교제와 내통하는 자를 찾으시옵소서."

하니, 방법을 강구하라 이르다.

"일어났는가?"

"아, 일어났소. 선생도 일어났소?"

병풍 하나를 사이에 두고 나란히 누워 잠을 청한 두 사람이 아침 인사를 나눴다.

"잘 잤소?"

"모처럼 잘 잤다. 늦잠을 자다니 별일이다."

"그러게 말이오. 잠은 잘수록 늘어난다더니 참인가 보오."

실은 두 사람 모두 일찍 눈을 떴다. 뒤척이면 상대가 눈을 뜰까 조용히 자리를 지킨 것이다. 숨 한번 크게 내쉬지 않으며 서로는 상대의 숨소리에 귀를 기울였다. 완은 용희의 고른 숨소리에 안도했고, 용희는 완의 숨소리에 평온을 느꼈다.

"병풍 걷겠다."

"아, 그러오."

완은 천천히 병풍을 걷어 냈고, 자리에 앉아 있는 용희와 시선을 마주했다.

"아…… 좋은 아침."

"그래, 좋은 아침."

생각보다 가까운 간격에 용희는 말을 더듬으며 시선을 회피했다. 완은 병풍을 마저 밀며 그녀를 가까이 바라보았다. 자고 일어난 녀석이 맞는가? 뽀송한 얼굴이 꼭 금방 씻은 것만 같다. 밀떡 같은 피부는 꼬집어 늘어뜨리고 싶을 정도로 탄력 있어 보였다.

역시 부드럽다. 말캉말캉하니 잘도 늘어난다.

"지금 뭐 하는 거요?"

생각만으로 그쳤어야 했는데, 완이 저도 모르게 팔을 뻗어 그녀의 볼을 꼬집고 말았다. 용희가 제 볼을 부여잡은 채 눈을 크게 치뜨자, 당황한 완이 황급히 손을 내리며 헛기침을 했다.

"지금 뭐 했냐니까? 뭐 한 거요?"

"뭘 했냐니. 뭐가 묻어 닦아 준 것뿐이다."

"닦아? 세상 어느 누가 볼을 이렇게 닦는단 말이오? 말이 되는 소리를 하오!"

"뭐 하고 있느냐? 일어났으면 이불을 개켜 놓을 생각 않고?"

이런, 대체 이게 무슨 망신인가. 완은 침구를 정리하는 척 고개를 돌렸다. 용희는 여전히 볼을 부여잡은 채 두 눈을 번뜩였다.

"좀 친해졌다고 사람 만만히 보는 거요? 내가 그리 만만하오?"

"잔소리하려거든 비켜라. 언제까지 이불을 깔고 앉아 있을 작정이냐?"

"허! 기가 막혀!"

용희는 더러운 것을 닦아 내듯 제 볼을 옷자락에 쓱쓱 문질렀다.

"살다 살다 별꼴을 다 당하네. 이래서 사람은 일정 간격 이상 친해지면 안 된다니까?"

그 볼따구를 두 번 꼬집었다가는 칼부림이라도 날 것 같다. 격하게 볼을 닦아 내는 것이 못마땅해 속이 부글부글 끓었지만 달리 반박의 여지가 없었다. 눈만 끔뻑이는 모습이 귀여워 볼 좀 꼬집은 것으로 사람에게 이따위 무안을 준단 말인가? 입술이라도 맞췄으면 멱살 잡혔을 게 분…….

"허어."

불만 많은 손길로 침구를 정리하던 완이 탄식을 터트렸다. 용희는 볼을 문지르던 손을 내리며 퉁명스럽게 물었다.

"이 상황에 그런 탄성은 대체 뭘 의미하는 거요?"

완은 문득 용희에게 시선을 돌렸다. 근 며칠 동안 하루에도 몇 번씩 마주 닿았던 입술이다. 결코 다른 뜻은 없었다. 치료의 일환이었고, 백성을 긍휼하는 국본의 인지상정이었으며, 거사를 앞두고 통역을 해야 하는 녀석의 차도를 도운 것뿐이다. 하나 어제만도 별생각 들지 않던 그 입술이 이제 와 탐스럽게 보이는 건 무슨 조화란 말인가?

"뭘 그렇게 뚫어져라 보는 것이오? 진짜 내 얼굴에 뭐라도 묻은 게요?"

완은 질끈 눈을 감았다. 심장은 사정없이 두방망이질 쳤다.

"묻었으면 선생 옷자락으로 좀 닦아 주오. 소세를 하러 가긴 하겠지만."

용희가 볼을 내밀자 완은 감았던 눈을 천천히 떴다. 아무 사심 없이 가까이 다가온 그녀를 바라보고 있자니 끌어당겨 안고 싶은 마음이 일렁였고, 가지런히 올라간 그녀의 속눈썹마저 쓸어 보고 싶었다. 완은 고르지 못한 숨을 내쉬었다. 단 한 번도 알아보고자 덤벼 본 적 없는 감정이 솟구치며 전신을 휘감았다.

"뭐 하오? 뭐 묻었다면서?"

콩. 완은 용희의 이마에 꿀밤을 놓으며 일어섰다.

"아야!"

용희는 이마를 문지르며 완을 노려보았다. 아침나절부터 벌써 두 번이나 당했다.

완은 미소를 전부 지운 얼굴로 용희를 내려다보았다. 가슴이 두 근거려 제대로 말이 나올 것 같지 않았다.

"대체 이 아침부터 사람을 가지고 노는 것이오? 손찌검이 웬 말이……."

"일을 서둘러야겠다."

침착하게 넘어가야 한다. 다른 반응은 어울리지 않는다. 알아 좋을 감정도 아니요, 알게 된다 한들 무엇을 어찌할 수 있는 것도 아니니까.

"일정을 앞당겨 처리한 뒤 돌아갈 것이니 홍시 너는 소원이나 준비해 둬라."

감정은 위험했다. 일국의 세자로 돌아가야 하는 운명.

"돌아가다니 어딜 말이오?"

"어디겠는가. 너는 너의 자리로."

어떻게든 그녀를 피해 가야만 했다.

"나는 나의 자리로 말이다."

◎

"아무도 없어? 이봐! 여기!"

"예예! 갑니다! 묵어가실 예정입니까?"

아궁이 앞에 쭈그리고 앉아 나물을 손질하던 주막의 주인장은 잰걸음으로 달려 나왔다. 행주치마에 물기 있는 손을 쓱쓱 문지르며 찾아온 사내 넷을 바라보았다.

깎지 않아 제멋대로 자란 구레나룻과 턱수염은 사내들의 인상을 더욱 험악하게 만들었다. 대번에 기운이 좋지 않아 주인장은 웃음기를 싹 거두었다. 국밥을 먹으러 온 손님은 확실히 아니었다.

"내 물어볼 것이 있는데."

"예? 물어볼 것이요? 무엇을 물어보시려고……."

주인장이 영문을 몰라 눈을 깜빡거리자, 덩치만큼이나 목소리가 굵직한 사내가 입술을 열었다. 완의 일행이 일찌감치 길을 떠난 주막은 오늘따라 썰렁했다.

"혹시 여기에 계집이 찾아온 적 없나?"

"예? 계집이요?"

사내는 답 대신 고개를 끄덕였다. 주인장은 깊게 생각하지 않아도 답을 알겠는지 고개를 절레절레 저었다.

"여인이 무슨 일로 이런 곳에 묵어간답니까? 못 봤는데요?"

"없었어? 참으로?"

"예, 없고말고요. 왜 그러십니까?"

흠. 사내는 답이 없다는 듯 목을 긁적였다. 언뜻 소매 사이로 보이는 손등엔 점 같은 문신이 새겨져 있었다. 그것을 목격한 주인장의 눈이 조금 더 커졌다. 흑단이었다.

"진짜 없다 이거지. 있으면 어떻게 되는 줄 알 텐데?"

"암만, 암만요. 이 동네에 모르는 사람이 없을 정도인데 낯선 여인은 본 적이 없습니다. 참말이어요."

주인장은 두려움에 가득 찬 눈매로 고개를 끄덕였다. 흑단이라면 흉악하기로는 전례 없을 만큼 닥치는 대로 몹쓸 짓을 하고 다니는 놈들이 아니던가. 부녀자를 겁박하고 임산부를 발길질하며 멀쩡한 집에 불을 지르질 않나, 상습적으로 강도짓을 하지 않나. 오죽하면 이웃끼리 딸자식 안부를 주고받는 것이 일상이 되어 버린 요즈음. 나라도 부모도 없는 것만 같은 이들이 바로 흑단이었다.

"형님, 이렇게 이 잡듯이 뒤져도 없는데 정말 죽은 게 아닐까요?"

"그러게 말이다. 죽었으면 시체라도 찾아오라는데 이건 그림자도 찾을 수 없으니."

주인장이 무서워 쭈뼛거리고 있자 흑단은 저들끼리 대화를 시작했다. 들은 말을 정리해 보면 여인을 찾아야 하는 건 누군가의 명령인 듯했고, 그 여인의 시체라도 찾지 못하면 꽤 난처한 일이 생긴다는 듯했다.

"곱상하게 생긴 계집이 돌아다니거든 필시 알려야 할 것이다. 알겠느냐?"

"예, 예예. 암요, 암요."

주인장은 황급히 고개를 끄덕였다. 계집이고 나발이고 그림자도 본 적 없으니 빨리 좀 나가 주었으면 좋겠다.

"주모, 요즘 묵어가는 손님은 좀 있고?"

"예? 아, 예. 다들 아침 일찍 나가셔서 지금은 안 계십니다."

"그래? 장사는 좀 되는가?"

"근근이 풀칠이나 하는 주제에 무슨 장사를 바랍니까. 아이고……."

말꼬리를 흐린 주인장은 몇 푼 되지 않는 돈을 눈치껏 꺼냈다.

"여기…… 얼마 되지 않는 돈이지만……."

그나마 완의 일행에게 선물로 받은 숙박비다. 돈을 낚아챈 사내는 걸걸한 웃음을 터트렸다.

"아, 뭘 또 이런 걸 다 주고. 그런데 정말 얼마 안 되네?"

"사정 좀 봐주십시오. 정말 먹고살기 힘듭니다요."

사내는 봐줬다는 듯 고개를 끄덕였다. 하지만 쉽게 물러서지는 않을 듯 으름장을 놓았다.

"종종 들러 살펴볼 것이니 때때로 잘 준비해 둬. 내가 이 주막은 너무 오래 배려를 해 줬지 뭐냐. 안 그러냐?"

"아이고! 예! 예예! 알겠습니다!"

대체 하늘은 어쩌자고 이런 놈들을 안 잡아가는 것인가. 주인장은 두 손을 싹싹 빌며 사내들이 어서 나가 주길 바랐다.

"계집이 있는지 잘 봐 두란 말이다. 혹 계집이 사내처럼 하고 다닐지 모르니 잘 살피라고. 알겠어?"

"예! 예! 살펴 가십시오! 조심히 가십시오!"

사내들은 발길을 돌렸다. 한시름 놓았다는 듯 길게 한숨을 내쉰 주인장은 목을 길게 빼고 그 뒷모습을 바라보다 조용히 중얼거렸다.

"눈 뜨고 코 베인다더니, 저런 날강도 놈들이 이렇게 판을 치고 다니는데 대체 나라님은 뭘 하고 계시는지. 쯧쯧."

나라가 어찌 되려고 이 모양 이 꼴인지. 백성들이 이토록 고통받고 있다는 걸 나라님은 모르시는 건가?

"없는 놈들만 죽어라 고생이지. 장 좀 보러 가려고 했더니 글렀네. 아이고, 내 팔자야."

주인장은 다시 안으로 들어가 신경질적인 손길로 나물을 다듬었다. 완의 일행은 이미 길을 나선 지 오래였다.

◎

완은 용희와 함께 약속 장소에 도착했다. 왠일인지 륜명은 기방이 아닌 다른 곳으로 약속 장소를 잡았고, 그곳은 인적이 드문 외딴곳이었다. 한적한 강변에 팔각으로 지은 정자가 그림처럼 자리하니, 흐르는 물줄기를 바라보며 시를 영음하다 보면 신선이 되어 노니는 기분이 들게 할 만큼 훌륭한 경치였다.

"우리가 일찍 도착한 모양이다."

"그러게 말이오, 선생. 아무도 없는데."

여러 사람이 움직이다 보면 일이 커질까, 월호와 지담을 물린 채 완은 용희와 단둘이 동행했다. 동궁을 가까이서 뫼시는 일은 절대적이었지만, 그렇다고 멀다하여 동궁을 지키지 못할 그들이겠나. 시선에 보이지 않을 뿐, 없는 것은 아니었다.

"좋다……."

마음을 비우고 나니 보이는 것들이 많아진 걸까. 여인의 복장으로 걸음 한 용희는 크게 숨을 내쉬며 방긋 웃었다.

그 모습을 완은 훔쳐보듯 바라보았다. 지금 그녀의 모습은 이 수려한 경치와 꼭 어울리는 한 송이 매화 같았다.

"언제 오려나. 왜 이렇게 안 오지?"

완의 시선을 의식하지 못한 용희는 반대편으로 고개를 돌리며 류명의 인기척을 기다렸다.

"빨리 왔으면 좋겠다. 안 그러오, 선생?"

"지금 잡상인 놈을 기다리는 것이냐?"

"그럼 기다리지 무엇 하겠소? 왜 이렇게 안 온담?"

기도 안 찬다는 듯 완은 눈썹을 꿈틀거렸다.

"뭐라? 기다려? 아주 목이 빠지겠군? 두 눈은 멀쩡히 자리했는가? 빠지지는 않았고?"

"대체 왜 아침나절부터 시비요? 약조한 사람이 안 오니 기다리는 건 당연한 것 아니오?"

용희는 이 양반이 또 왜 이러냐는 눈빛으로 홱 고개를 돌려 완을 바라보았다. 하나 또다시 그녀의 시선이 륜명을 찾는 듯 보이자 완의 심기는 더욱 뒤틀렸다. 이상하게 그녀가 륜명을 기다리는 모양새가 꼴 보기 싫었다.

"잡상인 놈이 마음에 드는 모양이로다? 아주 마음에 드는 모양이지?"

"마음에 안 들 일은 또 뭐요? 그자가 내게 무슨 해코지를 했다고."

"바른 대로 말해 보아라. 마음에 꼭 드느냐? 그 잡상인 놈이?"

"선생이야말로 왜 이러오? 내게 무슨 답을 듣길 원해서?"

완은 그녀의 방자한 대꾸에 두 눈을 크게 치떴다. 이 가증한 홍시 같으니라고. 통역을 하라고 불러 놓았더니 애먼 놈과 정분이라도 나려는 모양이다.

"오늘은 얼굴을 보여 줄 참인가 보오. 안 그래도 그자의 얼굴이 궁금했는데."

"허! 대체 그놈 얼굴이 왜 궁금하다는 것이냐? 안 봐도 난 알 것 같은데?"

"난 모르겠는데? 난 궁금한데?"

눈은 왜 그렇게 빛내는 것이냐? 통역을 바꾸든가 해야지 안 되겠다!

용희가 다시 다른 쪽을 바라보며 반짝반짝 눈을 빛내자 완은 더욱 미간을 일그러트렸다. 그 잡상인 놈, 거래가 끝나면 변발을 시켜 버려야겠다.

"아주 꼴좋다. 통역이 본분에 충실하지 못하고 사내놈에게 정신 팔린 모습이라니."

"미쳤소? 사내가 사내에게 연정이라도 품는다는 거요, 뭐요?"

"혹 아느냐? 네놈이 어지간히 특이해야 말이지. 취향도 그런 쪽일지 내 어찌 알겠느냐?"

"설령 내 취향이 그렇다 해도 선생은 내 취향이 절대 절대 저얼대 아니니 걱정 붙들어 매시오!"

완은 두 눈을 크게 치떴다. 말로 따귀를 맞았다는 표정이다.

"취향이 아니라니 듣던 중 아주 아주 아아주 반가운 소리구나! 그럼 그 잡상인 놈은 취향이라는 것이냐?"

"허! 사상 드러운 것 좀 보소! 말을 말아야지, 내가!"

제정신이 아니네! 용희는 혀를 끌끌 차며 상대를 말아야겠다는 표정을 지었다. 무슨 말만 하면 눈꼬리부터 올리고 따져대는 선생의 비위를 어떻게 맞춰야 하는지 모르겠다.

"사, 사상이 드럽다고? 내가? 내가?"

"사상만 드럽소? 속도 드럽게 좁고 언동은 더 드럽고!"

"허! 나야말로 살다 살다 별말을 다 듣겠군!"

"비키시오! 내가 누굴 기다리든 말든 선생이 무슨 상관이오!"

"상관은!"

없지! 없어서…… 열받는단 말이다…….

도량이 좁은 선생께서 입술을 꾹 깨물며 꿍얼거렸다. 망할 잡상인 놈, 필시 변발을 시키고 말리라.

"난 올라가 있을 테니 따라오지 마시오!"

용희는 치맛자락을 붙잡고는 총총 정자 위로 올라갔다. 완은 그녀의 뒷모습을 바라보다 피식 실소를 흘렸다. 대체 왜 이렇게 우스운 꼴이 되었는지. 뱉어 놓고 후회해 본들 그녀가 다른 사내를 보는 일은 영 참을 수가 없었다.

"설마 하니 홍시 녀석이 제대로 본 적도 없는 잡상인 따위를 좋아할 리가."

그럴 리가 없다.

"……."

아니, 그럴 수도 있지! 그럴 수도 있는 일 아닌가? 남녀의 일이란 게 상식대로 움직이는 일은 아닐 텐데?

"하나 그러한들 나와 무슨 상관이 있단 말이지."

완은 심신을 다스리듯 두 팔을 양옆으로 쭉 뻗은 채 숨을 길게 내쉬었다. 자, 보아라. 나와는 상관없다. 아무 상관이 없어.

"나 참, 기가 막혀서……."

상관이 왜 없어! 나야말로 상관있는 사내가 아니던가?

"밤마다 나와 동침하는 주제에 잘도 상관없는 사내 취급을 했겠다."

두고 봐라, 홍시.

완은 지치지도 않고 샘솟는 질투심과 무던히도 싸웠다. 그런 선생의 속도 모르고 용희는 정자 위에 올라 선 선녀 같은 모습으로 륜명을 기다렸다. 그리고 잠시 후, 변발 예정인 륜명이 도착했다.

◎

[통역은 잘 지냈는가?]

얼굴 반을 천으로 가린 륜명이 대놓고 그녀를 바라보며 안부를 묻는다. 완은 입술을 꾹 다문 채 그들을 바라만 보았다.

[잘 지냈다. 그대는 잘 지냈는가?]

인사를 받았으니 응당 화답을 건네며 용희는 부드럽게 웃었다.

완의 이마 위로 힘줄이 솟았다.

"당장 일어나 내 뒤에 앉아라."

마주 앉아 하하 호호 웃는 모습이 영 눈엣가시다. 완은 용희에게 등 뒤로 오라 말했고, 별 반항 없이 용희는 고개를 끄덕였다.

"알겠소."

[잠깐. 내가 통역을 위한 선물을 가져왔다.]

용희가 몸을 일으키려 하자 륜명은 재치 있는 말로 그녀를 붙잡았다. 다시 자리에 앉으며 용희는 완에게 속삭였다.

"내게 줄 선물을 가져왔다 하오."

"선물? 독약이라도 가져왔다더냐?"

"못 알아듣는다고 말 좀 함부로 하지 마오. 체통 없이."

허. 나도 한 번 해 본 적 선물을…… 잡상인 네놈이 왜?

완은 입술을 꾹 깨물었다. 륜명은 친절한 웃음을 지으며 작은 꾸러미를 열었다. 명에서 건너온 것이 확연한 여러 장신구들이 그녀의 눈을 어지럽혔다.

[이 장신구가 이제야 주인을 만나 기쁘다. 마음에 드는가?]

"맙소사. 선생, 이것 좀 보오. 명국의 것들이오."

참을 인(忍)이 심중에 쌓여 간다. 완은 손가락으로 참을 인을 쓰며 심호흡했다.

선물 꾸러미를 내려다보던 용희는 방긋 웃으며 손을 내저었다.

선물은 화려했으나 받기는 어려웠다.

[하지만 이것들은 내게 너무 과분하니 그대의 마음만 받겠다.]

[아니다. 내 마음이 이곳에 담겨 있으니 받아 주면 좋겠다.]

륜명은 세심한 눈길로 장신구를 살폈다. 그녀에게 직접 해 주고 싶었던 모양이다.

"세상에나, 어쩜 이리 마음도 고운지. 누구와는 달리 도량이 넓은 사내네."

"……거래 안 할 것이냐고 물어봐라."

[그대가 선물을 받으면 거래를 시작할 것이다.]

또다시 륜명은 자연스레 껴들며 그녀의 시선을 빼앗았다. 자상함이 줄줄 흘렀다.

[통역이여, 조선에서는 힘든 일이겠으나 명국에서는 선물한 장신구를 직접 달아 주는 것이 예의다. 명의 예의를 다하게 해 주겠는가?]

[좋다. 명국의 예라면 기꺼이 따르겠다.]

예도에 껌뻑 죽는 그녀는 수줍은 얼굴로 고개를 돌렸다. 완의 얼굴이 일그러졌다.

"지금 뭐 하는 것인가?"

"기다려 보오. 선물을 직접 달아 주는 것이 명의 예라 하니까."

거짓으로 만든 예를 잘도 믿으니 환장할 노릇이었다. 륜명은 거짓이 탄로 나기 전에 신속히 팔을 뻗어 그녀의 머리에 조심스럽게 장신구를 꽂았다. 처음부터 그곳에 자리한 듯 장신구는 너무나도 자연스럽게 그녀와 어울렸다.

[가히 그대의 것이다. 이리도 잘 어울리는 여인은 본 적이 없다.]

[감사히 받겠다. 이리도 마음을 쏟아 주니 기쁘게 통역에 임하겠다.]

[그대가 기쁘다면 나 역시 기쁘다.]

용희는 륜명의 따뜻한 말에 환히 웃었다. 륜명은 장신구 함을 닫고 그녀의 앞으로 밀며 입술을 열었다.

[자, 이제 거래를 시작하겠다 전하라.]

"선생, 이제 거래를 시……."

그녀는 완을 바라보며 통역을 하다 말꼬리를 흐렸다. 눈빛이 예사롭지 않게 불타오르는 것을 보니, 이 정자를 태우고도 남을 것 같았다.

"볼일 끝났으면 내 뒤로 와라."

도량이 좁기로는 조선 으뜸인 것 같았다.

"어서. 당장."

22
화

등 뒤에서

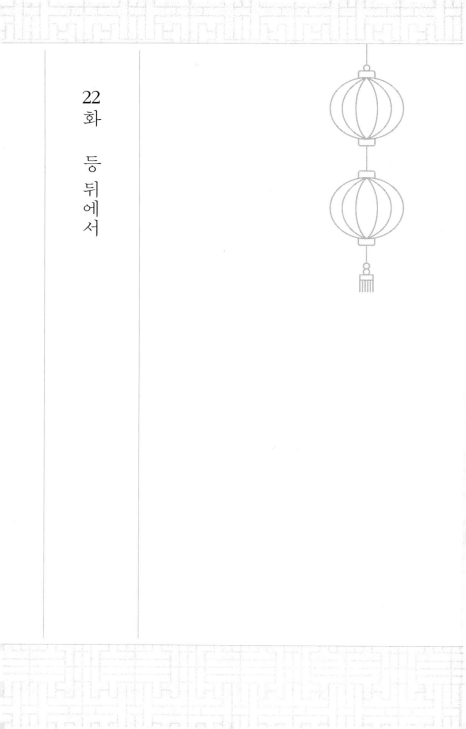

임금이 좌우 대신들에게 이르기를.

"세자는 어지간한 일엔 화를 내지 않으며 유별나게 침착하고 앞을 내다보는 성견이 남다르다. 듬직하고 덕이 빛나며 학문은 밝으니, 백성들이 받들기에 손색 없다. 말을 타고 가면서 활을 쏘기도 하고 창을 쏘기도 하니 그 기예를 어찌 다 말할 것인가. 또한 세자가 목소리를 높이는 일을 들은 바 없어, 감히 칭찬하지 않을 수 없다."

하며 칭찬하기를 그치지 않았다.

"전하께 아뢰어 주게."

"예, 좌상대감."

편전 앞에 선 신기형은 허리를 펴며 문대령을 했다. 환관의 으뜸인 상선 최무임은 문을 향해 고개를 조아렸다.

"주상 전하, 좌의정 입시이옵니다."

"들라."

감히 함부로 열리지 않는 지질문이 활짝 열렸다. 신기형은 바른 자세로 걸음 했다.

"찾아 계셨사옵니까. 신 좌의정, 주상 전하를 뵈옵니다."

"좌상은 어서 오라."

왕은 찾아온 신기형이 건네는 인사를 받았다. 예를 다한 인사 끝에 자리에 앉은 신기형은 의복을 정비했다.

"좌상을 따로 맞이한 것이 오랜만인 듯하다."

"이리도 만사에 사무쳐 계시니, 격무에 옥체가 상하실까 저어될 뿐입니다."

일국의 재상이 되어 군주를 보필한 세월이야말로 오랜 세월이다. 신기형은 노련한 솜씨로 충정 어린 대꾸를 마쳤다.

반좌한 자세로 앉아 있자니 찾아온 상궁이 귀한 죽을 내왔다. 흔히 만나 볼 수 없는, 우유에 쌀과 잣을 갈아 만든 타락죽이다.

"도통 입맛이 없어 죽이나 한 술 뜨고자 하는데, 좌상과 함께할까 하여."

"이것은 타락죽이 아니옵니까. 어찌 이리 귀한 것을 신께 내어 주시옵니까."

좌상은 엎드리듯 고개를 수그렸다. 이윽고 천천히 허리를 펴며 적당한 온기를 품고 있는 놋그릇을 내려다보았다.

"바로 맞추는 것을 보아하니 좌상은 타락죽을 실제로 경험한 적이 있는 모양이다."

"그럴 리가 있겠습니까. 다만 향이 고소하며 빛깔이 매끄러우니 감히 추측해 고하였을 뿐이옵니다, 전하."

임금도 좀처럼 찾지 못한다는 타락죽은 귀하기도 귀할뿐더러

사치의 으뜸이기도 했다. 농사를 큰 기반으로 두고 있는 조선에서는 특히나 그러했다. 선대왕 때에는 타락죽을 금한다는 명이 떨어지기도 했으니까.

"식기 전에 들라."

"예, 전하."

하지만 신기형의 사가에서는 흔히 볼 수 있는 죽이었다. 그 부인이 맛을 좋아해 딸아이와 즐겨 찾는 음식 중 하나였으니 말이다. 어디 그것뿐인가. 소의 젖이 피부에 좋다는 것을 알게 된 부인이 먹기도 아까운 소젖을 목욕에 사용하곤 했다.

임금은 기미를 마친 고소한 타락죽을 한 입 떴다. 그제야 신기형 또한 타락죽을 한 입 했다. 처음부터 끝까지 입가를 가린 채 작은 움직임만으로 입술을 움직였다.

"역시 일품입니다. 씹을 것도 없이 녹는 것 같습니다, 전하."

"그러한가?"

"예. 신이 이런 귀한 음식을 어디서 맛보겠나이까. 성은이 망극하옵니다, 전하."

이런 귀한 음식 같은 건 처음이라는 것처럼 신기형은 연신 고개를 끄덕였다. 임금은 조용히 한 입을 삼켰다.

"과인이 원자 시절 홍역을 앓았을 당시, 어머니께서 이 타락죽을 먹이셨다."

지금의 임금께도 원자였던 시절이 있었다. 신기형은 조용히 임금의 말을 경청했다.

"어린 입맛에도 무척이나 고소했던 그 맛을 잊지 못해, 훗날 세자가 되어 다시 타락죽을 찾았다."

수시로 타락죽을 내오라 명했던 어느 날이었다.

"어머니께서 세자궁으로 나를 찾아와 훈계하시기를, '아들아, 몇 주발의 타락죽을 만들고자 십수 마리의 송아지가 젖을 굶게 되니 어찌 이것을 즐겁게 찾겠는가?'라 하시었다."

들어라. 백성은 나라의 근간이요, 농사는 백성의 근간이라. 그 농사에 근간은 바로 소(牛)다.

"그 뒤로는 이 타락죽을 찾지 않았다. 과인이 찾지 않음으로 궐에서는 타락죽을 볼 수 없게 되었다."

"전하께서 이토록 어진 덕으로 백성을 보살피시니 민심이 흥한 것은 당연한 일 아니겠사옵니까, 전하."

신기형이 머리를 조아린 채 굵직하게 답하자 임금은 짧게 웃음 지었다.

"영상의 자리는 바로 이 타락죽과 같은 자리다."

죽을 뜨던 손을 멈추며 신기형은 천천히 고개를 들었다.

"누구나 원할 수 있으나 감히 찾을 수 있어선 아니 되는, 그런 자리란 말이다."

"예, 전하."

임금의 의중을 파악하고자 쉴 새 없이 머리를 굴려 보지만 이어질 다음 말들은 예측이 되질 않았다. 다만 때가 다가오고 있음은 느낄 수 있었다.

"조정의 근간이 되는 자리다. 그 자리를 탐하고자 뜻이 맞는 자를 주청하는 일은 금지하려 한다."

좌상인 신기형을 영의정의 자리에 올리고자 하는 상소가 하루에도 수백 건씩 당도했다. 신기형 스스로 주관하고 진행하고 있는 일이었으니 모를 것도 없던 일이다.

"한 사람의 충신을 쓰면 충신이 무리로 나오는 법. 주상 전하의 뜻이 옳으신 줄 아뢰옵니다. 부디 굽어 살피시어 어질고 현명한 자를 선임하시옵소서."

하지만 신기형은 알은 척하지 않으며 임금의 이야기에 긍정했다. 바삐 돌아가는 신기형의 머릿속을 아는지 모르는지, 임금은 계속해서 말을 이었다.

"초야에 묻혀 사는 유생들부터 당상관까지 좌상을 천거하니, 좌상의 입지를 새삼 실감하는 요즘이다."

"불충으로 성심을 살피지 못하여 일을 이 지경으로 만들었사옵니다. 알았다면 어찌 그런 일을 두고만 보았겠나이까."

"물론."

임금의 타락죽은 동이 났다.

"과인도 그리 생각한다."

신기형의 타락죽은 반 이상이 남았다.

"어린 송아지의 젖줄을 뺏는 일은 감히 있을 수 없는 일. 충신과 간신을 선별할 수 없으니 당분간은 내정자를 두지 않겠다."

"예, 전하. 그리 전하겠사옵니다."

심상치 않은 기운에 신기형은 표정을 유지한 채 생각에 잠겼다. 그동안의 임금은 쉽게 움직여 주었다. 조정을 자신의 사람들로 채워 나갈 수 있었던 것도 그러했기 때문이다. 이제 끝이 보이는 길목까지 왔다 여겼건만.

"물론 좌상의 명망이 무겁고 덕은 넉넉하니 과인이 어찌 좌상을 친애하지 않을 수 있겠는가? 인정에 하는 말이니 섭섭하지 말라."

"송구하옵니다, 전하. 뜻을 받들겠사옵나이다."

더 이상 상소가 오르는 일은 없도록 하라는 암묵적인 명이 분명해, 신기형은 많은 생각을 했다. 현재 임금은 자신이 상소를 멈추게 할 수 있다는 것을 알고 있었다. 혹 자신의 뜻임을 알고 있을지도 몰랐다. 임금께서는 그 불편한 속내를 처음으로 드러낸 것이다.

"어찌 타락죽을 남기는가? 설마하니 죽이 질렸을 리는 없을 테고."

"아니옵니다. 귀해 천천히 음미하다 보니 이리 되었을 뿐입니다, 전하.”

더 이상은 한술도 뜨지 못한 채 고개를 조아리고 있자 입가를 닦은 임금은 다시금 평온하게 되돌아갔다.

“낭비하지 말고 비우라.”

“예, 전하.”

신기형은 다시금 죽을 먹었다. 부드러운 타락죽에 가시가 잔뜩 들어 있는 것만 같았다.

[거래를 성사하는 의미로 한잔하지.]

“좋다. 그대도 잔을 들라.”

완과 륜명은 동시에 잔을 들었다. 용희가 완의 등 뒤로 자리하면서 거래에 평화가 찾아온 것이다. 시선에서 용희가 사라지자 륜명은 거래에 집중했고, 륜명이 용희를 찾지 않으니 완 또한 거래에 집중할 수 있었다.

어서 거래를 끝마치고 자리를 떠야겠다. 완은 그렇게 생각했다.

[부디 좋은 인연이 되길 바란다, 진심으로.]

“나 또한 좋은 인연이 되길 지극히 바란다. 진심을 다하여 말이다.”

세 번째 만남인 만큼 이제는 탐색전을 끝낸 두 사람이다. 지금까지는 서로를 염탐하는 수준으로 말을 아꼈다면, 이제는 본격적으로 소통에 나설 차례였다.

완은 류명을 향해 군사 무기를 밀매하는 일을 알고 있다 말했으며, 달리 그것들을 트집 잡고 싶은 생각은 없다고 말했다.

[안 그래도 내가 가진 은화는 조선에서 별 쓸모가 없어 고민하던 차였다. 그대가 환전을 해 준다면 기꺼이 내 일에 끼워 주지.]

"환전이야 얼마든지 해 줄 수 있다. 얼마를 원하든, 언제든지."

자신 또한 뒷돈을 보태 수익을 내고 싶으니 참여할 수 있게 해 달라 청을 넣었고, 잠시 고민하던 류명은 제안이 나쁘지 않다며 고개를 끄덕였다.

[조선에서는 은화를 사용하지 않으니, 그대는 은화를 어떻게 처리하려 하는가?]

"걱정하지 말라. 알아서 잘 처리하겠다."

류명에게 자신을 소개하기를, 완은 지주의 아들로서 땅과 돈이 많은 중인이라 하였다. 갑갑한 조정 벼슬에는 별 관심이 없고 돈이나 불리며 편히 사는 것이 목적이라고, 부연 설명을 덧붙였다.

[한데 어찌 이런 일을 하겠다고 찾아온 것인가?]

"합법적인 일로 재화를 끌어모으는 일엔 한계가 있는 법이니까."

완의 말투가 편안하고 눈빛이 침착해 류명은 그의 말을 의심할 여지가 없었지만, 용희는 알고 있었다. 선생은 거짓을 말하고 있다는 걸.

"안전하다는 것만 보장된다면 함께 도모하고 싶다."

[안전이라. 안전은 내가 보장하지.]

반신반의하는 표정으로 륜명은 중얼거렸다. 완의 표정으로 무엇도 드러나지 않으니 그의 말은 진실인지 아닌지 구분하기도 어려웠다. 웃음기가 사라진 두 사람의 눈매는 참과 거짓을 가리기 위한 형형함이 맴돌았다.

한참을 망설이던 륜명은 살랑살랑 흔들던 부채질을 멈추었다. 완벽한 결심이 선 것 같았다.

[그대와 일을 도모하겠다. 그런 의미로 한 잔 더 하겠는가?]

"좋다."

륜명과 완은 또다시 잔을 비워 냈다. 투명한 빛깔의 술은 여간 독한 것이 아니었다.

[통역도 한잔하겠는가?]

깨끗하게 잔을 비운 륜명은 완의 등 뒤에 앉아 있는 용희를 향해 입술을 열었다. 그녀에게 물었으나 완이 답했다.

"통역은 되었다. 본무에 힘쓸 수 있도록 신경 쓰지 말라."

용희는 속으로 불만을 품었지만 딱히 틀린 말은 아니었으므로 반박하지 않았다. 술이라면 끔찍했다. 화려한 전적이 있으니 그럴 만도 했다.

[아쉽군. 그럼 다음을 기약하도록 하겠다.]

류명이 깔끔하게 포기하자 완은 편안한 표정을 했다. 대화를 나눌수록 류명은 명석하고 재치가 있었으며, 호방함이 넘치는 기개를 지닌 사내였다. 하지만 그런 류명이 간간이 그녀의 뒷모습으로 시선을 줄 때마다 불쾌했다.

완은 용희의 머리카락 한 올도 잡상인 놈에게 보여 주지 않을 요량으로 그녀를 완벽하게 가리고 앉았다. 무의식적으로 용희가 움직일 때마다 교묘하게 어깨를 움직이며 홍시를 가리기 바빴던 것이다.

[통역은 차라도 한잔하라. 목이 탈 것인데.]

류명은 아랫것을 시켜 차를 내왔다. 차를 내려다보던 용희가 고개를 돌리자 완은 또다시 두 사람의 시선 사이를 막았다.

"좀 비켜 보오. 인사라도 하게."

"말해라. 누가 말을 못 하게 했는가?"

"사람 얼굴을 봐야 인사를 할 것 아니오?"

용희는 완의 반대 방향으로 고개를 빼꼼 내민 채 류명을 향해 환히 웃었다.

[잘 마시겠다. 신경을 써 주다니 고맙다.]

[통역은 차(茶)에 대하여 잘 아는가?]

륜명은 어서 들라며 손짓했다. 알아듣지 못하는 완은 눈썹을 꿈틀댔다.

"인사가 끝났으면 얼굴 좀 집어넣었으면 하는데?"

"하여간에 인정머리하고는."

용희는 홱 고개를 돌리며 다시금 제자리를 찾았다. 그녀는 고운 손길로 찻잔을 들었고, 륜명은 술을 따르며 입술을 열었다.

[누가 내게 그러더군. 인차합일(人茶合一)이라, 차와 다도인은 하나라고.]

어? 용희는 또다시 뒤를 돌아보았다. 이번엔 선생을 피해 아예 옆으로 나왔다.

[맞는다. 물과 차가 만나 하나가 되고, 이것을 다도인이 음복함으로써 주객일치가 되는 것이 그 이치다.]

[그렇군. 좋은 뜻이다.]

차에 대한 지식이 해박한 그녀는 모처럼 전문 분야가 나오자 눈을 빛냈다. 곁눈질로 그 얼굴을 바라본 완은 입술을 꾹 깨물었다. 대체 이것들이 무슨 말을 주고받는지 알 길이 없다.

[그럼 지금의 차는 어떠한가? 나름 귀한 것을 내왔다.]

질문에 답하고자 용희는 우아한 자태로 차를 한 입 삼켰다. 눈을 감고 숨을 길게 내쉬니 그 진가를 알 수 있을 것만 같았다.

[달고 향기가 좋다. 또한 무겁고 부드러우며 색이 이토록 맑으

니, 가히 최상의 차다.]

그녀의 말이 길어지자 완의 심기는 더욱 불편했다. 마음의 평화
는 이미 물 건너간 상태였다.

[맛이 좋다 하니 기쁘다. 덕분에 좋은 정보를 알아간다.]

모르는 척했지만 차에 대한 일가견이 있기로는 륜명도 만만치
않았다. 차의 가치를 알아본 그녀가 대견한지 고개를 끄덕이며,
륜명은 눈웃음을 쳤다.

[그대는 알면 알수록 대단한 여인이다.]

[과찬이다. 이런 좋은 차를 대접해 주어 감사하다.]

완은 두 눈을 크게 치떴다. 눈썹을 씰룩거리며 눈웃음을 자아내
는 잡상인의 얼굴은 비위가 상해 못 봐 줄 지경이었다. 감히 잡상
인 주제에 눈웃음을 치다니. 머리를 밀어 버리는 게 아니라 목을
밀어 버려야겠다.

분노에 가득 찬 시선을 내리며 완은 자신의 술잔을 채웠다. 술
이 한 잔 두 잔 술술 들어간다. 잡상인 놈이 눈웃음을 치는 것도
싫지만.

"선생, 왜 그렇게 급히 마시는 거요. 그거 술이라며?"

홍시가 따라 웃는 건 더욱 싫다!

어느덧 한 잔은 두 잔이 되고 두 잔은 석 잔이 되었다. 륜명은
부채질이나 천천히 하며 그 모습을 바라보았고, 용희는 불안한 시

선으로 완을 빤히 바라보았다. 끝내 병을 모두 비워 냈고, 완은 입
가를 천천히 닦았다.

"일어나라. 갈 것이다."

"이야기는 전부 끝났소?"

완은 벌떡 일어섰다. 이제 남은 것은 저 잡상인 놈에게 돈을 대
며 먹이사슬 최상단까지 알아내는 것이다. 시간이 해결해 줄 문제
였다.

"돌아갈 테니 필요한 자금만큼 말하라. 차질 없이 진행할 것
이니."

[이렇게 가는 것인가? 벌써?]

통역을 하며 용희도 몸을 일으켰고, 륜명은 빈 잔에 잔을 채웠
다. 일각도 꾸물대고 싶지 않은 완이 용희의 장옷을 대신 집어 들
었다.

"앞장서라, 어서."

[아……. 그럼 이만 가 보겠다.]

[조심히 가라. 다음에 다시 만나길 기대하겠다.]

륜명은 홀짝 잔을 비우며 그녀를 향해 미소를 그렸다. 완을 향
한 인사는 생략하기로 한다. 사내놈이 가는 거야 상관할 바 아니
었으니까.

"어후, 술 냄새."

용희는 손바닥으로 부채질을 하며 완에게서 조금 떨어졌다. 낮술은 이렇게도 위험한 것이다. 매사에 침착하던 선생의 숨소리가 불규칙했으니 말이다.

"무슨 술을 그리 맹물 찾듯 마시는 거요? 술 구경 못 해 본 사람처럼?"

"당연히 구경 못 해 봤다. 내가 대체 어딜 가야 이런 구경을 할수 있겠는가?"

"응? 뭐라고?"

용희는 동문서답을 하는 것 같은 완의 대답에 입술을 삐죽였다. 무엇에 단단히 화가 났는지 꾹 다물고 있는 선생의 입술은 예사롭지 않았다.

이럴 땐 피하는 게 상책이라. 용희는 조금씩 선생과 간격을 두며 걸음을 옮겼다. 애먼 술주정을 당하고 싶지는 않았다.

"뭐요. 말을 타겠다고?"

용희는 완의 옷자락을 붙잡았다. 벌게진 얼굴을 하고서는 말머리를 끄는 것이 아닌가?

"놓아라. 너보단 정신 멀쩡하니 걱정 말고."

"이보오, 선생. 음주 후 말을 타는 것은 법으로도 금기한 일이오. 얼마나 위험한 일……."

용희의 예상과는 달리 완은 말머리를 끌며 용희에게 손짓했다. 하나 이런 정신머리로 말에 올라탈 만큼 어리석지는 않았다.

"난 잠시 걸을 것이니 너나 올라타라."

"나도 됐소. 날도 좋은데 잠시 걷지 뭐."

용희가 손사래 치며 고개를 흔들자 륜명이 그녀의 머리에 장식해 준 뒤꽂이가 흔들렸다. 완의 눈썹이 꿈틀거린다.

"태진사에 볼일이 있다고 하질 않았소? 갈 길이 멀어 한참이니 어서 출발하오."

앙증맞은 방울이 흔들거려 운치를 더하자 완은 불타오르는 시선으로 뒤꽂이를 노려보았다. 술김과 버무려진 질투심은 기어이 폭발하고 말았다.

"뭐, 뭐 하는 거요!"

홱! 완은 용희 머리에 꽂혀 있던 뒤꽂이를 빼 강가로 던져 버렸다. 용희는 머리를 부여잡으며 그 손길을 따라 강 쪽을 바라보았다.

"어어? 어어어!"

뒤꽂이는 아름다운 호를 그리며 하릴없이 낙하했다.

"으아아!"

첨벙! 뒤꽂이는 가볍게 강물 아래로 모습을 감췄고, 용희는 질끈 감았던 두 눈을 부릅뜨며 완을 노려보았다.

"진짜 보자 보자 하니까! 미쳤소? 왜 멀쩡한 남의 물건을 강물에 던지고 난리요! 이자가 정말!"

"어울리지 않는 물건을 하고 있으니 영 거슬려서 버렸다! 왜!"

"어, 어울리지 않아? 내가 어울리든 말든 선생이 무슨 상관이오! 내가 받은 선물인데!"

"오호라! 선물이 그리도 좋더냐? 좋아?"

"좋다! 어쩔래!"

용희가 바락바락 대들자 완은 두 눈을 더욱 치켜떴다. 왜 이렇게 그녀 앞에만 서면 체통도 처신도 제대로 하지 못하는 소인배가 되는지 모르겠다. 하지만 심기가 뒤틀려 어디 살 수가 있나! 당장 빼 버리지 않고서는 미치겠는데!

"진짜 성격 이상한 줄은 알았지만 술 취하니 아주 가관이네! 난 혼자 갈 테니 태진사로 오든 말든 알아서 하시오!"

"내가 사 주면 될 것 아니냐!"

"사 줘? 됐소! 사 주기만 해 봐라! 강가에 죄다 던져 버리고 말 테니까!"

흥! 용희는 종종 걸음을 옮겼다. 술이 오르는지 완은 천천히 눈을 감았다가 뜨며 마주한 현실에 깊이 절망했다. 세자가 어지간한 일엔 눈 하나 깜짝하지 않는다고, 침착과 인내는 따라올 자가 없다며 아바마마께서 얼마나 칭찬하셨는가.

"하, 엉망이다. 엉망이야."

신분을 잊고 여인네 장신구 하나에 침착하지 못한 꼴이라니. 완은 절레절레 고개를 흔들었다. 지금 취한 것인가. 그랬으면 좋으련만. 부디 그런 것이라면 얼마나 좋겠는가.

"거기 서라."

"따라오든 말든 알아서 하오! 같이 걷고 싶지 않으니까!"

하지만 이를 어찌한다. 취한 것은 너를 향한 내 마음인데. 무를 수도 없이, 벌써 이 지경이 되고 말았는데.

"서라 했다."

주지 말아야 할 것들이 전부 네게 건너갔는데. 한시도 쉬지 않고 자꾸 흘러가는 것을 대체, 내가 어찌한단 말이냐.

완은 성큼성큼 걸음을 옮겨 용희의 어깨를 붙잡아 돌렸다.

"어어! 선생!"

놀란 눈을 하던 용희는 긴 숨을 내쉬며 금세 표정을 풀었다. 취한 사람을 데리고 싸워 봐야 아무 이득이 없었으므로.

"알겠소. 먼저 가겠다는 말 취소하겠소."

그녀는 한발 물러서며 완을 달래기 시작했다. 그래, 이해하자. 상대는 지금 주정뱅이가 되었으니까.

"알겠소. 알겠다니까? 선생과 같이 갈 테니 어깨 좀 놓으시오."

완은 붙잡은 어깨를 차마 어쩌지 못하고 그녀를 바라보았다. 신념과 마음은 어느 것 하나 질 수 없다 외치며 팽팽히 맞섰다. 바라보자니 마음이 저리고 돌아서자니 마음이 괴로워, 무엇도 선택할 수 없던 세자께서는 천천히 입술을 열었다.

"가자. 그깟 뒤꽂이 오늘 내가 백 개라도 사 주지."

"일없소. 그런 걸 사서 내가 어디에 쓴단 말이오?"

"화났느냐?"

"됐소. 한두 번이어야지. 하지만 난 도량이 넓은 사내니까 이해해 보겠소."

들어라. 네가 내게 있는 동안은 곁을 내주겠다. 다시 돌아가야 할 길이 막막하더라도 지금은 그리해 볼 것이다.

"곁에서 떨어지지 말고 걸어라. 알겠는가?"

"알겠소. 알겠으니 휘청대지 말고 잘 좀 걸어 보오, 주정뱅이 선생."

그러니 지금부터 너는 내게, 잠시도 등을 보이지 말라.

23
화

원

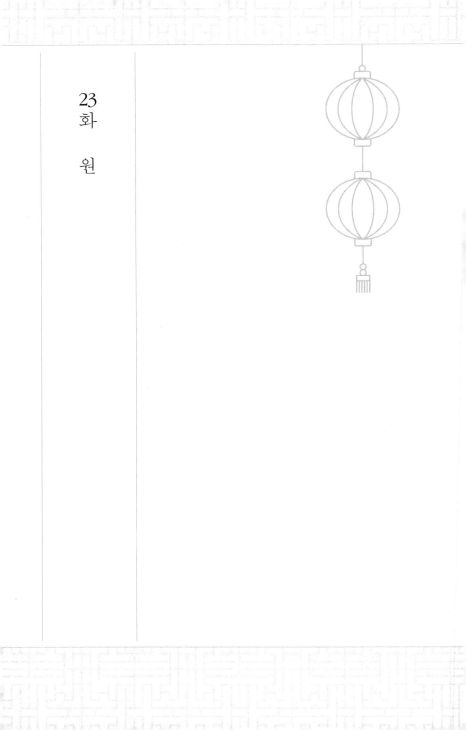

　이경에 승정원에 전교하기를.

　"조만간 사신들이 돌아갈 참인데, 주인 된 도리로 가는 길을 극진히 염려 않겠는가. 재앙을 물리칠 수 있도록 치성을 드리게 하고자 한다. 승도를 불러 거행할 것이니 의정부와 긴밀히 의논하여 아뢰라."

　대사성·우의정 등이 아뢰기를.

　"본디 치성이란 미신의 것일 뿐 실제의 도움이 없는 줄로 아옵지마는, 뜻을 받들어 태진사의 승도에게 일러 거행하겠나이다."

　하니, 임금이 그대로 따랐다.

산길이 끝나자 작은 마을이 완과 용희를 반겼고, 다시 사내 복장으로 환복한 용희는 부지런히 걸음을 옮겨 태진사를 향했다.

"쉬어 가겠느냐? 고단할 텐데?"

"됐소. 쉬더라도 태진사에 도착해서 쉬겠소. 빨리 도착하고 싶소."

일정이 빡빡했으나 할 수 없었다. 쉬어 갔으면 좋겠다는 완의 말에도 그녀는 강행군을 이어 갔다. 그녀가 그렇다니 완도 더는 채근하지 않고 태진사로 향했다. 이후로도 한참을 움직였고, 이제 조금만 더 가다 보면 태진사가 나올 것이다.

"저기 보이는 곳이 태진사 아니오?"

"맞는다."

완은 그녀가 오래전부터 태진사를 다녔다는 사실을 알 리 없었다. 다만 나무에서 떨어진 그녀를 임시방편으로 절에 데려갔을 뿐. 아마도 그것이 태진사와 그녀의 첫 인연일 것이라 믿는 모양이었다.

"우와! 다 왔다!"

"그리 좋으냐? 아는 이라도 있는 것처럼?"

그런 그녀가 단순히 가까워지고 있음에 기뻐하자 완은 별일이라는 듯 갸우뚱했다. 깊었던 사연을 모두 알릴 수 없음에, 용희는 작게 웃으며 중얼거렸다.

"아는 자는 없어도 선생을 만날 수 있지 않았겠소? 고마운 곳이지."

용희의 어머니는 이 절을 다녔다. 그녀가 태어나기도 한참 전의 일이다. 그렇게 오랜 기간 치성을 드린 끝에 그녀의 오라비를, 그리고 그녀를 얻었노라 어머니는 확신했다.

게다가 이 절은 현재의 중궁전에서도 간혹 들러 향을 바치며 찬불하는 곳이기도 했다. 내로라하는 큰 절은 아니었으나 전통과 역사가 깊은 곳이다. 그녀에게도 완에게도 그러했다.

"어인 일로 날 만나 고마운 곳이라는 말을 다 하느냐? 해가 서쪽에서 뜨려나?"

완은 그녀의 대꾸가 나쁘지 않은지 부드러운 음성으로 입술을 열었다. 자신을 만나 감사한 곳이라는 말이 어지간히 좋았던 모양이다.

"뭐, 고마운 건 사실이오. 배를 곯지 않는다는 건 무척 중요한 일이니까."

"다, 단지 그것뿐이더냐? 이유가 더 있을 텐데? 더 있어야 할 텐데?"

완이 뾰족해진 눈매로 다그치자 용희는 조용히 미소 지었다. 칭찬을 듣고 싶어 하는 그 속내를 여과 없이 드러내는 선생이 때로는 귀엽기도 했다. 저 얼굴이 귀여워 보이는 날도 오는구나. 용희는 더욱 가벼운 웃음을 터트렸다.

"알고 보면 선생도 참 별종이오. 알고 있소?"

"별종은 별종이지. 너는 잘 모르겠지만 나는 유일무이 전무후무한 사람이다."

"정말 근거 없는 자신감엔 일인자요. 인정."

용희는 입가에 가득 그려 넣었던 미소를 지우며 완을 바라보았다. 신분이나 정체에 대한 그 어떤 말도 나누지 않으며, 어찌 되었든 두 사람은 거래를 잘 유지하고 있었다.

"이보오, 선생."

"그래, 말해라."

"명국의 상인과도 일이 잘 성사되었으니, 선생과 나의 거래는 끝나 가고 있는 것 아니오?"

언제까지 선생을 속일 수 있을지 잘은 몰랐지만, 때가 되면 자신이 여인이라는 사실을 말해 주어야겠다고 용희는 다짐했다. 언감생심 자신의 신분까지는 말하지 못해도 정체는 밝히고 싶었다. 이 만남의 끝자락에는 반드시. 반드시.

"이제 내가 없어도 자연적으로 될 일 같은데?"

"아직은 아니다."

완의 대꾸를 들은 용희는 두 눈을 동그랗게 떴다. 그런 그녀의 얼굴을 힐끔 훔쳐본 완은 때가 아니라며 일축했다. 거래의 끝이 다가오고 있음을 느낀 것은 완도 마찬가지였지만 신중할 필요가 있었으니까. 용희를 붙잡아 두고 싶은 욕심은 아니었다. 다만, 느껴질 빈자리에 대한 준비는 필요했다.

"아직은 네 도움이 조금 더 필요하다. 실질적인 거래를 시작하면 두어 번 더 그 잡상인을 만날 일이 있을 테니까."

"그렇군. 그럼 두어 번 더 통역을 하면 정말 끝이겠네."

사는 내내 그녀는 간간이 생각날 것이고, 어쩌다 보면 보고픈 날도 있을 것이다. 그렇다 하여 무엇을 바랄 것인가. 아쉬움을 축소시킬 수 있도록 최선을 다하는 수밖에.

아쉬움이 묻어나는 그녀의 대꾸를 가슴에 담으며 완은 고개를 들었다. 태진사의 입구가 보이기 시작했다.

"내가 그런 잡상인에게 뒷돈을 대겠다고 했는데 아무것도 묻지 않는 이유는 무언가?"

"거짓인 걸 아니까."

이번엔 답을 마친 그녀가 그의 얼굴을 바라보았다. 하늘을 바라보고 있는 완의 옆모습은 언제, 어느 순간 바라본들 유려했다. 그 얼굴, 그 목소리, 헤어지게 된다면 아쉬울 것 같기도 했다.

"거짓인 걸 알았다?"

"선생은 그런 일을 할 사람이 아니니까. 내 말이 틀리오?"

"어째서 그런 생각을 했는가?"

"부러 생각한 것은 아니오. 느껴졌으니 알았을 뿐."

돌아온 그녀의 대꾸가 또다시 심금을 울리는지 완은 입가에 작은 미소를 그렸다. 볼록한 능선을 따라 먼전만 바라보던 그의 눈매에 따스함이 깃들기 시작했다. 무엇도 믿으려 하지 않고, 무엇과도 가까워지길 꺼려 하던 그녀가 내놓은 답은 무척이나 마음에 들었다. 신뢰받고 있다는 느낌이 강하게 사무친 것이다.

"선생이 거짓말을 밥 먹듯이 하는 건 알고 있지만 그런 일을 할 사람이 아닌 건 알겠소. 하여 나도 사심 없이 통역을 했고."

"사람을 통찰하는 재주도 겸비했다 이건가."

"지금껏 내게 보여 준 것들이 그러했으니까."

완은 천천히 내린 시선을 그녀에게 주었다. 듣기에 영 거북했던 저 방자한 말투도, 손 한 번 잡는 일 없이 거리를 두던 녀석의 경계심도……. 살다 보면 그립겠지. 두고두고 떠오르겠지. 생사가 궁금하여 찾아보고 싶을지도 모른다. 하나 이름 석 자도 제대로 알지 못하는 그녀를 무슨 수로 찾을 수 있겠단 말인가. 아니지. 찾아 마주한들 무엇할까. 무엇을 기대할 수 있겠어. 아무것도 없질 않느냐.

"네가 나를 믿어 준다니 새삼 고마운 일이로다."

"별말씀을."

두 사람은 서로가 대견하다는 듯 미소 지었다. 입구를 막아 두지 않은 태진사가 그들을 반겼고, 돌아 나오고 싶지 않다는 것처럼 두 사람은 그곳으로 들어섰다. 세상과 단절되고 싶다는 것처럼. 잠시나마 속세와 떨어지고 싶다는 것처럼.

"이보시오! 여기 아무도 없소? 좀 나와 보오!"

"시끄럽다. 나오겠지."

네가 누구인지 내가 누구인지, 아무것도 모르고 싶다는 것처럼.

"병판대감, 오셨습니까."

"오는 길에 일이 좀 있어서 늦었네. 오래 기다렸는가?"

"아닙니다. 어서 좌정하시지요, 대감."

병판은 참판직을 맡고 있는 사내 박두천과 인사를 나누었다. 헌헌히 앉아 고개를 든 병판의 자세만 보아도 용맹스러운 기개가 느껴졌다. 박두천은 목소리를 낮추며 입술을 열었다.

"대감, 들으셨습니까? 얼마 전 상감께서 좌상대감을 찾아 상면하셨다고 합니다."

"들었네. 그게 무슨 중한 일이라고 목소리를 낮추는가?"

나직한 박두천의 목소리엔 긴장감이 웃돌았다. 병판은 아무것도 모르는 척 말을 아끼며 자리했다. 얼마 전 좌의정을 개인적으로 만났고, 동궁의 사생활을 파헤치라는 겁박을 받았다는 말은 어디도 알리기 어려웠으니까. 조정엔 신기형의 사람이 아닌 자가 거의 없었다.

"상감께서 당분간 영상의 자리를 비워 두겠다 하셨답니다, 대감."

"근거가 있는 말씀인가?"

"좌상대감을 천거하는 상소가 팔도에서 밀려드니 당분간은 내 정자를 두지 않겠다, 상감께서 직접 언급하셨다지요."

마주 앉은 박두천은 함께 병조를 이끌어 가는 자이기도 했지만, 권세를 따르는 사람이란 걸 잘 알고 있었다. 병판은 조용히 술잔을 들어 목을 축였다.

"자네는 이런 일을 어찌 아는가?"

"모르는 사람이 있겠습니까? 병판 대감 말고는 다 알고 있는 사실입니다."

"대전 상궁들과 나인들부터 금부에 회부해야겠네. 어찌 이렇게 대전의 일들을 소상히 아는지."

"대감, 지금 그런 소리를 하실 때가 아닙니다. 시국이 어느 때인데."

박두천은 병판대감의 성격을 누구보다 잘 알고 있었고, 또한 누구보다 가까이서 뜻을 받들었던 자이기도 했다. 맡은 소임 외에는 관심을 두는 곳이 없어 정세에 둔한 답답함이 있었으나, 상감의 신뢰가 남달랐고 그 아들이 익위사로 동궁과 긴밀하니, 병판의 가문은 쉽게 무너지거나 꺾일 것도 아니었다.

"병참, 내게 하고자 하는 말씀이 무언가?"

"동궁께서 언제까지 궐 밖에 계시겠습니까. 이제 얼마 후면 돌아오실 텐데. 그럼 열 일 제치고 간택부터 시작될 것입니다."

"한데?"

"팔도의 규수들이 혼례를 앞당겨 치르고 있다 합니다. 뜻이 무엇이겠습니까. 금혼령이 떨어지기 전에 일을 처리하겠다는 것 아니겠습니까?"

답답하다는 듯 박두천은 말을 뱉었다. 병판이 조금도 뜻을 이해하지 못하니, 벽 보고 이야기하는 것만 같았다.

"상감께서 영상의 자리에 천거하지 않으시는 심중의 뜻이 무엇입니까. 간택 때문이 아니겠습니까?"

"간택이 어쨌기에 자네 입에 오르락내리락하는 것인가. 내명부의 일에 어찌하여 신료 된 자가 관심을 두는지?"

"하이고, 대감. 이미 좌상대감의 여식이 내정자라고 소문이 파다합디다. 하니 누가 여식을 내놓겠습니까?"

박두천의 말은 사실이었다. 전국은 혼사를 앞당겨 일을 치르느라 들썩이고 있었다. 간택되지 않을 것이 뻔한 자리에 딸자식을 내어놓지 않으려는 반가의 눈물겨운 투쟁이 줄을 이었던 것이다. 영의정의 여식마저 사라졌으니, 견줄 것도 없이 좌상의 여식은 분명한 내정자였다.

"상감께서도 권력이 한쪽으로 치우치는 것을 염려해 영상의 자리를 공석으로 두고 계시는 것이 분명합니다."

"바르고 공명한 분부가 아니신가. 권력의 균형은 반드시 필요한 일."

"문제는 그것이 아니지요. 관료들은 물론이고 유림들까지 좌상을 천거하고 있는 이 마당에, 언제까지 상감께서 일을 거부하실 수 있겠단 말씀이십니까."

박두천은 손을 내저으며 탄식했다. 정세를 몰라도 너무 모르는 병판의 무관심은 혀를 내두를 지경이었으니까.

조용히 술잔만 채우고 비우던 병판이 입술을 닦으며 고개를 들었다. 답답함에 안달 난 박두천의 눈빛은 조급해 보였다. 간택의 승리자도, 만인지상의 소유자도, 종국엔 신기형이 될 것이다.

"그래서 내게 하고자 하는 말이 무언가. 똑바로 말씀하시게."

"우리 병조도 힘을 모아야 합니다. 지금 좌상대감의 눈에 들지 않은 사람들이 우리밖에 더 있겠습니까?"

"사람 참, 지금 무슨 말을 하는 겐가!"

예민한 반응이 터졌다. 줄곧 신경 쓰고 있던 부분을 긁히자 병판의 목소리는 커지고 말았다. 이 난잡한 정국에 바른 정치, 바른 신념을 홀로 지키는 일이란 무척이나 어려운 일이었으므로.

"뭘 어쩌라는 것인가! 좌상을 찾아가 무릎이라도 꿇고 잘 봐 달라 청이라도 넣으라는 겐가?"

"대감께서 잘못되시면 우리는 뉘를 의지한단 말씀이십니까. 벼슬직을 물러나는 것이 두려워 이러겠습니까? 풍비박산이 난단 말입니다."

"지은 죄가 없는데 무엇이 두려워 그……."

병판은 천천히 말꼬리를 흐렸다. 문득 신기형의 말이 생각났기 때문이다.

'하오나 병판, 죄는 말이오. 사람이 짓는 게 아니오리다.'

충격이 복받되어 머리가 뜨거워 왔다.

'이 사람이 만드는 것일 뿐.'

병판은 천천히 술잔을 내렸다. 잊어 보려 애써도 자꾸만 맴도는 신기형의 음성은 좀처럼 날아갈 기미가 보이지 않았다.

박두천은 비어 버린 병판의 술잔에 술을 따르며 연신 눈치를 보았다. 굳게 다문 병판의 입술은 궐의 문처럼 단단해 보이기도 했다.

"병판, 이러실 때가 아닙니다. 여차하면 목 달아나는 곳은 고사하고 가문이 초토화되게 생겼습니다."

옳고 그름은 중요하지 않았다. 그 누구도 그것을 분별해 줄 능력이 되질 않았다. 끈 떨어진 권세라는 것은, 그러한 일이었다.

"지금 몇 명이나 박살 났는지 아시지 않습니까. 그들이 정녕 죄를 지어 그리 되었다고 믿으시는 것은 아니시겠지요?"

"어찌하여 그것들을 상감께서 모르신다는 것인가?"

"세 치 혀로 상감의 눈을 가리고 귀를 막았는데 보이겠습니까? 다음이 우리는 아니라고 누가 보장한답니까?"

상감께서는, 상감께서는 그럴 분이 아니다.

병판은 술잔에 흔들리는 시선을 고정했다. 하지만 아니라고 믿고 싶어도, 아니다 고개를 세차게 저어 봐도.

"대감, 좌상과 손을 잡으셔야 합니다. 제발 앞을 좀 생각해 주십시오."

"……."

시국을 달리 다른 말로 설명할 길이 없었다.

◎

"으아, 시원하다."

태진사 욕탕. 은밀한 공간으로 용희를 부른 비구니는 말없이 목욕물을 내주었다. 아마도 그녀의 고충을 잘 이해하고 있었던 모양이다.

"아…… 정말 살 것 같네."

모처럼 뜨끈한 물에 온욕을 개운하게 마친 용희는 활짝 웃었다. 그동안 얼음장 같은 물로 몸을 씻는 일에 도가 트지 않았던가. 도둑 목욕을 하는 주제에 온수는 꿈도 못 꿀 일이었으니까. 피가 순환하는 것처럼 붉은 두 볼을 하고서는 용희가 밖을 나섰다.

"맞다, 저기에 범이 나타났었지."

일순간 예전 기억을 떠올린 그녀의 두 눈이 반달처럼 휘었다. 오늘처럼 목욕을 하고 나왔던 그때, 범과 대치하고 있던 완이 바로 저곳에 서 있었다. 살을 정비한 선생의 손끝은 정대했고, 눈매는 두려움을 잊은 빛을 냈다.

"얼마 안 된 일인데 왜 이렇게 오래된 것 같은지 모르겠네."

용희는 천천히 걸음을 옮기며 중얼거렸다. 추억이 묻어 있는 길 같아, 걷는 발길은 의미가 남다르게 느껴지기도 했다.

헤어져야 하는 일이 자명한 게 어쩌면 다행이라고, 용희는 발끝에 시선을 고정한 채 스스로를 다독였다. 처음부터 계획된 이별이 아니라면 미루고 싶을지도, 혹은 모른 척하고 싶을지도 모른다.

저 멀리 선생의 모습이 시선을 당긴다. 그 모습이 이다지도 반가워, 어느 틈엔가 바라보는 것만으로 가슴을 따뜻하게 만들었다.

용희는 우뚝 멈춰 섰다. 어느새 그를 의지하고, 어느새 그의 음성에 귀를 기울이고, 이제는 시선을 맞추고자 안달이 난 사람처럼 굴어대고 있었다.

"김용희, 안 돼. 정신 차려."

자신을 질타하듯 중얼거린 용희는 도리질 치며 생각을 멀리했다.

"뭐 하고 있는 거요?"

"아, 왔는가?"

용희는 부러 목소리를 높이며 완에게 다가섰다. 허리를 꼿꼿하게 세운 채 뒷짐을 지고 있는 선생의 모습에서 바른 의지가 느껴졌다. 우련한 달빛이 희미하게 내려왔고, 그런 기운이 더욱 둘 사이를 몽환적으로 만들었다.

"씻은 모양이다. 더운 기운이 있는 것을 보니."

"모처럼 온욕을 했지 뭐요. 나오기 싫어서 한참이나 꾸물거렸소."

"잘했다."

채 마르지 않아 젖은 그녀의 머리칼은 고혹적이었다. 아무리 감추고 숨겨 보아도 그녀 본연이 가진 아름다움을 지우기란 힘들어 보였다.

완은 좀처럼 익숙해지지 않는 용희의 고운 얼굴에 잠시 시선을 놓았고, 용희는 어설프게 묶어 놓은 머리의 물기를 털며 해사하게 웃었다. 마음껏 줄 수 있는 것이 웃음뿐이니, 서로는 아낌없이 주었고 또 받았다.

"왜 웃는 거요?"

"네가 웃으니까."

실없는 농이 돌아오자 용희는 헛헛한 웃음을 지었다. 공연히 작은 일에도 설레는 밤이다.

"여기 서서 뭐 하고 있었소?"

"그냥. 달리 구경할 것이 없어 지켜보고 있었다."

실은 그녀가 즐겁게 목욕을 하는 동안 먼발치서 그곳을 지켰다. 달리 오가는 사람이 있었겠냐마는 마음이 쉽게 놓이지 않은 것이다. 이곳 승려들은 그녀가 여인이라는 사실을 모를 거라고 완은 생각했다.

"이걸 보고 있었소?"

용희는 완의 시선을 따라 고개를 돌렸다. 소담한 자태로 켜켜이 쌓인 돌담이다.

"그래. 뉘가 다녀가며 저리 올려놓았는지, 예서 무얼 빌었을지 생각해 보고 있었다."

의지할 곳 없는 백성들은 이곳에 들러 돌 하나에 소원을 빌었을 것이다. 자식의 순산을, 부모의 건강을, 집안의 평화를, 과거를 보러 간 아들이 군주의 충신이 되어 돌아오기를, 배를 곯지 않고 살 수 있기를, 추위와 더위를 모르며 살아갈 수 있기를.

"다 들어줄 수 있다면 좋을 텐데 말이다."

많은 이들은 자신의 소원을 빌고 기원했으리라. 그들의 소원을 들어줄 수 있는 국본이 되고자 헤아리고 있었던 중이다.

"홍시, 그게 너라면 무엇을 빌었을 것 같으냐?"

완의 질문 끝에 그녀의 기억이 매섭게도 일렁인다. 용희는 기다란 속눈썹을 부지런히 올렸다 내리기를 반복하며 씁쓸히 입술을 열었다.

"글쎄 말이오. 무엇을 빌었으려나."

많은 돌을 올리며 단 하나의 소원을 빌었던 그녀였다.

"가장 중한 것을 빌었겠지. 바라는 것 없는 인생이 어디 있겠는가."

"빌면 뭐 하오. 무슨 소용이 있다고."

완이 주변에 널린 자갈 하나를 주워 들자 용희는 고개를 가로저었다. 부질없다고. 소원 따위 들어주는 세상은 어디도 없다고.

"너도 하나 빌어 보아라. 밑져야 본전인데."

"됐고, 선생도 하지 마오. 이깟 미신 따위에 기대지 말고."

자갈을 올리려던 완은 그녀를 돌아보았다. 작은 주먹을 말아 쥔 그녀의 모습에서 강한 거부감이 느껴졌다.

"원, 웃자고 하는 일에 앙칼지긴. 혹 아느냐? 천상께서 들어주실지."

"실없는 소리."

용희는 가차없이 뒤를 돌았다. 저곳에 돌을 올리며 빌었던 지난날이 너무나도 어리석게 느껴졌다. 담금질로 마음이 단단해졌는지 더는 눈물이 흐르지 않지만, 찌릿하게 느껴지는 생채기의 흔적은 어쩔 바 없었다.

"어딜 가려고?"

"그런 걸 하려거든 선생이나 실컷 하시오. 난 가서 누워야겠소."

미운 마음이 고개를 드니 별수 있겠는가. 용희는 먼저 가 보겠다며 발길을 옮겼다. 완은 팔을 뻗어 그녀의 옷자락을 붙잡았다.

"잠시만 있어 보아라."

"혼자 하오. 미안하지만 나는 좀 피곤해서."

"네가 있어야 빌 수 있는 소원인데."

옷자락을 붙잡힌 채 멈춘 용희가 두 눈을 동그랗게 떴다. 완은 성급히 움직이지 말라는 표정으로 그녀를 향해 눈썹을 꿈틀댔다.

"금방 끝나니 기다리겠는가?"

"뭐, 알겠소."

그녀를 곁에 세워 두고, 완은 조심스러운 손길로 돌탑을 쌓았다. 아슬아슬 좌우로 흔들리자 그녀는 저도 모르게 굳어 버렸다.

"서, 선생. 돌이 떨어질 것 같은데?"

"입김 불지 마라. 떨어진다."

자갈은 위태롭게 흔들리며 소원을 만만히 듣지 않겠다는 태도를 이어 갔다. 돌탑이 와르르 무너질까 마른침은 절로 넘어가고, 두 사람은 숨도 제대로 쉬지 못한 채 광경을 지켜보았다. 얼마 후 자갈은 평정심을 찾아갔다.

"휴, 되었다."

자갈이 완전히 멈춰 돌탑이 완성되자 완은 허리를 펴며 일어섰다. 덩달아 긴장했던 용희도 함께 안도했다.

"돌탑도 제대로 못 쌓는 게요? 멀쩡한 곳 다 두고 면적이 좁은 곳에 올리다니."

"그것이 기술이다. 봤느냐?"

진지한 표정으로 완이 두 손을 모으자 용희는 입술을 꾹 닫았다. 무엇을 바라는지 알 길은 없었으나 이런 상황에서 감흥을 깨고 싶지는 않았다.

"너도 해 보겠느냐?"

용희는 고개를 저었다. 빌어 봐야 의미 없다고, 이미 내가 해 봐서 아는 일이라고.

"난 되었다니까."

"그러지 말고 하나 올려 보라."

소원을 마친 완은 그녀의 대꾸를 무시한 채 자갈을 들어 올렸다. 동글동글 매끈한 녀석이다.

용희는 하는 수 없이 자갈을 받아 돌탑을 세웠다. 기술적으로 한 번에 완성한 용희는 두 눈을 감고 생각에 잠겼다. 바랄 것이 너무 많아 무엇부터 해야 하는지 알 수는 없었지만, 부모의 한을 풀수 있게 해 달라고. 나의 가족이 어딘가에 살아 있기를 간절히 바란다고.

"되었소."

그거면 되었으나 욕심껏 하나를 더 바라자면.

"무엇을 빌었는가?"

"비밀이오. 그런 걸 물어보는 게 어디 있소?"

"가릴 것도 많다. 무에 대수라고 말을 못 해."

선생과 기쁘게 헤어질 수 있기를 바라겠다고. 다른 마음 없이 온전히 돌아설 수 있게 되기를 바라겠다고.

"그러는 선생은 뭘 빌었소?"

"나? 나는 말이다."

완은 그녀를 정차게 바라보았다. 구름에 가려 애연했던 달빛이 물동이로 쏟아 내듯 밝아졌고, 그 달빛을 온전히 머금은 선생의 얼굴은 상서롭게 보이기까지 했다.

"너와 기쁘게 지낼 수 있기를 기도했다."

깜짝 놀란 그녀는 선생의 얼굴로 시선을 고정했다. 가슴은 또 어찌나 떨려 오는지, 앓듯 저미듯 쓰려 제대로 감당하기도 힘이 들었다. 흔연한 미소를 그리며 완은 나직하게 말했다.

"싸워도 좋고 투탁거려도 좋으니, 기쁘게."

아마 그것은 누구도 들어주기 힘들 것 같아 빌어 보았다고. 하지만 정말로 이루어질 리가 있겠냐고. 다만 이뤄지길 꿈꾸는 건 자유가 아니겠냐고.

"그리 빌었다."

유한한 시간 동안 네가 허락되기를 바라며. 안 될 줄은 알고 있으나 그럴 수 있기를 진정 원하며, 지금처럼만.

"그게 지금의 내 소원이다."

우리는, 지금처럼만.

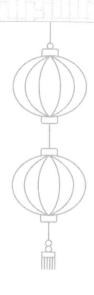

24
화

널
뛰
는 마음

【해종실록 11권. 해종(偕宗) 17년 6월 2일】

호조와 좌의정이 아뢰기를.

"영의정은 사신이 왔을 때 은자를 빼돌려 사욕을 채웠습니다. 우리나라는 은화를 통용하지 않으므로 그러한 사실을 모르고 모든 것을 일임하여 지금까지 밝혀내지 못하였나이다. 영의정의 치부가 갈수록 쌓여 가니 이를 어찌 두고만 보고 있으오리까. 다른 것이 역심은 아니옵고 국고를 쟁탈한 흉악한 마음이 역심과 다를 바가 없습니다. 성상께서 망설이지 마시고 그 관직을 삭탈하여 주시옵소서."

하니, 전교하기를.

"그보다 중한 것은 사신의 접대다. 우선은 사신을 접대하는 데 영의정이 지출하였던 숫자를 계한 뒤 그것을 기준 삼아 마련하라. 완벽히 도맡아 처리할 자가 없으니 근심만 쌓여 갈 뿐이다."

하였다.

"그럼 그 명국 상인의 은화를 환전해 주기로 하신 겁니까?"

"그렇다. 대전으로 소식을 보냈으니 답이 오겠지. 일은 그 뒤로 진행할 생각이다."

아득한 천심의 달빛이 고요함을 드리우는 태진사. 몸을 숨긴 채 완을 엄호하던 지담과 월호가 완의 처소에 찾아들었다.

지담은 완의 대꾸에 고개를 갸우뚱했다. 자신의 식견으로는 잘 이해가 되질 않았다.

"그 상인의 뒤를 봐주고 있는 자가 은화를 환전해 줄 능력이 되지 않는다는 것은 조금 이상합니다, 대장."

"능력이 되지 않는 것이 아니라 상대 또한 은화를 처분할 곳이 없는 것이다."

"아, 그렇구나. 그러게 말입니다. 유통이 어려우니 가지고 있어 봐야 처분이 안 된다는 것이지요?"

지담은 이제야 이해를 했다는 듯 표정을 풀었다. 조선에서 대량의 은화를 환전하기란 쉬운 일이 아니었으니, 완은 륜명의 빈틈을 잘 파고들었던 것이다. 아마도 유혹을 뿌리치기는 힘들었을 테다.

"그럼 이제 어찌하실 생각이십니까?"

"꼬리를 밟았으니 천천히 머리를 찾아 올라가야겠지. 얼마 걸리지는 않을 것이다."

"시간이 많지 않으니 서두르셔야겠습니다."

완은 지담의 말에 천천히 눈을 감았다가 떴다. 녀석의 말대로 언제까지 세자궁을 비워 둘 수는 없는 일. 이렇듯 한가하게 감정을 허비하며 흐르는 시간을 즐길 수만은 없는 노릇.

"월호와 제가 듣기를, 돌아가신 영상 대감의 비리를 밝고하는 상소가 대전을 향하고 있다고 합니다, 대장."

신분을 멀리해 본들 없어질 이름도, 떠나온들 그 자리가 다른 이로 채워질 위치도 아니었다. 돌아가면 간택을 시작해야 한다는 것도, 세자빈을 맞이하여 왕가의 명맥을 이어 가야 한다는 것도, 그 여인이 누구든지 간에 윗전의 뜻을 받아 부부의 연을 맺어야 한다는 사실도 누구보다 잘 알고 있었다.

"텅 빈 관을 넣고 봉분을 쌓은 지 얼마나 되었다고, 다시 그 무덤을 파헤치고 품계를 앗아 명부에서 이름마저 지워야 한……."

"지담아, 그럴 리가 있겠는가. 털어 티끌도 나올 것이 없던 영상이다."

마음에 정을 품어 본들 그 여인을 가질 수 있으랴. 갈 곳 잃어 떠도는 이름 석 자 제대로 변변하지 못한 작은 여인과 무슨 재주로 연을 맺을 수 있단 말인가.

완은 밀렸던 숨을 천천히 불어 내쉬며 생각 끝에 용희의 얼굴을 지웠다. 미혹되어서는 아니 된다. 마음을 주어서도 아니 된다.

"지담아, 대전에서 그러한 상소를 받아 처리하실 연유가 없으니 신경 쓰지 말라."

"예, 대장."

홍시는…… 여인이 아니다.

완이 짧게 말을 자르자 지담은 굳게 입술을 닫았다. 궐에서 멀리 떠나왔어도 속사정을 훤히 꿰뚫고 있는 완이었다. 쉴 새 없이 허공을 나르는 전서구가 매일 밤 그에게 궐의 소식을 물어다 주었기 때문이다. 잠시의 적막이 처소를 감돌았고, 생각을 마친 완은 고개를 들었다.

"늦었으니 그만 나가들 보아라."

"예, 대장."

지담과 월호는 일어섰다. 언제나 말이 없는 월호는 예를 다해 인사를 마친 뒤 처소를 나섰고, 지담이 뒤따라 걸음 했다.

깊은 밤은 이토록 거슬릴 것 없이 안온했으나 두 사람은 무엇에 착잡한 것인지 모르겠다. 혹 동궁의 눈매에 내려앉은 근심과 번뇌를 느꼈기 때문일까.

"월호, 대장께서 돌아갈 일이 막막하신 모양이다."

"우리가 신경 쓸 일이 아니다."

"홍시를 두고 떠나고 싶지 않으신 건가. 설마 아니겠지?"

"그 또한 우리가 짚어 볼 일은 아니다."

그분의 깊은 수심이 느껴졌다. 사사로운 감정에 이끌릴 분이 아니라는 것쯤은 알고 있었지만, 염려가 되는 것은 어쩔 도리가 없었다.

"여인에게 면역이 없으신 분께서 몇 날 며칠 얼굴을 맞대고, 심지어 동침을 선택하셨으니 예견된 일이었을지도 모르지."

"감히 넘겨짚지 마라."

"하긴 면역이 없다고 하기도 뭐 하네. 곁을 채우는 절반 이상의 사람들이 여인인데."

"관심 끄라니까."

인간미가 전혀 없는 월호의 대구에 지담은 발걸음을 멈춰 섰다.

"매정한 놈. 너는 참 피도 눈물도 없다."

"뫼시는 일에 피와 눈물이 필요하더냐? 쓸데없는 소리."

"네깟 놈이 그런 마음을 알 턱이 있겠나? 마음이라는 게 있기는 하냐?"

"너, 정말로 그 녀석이 위험해지는 것을 보고 싶은 것이냐?"

지담은 천천히 입술을 닫으며 월호를 바라보았다. 간과했던 사실 하나.

"대장께서는 이대로 돌아가면 그뿐이다. 행여라도 지금까지의 일을 누구라도 알게 된다면, 우리가 떠난 뒤 그 녀석이 무사할 성싶으냐?"

감히 여인의 몸으로 세자의 곁에 머물렀던 일은 이유를 불문하고 화근이 될 것이다. 함께하고자 모른 척 넘겨주었던 그 모든 일들이 말이다. 상감의 귀에 들어가게 되는 날엔 녀석의 앞날을 아무도 장담할 수 없게 될 테지. 미천한 그녀의 신분은 흠이 될 것이고, 함께한 세월은 대죄가 될 것이며, 감히 세자의 마음을 뒤흔든 일은 용서받기 힘들 테니까.

"입단속 잘해라. 사실이 발각되고 나면 그분도 녀석을 살리지 못하실 것이다."

"재수 없는 놈. 누군 모르는 줄 아느냐?"

"꼭 모르는 것처럼 떠들어대기에 하는 소리다."

처음엔 그녀가 여인이라는 사실이 마음에 걸렸다. 이제는, 그분이 세자라는 사실이 염려스러웠다.

"가자. 좀 씻어야겠다. 덥다, 더워."

더는 이런 이야기를 나누고 싶지 않다는 것처럼 지담은 중얼거리며 걸음을 옮겼다. 월호는 그 뒷모습을 바라보다 발길을 떼어 뒤를 따랐다.

"헛둘! 헛둘!"

용희는 크게 숫자를 세며 총총 뛰었다. 씻은 지 얼마나 되었다고 이마엔 식은땀이 송골송골 맺혔다.

하이고, 힘들다. 용희는 허리를 둥글게 말며 가쁜 숨을 내쉬었다.

"아, 이번엔 뭐 하지? 한 바퀴만 더 돌까?"

숨이 턱 끝까지 차올랐지만 멈출 수는 없었다. 무엇을 해야 시간을 흘려보낼 수 있을지 머리를 굴리기 바빴다.

"하이고, 숨차. 한 바퀴만 더 돌자."

태진사에서도 동침은 당연한 일이 되어 버렸다. 남녀가 유별한 절이었으나 자신이 여인임을 알지 못하는 완이었으니 제안은 당연할 수밖에 없었다. 하지만 그녀는 이대로 선생의 처소를 찾아갈 자신이 없었다.

"다들 너무하네. 뻔히 알면서 나를 선생의 방으로 보내다니."

헛둘. 헛둘. 용희는 다시 절 마당을 돌며 중얼거렸다. 주지승도 비구니도 그녀에게 처소를 내주지 않은 것이다. 선생이 처소를 함께 쓰겠다 하니 뒤도 안 돌아보고 갔다. 그것이 못내 서운했는지 용희는 입술을 삐죽였다. 정신없이 마당을 돌며 기억을 지우려는 듯 세차게 도리질을 쳤다.

'너와 기쁘게 지낼 수 있기를 기도했다.'

심장은 터질 듯이 뛰어올랐다.

'싸워도 좋고, 투닥거려도 좋으니 기쁘게. 그리 빌었다.'

다정한 눈매는 따스했다. 울대를 스치며 올라서는 음성은 준절했다. 시선은 그에게 붙잡힌 채 갈피를 잃고 말았다.

'그게 지금의 내 소원이다.'

그녀는 달음박질을 멈춰 섰다.

"으아, 미치겠네."

머리를 부여잡고 세차게 흔들어 보지만 도무지 조금 전의 일이 지워지지 않는다. 어찌나 기억이 아찔한지 가만히 서 있는 일도 버거웠다.

"미쳤어! 미쳤어, 미쳤어! 왜 이러는 거야! 대체 왜!"

용희는 더욱 거칠게 머리를 흔들었다. 그녀를 찾아 밖을 나섰던 완은 먼발치서 우뚝 멈춰 섰다.

"으아아······ 어버버······."

선생의 음성이 머릿속에서 무한 반복되자 그녀는 신음하며 발을 동동거렸다. 완은 그녀의 행동이 이상했는지 눈을 크게 뜨며 그 모습을 유심히 지켜보기 시작했다. 그녀는 한시도 가만히 서 있지 못하고 이리저리 움직이며 알 수 없는 말을 되풀이했다.

"으으······ 으어아······ 으버으어으······."

양손으로 귀를 막았다 떼기를 무수히 반복하며 홍시는 주변을 서성였다. 완은 팔짱을 낀 채 나무에 기대고 섰다. 기어이 미친 것 같아 구경하고 있자니 꽤 흥미로웠다.

"하! 진짜 미치겠네!"

결국 큰 소리를 터트린 홍시는 우뚝 멈춰 선 채 두 주먹을 불끈 쥐었다. 휘영청 달 밝은 밤, 그녀는 정신 줄을 놓은 것 같았다.

"너! 딱 기다려! 내가 간다!"

분노가 뒤섞인 그녀의 음성이 향한 곳은 다름 아닌 기둥이 굵은 나무였다. 척척 걸음을 옮기더니 나무 기둥을 붙잡고는 거침없이 올라타기 시작했다.

"허어, 또 떨어지려고."

완은 중얼거리며 홍시를 바라보았다. 몸이 가벼워서일까. 낑낑대면서도 홀짝홀짝 나무 위로 잘도 오른다. 처음 만날 때에도 나무에서 떨어지더니, 나무 타는 일에 취미가 있는 모양이다.

"휘유우."

기어이 나무 끝까지 오른 홍시가 적당한 가지 위에 자리 잡고는 깊은 심호흡을 했다. 심신을 다스려 볼 요량인 듯했다.

"정신 차려. 정신 차려. 정신 차려."

용희는 중얼거리며 눈을 감았다. 밤이슬에 젖은 풀냄새를 맡으니 정신이 조금 맑아지는 것도 같았다. 대체 선생의 소원이 뭐라고 이렇게 마음이 흔들린단 말인가. 무슨 고백이라도 받았다는 것처럼. 연심이나 들었다는 것처럼.

"아니다. 아니야, 아니야."

여인인 줄도 모르는 선생이 무슨 고백을 한단 말이야. 그런 게 가능할 리가 없잖아.

"왜 이래. 아니야, 아니라고."

정신 좀 차리라고! 얼간이 같이 왜 이러는 것이냐, 대체! 나무 위에 앉아 있어도 심장은 여전히 풀떡거리며 뛰기 바빴다. 딱히 의미 부여를 하고 싶어 안달이 난 것은 아니었으나 이미 부여된 의미를 지우기란 여간 힘든 일이 아니었다. 이런 자신이 한심해 죽겠다는 것처럼 용희는 머리를 부여잡고 혼잣말을 이어 갔다.

"오늘은 그냥 예서 밤새워야겠다."

이런 마음으로 선생과 동침을 했다가는 심장이 터져 죽을지도 몰랐다. 그 숨소리만 들어도 얼굴이 붉어질 게 뻔해!

"멀쩡한 방을 놔두고 왜 이런 곳에서 잠을 잔단 말이냐?"

"그야 들어가기 싫으니까 그러…… 으아!"

소스라치게 놀란 용희는 휘청거리다가 간신히 다른 나뭇가지를 붙잡았다. 완은 어깨 위로 내려앉는 나뭇잎을 툭툭 털어 내며 혀를 찼다.

"쯧쯧. 그 다리 한번 부러져 봐야 몸을 곱게 쓸 참인가?"

"여, 여긴 왜 왔소!"

용희는 꿀렁대는 마음을 간신히 붙잡으며 목소리를 높였다. 완은 당연하다는 표정을 지었다.

"네 녀석이 하도 안 들어오니 찾아온 것 아니겠는가?"

"나를 왜? 선생이 나를 왜?"

"먼저 잠들었다가 기척에 깰까 봐 찾아왔다. 문제가 있느냐?"

"아니? 아니? 아니?"

용희는 흔들거리는 나뭇가지가 잠잠해질 때까지 목소리를 높였다. 바보 같은 줄은 알고 있었지만 쉽사리 진정되지 않았다.

"내려와라. 들어가 쉬어야지."

"나, 나, 나는 여기가 편해서! 오늘은 여기 있을까 하는데?"

"범에게 물려가고 싶으냐? 까불지 말고 내려와라. 받아 줄까?"

"아니! 됐소! 됐다고!"

달빛을 받은 선생은 후광이 비치듯 자태가 아름다웠다. 용희는 탄식하며 두 눈을 꼭 감았다. 제발 그냥 좀 가……. 인간아, 너 때문에 내가 숨을 못 쉬겠다고…….

"안아 받아 줄 것이니 뛰어라."

"그냥 먼저 가오……. 따라가겠소……."

마음은 더욱 꿀렁꿀렁하고, 멀미가 나듯 어지럽기도 했다. 용희는 망연자실한 표정으로 주문을 외듯 불경을 읊었다. 그 작은 목소리에 집중하며 완은 빙그레 미소를 지었다.

"계속 여기 있겠다면 할 수 없지. 나도 올라갈 것이다."

감았던 눈을 번쩍 뜨며 용희는 완을 내려다보았다. 허튼 말을 하지 않는 완은 정녕 올라올 참인지 기둥을 툭툭 건드렸다. 용희는 나뭇가지를 무릎으로 감싼 채 상체를 아래로 내렸다. 세상이 거꾸로 보이고 완의 얼굴도 거꾸로 보였다.

"숨소리도 내지 않고 들어갈 것이니 먼저 들어가라니까?"

차라리 거꾸로 보는 편이 나았다. 오, 좋다. 그래, 이거야. 눈, 코, 입이 거꾸로 보이니 멀미가 조금 덜한 것 같고 꿀렁거리던 마음도 조금은 나아지는 것 같……지 않아! 미치겠네, 정말!

용희는 입술을 꾹 깨문 채 완을 응시했다.

"그 자세는 무엇이냐? 머리부터 떨어져 천치가 되어 보시겠다?"

"천치가 되어도 선생의 통역은 끝낼 테니 걱정 말고 먼저 들어

가오."

완은 그녀가 떨어질 것 같았는지 손바닥을 모아 그녀의 목덜미를 받쳤다. 느닷없이 손길이 다가오자 그녀는 더욱 화들짝 놀라 버둥댔다. 배에 힘이 들어가지 않아 상체가 쉽게 위로 올라가지도 않았다.

"노, 놓으라고! 사람 잘 쉬고 있는데 대체 왜 난리……."

"허어, 대책 없기는 조선 팔도 으뜸이로다. 네놈이 천치가 되고 나면 그 원망을 내가 들을 것이 아니냐?"

"어디 원망할 사람이 없어 내가 선생을 원망하겠소? 놓으시오!"

이 순간 용희는 차라리 천치의 으뜸이 되어 모든 것을 잊고 싶었다. 그 모습이 사뭇 귀여워 완은 얼굴을 가까이 가져갔다. 눈과 눈 사이가 수평이 되더니, 점점 완의 얼굴이 위로 올라갔다.

"나 칼 있소. 칼 있다고!"

"칼은 나도 있다. 너만 있는 줄 아느냐?"

선생의 입김이 콧대를 스친다. 공중을 부양하는 것처럼 몸이 붕 뜬 기분이 밀려들었다. 얼굴 위로 선생의 숨결이 퍼지자 세상을 하직할 것만 같은 아슬아슬한 기분이 전신으로 퍼져 흘렀다.

"이래도 안 내려올 참인가?"

용희는 입술을 숨긴 채 숨쉬기를 멈추었다. 내뱉은 숨결이 선생의 얼굴에 부딪혀 되돌아올 것이 아득했다. 피가 쏠리기 시작해

붉게 물든 그녀의 얼굴이 완의 시선엔 사랑스럽게 보였다.

"이렇게 보니 진짜 홍시 같네."

콱 간지럼 태워 떨어트린 뒤 받아 들고 방으로 직행할까 보다. 이렇듯 그녀가 무방비 상태로 매달려 있으니 하고 싶은 일이 여간 많은 게 아니다. 두 볼을 쭉 늘려 보고도 싶고, 숨겨 놓은 입술을 찾아 맞대 보고도 싶고…….

서로는 서로의 마음을 다스리기가 힘이 들었다.

"얼굴 터지겠다. 일어나라."

극강의 인내심이 세자를 찾아왔다. 완은 두어 걸음 뒤로 물러서며 일어서라 그녀를 다그쳤다. 더 있다간 정말 홍시처럼 터져 버릴 것만 같았다.

"내려와라, 빨리."

"알겠소."

용희는 상체를 일으키며 나뭇가지에 바로 앉았다. 이내 기둥을 붙잡고 주르륵 미끄러져 내려오며 울먹거렸다.

"하여튼 이상한 녀석이다. 빨리 따라오라."

"알겠다니까……."

용희는 울먹거리는 얼굴로 어깨를 축 늘어트렸다. 먼저 걷는 완이 얼마나 소리 죽여 웃고 있었는지는 알 길이 없었다.

"뭐 하느냐? 눕지 않고?"

홍시를 방까지 데려온 완은 신속하게 누웠다. 이곳은 기쁘게도 사이를 막아 줄 병풍이 없고, 훌륭하게도 이불이 넉넉하지 않았다. 궐로 돌아가면 제일 먼저 태진사에 공양을 하리라, 굳게 다짐하며 그녀를 바라보았다. 완은 바짝 붙여 놓은 베개 쪽을 툭툭 치며 다시금 용희를 불렀다.

"안 잘 것이냐? 난 고단한데."

"아⋯⋯ 물론⋯⋯ 잠을 자겠지만⋯⋯."

용희는 위기가 찾아왔음을 직감하며 조금 멀리 떨어져 앉았다. 완은 팔로 머리를 괴며 그녀를 주시했다.

"선생, 우리 내친김에 불경이나 외워 볼까?"

"일없다."

"아니면 우리 공자의 가르침에 대해 밤새 토론을 해 보는 것이 어떻겠소?"

"다음에."

"아! 출출하지 않소? 절 밥을 먹었더니 금세 소화가 됐나. 왜 이렇게 출출한지."

용희는 자꾸만 변명을 늘어놓았다. 저기 저 선생 곁에 누웠다간 심장이 남아나지 못할 테다. 지금도 미리 꿀렁꿀렁하는데…… 입 밖으로 튀어나올지도 모른다.

"뭐 하냐?"

"응? 내가 뭐, 뭘 한다고?"

이런저런 생각을 하다 보니 몸은 점점 구석진 자리를 찾아갔고, 본능적으로 방구석까지 도달하고 말았다. 완은 눈썹을 꿈틀댔다.

"거 참, 잠 한번 들려니 힘들어 죽겠다. 뭐 잘못 먹었느냐?"

"나는 잠이 안 온단 말이오. 누워 있으면 허리도 아프고……."

부실한 답변에 완은 더욱 눈썹을 꿈틀댔다. 말없이 눈썹만 씰룩씰룩하고 있자니 상황은 점점 더 한심하게 느껴졌다.

완은 자리에서 상체를 일으켰다. 잠버릇을 빙자해서 한번 끌어안고 자 볼까 했는데, 홍시 녀석의 눈치를 보자니 저러고 밤을 새울 것만 같다.

"너 때문에 잠이 다 달아났다. 서책이나 좀 읽겠는가?"

"조, 좋소! 좋지!"

녀석의 얼굴에 금세 화색이 감돈다. 완은 끙, 작게 한숨을 내쉬며 서책을 아무거나 꺼내 들었다.

어, 그 책은…….

제목을 발견한 그녀의 눈동자가 커다래진다. 완은 무심히 고개를 들었다. 홍시 녀석은 꼬물거리는 자세로 엉덩이를 밀며 다가

왔다.

"듣기로 이 책, 청에서 딱 세 권 들어왔다고 알고 있는데 어찌 선생이 가지고 계시오?"

"그게 그렇게 큰일이더냐?"

용희는 반가움에 활짝 웃었다. 한 권은 조선의 동궁께서 거두어 가시고, 두 권은 필사본을 만들기 위해 사용되고 있다 들었다. 얼마나 보고 싶었던 서책이었나. 아버지께 조르고 졸라 구해지기만을 오매불망 기다렸었고, 필사본 작업이 끝나면 원간본을 가져다 주겠노라 아버지가 약조하셨던 서책이었다.

"벌써 필사본이 풀린 게요? 몰랐네."

풀렸겠는가. 아직도 열심히 작업 중이다. 벽에 등을 기대고 앉은 완은 반짝이는 그녀의 두 눈에 맥없이 웃음을 터트렸다. 눕지 못해 쩔쩔매던 홍시는 금세 사라지고 없다.

"몰랐느냐? 풀렸다."

"우와, 보고 싶었는데. 잘됐다."

완을 따라 벽에 등을 기댄 그녀는 책 속으로 빨려 들어갈 듯 내용을 살폈다. 서로는 나란히 벽에 기댄 채 서책 한 권을 함께 탐하기 시작했다.

"아, 천천히 좀 넘겨 보오. 왜 이렇게 빨리 넘기는 것이오?"

"신호를 보내라. 그럼 넘길 테니."

"알겠소. 내가 이렇게 툭툭 두 번 치면 장을 넘기시오."

그렇게 한참 동안, 일정한 간격으로 서책을 넘기는 소리만이 맴돌았다. 그 소리는 조금씩 느려지고 조금씩 느려지더니 기어이 어느 한순간에 멈춰 버렸다.

얼마나 시간이 흘렀을까.

"오늘도 대장께서 홍시 눈치를 보느라 못 나오시는 모양이다."

"좀 기다려 보자."

일찍 완의 처소를 찾은 지담과 월호는 몸을 풀며 두 사람이 나오기를 기다렸다.

"기침 시간이옵니다! 기침 시간이옵니다!"

그때, 아침을 알리려는 동자승이 달려와 그 방문을 활짝 열었다. 모든 처소의 문이 활짝 열린 것이다.

대기 중이던 지담과 월호는 무심코 방 안으로 시선을 주었다. 지담은 두 눈을 크게 치떴고, 월호는 동자승의 머리 위로 손을 뻗어 재빨리 문을 닫았다.

"이곳은 잠시 후에 깨울 테니 다른 곳을 먼저……."

"예!"

동자승은 두 손을 모은 채 다른 처소로 달려갔다. 지담과 월호는 서로 얼굴을 마주 보았고, 이내 황당한 웃음을 터트렸다.

"진짜 주무시는 것이 아니냐? 맞지?"

"그런 것 같다."

나란히 앉은 두 사람이 서로 기댄 채 잠을 청하고 있었다. 얼마나 달게 자는지 깨울 엄두도 나질 않았다.

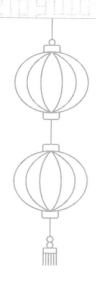

25
화

까치가 몰고 온 손님

【해종실록 11권. 해종(偕宗) 17년 6월 2일】

　사헌부에서 상소하기를.

　"영의정이 재물을 탐한 흔적이 역력하여 이를 모르는 사람이 없습니다. 뿐만 아니라 공적이 없는 친인척을 끌어다가 주변을 메꾸었으니 온당치 않습니다. 기강이 해이해지고 민심이 돌아서기 전, 합당한 분부를 내리심이 옳을 것입니다."

　하니, 임금이 말하기를.

　"재물을 탐한 흔적이 애매하며 해명하기 어렵다. 재청을 들어주지 않으려는 것이 아니라 생각에 합당한 것들이 아니다. 또한 그자들은 내가 다 선임하였으니 기필코 듣지 않으리라."

　하였다.

"은화를 환전해 주겠다고? 그자가?"

"제가 듣기로는 그러했습니다."

"어찌하여 그런 일을 할 수 있다 하는가? 대체 뉘가?"

신기형은 의구심이 가득한 눈매로 륜명을 바라보았다. 만사 편하다는 표정의 륜명은 어깨를 으쓱 올려 보이며 잘 모르겠다고 답했다.

"환전이라. 환전……."

정체불명의 사내는 얼마를 원하든, 얼마든지 환전을 해 주겠다고 했다.

륜명은 군사 무기를 밀수하기 위하여 명국에서 은화를 사용했다. 이번에도 은화를 사용할 것이라 예상한 륭명이 많은 양의 은화를 들여왔으나 대금 결제 방식이 바뀐 것이다. 조선에서는 은화를 시중에서 사용하지 않고 국가 무역에서나 사용하고 있으니, 가지고 있는 은화는 골칫덩어리일 수밖에 없었다.

"뉘가 가능한 일이라는 것인가? 조선 바닥에 그만한 은화를 환전해서 이득을 보는 자가 있단 말인가?"

그것들을 처분해 주겠다니 륭명의 입장에서는 더할 나위 없이 좋은 일이었지만, 신기형에게는 의문투성이일 수밖에 없었다. 바꿔 봐야 사용처가 없는 은화를 무엇 때문에?

"재산은 많으나 문벌이 없는 사내 같았습니다. 이번 기회로 뒷거래를 해 보겠다는 것 아니겠습니까?"

륭명은 편안한 시선을 유지하며 부채질을 했다. 그럴 리가 없다는 듯 신기형은 고개를 저었다.

"신분도 알지 못한 채 함께 일을 도모할 수는 없다."

"그럼 대감께서 은화를 환전해 주시면 될 일."

신기형은 입술을 굳게 닫았다. 제아무리 날고 기는 세도가였지만 대량의 은화를 처분하는 일은 버거웠다. 국력을 빌리지 않고는 개인적으로 하기 힘든 일이었기 때문이다.

"대감 때문에 은화를 들여오지 않았겠습니까?"

"도로 명국으로 가지고 들어가면 될 것이 아닌가?"

"언제 갈지도 모르는 명국에 가지고 들어가려고 그 많은 은화를 내버려 둘 필요가 있겠습니까."

심중에 품은 뜻은 날카로웠다. 류명은 은연중 자신을 명국으로 보내 달라는 의견을 비춘 것이다. 하지만 당장엔 불가했다. 신기형은 명국으로 떠난 류명이 자신의 뒤통수를 치지 않을 거라고는 온전히 믿을 수가 없었다. 일이 성사되면 가차 없이 죽일 것이다. 살려 둘 필요가 없는 인물이었으므로.

"좋다. 그럼 그자를 데려와라. 내가 직접 만나 봐야겠다."

"대감께서 직접 말씀이십니까? 위험합니다."

"내게 생각이 다 있느니라."

신기형은 눈꼬리를 가늘게 늘어트렸다. 아무리 생각해 보아도 류명은 꿍꿍이가 있는 것이 분명했다. 조선에 다른 피난처를 만들지도 모른다. 그게 아니라면 은화를 가볍게 처분한 뒤 종적을 감출지도 모르는 일. 한시도 경계를 늦출 수 없는 골치 아픈 놈이다.

"무기는 언제쯤 들어올 수 있겠는가?"

"기별했으니 소식이 당도할 것입니다. 조금만 더 기다려 보시지요."

혼자만 느긋한 류명을 바라보던 신기형은 긴 한숨을 내쉬었다. 일에 관련된 말이 아니고는 단 한마디도 나누고 싶지 않아, 신기형은 그대로 일어섰다.

이번 일만 성사되면 쥐도 새도 모르게 없애 버리고 말겠다. 신기형은 미간을 일그러트린 채 윤월각 입구를 향해 걸었다.

잠시 길을 걷던 신기형은 갑작스레 우뚝 멈춰 섰다.

"너는 이영이가 아니더냐?"

멍한 시선으로 하늘을 올려보던 여인은 아무 대꾸 없이 천천히 고개를 내렸다. 신기형은 두 눈을 부릅뜬 채 여인을 바라보았다.

아름답게 꾸몄으나 천한 것의 상징이었고, 화장이 붉을수록 서러워 보이는 얼굴을 하고 있었다. 무엇도 담지 않은 공허함이 여인의 눈 속에 가득했다.

"대감, 송구하오나 이영이 줄곧 말을 하지 않아 의원을 불러 보니, 말을 안 하는 것이 아니라 말을 잃었다고 하옵니다."

"말을 잃어? 벙어리가 되었다는 것이냐?"

신기형을 배웅하던 행수 명실은 고개를 조아렸다. 실어증에 걸렸다는 이영의 얼굴은 생기를 잃은 채 낯빛이 어두웠다.

이영에게 다가선 신기형은 그녀를 위아래로 훑어보았다. 기녀의 차림이 거슬렸는지 신기형은 명실을 향해 쏘아붙이듯 물었다.

"이 아이가 지금 객을 뫼시는 것이냐?"

"아, 아니옵니다. 천것의 옷보다는 이것이 나을 듯하여…… 그리고 또……."

"그리고 또?"

이영이 머리에 얹고 있는 가체는 여간 화려한 것이 아니었다.

"륜명 나리께서 간간이 아이를 찾아 술을 청하시는 탓에……."

"뭐라? 이런!"

신기형의 눈빛이 매섭게 타오르자 명실은 쩔쩔매는 표정을 지으며 안절부절못했다. 이영을 잘 보살피고 있으라는 말을 거역했으니 불똥이 튈지도 몰랐다.

"대감! 대감마님! 죽을죄를 지었습니다! 안 된다 했는데도 하도 아이를 찾으시기에 그만!"

이영의 아비는 신기형의 오랜 벗이었다. 신기형의 마지막 자비란, 여식을 노비의 신세로부터 벗어나게 하는 것이 최선이었던 것이다.

"대감마님! 이년을 용서하……."

"되었다. 륜명은 어차피 곧 떠날 사람이니 해 달라는 대로 해 주어라."

"예? 예! 예예! 알겠습니다!"

속이 부글부글 끓었지만 신기형은 침착함을 되찾았다.

"이영이 너, 지내는 데 어려움은 없는가?"

"……."

이영은 어떠한 대꾸도 하지 않았다. 바스락 말라 버린 꽃 같은 그녀는 낙화할 것만 같았다.

"네 아비를 생각해서라도 잘 지내라. 네 걱정에 아비가 밤잠이나 이루겠는가?"

그녀의 아비를 숙청한 장본인이 할 소리는 아니었지만, 신기형은 아무 반응이 없는 이영을 바라보다 발길을 돌렸다.

"곧 이영의 아비도 사약을 받게 될 것이다. 충격받지 않도록 바깥 사정을 모르게 해라."

"아······. 알겠습니다. 대감마님."

명실에게 다시 한번 당부하며 신기형은 윤월각을 나섰다.

이영은 멍하니 뿌리박힌 듯 서서 하늘만 올려보았다. 손에는 짝을 잃은 가락지 한 개를 꼭 쥐고 있었다.

◎

"무얼 하오?"

용희는 월호의 곁으로 다가와 자리했다. 줄곧 내려다보고 있던 푸른 옥가락지를 손바닥 안으로 숨기며 월호는 고개를 들었다.

"아니다."

"할 줄 아는 말이 별로 없나 봐. 매번 아니다, 되었다, 별일 없다. 응? 그런 거요?"

용희는 중얼거리며 팔꿈치로 월호의 옆구리를 쿡쿡 찔렀다. 깜짝 놀란 월호가 용희를 바라보자 그녀는 생글거리며 웃었다. 실로 놀라운 관계의 변화다.

"두고 온 정인이라도 있는 게요? 넋 놓은 얼굴이 딱 임 그리는 얼굴이던데."

"……."

월호가 말을 아끼자 용희는 중궁전에서 하사받은 손수건을 꺼내들었다. 그러곤 무척이나 중한 것을 쓸어내리듯 손수건을 어루만졌다.

"무엇이든 추억할 것이 있다는 건 좋은 거요. 안 그렇소, 월호?"

달리 긍정도 부정도 힘들었으므로, 대답 대신 월호는 가락지를 옷 속으로 감추었다. 추억거리가 있다는 건 그리움을 크게 했다. 하지만 그것마저 없다면 그것이 서러워 마음이 저렸겠지. 이런들 웃음이 났겠는가, 저런들 기뻐 흡족했겠는가. 돌아갈 곳이 없어졌다는 것은 살아갈 의미를 잃어버리는 일이었음을.

"그 손수건은 네게 중한 것이냐?"

"이거? 그럼, 중한 것이지."

월호가 묻자 용희는 가족의 원혼을 쓰다듬고 있는 것처럼 따스히, 그리고 정성을 다해 손수건을 쓸었다. 불길이 솟구치는 집에서 무얼 건져 왔겠어. 아버지께서 건네주신 보따리 하나, 품에 간직하고 있던 이 손수건 한 장이 전부였지.

그녀가 쓸쓸하게 웃자 월호는 손수건을 응시했다. 예사롭지 않은 자수가 시선에 들어왔다.

"대부인의 솜씨인가?"

"우리 어머니? 아니, 아니오."

용희는 고개를 가로저었다. 피어난 꽃송이는 자신을 가리키고 있음을 알고 있다. 그렇다면 반짝이는 이 별은 뉜가. 동궁전의 세자일지도 모른다는 생각을 하며 조용히 미소 지었다.

그래, 그랬지. 한때는 동궁의 짝이 될지도 모르는 인생이었지.

"뉜지는 모르겠으나 자수의 솜씨가 좋다."

"그러게 말이오. 나도 그렇게 생각해. 보통이 아니질 않소?"

용희는 쓸쓸히 답하며 말을 아꼈다. 그때였다.

"둘이 여기서 뭐 해! 나 빼고 놀지 마!"

두 사람을 찾아 헤매던 지담이 버럭버럭 소리를 지르며 다가왔다.

"내가 얼마나 찾아다닌 줄 아느냐?"

"숨어 있지도 않았는데 뭘 찾아다닌단 말이냐? 대장의 처소가 눈앞이니 여기 있는 것은 당연한 일이지."

월호가 덤덤히 말하자 지담은 눈꼬리를 올리며 홍시의 곁에 앉았다.

"치사하긴. 여기 있을 거면 미리 말을 해 주든가."

"나도 방금 왔소. 선생은 아직 대화 중이오?"

"그래, 아직 좌담 중이시다."

완은 주지승과 대화 중이었다. 이야기가 길어지는지 나올 생각을 하지 않는다.

세 사람은 나란히 무릎을 모은 채 앉았다. 자연스레 그녀를 중심에 두고 앉은 모양새가 멀리서 바라보면 다정하기 이를 데 없었다.

"날씨 좋다."

지담이 팔을 뒤로 뻗으며 상체를 반쯤 눕히고 중얼거리자 용희는 동의하듯 고개를 끄덕였다. 그렇게 하늘만 올려보고 있자니 매 한 마리가 허공을 선회했다.

"매가 훈련을 받고 있나 보구나."

지담은 매를 바라보았다. 이 근처 어디에서 매 훈련을 시키는 모양이다.

"볕 좋은 날 예까지 와서 여가를 즐기다니. 수할치 팔자 좋네."

매를 훈련시키거나 이끄는 자를 수할치라 일컬었다. 지담은 팔자 한번 좋다며 홀린 듯 매를 바라보았다. 용희는 완이 해 주었던 낙상매 이야기를 떠올리며 조용히 미소 지었다.

"우리 대장께서 매사냥을 하실 때 얼마나 근사한지 너는 모를 거다, 홍시."

"매사냥 못 한다면서? 저번에 다 잡은 매를 동정심에 놓아줬다고 하지 않았소?"

"안 잡아도 멋이 사는 분이시다. 그냥 서 계시기만 해도 그림이지."

용희는 웃음을 터트렸다. 그냥 서 있기만 해도 멋이 있단다. 뭐, 그럴 수도 있겠다는 생각에 용희는 웃음을 갈무리하며 두 사람을 따라 허공을 응시했다.

"저런 사냥을 즐겨 하려면 집깨나 살아야겠소?"

"사는 것이 문제더냐? 그 집안은 그런 문제가 아니다."

"그 가문이 대단하다는 것은 알겠고, 두 사람은 어떠오? 별 볼일 없는 사내들인가?"

용희의 질문에 지담과 월호의 눈썹이 꿈틀거렸다. 용희는 호기심이 가득한 눈빛을 하며 두 사람을 번갈아 바라보았다.

"가문 좋은 선생 뒤에 붙어 꿀물이나 받아먹는 거요? 정녕?"

"그 집안에 비할 바가 아니라고 했지 우리 가문이 별 볼일 없다고는 안 했다."

은연중 자존심이 상한 지담이 퉁명스럽게 말했다. 견줄 곳 없이 쌍쌍한 가문이건만 완 앞에서는 하염없이 무너진다.

"알 만한 문벌 자제들이라는 사람들이 어찌하여 이러고 다니는 것이오? 문무를 겸비한 뒤 나라의 녹을 먹어야지?"

"우리가 못나거나 어디가 모자라서 이러고 다니는 거 절대 아니다. 오해 마라, 홍시."

지담의 말에 월호는 동의한다는 듯 고개를 끄덕였다. 용희에게 장난기가 솟구친다.

"의심스러운데? 보아하니 살림 조금 부유한 중인이 아니오?"

"중인이라니! 중인이라니!"

지담은 벌떡 일어섰다. 용희는 고개를 갸우뚱했다.

"그럼 댁들 가문이 명부에 올라 있소?"

"허어, 그럼 안 올랐을까?"

"정말? 못 믿겠는데?"

그녀가 장난스럽게 묻자 지담은 끙, 한숨을 내쉬었다. 월호도 지담도 육조의 으뜸을 지내고 있는 아버지를 두고 있었다. 억울함이 하늘 끝까지 솟구친다.

"누차 말하지만 우리 가문은 보통 가문이 아니다. 다 말할 수 없음은 니가 양해를 하고."

"아아, 그러오? 알겠소. 믿는 척해 줄게."

"믿는 척이 아니고! 믿으라고!"

꿈틀대는 지담의 눈썹에 용희는 웃음을 터트리고 말았다. 그녀는 새삼 자신의 가문에 대한 명망이 대단했음을 실감하는 중이다. 모든 벼슬 관직의 끝, 조정의 최상단에 아버지가 계시었으니까.

"농이었소. 믿을 테니 그만 앉으시오."

용희는 농이었다며 손을 내저었다. 그녀는 아마도 생각하기를, 지담과 월호의 가문이 지방 관아 어디쯤의 관직을 제수하고 있다 믿는 것 같았다. 그 이상의 높은 품계를 지닌 자들이 이러고 남의 뒤꽁무니나 따라다닐 일은 없을 테니.

"가문 자랑 좀 그만하오. 가문 없는 사람 어디 서러워서 살겠나."

"나는 아무 말도 하지 않았다. 전부 지담이 떠들어댔을 뿐."

이 와중에도 혼자 살아 보겠다고 월호가 유유자적 대화에서 빠져나간다. 지담은 월호를 흘겨보다 멋쩍은 듯 머리를 긁적였다. 상인의 집에서 태어나 혼자 된 그녀에게 허세를 부린 것 같은 기분이 든 것이다.

"아무튼 영광이오. 그런 대단한 자들과 내가 함께 앉아 있다니."

용희는 짧게 말을 자르며 다시금 하늘 위로 시선을 주었다. 선회하던 매는 모습을 감추었고, 텅 빈 하늘은 만사가 부질없을 만큼 높았다.

"이거나 먹어라."

"이게 뭐요?"

"엿이다. 그만 떠들고 엿 먹으라고."

"말이 어째 좀 그렇소? 엿 먹으라니?"

"걱정 마라. 그럴 줄 알고 내 엿도 준비했지."

지담은 작은 엿을 그녀에게 건넸고, 이내 하나를 우물우물 먹었다. 이 와중에도 월호에게는 건네주지 않는다.

"어, 까치다."

용희는 나뭇가지에 앉아 지저귀는 까치를 발견했다.

"반가운 손님이 오려는가."

월호는 중얼거렸다. 세 사람은 도란도란 자리를 지켰고, 선생께서는 그 후로도 오랫동안 처소에서 나오지 않았다. 이야기가 길어지는 듯했다.

◎

"그럼 이대로 정리하겠다. 은화를 이곳에 묻어 둘 것이니 날짜는 다시 알리겠다."

"예, 뜻을 받자옵니다."

한참 후, 처소에서 주지승과 긴 대화를 끝마친 완은 자리에서 일어섰다. 이곳저곳 숨겨 둔 완의 심복들은 전서구를 이용하지 못해 이곳에 당도하여 서찰을 남겼고, 그것들을 모조리 확인한 뒤였다.

"통역은 쓸 만하시옵니까?"

완이 밖을 나서려 하자 주지승이 물어 왔고, 완은 헛웃음을 쏟았다.

"그런 위인이 다 있다니. 언동에 놀라고 솜씨에 놀라고, 그저 하루하루 놀라는 참이다."

"사리분별에 밝고 학문에 뛰어난 자입니다. 쓰임에 합당하길 바라옵니다."

"그자를 원래 알고 있었는가?"

주지승의 말끝에 완이 되물었으나 별다른 대꾸가 돌아오지 않는다. 완은 용희를 떠올리며 다시 한번 주지승을 향해 감사의 말을 전했다.

"자네 덕분에 제법 쓸 만한 녀석을 얻었다."

"그것이 어찌 소승의 덕이겠습니까. 그자를 알아본 것은 바로 춘궁이시옵니다."

주지승은 고개를 들며 완을 바라보았다.

"본디가 우매한 자는 가까운 인연도 못 알아보는 것이요, 평범한 자는 확실한 인연만을 알아보는 것. 하나 현명한 자는 잠시 스친 우연도 인연으로 알아보는 법이 아니겠습니까."

인연, 혹은 운명.

완은 잠시 고개를 내렸다. 스스로가 우매한 자인지 현명한 자인지, 이도 저도 아닌 범골의 사내인지 구분하기 어려웠다.

"그렇다면 자네가 보기에 나는 어떤 사람인가?"

"어찌 감히 소승이 그런 말을 입에 올릴 수 있겠나이까."

"편히 말해 보라, 사심 없이."

주지승은 잠시 생각에 잠긴 표정을 지었다. 동궁의 세상에 우연이란 없을 테니까.

"우연도 기록되어 후세의 기준이 될 것입니다. 그러니 만물의 모든 것을 인연이라 여기소서."

흐르는 강물도 날아오르는 새도, 이름 없는 풀과 아주 작은 나비 한 마리까지 모든 것을 귀히 품어야 하는 것. 그것이 동궁의 삶이요, 국본의 길인 것을.

"그래, 알겠다. 오늘 자네가 남긴 말은 가슴에 깊이 담겠다."

"성은이 망극하옵니다."

하지만 그런 동궁께도 운명이 아닌 것이 있었으니. 굳이 그것을 찾아 말하라고 한다면 가차없이 용희를 꼽아야만 했다. 그 어떤 무엇보다 운명이라 여기고 싶은 그 여인을.

"궁으로 돌아가더라도 태진사의 혁혁한 공은 절대 잊지 않겠다."

"모든 것은 부처님의 뜻입니다. 나무아미타불……."

삶이 그렇다 말하는데 어찌 반항을 하겠는가. 완은 쓸쓸한 미소를 지으며 문고리를 붙잡았다. 하나 그 걸음을 주지승의 음성에 다시금 멈춰 섰다.

"참, 소식은 듣고 오신 것입니까?"

"소식이라니. 무슨 소식?"

완은 전혀 모르겠다는 표정으로 주지승을 바라보았다. 따로 기별을 받은 것이 없었냐는 듯 주지승은 완을 바라보았다.

"오늘 내전에서 은밀히 태진사를 방문하시겠다는 연통을 받았나이다. 받지 못하셨습니까?"

"내전? 지금 내전이라 하였는가?"

허어! 완은 급히 방을 나선 채 신을 신었다. 내전이라면 중궁전이 아닌가? 어마마마께선 자신이 이곳에 있음을 알고 오는 것이 아닐 테니 필시 몸을 숨겨야 한다. 내일 날이 밝는 대로 떠나려고 했는데 서둘러 가야겠다.

"내전에서 당도하기 전에 떠나야겠다. 다시 기별하겠……."

완은 우뚝 멈춰 섰다. 태진사 저 입구 쪽에서 풍채 늠름한 가마가 올라서고 있었기 때문이다. 주지승은 완에게 합장하며 고개를 내렸다.

"이미 늦으신 것 같사옵니다. 당도하신 것을 보아하니 말입니다."

중궁께서 납시었다.

"누가 오는 모양인데?"

"어디? 어? 정말이네?"

지담의 말끝에 용희는 대꾸하며 일어서 목을 길게 빼었다.

"대갓집 마님이라도 행차하신 모양이오. 으리으리하네."

용희는 더욱 자세히 보려는 듯 두 눈을 크게 떴다. 예사롭지 않은 가마가 언뜻언뜻 그 모습을 드러냈다. 월호도 먼 길에 시선을 주며 가마를 살피는가 싶더니 이내 벌떡 일어섰다. 곁을 돌아보며 지담을 바라보니 녀석은 물고 있던 엿을 떨어트린 후였다.

"지담, 나 좀 보자."

"어, 어어? 어어어!"

민가의 가마를 타셨으니 정체는 알 수 없었으나, 인부 곁에서 좌우를 주시하는 자들은 다름 아닌 왕비전 별감들이었다. 오랜 세월 오며 가며 익힌 얼굴을 모를 수가 있겠는가. 지담과 월호는 용희만 남겨 둔 채 빛의 속도로 사라졌다. 용희는 지담이 준 엿을 우물우물 먹으며 가마와 두 사람의 뒷모습을 번갈아 바라보았다.

"왜들 저러나?"

가마는 천천히 태진사까지 올라왔고 융복을 탈피한 별감들이 날쌔게 들어왔다. 용희는 여전히 엿을 우물우물하며 그 광경을 지켜보았다. 애매하게 길을 막고 서 있는 용희에게 다가선 별감은 검집 중간쯤을 잡고 그녀를 막아섰다.

"비켜라."

용희는 엿을 우물우물 먹으며 사내의 검집을 붙잡고 아래로 내렸다. 당황한 별감은 두 눈을 크게 치뜨며 그녀를 바라보았다.

"뭐요. 누군데 서 있는 사람을 비켜라 마라 하는 거요?"

"이, 이게 미쳤나! 이런 방자한 놈을!"

"내가 길을 다 막았소? 이렇게 넓은데 하필 여기로 와서 비키라는 거요?"

엿이 쩍쩍 아주 잘 달라붙는다. 달달한 맛에 침이 저절로 고여, 용희는 꿀꺽 침을 삼켰다.

별감은 좌우를 살피다가 목소리를 낮췄고, 가마꾼들은 적당한 공간에 섰다.

"죽고 싶은 것이냐? 당장 비키지 못하겠느냐? 저분이 뉘신 줄 알고!"

"그러는 자네는, 내가 누군 줄 알고?"

용희가 야금야금 엿을 먹으며 되묻자 별감은 어지러운지 목덜미를 붙잡았다. 이놈은 대체 뭔가. 절에서 돌봐 주는 정신병자인가? 다른 별감들은 빨리 녀석을 치우라는 신호를 보냈고, 별감은 세상 가장 무서운 표정을 지었다.

"절에서 칼부림 나고 싶지 않으면 빨리 비……."

"자네도 엿 좀 먹을래? 나눠 주랴?"

"이놈이 글쎄! 어서 썩 비키지 못하겠느냐!"

그때였다. 차마 절에서 칼을 빼 들지 못하는 별감이 부들부들 떨자 뒤에서 음성이 들려왔다.

"가마를 내려라."

가마채를 붙잡고 있던 인부들은 가마를 조심스럽게 내렸고, 말을 타고 있던 별감들도 따라 말에서 내렸다. 가마의 문이 올라가며 타고 있던 여인의 얼굴이 보이자 용희는 천천히 쥐고 있던 엿을 내렸다.

"부처님을 뵙기도 전에 이 무슨 소란인가?"

바라만 보았을 뿐인데 압도당하고 만 것이다. 소란을 떨고 싶지 않아 중궁의 행차임을 알리지 않으며 태진사까지 올라온 여인은 용희를 바라보았다. 역사적인 만남이었다.

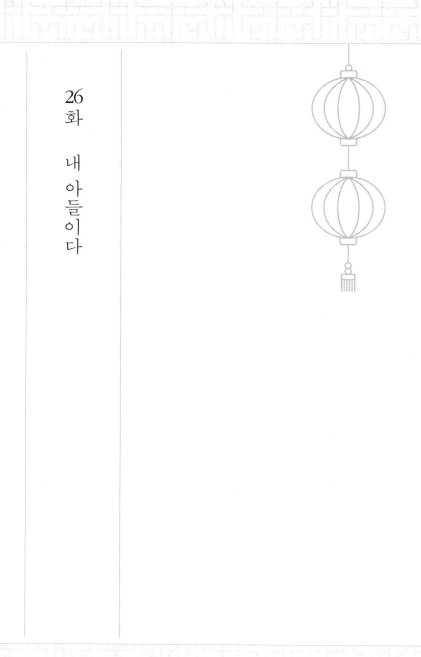

26
화

내 아들이다

【해종실록 11권. 해종(偕宗) 17년 6월 2일】

헌부가 아뢰기를.

"중궁전에서 본가(本家)에 행행하시니 어버이에게 효도를 하는 것은 지당한 일이오나 외청의 주악은 중지하여 주시옵소서."

하자 상이 이르기를.

"부모는 동일한데 무엇을 나누어 금할 수 있겠는가. 쾌히 따르지 못한다."

하였다.

"웬 소란이냐고 물었다."

간결함 속에 쉬이 찾아볼 수 없는 근엄함이 물들어 있다. 용희는 엿을 쥐고 있던 손을 천천히 내렸고, 별감은 날아가듯 가마 쪽으로 다가섰다.

"별일 아니옵니다. 웬 놈이 길을 가로막고 서 있기에."

"이 넓은 곳을 두고 어찌하여 자네는 저곳으로 가려는 것인가? 저자가 무엇을 그르쳤기에 소란을 피운다는 말인가."

"송구하옵니다."

별감은 허리를 깊게 숙였다. 용희는 그 광경을 바라보다 옷을 툭툭 털었다. 허름한 복장이나마 반듯하게 입어야 할 것 같은 기분이 들었던 것이다.

"여기서 내릴 것이다."

중궁의 말이 끝나자 가마 문이 조금 더 위로 올라갔고, 중궁은 다소곳한 자세로 가마에서 내렸다. 용희를 바라보며 중궁은 입술을 열었다.

"내 사람이 자네에게 무례를 범했네. 별뜻은 없었으니 노여워 말게."

"아…… 예……. 뭐…….."

쉽사리 시선을 마주하기 힘든 위용스러운 분위기가 있었다. 화려함을 감춘 모습이었으나 그렇다 하여 없어질 기운은 아니었다.

중궁은 좁은 보폭으로 용희를 스쳤고, 용희는 저도 모르게 고개를 반쯤 수그리며 길을 텄다. 본능적인 행동이었다. 한데 어인 일인지 앞으로 나가질 않고 중궁은 용희를 바라보았다. 시선은 얼굴로부터 가슴으로, 그리고 손으로 내려갔다.

"치성을 올리러 왔는가?"

"아…… 뭐…….."

"말 똑바로 하지 못하겠느냐! 이것이 지금 어느 안전이라고!"

곁을 따르던 별감이 호통을 쳤지만, 용희는 들고 있는 엿만 꾹 쥘 뿐 별다른 대꾸를 하지 않았다. 중궁은 이상하다는 듯 용희를 바라보았다. 한눈에 보아도 여인이었다.

"나와 함께 온 자들이 하는 일이라는 게 이런 것이니 마음 쓰지 말아라."

"……네."

용희의 짧은 대꾸를 들은 중전은 입가에 알 수 없는 미소를 지었다. 한참 동안 그녀를 바라보던 중궁은 시선을 내려 그녀가 쥐고 있는 손수건을 바라보았다. 자수가 없는 부분은 어느 곳에서나 볼 수 있는 단조로운 천이었다. 시선을 느낀 용희는 서둘러 손수건을 품속에 감췄고, 중전은 모습을 바라보다 입술을 열었다.

"이만 가세."

"예."

그 뒤를 별감들이 따르고, 용희는 머뭇거리던 시선을 들어 그 모습을 바라보았다. 절로 안도의 숨이 쉬어지는 상황이었다.

"뭘 잘못했다고 이렇게 겁이 난담. 눈도 못 마주치겠네."

다시 엿을 입속으로 넣으며 용희는 중얼거렸다. 무섭지는 않았으나 어려운 순간이었다.

◎

절에 몸담고 있는 모든 이가 밖으로 나와 중전을 맞이했다. 최소의 인원만으로 이곳에 당도한 중전은 인사를 받으며 인자한 미소를 지었다.

"이 먼 길까지 어찌 걸음하셨나이까."

"잘 지냈는가. 식전바람에 출발했는데 이제야 도착했네."

예를 다해 인사하는 주지승에게 중전은 부드럽게 말했다. 조금 전의 근엄함을 지운 따뜻함이었다.

"허리 펴게. 이 사람이 오늘은 불자의 신분으로 방문을 했으니."

모두 고개를 조아리고 있자 중전은 허리를 펴라 손짓했다. 중전의 신분을 모두 지운 행차는 생각보다 단출했다. 지밀상궁과 별감 넷의 비호 아래 태진사를 방문한 것이다.

"망극할 따름이옵니다. 그것을 어찌 다 말할 수 있겠사옵니까."

"그저 이 한 마음 달래 보고자 온 것이니, 신경 쓰지 말고 하던 일 마저 하게."

주지승이 허리를 펴자 중전은 별일 아니라는 듯 조용히 미소 지었다. 이내 불상이 놓여 있는 쪽으로 익숙한 걸음을 옮겼다.

두어 걸음 옮겼을까, 중전은 잠시 멈춰 섰다. 보고도 믿기지 않는다는 시선으로 한곳을 가만히 바라보았다.

"어찌하여 이리도 헛것이 보인단 말인지."

중전은 눈을 비비며 다시 떴다. 하지만 눈앞의 상황은 별반 다를 것이 없고, 당혹스러움은 이루 말할 수가 없었다.

"오셨습니까."

짧은 말은 익숙해서 더욱 눈물겨웠다. 중전은 멍한 표정으로 눈앞의 아들을 바라보았다. 사정을 확인한 지밀상궁은 황급히 고개를 조아렸고, 그 뒤를 따르던 별감들 또한 고개를 수그렸다.

"완아!"

중전은 만감이 교차하는 눈빛으로 아들에게 걸음을 옮겼다. 세자는 오랜만이라는 듯 어머니를 향해 미소 지었고, 좀처럼 빠르게 걷는 일 없는 중전의 걸음이 바빠졌다.

"네가 어찌 이곳에 있어. 어째서?"

"일이 생겨 잠시 들렀습니다."

중전은 아들의 옷자락을 붙잡고는 이리 보고 저리 보며 얼굴을 살폈다. 세상 모든 이에게 세자인 완이겠으나 단 한 명, 어머니에게는 그저 열 달의 배앓이로 얻은 귀한 아들일 뿐이었다.

"세상에, 예서 너를 다 만나다니."

체통을 지키지 못했다는 생각에 중전이 아들을 두고 조금 떨어져 섰다. 지담과 월호는 완의 뒤에 시립한 채 그들의 도리를 다 하고 있었다.

그때였다. 중전과 주지승이 잠시 대화를 나누는 사이, 용희가 세 사람이 있는 곳으로 빠르게 달려왔다. 그녀를 가장 먼저 발견한 지담은 이리저리 눈치를 보다가 오지 말라고 머리 위로 팔을 뻗은 채 휘저었다.

오지 마! 오지 마!

그러자 용희가 따라 손을 흔든다. 방정맞은 달음박질은 구르다 시피 이어졌다.

"자리를 좀 마련해 주게. 잠시 세자와 대화를 나누어야겠네."

"예. 분부받자옵니다."

두 번째로 용희를 발견한 월호는 두 눈을 질끈 감았다. 포기가 빠른 사내다.

"완아, 들어가자. 얘기를 좀 나눠야겠다."

그리고 세 번째로 완이 그녀를 발견했다. 완은 어머니를 향해 어색하게 웃으며 허리 아래로 손을 흔들었다.

오지 마라. 가! 가란 말이다!

"선생! 선생!"

그녀가 데굴데굴 구를 듯이 달려왔다. 저렇게까지 뛰어오는 모습은 처음이었다.

모두는 뒤를 돌아 그녀를 응시했다. 완과 월호와 지담은 눈썹만 씰룩일 뿐 별다른 반응을 하지 못했다.

가라고……. 너 이러다 죽어…….

지담이 아무리 빌어 보아도 소용없었다. 그녀는 입이 쩍 벌어진 별감들을 스치고, 얼굴이 파래진 지밀상궁을 스치고, 눈이 동그래 진 중전을 스쳐 완 앞에 섰다.

"선생! 나왔소? 이야기는 다 끝난 거요?"

"아…… 어……."

완이 차마 말을 잇지 못하고 고개를 주억거렸다. 이 홍시, 열과 성을 다하여 모르고 싶다.

"선생, 이것 좀 보오. 이게 뭐요? 혹 선생은 알고 있소?"

숨을 깊게 내쉬며 용희는 두 손을 모아 들었다. 다리에 힘이 풀리는지 중궁전별감은 휘청거렸고, 중전은 손으로 입을 가린 채 말을 잃은 듯해 보였다. 눈을 빛내며 꽃을 따 온 그녀를 완은 조용히 바라보았다.

"이것 좀 보오. 그늘이 지면 오므렸다가 해가 비치니 이렇게 활짝 폈지 뭐요? 유심히 보고 있는데 해가 다가오니 조금씩 벌어졌소. 꽃은 따기 아까워 떨어진 것을 주워 왔는데, 혹 이 꽃을 아오?"

별감들이 일제히 칼을 빼 들었지만 등지고 선 용희의 시선에 보일 리 없었다. 오직 새로운 것을 발견했다는 해맑은 기쁨만이 난처할 정도로 이어졌다.

완은 중궁전의 별감들을 향해 작게 손을 들어 보였다. 세자께서 제지하시자 별감들은 부들부들 팔을 떨며 칼을 검집에 넣었다.

"세상에, 빛을 아는 꽃이라니. 궁금해서 달려왔소. 난 궁금한 걸 잘 참지 못해서 말이오. 모르는 거요?"

중궁을 뫼시는 지밀상궁은 까무러치기 일보 직전이었다.

"쳇, 모르는구나? 모르면 모른다고 하지."

"……"

잔뜩 굳은 완이 이런저런 행동으로 그녀에게 가라는 신호를 보내 보지만, 꽃에 정신을 빼앗긴 그녀가 그런 걸 알 턱이 없었다. 호기심이 왕성한 성격에 궁금함을 참지 못하는 용희는 지담과 월호에게도 손을 뻗어 보였다.

"아무도 모르는 거요? 그럼 이곳 사람들에게 물어봐야겠다."

"그것은 복수초다."

용희는 뒤로 돌아섰다. 말을 건넨 이는 다름 아닌 가마의 주인이었고, 완은 천천히 입술을 꾹 깨물었다.

"복수초라 한다. 봄이면 깨어나 아침이면 대부분은 꽃을 피우고, 저녁이면 다시 오므라든다."

"아…… 복수초……"

궁금증이 해갈되었다는 듯 용희는 활짝 웃음을 지었다. 모두는 벼락을 맞은 것처럼 어질어질했다. 그 가운데 중전만이 용희를 향해 미소 지었다. 시선은 조금씩 아들에게 돌아갔고, 중전은 세자를 향해 물었다.

"이자는 뉜가?"

"며칠째 꿈자리가 뒤숭숭하여 어제 본가를 찾아 중궁전을 나섰다."

"그러셨습니까."

"그래도 마음이 놓이질 않더니 예서 너를 다 보는구나."

방 안, 어머니와 아들은 마주 앉았다. 뜻밖의 곳에서 아들을 마주한 중궁은 그칠 줄 모르고 웃음꽃을 피워 냈다. 희한하게 오고 싶더라니. 그것 참 희한하게 이곳을 찾고 싶더라니.

"한데 이곳까지는 어인 일이십니까. 대전에서는 알고 계십니까?"

"아니다. 공적으로 움직이려니 행렬이 만만치 않아 조용히 왔다. 호화스럽게 올 일이 무엇이겠느냐."

중전은 소박하게 내온 차를 한입 삼키며 입술을 열었다.

"국가가 불행하여 고달픈 일이 연달아 발생하니, 가만히 있을 수가 없어 찾아왔다."

이곳은 다녀가는 자체만으로 마음의 위안이 되었다. 별다른 것을 하지 않아도 깨달음을 느낄 수 있었다. 그리하여 중전은 동이 트지 않은 새벽, 가장 신뢰하는 몇몇을 꾸려 길을 떠난 것이다.

"해가 지기 전에 갈 것이라 오래는 있을 수 없다."

"요즘 세상이 흉흉하여 가마를 노리는 무뢰배들이 많사옵니다.

각별히 조심하셔야 하겠습니다."

"세상이 미친들 어디 내 가마를 흔들겠느냐. 걱정 마라."

완은 고개를 끄덕였다. 중궁의 호위무사들은 입이 마르고 닳도록 실력을 칭찬해도 모자랄 사내들이었으니 시름을 덜어 보기로 한다.

"한데 너는 어째서 이곳에 있는 것이야. 무슨 일로?"

"소자, 아바마마의 명을 받잡고 일을 처리하고 있었습니다."

중궁은 대번 고개를 끄덕였다. 아들의 건강함을 육안으로 확인했으니 무엇을 더 바랄 것인가. 그저 하는 일을 완벽히 끝낼 수 있기를 바랄 수밖에. 듣자니 아들은 흑단의 뒤를 파헤치려 길을 떠나왔다고 말했다.

"일국의 세자가 호위무사 둘로 움직이니 내 어찌 근심하지 않을 수 있을까? 게다 위험한 일이면 어찌하려고."

"심려 놓으소서. 보이는 것이 전부는 아니옵니다."

완은 또다시 빙그레 웃었다. 그 귀하디귀한 웃음 앞에 중전은 내내 감춰 두었던 불안을 지워 냈다. 이토록 장성한 아들의 무엇을 염려하고 무엇을 근심하겠는가. 당치 않았다.

"언제쯤 돌아오겠느냐?"

"기약은 하지 못하겠으나, 얼마 걸리지는 않을 것입니다."

완의 대답 끝에 고운 손길로 찻잔을 내리며, 중전은 또다시 입술을 열었다. 내명부의 일 또한 막중한 시기였다.

"간택 또한 시급하다는 것을 항시 상기해야 할 것이다."

간택(揀擇).

완은 차마 대꾸하지 못한 채 침묵했다. 모든 이해관계 속에 가장 합당한 여인이 배필로 지목될 것이다. 왕권 강화에 도움이 될 가문. 바르고, 현명하고, 어질고, 착한, 모든 조건을 지닌 여인이겠지.

"너는 미룰 수가 없겠으니 일을 끝마치는 대로 돌아오도록 하여라. 알겠느냐?"

하지만 단 하나, 연심은 없을 것이다.

"뉘를 찾아 맺어야 하는지 내 신중히 생각하고 또 생각하고 있다. 늦어질수록 시끄러워질 테니 잊지 말고."

"예. 명심하겠습니다."

완은 별다른 말을 하지 않은 채 마무리를 했다. 자신의 짝을 찾는 일이었지만 무엇도 관여하기는 힘들었다. 내명부의 일이었고, 얼굴도 이름도 의문해서는 아니 되었고, 간택 기준에 대하여 물을 수도 없었다.

"내심, 영상 대감의 여식을 기대했었다. 듣기로 총명하고 얼굴이 곱다 하니 그만한 짝이 있을까 싶었지."

중전이 아쉬운 듯 눈매를 내리깔지만 완은 별다른 표정을 짓지 않았다. 일면식도 없는 여인의 이야기를 듣고 있자니 별다른 감흥이 없었던 것이다. 그녀가 홍시일 거라고는 스치는 생각에도 해 본 적 없었다.

"하지만 어쩌겠느냐. 하늘이 나이를 주지 않아 데려갔으니, 처음부터 너의 배필은 아니었던 것 같다."

그 짝이 누군들 의미 있으랴. 아무것도 없는 것을.

"어리석게도 간택을 하기도 전에 마음을 쏟아 이 사달이 났구나. 그러니 이번엔 반드시 공정하게 간택을 치를 것이다."

중전은 쓸쓸하게 웃으며 아들을 길게 바라보았다.

"학문과 국무도 중요하다만 어쩜 이렇게도 여인에게 도통 관심이 없는지. 내가 큰 걱정이다."

완은 굵은 기침을 하며 대꾸를 아꼈고, 중전은 서둘러 말을 끝맺었다. 간택이라는 단어가 달갑지 않을 게 뻔한 아들이 굳은 표정을 감추지 못했으니까. 화제를 바꿔 볼 요량으로 중전은 질문을 던졌다.

"그자는 통역이라 했느냐?"

"예, 그렇습니다. 긴요히 쓰이고 있습니다. 소자가 신분을 숨긴 까닭으로 그자의 언동에 격식이 없는 것이니 괘념치 마시옵소서."

혹시 용희를 보자고 할까 봐 염려되는 마음에 완이 대꾸를 급히 했다. 필시 어머니께서는 녀석이 여인임을 대번에 알아차리실 게 뻔했으니까. 하지만 염려는 곧 현실이 되었다.

"자식과 함께하는 자를 어찌 모른 척하겠는가? 불러 보아라. 이 야기를 좀 나누고 싶구나."

◎

'여기 꼼짝 말고 있거라! 어디 가지 말고!'

지담은 용희를 절 구석진 곳으로 데려갔고, 숨어 있으라며 신신 당부를 했다. 졸지에 오도카니 혼자 남은 용희는 구시렁거리며 자리를 지켰다.

"심심하네. 할 것도 없고."

용희는 두 팔을 무릎 위로 모아 하늘을 올려보며 중얼거렸다. 늘 항상 정적인 기운이 흐르는 태진사에 알 수 없는 긴장감과 부산함이 느껴졌다. 가마 행차가 도착한 이후로 줄곧 그러했다.

"선생과 아는 분인가?"

말끝에 용희는 손에 쥐고 있던 복수초를 내려다보았다. 조금 전 달음박질을 시작했을 때, 꽃에 정신이 팔려 오로지 선생밖에 보이지 않았다. 설마 하니 아는 사람일 거라고는 상상도 하지 못했다.

"하아, 뭘 잘못한 건 아니겠지?"

용희는 어서 자신을 찾아와 주길 바라며 시간을 흘려보냈다.

잠시 후, 소원대로 누군가 자신을 찾아왔다.

"뭐요?"

"일어서라. 너를 보자고 하신다."

조금 전 대치했던 별감이다.

"뉘가 나를 보자는 것인데?"

용희는 무릎을 세워 일어섰다. 별감은 그 오만방자한 말투에 분노하며 눈을 꾹 감았다. 하지만 다름 아닌 세자의 일행이라니 어찌 함부로 대할 수도 없었다.

"닥치고 따르거라. 감히 건방지게 굴다가 큰코다치지 말고."

용희는 탄식했다. 이놈 저놈 무얼 이리도 자꾸 가만히 있으라하는지 모르겠다. 길게 말 섞고 싶지 않은 용희는 불편한 표정을 완연히 드러내며 입술을 열었다.

"먼저 가오. 갈 테니."

용희는 별감에게 손짓했다. 별감은 그녀를 노려보다 뒤돌아 걸음을 옮겼고, 용희는 천천히 그 뒤를 따랐다.

완의 처소 앞에 서 있던 지담과 월호는 그녀를 발견하고 서둘러 뛰어왔다. 지담은 어깨를 붙잡고서 긴장한 듯 말했다.

"내 말 단단히 들어라, 홍시."

"뭘 말이오. 뭐를 대체?"

별감은 잠시 떨어진 채 기다려 주었고, 지담은 이리저리 눈치를 보다가 목소리를 낮추었다.

"너, 저 방에 들어가 지금처럼 고약한 언동을 하다간 여기가 누울 자리가 될지도 모르니 조심하란 말이다."

"걱정 마오. 내가 그 정도 눈치는 있는 사람이니까."

여간한 일에 긴장하지 않는 지담의 표정이 좋지 않다. 용희는 지담의 어깨를 툭툭 치며 걱정 말라 말했다.

이내 완의 처소로 들어선 용희는 문을 닫았다. 그 모습을 바라보던 월호는 길게 한숨을 내쉬었고, 지담은 망연히 중얼거렸다.

"괜찮을까? 괜찮겠지?"

"……."

지담과 월호는 불안함에 안절부절못했다. 어디 두 사람만 그러했겠는가. 완 또한 마찬가지였다.

"어? 선생도 있었소?"

"앉아라."

완은 용희를 향해 앉으라 말했고, 중전은 눈을 동그랗게 떴다. 용희는 완이 있을 것은 예상하지 못했는지 안도의 숨을 내쉬었다. 이 와중에 선생은 아군처럼 느껴졌다.

"통역을 맡은 자라 하였지?"

완과 용희를 번갈아 바라보던 중전은 입술을 떼어 물었다.

"그러합니다."

그녀가 무어라 답하기도 전에 완이 먼저 말을 꺼냈다. 용희는 다소곳이 앉아 침묵했다. 불려 온 이유도 모르겠고 앞의 여인이 누구인지도 모르겠다.

중전은 세심한 눈길로 그녀를 살폈다. 이리 보고 저리 보아도 여인이다.

"이름이 무엇이냐?"

"……예?"

용희는 고개를 들었다.

"이자의 이름은 여기 누구도 알지 못……."

"내가 너에게 묻지 않았다."

"송구합니다."

완이 황급히 말을 잇자 중전은 손을 들며 말을 끊어 냈다. 선생이 얌전히 꼬리를 내리다니. 용희는 그 모습에 놀란 표정을 지었다.

"이름이 무어냐 물었다."

질문은 또다시 이어졌다. 그녀는 가만히 생각하다가 말을 뱉었다.

"홍시입니다."

"홍시?"

"여기 모든 사람들이 그리 부르고 있으니, 이름을 대신할 만한 것이 그뿐입니다."

허어, 참으로 다행이다. 완은 주먹을 불끈 쥐었다. 불려 온 홍시가 말을 짧게 하면 어쩌나 내심 걱정했는데, 그래도 이번엔 제법 말이 길고 곱지 않은가. 이만하면 되었다는 듯 완은 고개를 짧게 끄덕였다. 어느덧 그녀에게 물들어 이만한 일에도 감동받고 있으니, 세자의 체면이 말이 아니지만 할 수 없었다.

"나이가 어찌 되는가?"

"당, 열하고도 여덟이 더 되었습니다."

방년 열여덟이었군. 나와는 제법 준수한 나이 차가 아니겠느냐. 완은 몰랐던 사실을 알았음에 저도 모르게 미소 지었다. 그러다가 애먼 생각에 화들짝 놀란 완은 다시 눈을 치켜뜨며 침묵했다.

그 속내가 보인 걸까, 중전은 아들을 향해 잠시 눈을 흘겼다.

"지내는 것엔 무리가 없느냐?"

"네, 없습니다."

부러 낮췄으나 음성 또한 여인의 것이 분명해, 중전은 조금 더 세심한 눈길로 그녀를 살폈다. 아들의 불안한 시선을 보아하니 아들 또한 여인이라는 사실을 알고 있는 것 같았다. 고얀 녀석.

중전은 아들을 향해 잠시 눈을 흘기다가 다시 용희를 바라보았다. 별생각 없이 불렀는데, 별별 생각이 다 들기 시작한 것이다.

"지금 네 옆에 있는 자의 신분은 알고 있느냐?"

"모릅니다. 관심사는 아닙니다."

용희는 짧게 잘라 대답했다. 사실이었으니까.

"명국의 말은 어찌 알고 있는가?"

"가친께 배웠습니다."

"가업은 무엇인고?"

"무역입니다."

무역이라. 무역이라면 상인의 여식인가?

중전은 좀처럼 그녀에게서 시선을 떼지 못했다. 용희는 이 상황이 이해되지 않는다는 듯 천천히 고개를 들었다. 자신을 유심히 바라보고 있는 여인의 얼굴을 바라보고 있자니 영 기분이 이상했다.

"지금도 무역을 하고 있는가?"

"아닙니다."

"그럼?"

"운하시어, 업이 끊겼습니다."

그녀는 덤덤히 답했다. 입 밖으로 꺼낸 최초의 말이었음에 가슴속으로 지르르 통증이 일었다. 완은 이미 알고 있었다는 듯 미동하지 않았고, 중전은 그런 그녀의 대답에 미안한 표정을 지었다.

"저런, 내가 괜한 것을 물었구나."

"아닙니다. 괜찮습니다. 마음 쓰지 마십시오."

대체 여길 들어와 뭘 하고 있는 건지 모르겠다는 생각에 용희는 완을 힐끔 바라보았다. 중전은 그 모습을 주시했다.

"선생, 왜 날 보자고 했소?"

그녀의 말끝에 중전은 웃음을 터트렸다. 그 웃음의 의미를 어찌 모르겠는가. 완은 입술을 꾹 닫으며 긴 숨을 내쉬었다.

어마마마, 보셨습니까? 소자 이렇게 살고 있습니다.

"선생이 날 부른 거요?"

"보면 모르겠는가. 내가 아니다."

용희는 다시 중전에게 시선을 돌렸다. 한참이나 웃음을 터트리던 중전은 눈매를 닦으며 웃음 끝을 흐리게 지웠다. 첫 대면부터 지금까지 범상치 않은 아이가 아닌가.

"어찌 저를 찾으셨습니까?"

"보고 싶어 찾았다. 이유가 아니 될까?"

"보고 싶으신 연유는 무엇입니까?"

중전은 천진한 눈매로 자신을 바라보고 있는 용희를 향해 인자한 미소를 지었다. 그 웃음에 사뭇 놀란 용희는 마른침을 꿀꺽 삼켰다.

"궁금했다. 어떤 사내가 우리 아들을 도와 일을 하고 있는지 말이다."

"……아?"

아아? 용희의 입술이 쩍 벌어진다. 완은 작은 숨을 불어 내쉬며 고개를 돌렸고, 중전은 웃음을 채 거두지 못한 채 말을 이었다.

"어미로서 잘 부탁한다는 인사를 전하려 널 불렀다. 실례가 되겠느냐?"

"어…… 아니요! 아닙니다!"

영특함이 눈매를 가득 매운, 아주 당찬 아이였다.

"그래, 지금 네 곁에 앉아 있는 자가 내 아들이구나."

조선연애실록 1

2023년 6월 8일 초판 1쇄 발행

지은이 로즈빈
펴낸이 박시형, 최세현

책임편집 김명래 **디자인** 정아연 **교정교열** 전해림
마케팅 권금숙, 양근모, 양봉호, 이주형 **온라인마케팅** 신하은, 현나래
디지털콘텐츠 김명래, 최은정, 김혜정, 서유정 **해외기획** 우정민, 배혜림
경영지원 홍성택, 김현우, 강신우 **제작** 이진영
펴낸곳 팩토리나인 **출판신고** 2006년 9월 25일 제406-2006-000210호
주소 서울시 마포구 월드컵북로 396 누리꿈스퀘어 비즈니스타워 18층
전화 02-6712-9800 **팩스** 02-6712-9810 **이메일** info@smpk.kr

ⓒ 로즈빈 (저작권자와 맺은 특약에 따라 검인을 생략합니다)
ISBN 979-11-6534-753-6 (03810)

쌤앤파커스(Sam&Parkers)는 독자 여러분의 책에 관한 아이디어와 원고 투고를 설레는 마음으로 기다리고 있습니다. 책으로 엮기를 원하는 아이디어가 있으신 분은 이메일 book@smpk.kr로 간단한 개요와 취지, 연락처 등을 보내주세요. 머뭇거리지 말고 문을 두드리세요. 길이 열립니다.